豌豆花

王志国/著

ZHEJIANG UNIVERSITY PRESS
浙江大学出版社

图书在版编目（CIP）数据

豌豆花 / 王志国著. —杭州：浙江大学出版社，
2013.11
　　ISBN 978-7-308-12458-4

　　Ⅰ.①豌… 　Ⅱ.①王… 　Ⅲ.①长篇小说—中国—当代
Ⅳ.①I247.5

中国版本图书馆CIP数据核字（2013）第260577号

豌豆花

王志国　著

责任编辑	张　琛
责任校对	蔡圆圆
封面设计	续设计
出版发行	浙江大学出版社
	（杭州市天目山路148号　邮政编码 310007）
	（网址：http://www.zjupress.com）
排　　版	杭州金旭广告有限公司
印　　刷	杭州杭新印务有限公司
开　　本	710mm×1000mm　1 / 16
印　　张	17.25
字　　数	257千
版 印 次	2013年11月第1版　2013年11月第1次印刷
书　　号	ISBN 978-7-308-12458-4
定　　价	39.00元

浙江大学出版社发行部联系方式　（0571）88925591；http://zjdxcbs.tmall.com

一粒沙的感受

——作者自序

妈妈抱着我，外婆帮着妈妈慌里慌张地钻进了河边的高粱地。妈妈告诉我："千万别出声，中警队来了！"中警队是干什么的，多少年以后我才弄清楚，他们自称为"和平军"，是为日本人卖命的汉奸。

妈妈把我卷进了芦苇席，芦席靠墙放在门的背后。妈妈告诉我："千万别哭，你一哭，东洋人的刺刀就要来捅你的肚子！"她把门虚掩着，抱着妹妹，牵着姐姐，躲到麦田去了。多少年后我才知道，东洋人就是日本侵略军。门半开半掩。原来一字不识的妈妈，也会用孔明先生的空城计来糊弄洋鬼子。

妹妹嚷着要吃白米饭，野菜充饥吃了一个星期，我绝望地问妈妈："这一世里还能吃到白米饭吗？"妈妈告诉我："你姐姐家有三亩租田，种的全是早稻，等早稻收割后，你就能吃到白米饭了。"可

I

早稻苗还没吐穗扬花呢，我等呀盼呀。终于，还有半个月要收割早稻了，于是我扳着指头数："十四天、十三天、十二天……"

我从家出来，邻居二哥告诉我："解放军来了！"我去看热闹，发现有十几个人。走在最前头的一个解放军叔叔向我招招手，他们一边走一边唱："解放区的天是明朗的天，解放区的人民好喜欢……"这是我自离开妈妈的肚子以来听到的第一首歌。多少年后我知道了，这一天是1949年4月24日。

阿爹脸上堆满笑容，他告诉妈妈："我们家共分到七亩五分地！全村所有的人都一样，每人一亩半。"阿爹阿妈商议着，种几亩棉花，几亩番薯，种多少瓜果，多少蔬菜，还要种些甘蔗、玉米。

村里几乎家家户户都在翻箱倒柜，寻觅铜、铁、锡、铝制作的旧器具。阿爹把埋在锅灶里面还在用的铁汤罐挖了出来，邻居大伯把铜质水烟筒找来擦去了灰尘，张家婶婶把盛饭用的铝勺也上交了，李家阿婆把放茶叶的锡盒也献了出来。这是在干什么？支援抗美援朝！乡长说："这些破旧器具能造飞机大炮，去打击侵略者。"

不知村长与阿爹说了几句什么话，我要上学去了！我一跨进学校大门，就书写了两项纪录：其一，从我往上数，至少三代人，我是第一个能进学校读书的人；其二，我后来成为全村第一个中学生。

在喧天的锣鼓声中，我胸前戴上了大红花，也成了"解放军叔叔"。二十岁的我，才第一次坐汽车，显得很兴奋。到杭州坐火车时，看到铁路后我犯傻了，原以为铁路上面一定铺了一层厚厚的铁板，要不还叫铁路吗？可眼前的铁路只有两条平行的铁轨，又那么狭窄，火车不小心滑下来怎么办！别笑我没见识，我的几位战友都有这个顾虑呢。

蒋介石反攻大陆在即，他派侦察机来大陆刺探解放军布防情报。

我方大炮时不时地怒吼起来。我奉命调到福建前线，在这乌云翻滚的日子里，谁心里都明白，前面的路途会有多险恶，生死即在一瞬间。说不定什么时候"光荣"会降临到自己头上。这事还需瞒着父母，瞒着亲友，只能一个人默默地承受，承受着忧虑、担心、牵挂、思念，还有孤独和寂寞。

从那时起，我总爱看看报纸，听听新闻，翻翻书刊，无非是想得到一些好消息。渐渐的，国家的事与自己分不开了，尽管自己仅仅是一个还没过河的卒子，却时时关注着国家大事，切切地盼着祖国快点强大起来，强大到谁也不敢再来欺负我们。

我很渺小。觉得自己仅仅是一粒沙。可连长告诉我，在守卫疆场的岁月里，一粒沙就要聚集到戈壁滩里来，只要敌人敢来捣蛋，不让他们逃出大沙漠。我说自己仅仅是一滴水。指导员说，在祖国走向强盛的征途中，一滴水也要映射出太阳的光辉，方法很简单，你不用问妈妈，能为自己提供些什么；你只需问自己，能为妈妈奉献些什么。

我很激动。原子弹爆炸了，我感慨万千地哭了。卫星上天了，我们的指导员流泪了，我也跟着流泪。洲际导弹发射成功，连长振臂高呼："毛主席万岁！"我也举起了拳头。

我很自信。相信祖国会越来越强大。果然氢弹试制成功，宇宙飞船遨游太空，探月卫星要寻访嫦娥，深水潜艇想探望龙宫。每当此时此刻，我总是昂起头傻傻地想：中国人真的站起来了！

我很幸运。因为我真正的记事是从共和国诞生的那一刻开始的。我看着她诞生，跟着她前进，盼着她强大。我耳闻目睹：梦想成了真事，现实超越了神话。共和国前进的脚步声，我听得清清楚楚；华夏儿女的奋斗精神，我体验得真真切切。

我很幸福。不是因为我有多少钱，而是因为我有厚重的生活阅历，饱览沧桑变迁，亲历忧患坎坷。我知道昨天的艰辛，便懂得今天的幸福；我回望昨天的起跑线，便惊叹今天的辉煌！

我很偏执。认为不了解昨天是件憾事。不了解昨天，就不会懂得今天，体会不到今天的幸福；不了解当家的艰难，就不知道妈妈的艰辛，就不会爱自己的妈妈。

我想把发生在昨天的一些事一些人记下来。谈谈一粒沙的感受，说说一滴水的情愿。于是，便有了这本书 ——《豌豆花》。

目录 Contents

第一章 儿女初长成

一

太阳跳出地平线才一丈多高，一位五十多岁的大妈带着一个十五六岁的小姑娘沿着弯弯曲曲的河边小路向学校走去，两人的脸上堆满笑容。她们并不是母女俩，大妈叫杨凤仙，小姑娘叫杨豌珍，是杨凤仙的亲侄女。杨豌珍是今年刚考上县二中的学生。

一个学生能考取二中，本身是件令父母亲友感到脸上生辉的事，说明这孩子聪明好学。今天是学生报到的第一天，人逢喜事精神爽，从家到学校也就四里多路，杨凤仙早早起床带侄女到学校报到来了。

二中是县里的重点中学，是由一个姓吴的旅日华侨捐资兴办的，学校的师资力量雄厚，教学设施齐全，基础设施也特别好。

学校的教学用房是一座四合院式的两层木结构楼房，楼房前后左右各有十五间正房，合计一百二十间。四角有四个楼梯口，上下很方便。四合院的地面上有两条鹅卵石铺就的十字路，贯穿南北东西。四角地上种了四棵硕大的广玉兰，树径达二十多厘米，站在二楼栏杆边，玉兰花伸手可摘，不过谁也不会去摘它。院子中央有一棵树径达五十多厘米的沙朴树。

听老人们说，此类树只有月亮上才有，用沙朴树的枝条做锅铲柄，再用它去盛饭，锅内的米饭会永远盛不完。沙朴树周围，还栽有月季、蔷薇、茶梅、映山红等小花木，似众星捧月。还有些空隙之地，师生们又种上凤仙花、一品红、君子兰、夜来香等草本花卉。当春暖花开之际，校园内就五彩缤纷，花气袭人，一派生机勃勃的迷人景象。

在周围大多数农户还住在金丝草①盖顶的房子里的情形下，这座教学楼绝对是鹤立鸡群了，方圆三四十公里内再没有一幢房屋建筑能与它相媲美。

学校的大操场可宽敞了，1958年10月，这里聚集过数万民众，开大会庆祝人民公社成立。操场内单双杠、高低杠、平衡木、鞍马、沙坑等体育训练设施一应俱全。一个四百米环形跑道，还有四个篮球场和一个足球场等。

一条角尺形河流把校区与村庄隔开。河边建有二十多米长的石砌埠头，均用花岗岩石块垒砌而成，可容纳二三十个师生同时洗洗涮涮。河边栽有杨柳树、夹竹桃、冬青、苦楝等树木，组成了一道密密麻麻郁郁葱葱的树墙，既美化了环境，又可有效地防止篮球、足球等物滚到河里。

来该校读书的同学来自全县各区、乡，大部分是住宿生，只有像杨豌珍这样离校较近的同学每天回家住。其实，豌珍自己的家离学校有近二十里路，这里是她姑妈家。或许豌珍与姑妈有缘，人们说她很像小时候的姑妈。所以每当人们称赞豌珍长得俊俏时，姑妈感觉自己像在喝蜜糖水，心里头甜滋滋的。姑妈也特别喜欢这位内侄女，热情地邀她住在自己家。

豌珍妈自然求之不得，毕竟女儿还小又没出过远门，有些不放心。现在有姑妈照应着，如一块石头落了地，心里就踏实了。

豌珍是个人见人爱的女孩子，鹅蛋形的脸上配有一对深邃的大眼睛，皮肤滑嫩细腻。虽不像城里妹子那样白皙，但一脸健康色，红润且充满光泽。鼻梁挺直，嘴角微翘，一头乌黑闪亮的秀发，处处透射出一个农村女孩质朴的自然美。

---

①金丝草：指晒干的黄稻草，这里故意抬高稻草的身价来映衬农民生活的艰难。

她姑妈的左邻右舍叽叽喳喳地议论着："才十五六岁，还是只青苹果呢，就出落得这么喜人，再过三五年，她娘家的门槛呀非踩断几根不可！"姑妈听了，口里像含了个山核桃，怎么也合不上嘴。

二

豌珍他们这一届初中共有三个班，她在初一（2）班。全班48个同学，和她同桌的是个男生，叫刘正伟。他长得浓眉大眼，人也聪明，性格有点张扬，说起话来喉咙里像装了个高音喇叭。同学们说他，以后要是当个乡长什么的干部，作报告省得用麦克风了。他与文静雅致，略带几分腼腆的豌珍是完全不同的两类人。

入学的第一个星期，刘正伟仗着自己有几分蛮力，便变着法儿与杨豌珍作对，他用粉笔在课桌的中间画了一条杠杠，不准豌珍超越这道"三八线"。

豌珍不想与他一般见识，也就不与他计较，自己小心点吧。后来刘正伟又把分界线往豌珍这边推进了三公分，变成了"四一"线。豌珍仍没与他论理，结果他又推过来三公分。

豌珍并不是一个毫无主见懦弱可欺的女生，觉得这样再退下去，他只会得寸进尺，像当年的八国联军欺负清朝政府那样没完没了，哪有满足的时候。便正式地对刘正伟说："刘正伟，你还让不让我做作业？你把后面划的两道线给我立即擦掉，否则我们找老师评理去！"

刘正伟听后愣了一下，他没想到此前从没与自己争吵过，也从没起过高声的女生，这回表情这么严肃，语气这么铿锵有力。他正犹豫着，豌珍说："你擦不擦？"说着便起身要去找班主任谢培基老师。刘正伟自觉理亏，赶紧说："我擦，我擦！"他一边擦一边还为自己找台阶："好男不与女斗，好男不与女斗。"从此以后，刘正伟再也不敢欺负杨豌珍了。

后来刘正伟听同学们在议论校花、班花什么的，说初一（2）班有三朵花：杨豌珍、吕豆豆、丽花。大家一合计，从三人名字中各取一个字，合起来就是"豌豆花"。而首屈一指的班花非杨豌珍莫属，还说再过两年她必定成为校花云云。

"豌豆花"是三位女生的代名词，但只有男生圈内明白，女生们并不清楚。因此尽管有豌珍等女生在场，男生们也常会相互调侃："你喜欢豌豆花吗？"

刘正伟开始关注起自己的同桌来，有时还偷偷地从不同的角度注视杨豌珍。他觉得最有诱惑力的，是杨豌珍的一双大眼睛，明亮的眸子好像会说话。再就是她一头黑得闪闪反光的秀发，头一转动，两条羊角辫子左右摇摆起来，像荡秋千似的，美极了！

刘正伟的心房微微地颤动了一下，这是他人生路上，心房因见到女孩而产生的第一次颤动。他自己也说不准为什么会产生这莫名的颤动。

于是他开始与同桌套近乎，时不时地找些题目向杨豌珍请教。其实有些问题他自己本来就会，只是明知故问，醉翁之意不在酒，借机与她说说话罢了。

豌珍觉得自那次"阶级斗争"后，刘正伟变化很大，人谦逊了许多，渐渐地对他有了些好感，也会主动与他探讨一些学习上的问题。

一般情况下，人们认为男生的数学成绩会比女生好些，而女生的语文水准较男生强。然而刘正伟与杨豌珍二人正好相反，杨豌珍数学成绩在全班是冒尖的，老师提名让她做了数学课代表。而论语文知识方面，刘正伟比杨豌珍要掌握得更全面一些。什么主谓宾呀，什么动词、名词、形容词、副词、代词、感叹词，他讲解起来头头是道。于是他成了她的语文辅导老师，她成了他的数学辅导老师。

或许是同桌的原因，不知从哪天起他们二人之间相互称呼时只叫名，把姓氏都省去了。刘正伟看到了自己的优势，而这个优势竟然又可以成为他与杨豌珍之间增进情感的桥梁，于是更加注重对语文知识的钻研，语文成绩更加突出。

一天上语文课，杜德尧老师要刘正伟把上堂课学过的《关雎》一文解读一下。刘正伟很高兴，觉得找到了一个表现自己的机会。因为他对豌珍有好感，把《关雎》中的"淑女"当作豌珍的形象来解读，对文中不清楚的个别词句还特地跑到乡中心小学，求教了当老师的一个远房舅舅。

于是他迅速站起来，从容地从头至尾解读起来："第一句'关关雎鸠，在河之州'的意思是，关关鸣叫的水鸟，栖息在河中的沙洲里。'窈窈淑女，君子好逑'一句是说，善良美丽的好姑娘，好男儿的好配偶。'参差荇菜，左右流之'是长短不齐的荇菜，姑娘左右去择取。……'窈窕淑女，琴瑟友之'是说，善良美丽的姑娘，我用弹琴鼓瑟亲近她。'钟鼓乐之'的意思是用敲钟击鼓来取悦美丽的姑娘。"

当刘正伟讲解"窈窕淑女，寤寐求之"一句时，竟大声地说："美丽善良的姑娘呀，我醒来做梦都在想你呢！"课堂里发出一片笑声。

杜德尧老师说："大家不要笑，我看刘正伟同学对《关雎》一文的理解还是很不错的。我提个建议，我们初一（2）班还没有落实语文课代表，就让刘正伟同学担任好不好？"

"好！"同学们一致赞同。

对同桌的这些心路暗流，豌珍自然一点也没觉察到。至第一学年学习行将结束前一周，见豌珍在看小说《钢铁是怎样炼成的》，刘正伟问她："你这本书看完了没有，能借我看看吗？"

"正好刚看完，故事挺感人的，保尔的精神真了不起。你拿去看吧。"杨豌珍说着便把书递了过去。

仅仅过了四五天，刘正伟拿着书说："豌珍，好借好还，再借不难，还给你吧。谢谢！"

"这么快就看完了？你就放在桌上吧。"杨豌珍因早上起来打了几个喷嚏，怕感冒找上门，说完便找校医去了。

刘正伟心里想着篮球场，就把书放在课桌上也出去了。他刚迈出教室门口便觉不妥，就返回来把书放进豌珍课桌的抽屉里。可走了几步后又觉不妥，心想还是亲手交给她吧，免得出差错。于是又返回来，把书取出后放在自己的抽屉内。

"刘正伟，你快点！"是同学郑勇叫他打篮球去。

"哎，来了！"刘正伟边应着边奔向篮球场。

对刘正伟来来回回地把书拿进拿出的举动，侧旁的丽花觉得有点异样。干吗这么神经兮兮的，她怀疑书中是否有什么秘密。当刘正伟离开后，她便走过去把书拿了出来，仔细地翻了会，果然发现有一张便条夹在里面，她把信笺打开读了起来：

婉珍：

我和你同桌学习接近一年，一年来，我们由陌生到相识，由相识到相知。你给我的印象总是那么的灿烂！不管你对我看法如何，我将把你的形象永远储存在自己的脑海中。同学们在背地说你不仅是当之无愧的班花，还是他日校花强有力的候选人。

我认为班花校花算不了什么，每所学校每个班都可找出自己的花来。不过同学们把你说成班花校花也并非空穴来风，只因你的形象特别引人注目。

尽管没有金银首饰的点缀，没有珠宝玉器的映衬，却时时闪烁着青春的光华，正是这天然去雕饰的朴质之美，更能吸引人们的眼球。

当然一个人仅仅有个美貌的外表是不够的，在亮丽外表的映衬下又拥有一颗美好的心灵，那才显得弥足珍贵。而你就是这样的一个人，你的人品像你的名字一样亲和，你的心灵像你的外貌一样姣美……

丽花看到这里，不禁自言自语："啊唷我的妈呀，怎么这么肉麻呀！"

这时，与她同桌的李松林刚巧进了教室，听丽花在自言自语，便问："丽花，你在跟谁说话呀？"

丽花说："李松林，特大新闻，你快来看看！"

李松林接过丽花递过来的信笺，从头至尾看了一遍后说："刘正伟这小子真是'大跃进'运动中的先进分子，这么小就学会写情书了，不知从哪儿找来这么多描绘女孩子的词句。"

略一停顿后，李松林问丽花："刘正伟给杨婉珍的情书怎么会落在你的手里？"

丽花眉飞色舞地把经过说了一遍。李松林听了却说丽花私下看别人的信不好，叫她赶快把信和书按原样放好，并告诉她这件事要是传出去，一定会引起满城风雨的，这样不但对他们两个人都不好，到时她自己也不好向他们交代，会弄得很尴尬的。

经李松林这么一说，丽花才意识到问题的严重性。便说："啊呀，李松林，多亏你的提醒，要不后果真的很难预料。"说着她赶紧把信夹入书中，并把书按原样放进刘正伟的课桌抽屉内。

丽花转身对李松林说："今天这件事幸亏遇上了你，要是碰上一个像我一样四肢发达头脑简单的人，到时非砸锅不可。真该谢谢你，谢谢你的提醒！"

李松林说："谢什么呀，我长你两岁，只能说这七百多天的饭还没白吃罢了。"丽花开怀笑道："你还很谦虚的呢。"

两个人约定："这事到此为止，反正除了我俩，只有天知地知了。不管杨豌珍对这封信怎么应对，那是她的事，我们就当事先一点也不知情，没这么回事。"

三

通过这件事，丽花觉得李松林是个比较成熟的男生，有了几分好感。便对李松林说："以后我叫你松林哥行不行？"

李松林没想到丽花会说出这么一句话，也不知道她改称呼的真实意图。便说："为什么要改称呼呀，大家都以名字相称不是很好吗？"

丽花自己也说不清为什么突然会冒出这么一句话，似乎也意识到哥呀妹呀的有深层次的含义，却仍然装作若无其事地说："你比我大两岁，叫你哥有什么不对吗？"

"错倒没什么错，但容易引起别人的误会。"李松林回答道。

丽花一听"误会"两字，不知触动了哪根神经，竟满脸通红起来，她赶紧说："好吧好吧，我不改口，永远叫你李松林，这总该行了吧，我们的谦谦君子！"

李松林说："其实同学之间叫名字显得自然平和，国外许多地方，兄弟姐妹之间都以名字相称的。连子女对父母也是直呼其名，说这样更显得平等亲密。不过子女直呼父母的名我倒并不赞同，觉得还是强调尊老爱幼为好。"

"好了，你不用上政治课了，再讲我的脑袋装不下了。"丽花嘴里这么讲，心里却在琢磨"平等、亲密"两个词的含义。

下午已上了两节课，第三节是自习，对第二节的英语课，有些同学感到有点迷惑不解，怎么哥哥与弟弟是同一个词，都念Brother，姐姐和妹妹都读Sister，听了半天也搞不清究竟谁是哥谁是弟，谁是姐谁是妹。

丽花说："分那么清楚干什么，反正姐和妹、哥和弟都是平等的，人家英国人不像我们等级森严，到现在还是君君臣臣、父父子子那一套，弟弟批评哥哥，妹妹不听姐姐的话便是大逆不道。"

她后座的吕豆豆说："嗨！英国的月亮真的比中国的圆哩！"

丽花反诘道："谁说月亮圆不圆了，就事论事，不要扣大帽子行不行？"

杨豌珍插话："就事论事地说吧，我也觉得英语的词汇不够丰富，叔叔、伯伯都是同一个词汇Uncle倒也算了，舅舅怎么也与叔叔伯伯一样的称呼？这是两个不同家族的长辈呀！再说婶婶、阿姨、舅妈都叫Aunt，如果当时只有一个人在场还好说，如果一个婶婶、两个舅妈、三个阿姨在同一个场合，你叫了一声Aunt后，听者还不知道是否在叫自己呢，弄得听者应答不是，不应答也不好。"

吕豆豆见豌珍这么一说，好像喝了杯热咖啡，来了精神："要我说呀，英国人也是够笨的，词汇真的贫乏得可以。"

丽花说："我们班里出了个天才，牛顿和瓦特加起来也顶不上一个吕豆豆。"她的话引来同学们的哄堂大笑。

吕豆豆知道自己的话被丽花钻了空子，但还是为自己争辩道："我指的是语言词汇，你不要断章取义偷换概念好不好，谁说牛顿是笨蛋、瓦特是饭桶啦？"

教室里的喧哗声引来了班主任谢培基老师，他问大家："自习课怎么这么热闹？"班主席郑勇同学站起来说："我本想阻止的，但今天大家议论的问题很集中，是围绕刚学的英语课在讨论，很有意思，觉得讨论讨论也不错。"接着他把大家争论的议题大概讲了一下。

谢老师说："各国的情况不同，思维理念有差别，文化内涵自然也不一样，因此不能说谁家的文化一定最好，关键看是否适合本国国情。适合的就好，不适合再好的东西也不会有好的效果。"他看了一眼杨豌珍后笑着说："杨豌珍同学戴了两只耳环，显得很雅致。可这耳环要是戴到刘正伟同学耳朵上，效果会怎样？"同学们笑得前仰后翻。

谢老师接着说道："同学们不要以为我只是在讲笑话，哪有男生戴耳环的？其实，在云南贵州那边，有些少数民族的男孩子也一样戴耳环，而且耳环的圆周有乒乓球那么大呢，这就是个理念的差别。"谢老师接着强调："照搬照抄外国的东西肯定不行，反之把中国的文化原封不动地移植到别的国家，也一定不会有好的效果。"

当天下午放学后，豌珍看了刘正伟的信，心里嘣嘣跳个不停，脸上感觉火辣辣的。她既感到突然，又感到迷惘。这是她第一次收到男孩子的信，喜悦和羞涩之情同时涌上心头。她对刘正伟的印象不是太好，但也不是很差，那该怎么回复呢？她拿起笔写回信却不知怎么写，第一句话就卡住了。这时她才体会到"万事开头难"这句话的意义。

她左思右想拿不定主意，沉思着却不知如何落笔，连姑妈叫她吃饭的喊声也没听见。姑妈想，这孩子怎么啦，平时很勤快的，一放下书包便来帮忙。今天这么长时间在干啥，是否病了？她急匆匆来找豌珍，推开门见豌珍拿了支笔呆坐着，什么事也没做，便问豌珍是不是哪儿不舒服，有没有生病。

豌珍对姑妈说，自己好好的，没有生什么病。

"没病就好，这我就放心了，"姑妈说，"可你一个人这么长时间在干什么？"豌珍被姑妈一追问，脸颊卷起一片红云。

姑妈一看便猜想，这孩子八成恋上爱了吧！便问豌珍："是不是有秘密瞒着我？"

豌珍没回答，像一个怕别人看到自己脸的小偷，把头压得低低的。

姑妈断定自己的猜想没错，便又说道："告诉我那男孩的情况，他是哪个村的，干什么的？"豌珍还是没吭声，把头压得更低了点，快碰到自己的大腿了。

"真是个傻孩子，对姑妈讲还有什么难为情的？告诉我，姑妈也好高兴高兴呀。再说姑妈还可以给你做……做……部队里叫什么官来着？"

"参谋！"豌珍终于开口了。

"他是什么地方的，叫什么名字？"

豌珍告诉姑妈，那男孩是自己同班又同桌的同学，叫刘正伟，是刘家舍村的。

姑妈听说是刘家舍村的，显得很兴奋。对侄女说："这下好了，这个村我有一个熟人，是我做姑娘时的小伙伴，叫吴金娥，后来嫁到那儿。正好今天下午刚来娘家，我明天找她问问。"她顿了一顿，又对豌珍说："看我的记性，男孩的名记不清了，是叫刘什么的呀？"

"刘正伟。"豌珍告诉姑妈。

"噢，明天不是星期天吗，有些问题你也可以直接问你金娥阿姨的。"姑妈说。

豌珍低着头对姑妈说："您自己问吧，我才不呢！"

"嗨，还不好意思吧，怕害羞谈什么恋爱呀，真是个孩子。你尽管问，阿娥人很热心的，姑妈与她也合得来，人家说我俩人是割了脑袋可以换的呢。"

"姑妈，还是您老问吧。"豌珍不好意思地说。

"好好，我问我问。"姑妈高兴地说，"你俩这事要成了，我与阿娥见面的机会倒是多了。"

第二章　三叔婆

一

这吴金娥在村里倒有点名气。她父亲原是个教私塾的先生，对女儿的文化学习比较重视，让她念完了完小，这在当地的农村算是个"大知识分子"了。这样说或许太夸张了吧，小学生与知识分子能扯得上等号吗？况且又加个"大"字呢。但事实确实是这样的：金娥所在的村，全村五百多号人认识的汉字，加起来也不及金娥一个人认识的字多。

吴金娥小学毕业后，乡中心小学校长打算让她去教书，而村长要她去做会计。因为原村会计是从二十里外的西山头村雇来的，在见到自行车就是一条新闻的岁月里，他只能每天步行上下班，来回要走四十多里路。会计觉得长年累月太麻烦，再三提出辞职请求。因找不到顶替的人，村长再三挽留会计别走，说你要一走，全村的财务账目就变成约约糊（混乱）了。并且给会计实行优惠政策：下雨天可以不来村上班，可即使这样会计也不想久留。

村长实在找不到第二个能做会计的人，便向乡长反映了这个实际困难。经乡长协调后，学校校长只好发扬风格，让金娥做了村会计。

可金娥才当了三年会计就不做了，因为她嫁到了邻村。邻村已经有了会计，再说人们对她不很了解，不放心她管财务，她便英雄没有了用武之地。婚后半年不到，丈夫又参军保卫祖国去了，她就与公婆共同生活。

绝大部分的村民不识字，这严重影响到各项事业的正常开展。

自从实行土地改革后，祖祖辈辈靠租别人的田地耕作的农民，有了属于自己的土地，内心甭提有多高兴。但耕牛、农用船等农业生产资料严重缺乏，耕地时需几个壮劳力合起来拉一架犁耕地。还有像掘河泥，用船运柴草，到乡里卖棉花等都需要几个人合力经营才行。于是几家农户联合起来，组成了互助组。

互助组运作的结果，自然会造成各农户间用工的差别，时间稍长一点后，这个用工差别就易混淆，需要有人记个流水账。

记账人不好找，农户们索性采取土办法记：削制一批竹简，每户平均发二十或三十根。假如甲帮乙做一天工，乙要拿一根竹简给甲；丙请乙帮两天工，丙需给乙两根竹简，依此类推。

每过一两个农时节气便结算一次，竹简少的农户，以当时劳动工值付报酬给竹简多的农户。这种状况显然已不适应生产关系变化的需要。

文化基础的过度薄弱，不仅仅影响农户间的记工计酬问题，也阻碍人们的政治生活正常进行。

村里选举村长，规定每家每户派一个成年人参加投票，并实行二选一的差额选举办法。农民们感到很新鲜，过去保长甲长都是乡长指派的，现在村长由农民自己选举决定了。政府说这就叫人民当家做主哩。

这个做法虽然很民主，但具体操作时困难就来了。如果印好选票后用投票方式选举，是行不通的。因为大家都不识字，自然分不清印在选票上的候选人的姓名哪个是张三，哪个是李四，怎么画圆打叉？

看来采用投票选举的办法行不通。那么改成直接举手表决的简单办法呢？这也不妥。这会让举手者有心理压力，如果我不举张三（李四）的手，但结果张三（李四）当了村长，他会否给自己穿小鞋？即使不穿小鞋，以后见了面自己也感到面光光的多难为情！

那该怎么办呢？于是人们又想出了一个类似孩子们捉迷藏做游戏的土办法：让两位候选人并排坐在台前，找两块黑布分别把候选人的头围起来，把双眼蒙住。候选人的背后各放一只饭碗，代替票箱。每个参选者再分给一粒豌豆，用来代替选票。选民们排队依次经过候选人的背后，把豌豆（赞成选票）投入自己要选的那位候选人背后的碗里。最后计算谁碗里的豆子多，谁就当选为村长。

这个土办法免除了投票者作难人的尴尬，但毕竟不是长久之计。因而消除文盲成了当政者不得不考虑的头等大事，被提上了议事日程。

二

为扫除文盲，县政府提出，利用冬闲时间开展学习，争取用两至三年时间基本扫除农村中的青壮年文盲。具体要求是每个人能会认会写五百个以上的常用汉字。

刘家舍村的村长和农会主任从区里开会回来，立即喊来村妇女主任、治保主任和民兵连长等村干部开会，研究办夜校的事。村长传达会议精神，说："县长要求村村办起夜校，我们今天开个村干部会，要讨论如何把夜校办起来。"他讲完后，由农会主任具体传达上级政府对如何办夜校的指示精神。

农会沈主任说："区委宋近芳副书记说，现在我们农民已有了自己的土地，但不能仅仅满足于'三亩地一头牛，老婆孩子热炕头'的小农经济阶段。我们的目标是奔向共产主义，共产主义是个什么样？区委书记讲得很通顺，我有几句记不清了，只能说个大概意思。"

他停了一下，又接着说："到那时我们的生活会有翻天覆地的大变样，说出来大家可能会想不到，就是要实现'楼上楼下，电灯电话，饭前水果，饭后水果'。"

村长补充道："领导还说，要达到'耕田不用牛，点灯不用油，饭菜随你选，进出坐包（轿）车'。"

民兵连长听了哈哈大笑道："你俩是在讲神话故事吧，你别弄错，我们这里是讨饭塘下，不是宁波江厦，我出门能坐上牛车就谢天谢地了，还指望坐什么包车？我们这条弯弯曲曲的泥土路，三尺三寸宽，就是送你一辆小包车，你能开进来吗？也许到下世，这世里我是做梦都不会想了！"

妇女主任却乐呵呵地说："沈主任说的目标，有几条我们已经实现了。你们看吧，我们女人利用月亮夜到室外纺棉花线，本来就不需点灯，用什么油呀。下雨时我家的金丝草房子呀，外面下大雨，里面下小雨，外面不下了里面还在下。结果水从房顶漏到床上，床上的被子衣服被打湿了，水又从床上落下去，床下的鞋袜也全打湿了，这不是楼（漏）上、楼（漏）下吗！"

治保主任附和道："我们三四个人合起来拉着犁耕地，本来就不用牛呀！"大家又发出嘻嘻哈哈的一片欢笑声！

农会沈主任却很有信心地说："你们讲的这些话，我们在区里开会时也这么提过，总感到是不可能的事。但区委领导指出，有些同志认为这是在吹牛皮，讲大头天话（神话故事）。是否在吹牛，以后用事实来说话。他举了个例子，现在我们每个农民不管男女老幼，名下的土地都是一样多，中山先生的'平均地权'真的实现了。不过我要大家想想，要是在四年前，我说今后每个农民都要有土地耕种，而且不管大财主还是小长工，每个人要分得一样多，你们有几个人认为这不是在讲大头天话？我们听到这儿后，心里的疑云才散去了许多。"

沈主任继续传达区委指示："区委书记说，'共产主义是天堂，没有文化不能上'，因此要求每个村都来办夜校，扫除文盲，大家要具体讨论一下如何办好夜校的问题。"

村长告诉大家："课本县里会统一发下来的，我们主要确定夜校的老师，办夜校的地点，参加学习的人员等。"村干部们这才安静了下来，商讨办夜校的具体事情。只是在物色夜校老师时，村干部们犯难了，左思右想也找不到合适的人选。正当大伙发愁时妇女主任忽然想到了一个人，说："我邻居大嫂可以当老师，她叫吴金娥，在家上过六年学，可有文化了。上个月我孩子一到晚上就哭闹不止，弄得一家人都睡不好。我婆婆说，找人写个安神榜贴起来，让路神保佑孩子睡个安稳觉。可找谁去写？正好吴嫂来串门，知道后主动给我们写了张安神榜，'天皇皇，地皇皇，我家有个夜哭郎。过往君子念三遍，一觉睡到大天亮'。"

经妇女主任一介绍，大家高兴得像发现了新大陆，一致同意让吴金娥做夜校的老师。

在这个扫盲运动中，吴金娥可有了用武之地。

语文课学习的内容以农村中常见常用的事物居多。她工作很专注热心，为了能让大家看得懂记得住，她事先把棉花、麦子、油菜、南瓜、豌豆等农作物及鸡、鸭、鱼、虾、狗、猫等动物画到黑板上，人们一看就明白，容易记住。所以大家反应很好，她被评为乡里的扫盲积极分子，受到上级表彰。

接着县里来的工作队到村里宣传"过渡时期总路线"精神时，发现金娥文化基础较好，群众对她的反映也不错，而工作队正缺少有文化知识的女性宣传队员，于是报请上级审批，把她吸收为工作队队员。

因她性格开朗，人也勤快，工作开展得很顺利。

政府号召开展拥军优属活动，发动妇女做军鞋，金娥把全村的青年妇女招来开会，先给大家讲了个三寸金莲的故事。

"姐妹们，我讲的三寸金莲不是我们的妈妈，也不是我们外婆的那双小脚，要讲的是我舅舅的小脚。"

妇女们议论开了："什么舅舅的小脚，男人的脚难道也有三寸金莲？""哪有男人缠脚的事，从没听说过。""嗨，你就听她瞎说吧，谁爱信就去信，反正我不信。"

于是金娥给大家讲了舅舅的脚变成三寸金莲的原因。

"我舅是赴朝鲜作战的志愿军战士。一天傍晚他经过炊事班时，炊事员没注意把一盆水泼过来，把我舅左脚的鞋泼湿了，因没换洗的鞋，只好继续穿着湿鞋。半夜时分部队奉命要利用夜色的掩护，摸到美军碉堡阵地前打埋伏，打算第二天拂晓给美军一个突然袭击。"

"朝鲜的冬天可冷了，气温降到零下二十多度。舅舅伏在雪地里冻得牙齿格格作响，全身像筛糠似的抖动着。尤其是左脚更受不了，感觉钻心的痛。他多想爬起来活动活动跺跺脚，但不敢动，二百米外就是敌人的碉堡，两侧架满了敌人的机枪，一动就要暴露目标，会导致前功尽弃。他想找块布条什么的把脚包起来，即使好的没有，尿布也行。但到哪儿去找布条？四周一片漆黑，只有对面敌人的探照灯在来回照射。舅舅低着头不敢动，却听到右侧不远处有沙沙的声音，这是风吹茅草发出的声音。实在冻得受不了了，舅舅便向右边慢慢蠕动着，想折些茅草来垫脚用。正在这时一道光亮闪过，只听得'突、突、突'的响声，这是敌人碉堡里的机枪在扫射，子弹嗖嗖地从头顶飞了过去。不过这是敌人有意无意地在搞探测，并不一定真的发现了敌情。但舅舅以为是自己的移动引起了敌人的怀疑，便再也不敢轻举妄动。一趴六个小时过去，他的脚早已失去知觉。冲锋开始了，舅舅想爬起来，可他的左腿像灌了铅似的，不再听他指挥了，怎么也站不起来，只好拖着一条腿爬着前进。"

"冲锋号吹响了，战友们端起枪往前冲，不一会枪声、炮声、喊杀声、手榴弹的爆炸声连成一片。战斗胜利了，可舅舅一颗子弹也没打出去，他只向前爬了三十多米，他的左脚已冻成冰块，根本不听使唤。大家把他抬到战地医院，医生检查发现，四个小脚趾头硬邦邦的，掰也掰不动，似乎已经坏死，于是赶快转到野战医院。在去野战医院的途中，一路上几乎所有的桥梁都被炸断了，一次次躲避敌机的轰炸也耽误了很多时间，本来三天的路程竟走了一个星期。最后总算是到了野战医院，可医生发现他的脚趾头已发黑了，肌肉组织全坏死了。医生说没法恢复，只好做截趾手术。手术开始了，舅舅躺在手术台上，一会听到'叭'的一声，接下去每隔几分钟、十几分钟都能听到一下这种声音。舅舅知道，这是自己的脚趾头被放到手术盘里时发出的声音。痛倒并不痛，但舅舅的心里在流血。都说男儿有泪不轻弹，可舅舅的枕边流下了一大片的泪水。手术做完了，他被送入病房，他艰难地抬头看了看自己的脚，发现只剩下一个大脚趾头。一个多月后，舅舅出院了，但他左脚的形状像一只尖尖的粽子，有人称他像老婆婆的'三寸金莲'。从此以后舅舅走路时再也离不开拐杖了。"

故事讲完了。金娥接着说："姐妹们，前方的志愿军战士为了能让我们在和平的环境中生产生活，不惜冒着生命危险在敌人的碉堡面前趴冰卧雪，可他们连一双多余的鞋都没有。要能有一双换洗的鞋，我舅的左脚就不会变成'三寸金莲了'。一双鞋子的作用该有多大！现在政府号召我们妇女给前方的志愿军做军鞋，我们后方的人该怎么办，我们能否完成任务？"

妇女们深受感动，有些人已悄悄擦起了泪水，大家纷纷表示绝不能再让志愿军指战员光着脚丫子在冰天雪地行军打仗，要以实际行动支援前方，并问金娥鞋子的尺码。金娥告诉大家："政府并没有告诉统一的尺码。你们按照各自老公穿的鞋子去缝制就行了。"

妇女们连夜开始动手做鞋，第三天，第一批军鞋缝好了，三十八位青年妇女上交了三十八双新布鞋。区人武部长听说后简直不相信自己的耳朵。他看着新鞋夸奖吴金娥："阿娥，你真行！别的村还在上门动员呢，你却把鞋交上来了！"

就这样金娥出了名，多次受到乡、区、县工作队领导的表扬。她家的墙上贴满了各式奖状。于是人们猜测，金娥要吃"国家米饭"了。

金娥要提干部的消息传开后，却是几家欢喜一家愁。她的父母、兄弟姐妹、玩伴同学及亲朋好友都为她高兴。可是她的婆婆却为此事愁眉不展，整天心事重重闷闷不乐，把脸拉得长长的。

晚饭后金娥的婆婆问丈夫："他爹，外面都说金娥要当干部了，侬听说了没有？"

"我又不是聋子，当然听到了！我看金娥这孩子有出息。"丈夫应道。

"侬呀侬，怎么说呢，我看侬是两个肩胛扛个头——白长了一个脑袋！"

"我咋就白长个脑袋？"金娥的公公对老太婆的话有点摸不着头脑。

"现在作兴婚姻自由，侬不怕金娥真当上干部后，会看不起我们的儿子而闹离婚？"

"别瞎想好不好，我看侬真的是'好愁不愁，却愁得六月里没有日头（阳光）'，金娥可不是这类人。"丈夫语气坚定地说。

"就算金娥不是这号子人，一个女人家又年纪轻轻的，今天跑县里开会，明天到乡里听报告，一个人在外面疯疯癫癫的也不放心呀！"老伴继续唠叨着。

"侬是担心金娥会越轨？这更不会的，这孩子我放心。再说了，她与我们的儿子是军婚，政府专门有法律规定，谁要违反就按破坏军婚论处，处理起来很严格的。"丈夫仍然信心十足。

"侬又犯傻了是不是，等出了事扬了名，查处再严厉，就是把对方给枪毙了还能顶个屁用？"老婆说。

丈夫觉得老伴的话多少也有点道理，但他还是相信儿媳妇的品行。便对老伴说："侬也太多虑了，金娥不是水性杨花的人，不会去勾引别的男人，侬别自寻烦恼好不好。"

老伴却不同意丈夫的意见："就算金娥不去引诱别的男人，可别的男人要来勾引她呀。俗话说，'常在河边走，哪能不湿鞋'。这长长的年，大大的月，日子久了，谁能保证一定不会出点事？"

丈夫失声了，他想，是呀，哪只野猫不贪腥，哪儿的老鼠不偷米？

老伴又说："有句话不是说，'鸭肫难剥，人心难摸'吗？人不能只看表面。"她举例说，"就说村头老孙家二媳妇桂花吧，看上去人很本分的样子，可她生了个儿子却与张家那个浪荡公子是一个模板印出的如意年糕。再看看侬那个远房的三侄媳妇菊花吧，平时大门不出二门不迈的，可侬侄子养蜂在外整整十个月，养蜂回家才三个月就做了爹。这类事还少吗？"

丈夫沉默了。他沉思了一会问老伴："那侬说该怎么办？"

"还能怎么办呀，就不让她参加工作队呗，给我老老实实在家待着。当什么工作队员，人家没当工作队员的人都饿死了？"

"这样做怕不大好吧？"

"有什么好不好的，这事侬不用管，我拼老命也要为儿子保住这个老婆。"

金娥的公公再没作声。

于是，第二天开始婆婆便限制金娥的行动，不让她到外面去。金娥没办法，只希望领导来做婆婆的思想工作。但不管是村长、乡长，还是宣传队队长来做工作，婆婆就是那句话："只要金娥离开家一步，我就上吊给你们看。"

宣传队队长觉得，若硬是把金娥叫去，万一老太太想不开真的上了吊，那就麻烦了。别的不说，也得为她当兵的儿子想想，人家趴冰卧雪守边关，回来后妈妈却不见了，怎么向他交代呀。于是再也不敢叫金娥去开会了。

金娥就这样失去了一个跳龙（农）门的机会，她心中愤愤不平，丈夫身在边关，她无处诉说心中的苦闷，只好独自暗暗哭泣。

婆婆见儿媳妇两个眼圈红红的，内心也有几分愧疚，几次想劝说，可喉咙怎么也发不出声。

公公见儿媳这样整天垂头丧气的，心里也不是滋味。想劝说几句吧，总觉得翁媳间说话多有不便。说重了怕儿媳接受不了，以为在欺负她；说轻了还怕她理解不了，以为在哄骗她。不像对自己的女儿，怎么说她也没关系，甚至骂几句也不要紧，第二天照样叫自己爹。因此他几次想开口又打住。但他又不忍心儿媳妇总是这样闷闷不乐，天天以泪洗面，这样下去总不是个事。

于是他壮壮胆来到儿媳面前，咳了两声清了清嗓子，对儿媳说："阿娥呀，这事是爹不好，我没坚持原则，耽误了侬的前途，侬要怨就怨爹吧。"

儿媳听后把头扭向一边，表示听不进去。

公爹向金娥移了移接着说："但事情已这样了，侬也要想开点才对，这样会闷出病来的。"

金娥又把头扭向另一边，表示还是不想听。

公公继续说："我想这些日子家里也没多少活，侬趁这个空当回一趟娘家。去看看侬娘侬爹，顺便再找几个小姐妹聚聚，聊聊天散散心。"

金娥这回没再扭头，而是把头低下不吭声。

公公见有了点效果，便继续说道："侬在娘家尽管放心，不用惦记这里的事。过些日子等生产忙了，我叫老太婆来接侬，顺便向侬爹侬娘赔个不是。"

金娥听公公这么一说，双手捧着脸竟然"哇"的一声哭了出来。

她本是个明事理的人，听了公爹一番真诚的话，胸中的那股郁气释放出来了，心情便平和了许多。

她心里想，老人也有老人的苦衷，我就认了吧，就当是我前世修行不够虔诚，菩萨跟自己开了一个玩笑。

三

金娥尽管没能吃上皇粮，但邻里们还是对她刮目相看。就凭高小毕业这张"知识分子"的文凭，村里的人需要写书信、门联、借据、分家契据等都会来找她；还有诸如小姑娘缝绣花鞋，要她在鞋面画个样花；正月初八拜仙姑①，婶婶要她给仙姑娘娘画个嘴脸，她总是有求必应，大家称她是女"秀才"，可忙乎了。

直到几年以后，像金娥这样的"知识分子"越来越多了，不但有了"秀才"，而且有了"举人"。又几年过去，连"贡生"、"进士"也面世了，她才渐渐淡出文化领域。

不过人们还是尊敬她的，她辈分高，丈夫排行老三。因此，男人们称她三婶，女人们叫她三叔婆。后来人们渐渐地不再叫她别的名号，都管她叫三叔婆。再后来，人们似乎忘记了她的真姓实名。若问起吴金娥的家在哪，许多年轻人把头摇得像个拨浪鼓；若问到三叔婆住在何处，男女老少没人不知道的。

星期天早上，凤仙吃过饭正想去找金娥，刚迈出门槛，见金娥向自家走来，便高兴地说："阿唷唷，阿娥呀，侬来得正好！吾正要来看侬呢，这回好了，省了吾一条路，快屋里坐！"

金娥说："凤仙，阿拉有两年多没见面了，侬把吾给忘了吧？"

"罪过，罪过，吾一年总有几次在梦中见到侬，每次见到后都高兴得哈哈大笑呢。"

"侬准在编故事，吾才不相信呢。"

"上有天，下有地，头顶三尺有神灵。吾敢骗侬呀，侬要不信老头子可以作证的。吾做梦傻笑时，每次都是他把吾从美梦中推醒的呢。"

"是真的吗？"金娥问完这句话后，忽然上前一步，对着凤仙的耳朵神秘兮兮地压低声音说："侬老实给吾坦白交代，老头子把侬从梦中推醒后，你们做没做坏事？"

凤仙听了先是一愣，明白过来后做了个双手合掌的动作："阿弥陀

---

① 拜仙姑：农村中曾盛行的一种习俗。每年正月初八、十八、二十八三天进行拜仙姑活动。到时扎一稻草人，画上嘴脸就成了仙姑娘娘。草人的骨架是具有柔性的杨柳树枝条制作而成，称此仙姑为杨柳神。三个八日里问仙姑的内容大同小异，一般问某家的财相和某个人的前途，及公众共同关心的事，如全年的风雨分布等气象预测及农作物种植种类的选择。三个八中对所问的内容还各有侧重：一般讲第一个八问年成，二八问种成，三八问收成。

佛，一大把年纪的，棺材板都香喷喷的了，还提这种事唷，亏侬说得出口，也不觉得脸红！看样子侬自己倒还是当年那么骚吧！"

"哼，就侬正经，侬高尚，侬脱离了低级趣味。侬那三个孩子呀，都是孙猴子的弟弟妹妹——从石头缝里蹦出来的。"

凤仙伸出右手食指点了点金娥的嘴角反击道："看侬这张利嘴，活像一把绣花剪刀——可是尖着呢！凤仙说到这咳嗽了两下接着说：唉，只是可惜啦，要不是当年侬婆婆的阻拦，现在可能正在北京人民大会堂作报告呢！还能到吾这个破草舍里来呀。"

"侬还要拿这件事来挖苦吾？看吾不把侬格嘴唇撕破，侬是难熬煞哉。"金娥说着便用手要去抓凤仙的嘴唇。

凤仙把头一扭说："好了好了，阿拉俩难得见一次面，不要总是针尖对着麦芒老打架，吾认输了还不行吗？等一会吾有点正经事要问问侬。"

"怪不得侬会认输，原来要有求于吾呀，那好吾饶了侬，侬要问什么事就说吧，吾竖起耳朵听着。"

凤仙先对着里屋喊："豌珍，侬金娥阿姨来了，侬到外间来。"

豌珍知道姑妈叫她，是要当着自己的面打听刘正伟的情况，这多难为情！但姑妈她俩的谈笑，豌珍在里屋听得清清楚楚，知道她俩的脾气投缘，关系很融洽，忐忑的心情也就稍为安定了一点。她步履轻轻地来到堂屋，低着头对着金娥腼腆地说："阿姨，您好！"

"噢，这就是小豌豌呀，几年不见变成个俏姑娘啦！"金娥说完，上下左右打量了一下豌珍，惊叹道："啊唷唷，长得可真够标致的，侬看看，侬看看吧，不胖也不瘦，若再低一个铜板就厌矮了，如再长一个铜板就厌高了！杨家古代出过美女，叫吾看呀，小豌豌未必会比杨贵妃逊色呢。"她转过脸又对着凤仙的耳朵轻轻问："侬是否要吾为小豌豌找个婆家呀？"

凤仙先纠正金娥对豌珍的称呼："侬别再开口小豌豌、闭口小豌豌的了，她上中学了，阿拉该叫她的正名——豌珍了。噢，刚才侬只说对了一半，不是叫侬忙着牵线，先向侬打听一个人。"

"向吾打听人，谁呀？"

"豌珍的一个同班同学要与她搞对象，还是你们村的。"

"阿拉村的，同班同学？噢，是老刘家的儿子刘正伟吧！"

"阿娥侬比肚里仙^①还灵呀，吾还没介绍呢，侬倒猜出来是刘正伟了。"

金娥说："这是明摆着的事，刘家舍村到二中读书的只有刘家孩子一个人嘛。"

"那么不知他的情况怎样？"

金娥见凤仙要向自己了解刘正伟的情况，便想起了五六年前的一件事。那是阴历八月初的一个下午，金娥欢欢喜喜买了四只桂花鸡^②，公母各两只，才喂了五六天，刘正伟与几个小孩打架时把两只稚母鸡踩死了。金娥本来打算，两只公鸡过年时杀了办年夜饭、年初待客用。而母鸡是养着生蛋用的，明年一家人需要的油、盐、酱、醋、火柴、肥皂等支出全指望用鸡蛋去换的。这下计划全打乱了。虽然正伟娘赔了买鸡钱，可金娥还是很不高兴，把刘正伟臭骂了一顿。

本以为这事骂过后气也消了，过去就没事了。谁知第二天中午发现，金娥家自留地上种的几株冬瓜连蔓带叶全蔫了，仔细一看发现冬瓜根全被拔了出来，十几个才拳头大的冬瓜全被无常伯伯提前抓了去。

金娥认定这是刘正伟的杰作。可刘正伟死不认账，还说捉奸捉双，抓贼抓脏，要金娥拿出证据来。金娥到哪去找证据？这回真的是不说只是一肚子气，一说反倒成了两肚子气。

好在正伟娘是个很厚道的人，她心里也明白这一定是自己的讨债儿子干的好事，秋后给金娥家送来了一箩筐的酱瓜，说是自己家吃不了，要金娥收收罪过，把瓜处理处理。金娥把瓜剖开后用盐腌渍储存备用，一部分切成片晒成瓜干储存起来。

凤仙问完后，原以为金娥马上会告诉她刘正伟和他家的情况，没想到

---

①肚里仙：装神弄鬼的迷信职业者。

②桂花鸡：指的不是鸡的品种，而是与季节有关。农历八月桂花飘香的时节孵出的小鸡称为桂花鸡。这个时节孵出的鸡饲养时有几个有利条件，一是气温渐转凉气候干爽，有利于稚鸡生长，不易得病；二是公鸡到年底正好生长成熟，可以节省喂食的饲料，减少饲养和管理时间，比较经济；三是母鸡在新年前后便开始下蛋，每天"咯咯"、"咯咯"地给家庭送来喜悦。故大婶大妈们最喜欢养桂花鸡。

金娥听后只顾自己开小差。凤仙见金娥沉默无语，心里嘀咕大概刘正伟这个人或他的家庭情况很不好，便说："阿娥，是什么情况就说什么情况，侬石板顶上甩乌龟——实打实的来好了。"

金娥告诉她："刘家的情况也没什么特别的，刘正伟的父母都是忠厚老实的庄稼汉，尤其是正伟娘为人忠厚老实，人缘很好，从没听到与邻里多过话头。刘正伟人也聪明，学习成绩很好，只是有几分顽皮。这也并不要紧，年轻人变化大以后会改的。吾考虑的不是这方面的问题。"

没等金娥住口，凤仙接过来问："那么侬在顾虑什么？是他们的生辰八字不合还是生肖属相有冲突？"

金娥说："侬讲的两点都不是，政府说了，这些都是过了时的皇历不能再用了。吾是在想两个初中生谈恋爱，最后的结局问题。"

凤仙听到这里，像是打开了话匣子，她说："结局不就是最后结果嘛，当然是通过恋爱最后组成夫妻建立新的家庭。现在提倡自由恋爱，不像阿拉那会，一切由父母做主，嫁鸡随鸡，嫁狗随狗的。问都不好意思问一声，明天要上花轿了，今天还不知道自己丈夫高矮胖瘦呢。侬看现在多好呀，'毛主席号召新婚姻，自找对象真意心'！"

金娥说："好是好，但并不是说实行新婚姻法后，一切都会顺风顺水。吾这辈子已牵了二十多根红线，说少真不少了，结果差别很大。有些线牵对了，夫妻关系好家庭很幸福；有些比较一般，但时间久了，还可以互相适应；有些牵错了，双方感情始终合不起来，只好以离婚了结。早知这样，当初还不如不结为夫妻。"

凤仙认为这是没办法的，就看两人是否有缘，媒人是成人之美，但不能保生儿子保生囡、保他们一辈子的。

金娥却说："其实有些情况如果考虑细致一点就可以避免，有的事先也是可以预测的。"凤仙听了便问她："侬刚说过测字算命是老皇历，现在又要用上测字先生了？"

金娥告诉她，自己讲的预测不是找测字先生，而是根据双方的具体情况来分析判断，事情可能会怎么发展，最后的结果可能会怎样。

凤仙知道金娥做过很多媒，会有不少体验，便要她为豌珍与刘正伟谈朋友的事预测预测。

金娥说："阿拉都是凡夫俗子，只要不是神，人到了一定的年龄，身上自然会产生一种叫荷尔蒙素的物质，这种物质对人的生理和心理健康有很大的影响。"

凤仙听到这便插话："阿娥，侬说的不就是动情素吗？"金娥点点头。凤仙说："这一定是外国人给取的名字，多别扭。不像阿拉中国人取的名字，求偶素、动情素，一听就明明白白。吾还听说这种素还有个名字叫什么射箭比赛的？"

金娥说："吾咋没听说过有什么射箭比赛的呀！"

豌珍更正道："姑妈，那不叫射箭比赛，叫丘比特箭。"

金娥哈哈笑道："凤仙呀，吾差点被侬给弄迷糊了。"

凤仙说："不管叫什么名，反正没中国人取的名好记。"

金娥接着说道："阿拉不管它该叫什么名。这是一种润物细无声的奇妙物质，身上一旦产生了这种物质，男人会主动去亲近女人，女人也会认真去关注男人。在某种条件下，男女之间会互相照应，互相爱慕，互相赏识。这种情感不断发展不断深化，直到愿意为对方倾其全力负其全责，甚至愿意放弃或牺牲其他利益。一旦条件齐备，便导之男欢女爱，结成夫妻组成家庭。这种恋爱的特征是，顺其自然水到渠成。"

凤仙要金娥别绕圈子，直接说说豌珍与刘正伟的事。

豌珍一听，心不禁激烈跳动起来，感觉自己像坐在火炉旁，脸被烤得热辣辣的，便低下头侧向金娥阿姨的反方向，似乎有意在回避。其实她的两只耳朵正竖起来听着呢。

金娥说："像刘正伟和豌珍这个年龄段的少男少女们，不管是男生女生都会对异性产生兴趣，都会有生理反应，男生会做性梦，女生会来月经，这都属于正常现象，与人的思想品德没有关系，与人的理智却有关，因为有了这种现象与反应，仅仅表明人已开始发育，正走向成人阶段。这种现象像早上起来看到的一层薄雾，使人有点迷迷茫茫，雾没消散前不能盲目出门，一股脑儿地跟着感觉走，往往会迷失方向。'晨雾'的消散需要一个过程，这个过程没完结前，体内的五脏六腑还嫩着呢，这就不适合做爸爸妈妈，否则不利于健康。再说了即使真的做了爸妈，他们也不知该怎么照料孩子呢。这是吾强调的人要有理智才对。"

凤仙听到这儿笑道："阿娥侬一提这事，吾就想起了自家隔壁的小英子。当年她十三岁结婚，十四岁便当了妈。一天小英子自个在踢毽子玩，孩子哭了，小英子玩得正在兴头上，于是说'宝宝别哭，妈再踢一会毽子来给你喂奶'。"

金娥说："这能全怨小英子吗？她自己也是个孩子呀。"

凤仙笑道："过去这种情况确是不少的，过早结婚是不合适，不过现在这么小就结婚的人倒是没有了。"

金娥说："吾觉得两个初一学生谈恋爱还是早了点。会不会影响学习先放一边不去说它，也经不起时间的考验呀。因为从恋爱到结婚有很长的路要走，这中间变化的因素很多，最后的结果很难预料，就怕取不得真经、成不了正果，反而浪费了许多精力。这也是要好好考虑的。"

凤仙又插话了："侬的意思吾有点明白了，就怕一个读两年书后不上学了，另一个继续上高中，甚至上大学去，距离一拉大自然合不起来了。"

金娥说："就是两人都能上完大学，到时一个分到东北，一个分到西南，这样矛盾就来了。保持关系吧，变成新时代的牛郎织女；一刀两断吧，又不是说说那么容易的。要抛弃几年来共同精心培育的感情之花，无疑是一种难于忍受的折磨。"

凤仙听到这里心想，吾侄女要才有才要貌有貌，就不怕到时找不到如意郎君，晚一点找男朋友也没关系的。便对豌珍说："金娥阿姨的意思吾知道了，她是说侬还太年轻，又正在读书，不要匆匆忙忙谈男朋友。侬听明白了吗？"

豌珍没回答。

金娥见豌珍低着头不搭话，便说："豌珍，侬把头抬起来吧，不要像个斗倒地主似的。谈恋爱也没什么不好意思的，只是要把握好时机，怎么做合适侬自己选择。"

她转过脸又对凤仙说："侬也不用追问豌珍了，吾看侬的侄女比阿拉都聪明，响鼓不需重锤敲，她一定会处理好自己的事。"

豌珍佩服金娥阿姨的口才，心想才读了几年小学就这样长谈阔论的，如果上了大学，非成为一个理论家不可。她也知道阿姨的那些话出发点是为自己好。但是，自己究竟该怎么办，要不要给刘正伟回信，又该怎么回？

第三章　上学途中

一

新的学期开始了，还是按原先初一时的位置坐，豌珍仍与刘正伟同桌。刘正伟很高兴，只是豌珍不想与他坐在一起。她找谢老师要求换个座位，谢老师问她为什么，她把脸憋得红红的却吐不出一个字。

谢老师是位有多年教育经验的人，已猜测到个大概。就告诉她说："我知道了，你回去吧。"

第二天上课前，谢老师把几个同学的座位作了调动，豌珍与李松林同桌，而丽花和刘正伟成了同桌。这个调动使刘正伟很意外，猜想可能是豌珍不想与自己同桌，向班主任要求的吧。

其实他自己也不想和丽花坐同桌。这女生脸面倒也光鲜，双眸亮晶晶的，初次见面的人容易被她那双眼勾住魂。就是她不够稳健，总是大大咧咧的，性格又像个男孩子，却又没有男孩子的豪爽，倒给人自私自利的感觉。

下课后，刘正伟找到谢老师，问他为什么要调换座位。谢老师知道刘正伟问话的心思，但他的答复使刘正伟心中的疑虑消除了。谢老师告诉他，经常调换座位有利于保护视力，长时间固定在一个座位上，三年下来，很容易造成视力偏差。刘正伟心服地点了点头，心想还好，只要不是豌珍的意见就好。

新中国成立好几个年头了，人们的物质生活有了较大的改变。祖祖辈辈一字不识的务农木头们①，开始注重起子女的文化学习了。

由于二中教育质量好，许多人都希望把子女送到这里来学习。县政府决定扩大二中的招生数量。但困难随之而来，最突出的问题是校舍不足。可新建校舍的话，资金筹集又困难重重。

怎么办呢？学校操场的东南方向，隔着一条河有一大片坟地，约有四十多亩，是一块义冢地②，内有几十座土坟。坟的质量都不大好，大多是些结构简单的殡坟③。多数成了无主坟，杂草丛生。有些坟破损特别严重，尸骨裸露在外，最恐怖的是路旁边那三个裸露着的骷髅头，两眼和鼻孔构成了三个深陷的洞，张着牙齿像要吃人，看得人毛骨悚然。

尤其是每当太阳下山后，坟场变得更阴森可怕，胆小的人是不敢靠近的。特别是到了春季气温回升后，一旦遇到浓雾细雨的夜晚，坟地内不时会冒出一个个燃烧着的火团，有大有小。大的像只大灯笼，还会上下跳动，远远望去似砖瓦场窑洞口熊熊燃烧的火焰。小的火苗是蓝色的像只小气球，会来回飘荡。路人经过这里时，这蓝色的小火苗还会跟在行人背后与人一道走。

阿婆婶婶告诉孩子们这是鬼火，大的火团是"鬼烧窑"，小的火苗称

---

①务农木头：是农民自贬的话，说自己像木头一样笨，不会开窍。

②义冢地：土话称乱葬坟滩，是慈善事业的产物。有些好心人筹钱购买一定量的土地，专门供"死无葬身之地"的赤贫阶层的人们入土为安。旧时自己没有土地，又无力购买墓基的人，包括流浪汉、乞丐等人死后可随便埋葬于此。这里的死者往往没立墓碑，有的是把死者的尸体用草席一裹，挖个地坑埋下去就完事。经济条件略好些的家庭，即使平时很吝啬的人家也不会为省钱葬于此地的。

③殡坟：比正式坟墓简单，棺材四周不掩埋泥土，只简单用砖块石板围住，讲究点的人家外面再涂些白石灰。带有临时性，一般打算以后择日重葬的。但旧时许多穷苦人家往往没有重葬能力，只好长期搁在那里，甚至到永远，等其自然坍塌化为平地。

"鬼跳舞"。孩子们听了,一个个吓得缩脖子吐舌头。太阳一下山,谁也不敢向坟地这边靠近。即使发现了"鬼烧窑",也是双手抓住妈妈的衣衫老远望望,根本不敢靠近。

为筹集建教室的砖块,学校召开全校师生大会,校长动员同学们去平这片坟地,说要把坟砖拆下后搬过来造新的教室。

学校大会堂内一片哗然:"这不是要我们去得罪那些鬼魂吗?""用坟砖建教室,那些鬼魂能不报复?""鬼魂们合起来暗暗发力让教室坍塌了怎么办?""我们得罪了鬼魂,一旦惹上晦气生了病又怎么办?"

针对同学们的种种疑虑,学校团委书记、专门负责教政治课的周家清老师作了补充动员,重点讲了关于为什么会有"鬼火"的问题。

他说:"人其实与牛羊等动物一样,死后尸体一腐烂,便渗入泥土中消失了,再没有什么灵魂存在。人死后的骨骼一时腐烂不尽,会有个慢慢腐烂、慢慢挥发的过程。骨骼里有一种叫磷化氢的物质存在。这种物质有两个特点,一是质量很轻,平时会在近地面飘浮;二是燃烧点低,在摄氏十几度便会自己燃烧起来。而校面前的坟地上自然有不少磷化氢这种物质在地面飘浮着,到了春天气温升高后,就燃烧起来,形成一个个大小不一的火团。当人们经过这里时,会形成一股气流(风),燃烧的火苗也顺着这股气流前进。胆小的人就以为鬼追过来了,其实不是这回事。过去科学知识不普及,老人们不知道这些常识,就以为是什么鬼魂在显灵。我们新一代的年轻人,不应再信这一套。"

周家清老师宣讲以后,同学们的担心和疑虑减少了许多,但还是有不少同学将信将疑,顾虑重重。

平坟取砖开始了,以班为单位,力大的推坟,力小的整理砖块。初二(2)班分在坟地的西南角,大家来到一座坟前,正要开始时,刘正伟说:"大家等一等再动手,我先说几句话。"看他煞有介事的样子,同学们想,你又不是学生会的,也不是班委的,给我们讲什么话?

正当大家疑惑时,刘正伟的报告开始了,他说:"大鬼小鬼们,男鬼女鬼们,你们可听清楚了,今天我们来拆你们的房子,你们不要记恨我们。我们也是没有办法,是老师叫我们来的,你们要算账就找校长算账去,千万不要来找我们。"

有几个同学噼里啪啦地鼓起掌来。

班主席郑勇同学喊："一、二、三！"七八个男生合力一推，嘭的一声响！殡坟倒掉了。

突然，十几条蛇从坟基向外窜了出来，都是清一色的火赤连蛇，这可是要咬人的毒蛇呀！同学们急忙向四下避开，尤其是几个女同学吓得一边跑一边哇哇地直叫唤。不过蛇并没有向同学们追过来，它们比人更慌张，自己的家园突然遭"地震"了，都不知怎么应对，大难到各自飞，赶快逃难去吧，纷纷找个地洞、缝隙钻了进去。

一个星期过去，那片义冢地上的殡坟全被拆除了，建教室所需的砖块基本解决了。

学校又把坟地分到各班改成农田，让同学们学着种农作物。还特地从临近大队请了两位老农民作指导。老农一个姓吴，一个姓余。同学们也都叫他俩老师，但他俩从不正面应答，总是微微一笑，或轻轻地点点头表示回应。

他俩似乎不习惯这个称呼。因为自己斗大的字挑不了一担，怎么好做中学生的老师！但从农业生产方面的知识看，他们确实是学生们的好老师。在他俩的指导下，同学们把坟地平整后，改建成一块块长方形农田，开好排水沟，种上了蔬菜、豆类、玉米等作物。农业老师还手把手教同学们播种、施肥、浇水、除草。并告诉同学们，当作物需要长叶子时可施点氮肥，需要长枝杆时施点钾肥，若将要挂果时可施点磷肥。农业老师还强调：立秋季节过后，凡地上拔起的杂草一定要清除掉，不要再扔回地里，因为草的种子已成熟，留下后明年又会杂草丛生。

二

农村进入抢收抢种的大忙季节。"在教育与生产劳动相结合"的思想指引下，学校组织师生去附近的人民公社、生产大队支援"双抢"。男同学的任务是参加割水稻、打稻（脱粒），女同学帮助收摘棉花、插秧。学校还号召在同学们之间开展"比、学、赶、帮"的劳动竞赛。

"双抢"长达半个月之久，同学们的脸虽然晒黑了许多，但心里很高兴，因为农民伯伯夸他们：不但学习好，劳动也很积极，是"新时代的青年先锋"。

根据这句赞语，郑勇和刘正伟等几个同学商量后决定，去印制几件带有"青锋"二字的汗衫背心，初二（2）班每个篮球队员人手一件。

劳动竞赛的结果，李松林获得割稻组的第一名。杨豌珍获得摘棉（花）组的第一名，打稻和插秧两个项目的第一名被其他班级夺走了。而杨豌珍的成绩特别耀眼——连续十天收摘籽棉超百斤。周家清老师据此写了篇《记摘棉能手——杨豌珍》的通讯，被县报采纳后在报纸上登了出来。这在同学们中间引起了不小的反响，杨豌珍走到哪里，其他班级的同学常在一边指指点点地说"就是她"，"就是这个长得很秀气的女生"。弄得豌珍反而有点不好意思，常常低着头走路。

为表彰劳动竞赛中获得先进的同学，学校设置了光荣榜，各组获前三名的同学都公布在光荣榜上。刘正伟因母亲犯胃病请了几天假，自然失去了评比机会。李松林和杨豌珍的名字分别列在割稻组和摘棉组的首位。也许是杨豌珍上了县报的关系，摘棉组被列在第一组。这样杨豌珍的名字也就特别显眼。

同学们在光荣榜前来来往往，领略上榜同学的风采，边看边叽叽喳喳地议论着什么。

李松林来到光荣榜前，见杨豌珍的名字在第一组最显要的位子上。心想，我的同桌不但人长得秀气，手脚也很利索，真是个不可多得的好女孩，难怪刘正伟要迫不及待地给她写情书了。

杨豌珍也来到这里，见自己名字下行是李松林，内心升起一种莫名的感觉。她想，这个看上去文质彬彬的男生，没想到还是个劳动中的好把手呢，真是人不可貌相，海水不可斗量！

刘正伟从光荣榜前经过，见杨豌珍和李松林的名字竟然排列在一起，顿觉舌根酸楚楚的，他皱了皱眉头，咬了下嘴唇，心中像打翻了五味瓶，似乎酸、甜、苦、辣、涩的成分都有，却说不准究竟是哪股味。他想，要不是我妈胃病复发，这割稻组的冠军是下雨戴草帽，怎么也淋（轮）不着你李松林的。

建教室的砖块解决了，但是困难依然存在。建造教室需要时间，然而新生报到是固定的，两者有个时间差。怎么办呢？学校采取了多项措施，其中之一是暂时扩大通学生（走读生）的范围，把让出来的床位给路远的新生。要求距校十五里内的男生和十里以内的女生都改成通学生。

为此学校召开了动员会，校长顾思源还以自己的亲身体会讲了坚持多走路的好处。他说："我现在是这个学校的校长，与大家是师生关系。今天公布一个秘密，我原来也曾是这个学校的学生，就是说与你们还是校友呢！"

会场议论开了，大家都知道他是东阳县人，现在说话还带有浓重的东阳口音。他上学应在1949年以前吧，东阳离这有二百多里路，怎么到这里来上学呀！

校长说："我在这上学时，只有到放暑假和寒假过年时才回家去。每次都靠两只脚来回往返。那时没有通这里的汽车，即使有汽车也舍不得花钱去买车票。第一次回家连续走了五天，一到家便趴在床上不会动了，不想说话。妈妈端来了我平时最爱吃的糖年糕，我也不想吃，实在太累了。"

"从家返回学校后，我注意平时多锻炼。利用早晚空余时间走路，逐步增加路程，渐渐的，脚力有了明显的增强。第二年回家只走了四天就到家了，虽然也很累，但比第一次轻松了许多。从家返校时，当我爬上南山岭后，往学校方向一望，看到黑压压的一片村庄。虽然看上去仍模模糊糊的，但我知道学校就在其间。"

"我高兴地自言自语：'到了，终于到了！'其实，这南山岭离学校还有近三十里路呢！不过这点路对我来说，已是小菜一碟。"

听了校长的动员，许多住宿生纷纷报名，愿意改为通学生。让人没想到的是，刘正伟也报名要求改为通学生。他家离学校有二十多里路，不在通学生范围。总务处老师问他："你的名字不在内的，为什么也改成通学生？"刘正伟说："一是向校长学习，锻炼身体；二是把床位让给新同学。"

总务老师听了很感动，又见他身体较壮实，便同意了。并在大会上表扬了他这种顾全大局和不怕吃苦的精神。在他的影响下，也有几个十五里外的住宿生选择了走读生活。

刘正伟受到学校表扬后，心中窃喜。他觉得这些老师也是比较好糊弄的，别看他们有文化，说话有根有据，做事有板有眼的样子，其实多半是些书呆子罢了。

刘正伟为什么对老师有这么个看法呢，自有他的依据。

原来，他提出参加通学生队伍，并不是为了锻炼身体，向校长学习，也不是发扬"共产主义风格"，把床位让给新生。他在打自己的算盘：学校在东面，他家在西面，豌珍姑妈家在两者之间，从家到学校必须经过豌珍姑妈家。自己若改成通学生，就可以每天早晚两次与豌珍在同一条路上走。久而久之，"同路"变成"同志"，这"同志心"进而演绎成"手足情"。该有多浪漫！

当老师问他改成通学生的原因时，他自然不好说是为了多与杨豌珍在一起走走路，借机增进与两人的情谊，便编出了一个冠冕堂皇的理由，却受到了老师的表扬。

三

走读生活开始了，刘正伟很有心计。为了不让同学们看穿他的西洋景、招来种种猜疑，下午放学时，他并不着急与豌珍一块走，只独自快步离开学校，在同学们的视线够不着的地方等豌珍，然后才一块回家。早上，他会提前来等豌珍，但也从不去豌珍姑妈家，只在路上等候。他像一个富有经验的地下工作者，坚持单线联系。

刘正伟他们走的这条路自然不像城里的柏油马路，而是乡间的泥土路。这里三百年前还是一片浅海滩，是钱塘江的泥沙淤积使它成了陆地，是沧海变桑田的实验场。这种淤泥土质松软，以黏土为主且又含少量细沙。这类土质的路，晴天时道路平平坦坦的，看上去很舒展，行走起来更舒适。但一下过雨就麻烦了，人在路上走，鞋底会粘上厚厚的一层泥。每走一步，脚都要抬起来先抖动几下，把泥土甩掉后才能再向前跨一步。不但走不利索，还弄得裤子上粘满泥巴。

商店里虽已有胶鞋、雨鞋问世，但这简直是奢侈品，一般的农家子弟是买不起的。进了商店也只是"白相、白相"饱饱眼福，或者发出几声"啧啧"的羡慕声，恋恋不舍地离去。

为克服雨后行走的困难，农民们就地取材，发明了两种不需花钱的鞋。一种叫龙骨砖鞋，找两块龙骨砖作鞋底，把它与鞋绑在一起，人穿上后即可走路，鞋子就不会湿了。二是竹根鞋，锯一段长二十多厘米的毛竹筒，再劈成两半绑在鞋上即成。人们穿上这样的鞋走路，虽不方便又走不快，但避免了泥土粘衣裤的尴尬。只是不便走远路，若要出门走长路，不管春夏或秋冬，人们不得不拜赤脚大仙为师了。豌珍的娘家就有这两种鞋，放在小柴间一角再没人理它。后来儿子和和来外婆家，见了感到很新鲜，穿着走过来又走过去的，还问妈，这龙骨砖鞋是高跟鞋的祖宗吧？豌珍告诉儿子，龙骨砖鞋与现代的高跟鞋没有血缘关系，两者门不当户不对，不好攀亲的。前者是一贫如洗的人们为了防鞋湿而采取的临时应急措施，不分男女都可以穿。后者是富有起来的人们为追求时尚所作的选择，且是年轻女士和小姐们的专利品，老婆婆和男士们是敬而远之的。这是后话。

所幸的是，豌珍他们走的这条路已没有泥土粘衣裤的忧虑了。说不清是什么时候，人们在这条路上铺了一块块的猪血色红石板。石板长约八十厘米，宽约六十厘米，厚约六厘米。这样的石板一直铺到二中，豌珍姑妈家周围的几个村庄的路都连接起来了。

这分明是一项大工程。这么长的路，这么多的石板，是谁出资建的，又是什么时候建成的？已没法搞清楚。只能大概的推断，应该是周围几个村庄的人们联合起来，有钱出钱有力出力，共同努力铺成的，所有人都参与其中。至于铺设的时间是何年何月何日更不清楚了。如果说一定要画个界线，那只好说，在1949年以前老早已铺设好了。

那时候的人们提倡修下世，会做各类慈善之事，并把修桥、铺路、造凉亭作为主要的三大慈善事项。至于下世有没有，做些善事会否进入一个充满光明的下世，三两句话是说不清的，但不管怎样，做善事总没错，社会效益显而易见，自然受到人们普遍的赞颂。

每天，刘正伟与杨豌珍往返于这条石板路上。从姑妈家向学校方向走，路的左边是大片的农田，大田上种植的几乎全是蚕豆。路的右边是一条宽十五六米的河，水质清澈，不时地有三五成群的小鱼在水里游来游去。从水面至路面有一米多高的斜坡地，在这一米多宽的河边地上，人们见缝插针地种了些豌豆。豌珍他们走的这条沿河路，同时也是一条纤路。为便于纤夫拉纤，自然不能种植高粱玉米等高杆作物，更不能栽树。河道对岸也有路，这里的路是不拉纤的，所以种了不少垂柳、苦楝、桃树等。

路的里侧是大片的农田，种的全是油菜。每当春暖花开的季节，油菜花给大地铺上了一层厚重的金黄色。更有桃红柳绿点缀其间，这种迷人的风景会让城里人羡慕不已的。

尤其是路两侧的庄稼更显得生机勃勃，路右侧河边的豌豆花洁白无瑕，露出醉人的笑容。大田里的蚕豆花正笑得开心，似乎在向人们展示各自多彩的个性。

这蚕豆花确有自己的特点，它形状像一只袜子，花瓣有三层，又分三种不同的颜色。最外面的一层花瓣呈茄花色，上面还有细细的白色条纹；最里面的花瓣呈淡淡的米黄色；中间一层是白色的，这白色花瓣正中间有一个像鱼眼珠似的黑色圆点。这圆点本是画龙点睛的杰作，是造物主献给人类欣赏的艺术品，但不知什么原因，这里的人们并不欣赏它，还给了它一个坏名声：黑良心。

刘正伟与豌珍一前一后向学校前进，刘正伟边走边向左右两边看。他看到豌豆花是那样的惹人喜爱，蚕豆花又是那么多姿多彩，许是触景生情，哼哼道："我对你豌豆开花笑盈盈，你不要蚕豆开花黑良心！"

这本是滩簧艺人的一句唱词，豌珍自然不必在意的。但刘正伟唱完这句词后，却把头侧过来意味深长地看了豌珍一眼。

凭着女孩的敏感，豌珍知道刘正伟并非无的放矢瞎哼哼，而是在向自己撒放试探气球。

豌珍的心微微抖动了一下。自上次听了金娥阿姨一番话后，她曾几天翻来覆去睡不着。最后认为阿姨的话是对的，古人曾经说过，"蚕吐丝，蜂酿蜜，人不学，不如物"。自己年龄还小，正是学习文化知识的黄金季节。不该过早考虑个人情感问题，而应集中精力学习，否则还不如蚕与蜂这类小动物。

四

豌珍还年轻，在自己的人生路上还谈不上有多少心结，但她的心里总是惦记着两件事，这两件事都在鞭策自己必须努力去学习，用行动来回报曾经的承诺。

首先是学校老师对自己的关心。进入二中后的第一个星期，班主任谢老师告诉她："学校了解到你家里经济困难，决定每月补助你助学金三元。"这让豌珍有点不相信自己的耳朵，心想，还有这样的好事！

别看一个月只不过三元钱，那可帮了豌珍一家的大忙。当时的学校食堂里，一碗冬瓜汤才一分钱，一碗茄子两分钱，三元钱够豌珍一个月买小菜的开支了。她很感激，暗暗下决心，一定要以优异成绩回报学校对自己的关心。

还有件事是与她从没见过面，且已死去多年的爷爷有关。从时间上讲已有些年头了。还在民国三十五年的时候，爷爷养了头水牛，目的是为儿子，也就是豌珍的爸爸积攒结婚的钱。为了让牛壮实些，到时能卖个好价钱，爷爷起早贪黑围着牛操劳。他过去也没养过牛，但靠勤快，并牢记"寸草铡三刀"的话，备的草料铡得很细很细，便于牛吃后消化。他知道有"马无夜草不肥"的说法，心想养牛也该如此吧，因而每天午夜总要特地起一次床，为牛添一次饲料，并看看牛有什么问题。

一次牛不晓得是什么原因病了，整整一天不吃不喝。俗话说，家有万贯、带毛不算。他愁坏了，心想万一牛出了问题没了，我白辛苦一场不说，更没法向儿子交账，可能会害他打光棍。因而整天坐在牛栏旁，陪着牛也不吃不喝，简直像关心孩子似的。阿婆看了心痛，她下狠心去南货店买了半斤红枣，熬成汤给爷爷端来了，叫他趁热吃。爷爷嘴里说着"你放下吧，等一会凉了我再吃"，可老伴转身进屋后，他却把红枣汤给牛灌了进去。

就这样精心饲养整整一年，牛长得很壮实，牛毛也有光泽，一下卖了185元钱的好价钱。这是老杨家第一次得到这么一大笔钱。一年辛劳没白费，儿子娶媳妇的钱有了着落，爷爷很高兴，有时一个人走在路上会哼上几句滩簧调散心："我家有只金丝猫，白天它会拖金条，晚上它会拖银条……"①

这一带姓杨的人家不多，邻村有位熟人叫杨文意，也许是因同姓的关系，说五百年前是一家，与爷爷成了朋友，闲时也相互串串门。

他家要造新房，跟爷爷商量："你儿子结婚还有四个多月，先把钱借

_____

① 是宁波滩簧《相骂本》中的唱词。

我用两个月，到时连本带利还你，保证不影响你儿子办婚事就是了。"

爷爷觉得朋友有难处也该帮一下，再说人家还给利息，于是同意了。

朋友拿了钱后说："我找个人写个借据。"

爷爷说："上等之人说过算数，中等之人写过算数，下等之人说过写过都会不算数的。不写也可以，我相信你。"

杨文意说："我们做个中等之人，写一个吧。"于是他请人写了张借条，注明借款数额和还款日期，双方都签了字，爷爷不识字，就按了个手印。

两个月借期到了，没等爷爷去催讨，杨文意按时间约定主动还钱来了，爷爷满面笑容地把客人迎进屋。可他接过钱一点数，发现钱的数目不对，只有18.5元，爷爷对朋友说："钱数不对头，还差一百六十多！"朋友坚持说没错，当时只借了18.5元。爷爷拿出借据让大家验证，都说借据上写的确实是18.5元。爷爷这才知道，这位所谓的朋友是有预谋的，他与一个写借据的账房先生串通后，在借据上做了手脚，在"5"字的前面点了个点。

任凭爷爷争得口干舌燥，都无济于事。爷爷是个忠厚老实的人，村上的人都说他从不会占别人的便宜。人们知道他一定上了当吃了亏，不过除了表示同情，说几句安慰的话外，谁也爱莫能助。

此事闹到了乡里，可白纸黑字写得清清楚楚，乡长也没办法。一年的辛劳付诸东流，儿子娶媳妇的聘礼打了水漂。

爷爷事先也听人说过，杨文意的声誉并不好，说他说人话却不干人事，说起来是死尸会走、白鲞会游；做起来却男盗女娼、偷鸡摸狗。村里的人像佛一样敬他，又像贼一样防他。他有句口头禅是"人无横财不富"，因此这个人只认钱不认人，专干损人利己的事。有一回他在集市里贩卖杨梅，有顾客买了他一篮，八斤重，回家后却发现篮底有一块三斤多重的砖头。一次一个小脚老太太买了他七斤小油菜，每斤七分钱。他称好后说："正好七斤，七七五十一，一分算了，给你便宜点，付五毛钱吧。"老太太高兴地付了五毛钱，乐呵呵离去。走到半路才明白过来：七七应该是四十九呀，他怎么说五十一？这就是他的德行，一分钱也要挖的。家里人都提醒爷爷防着点。爷爷当时没在意，哪想到他连朋友的钱也要打坏主意呢。他小爷爷十二岁，所以都肖蛇，因此爷爷像对待小弟弟一样对他，结果小蛇竟然吃起大蛇来了，这个没良心的！

爷爷有理没处说，那个悔呀，有道是怒急攻心，他气得大病一场，从此整天唉声叹气、闷闷不乐。

再说豌珍的外婆外公家正等着亲家送聘礼为女儿办嫁妆呢。结果钱没等到，却得到了亲家公被骗又卧病在床的消息。豌珍爸爸曾几次去准岳父家帮忙，岳父见毛脚女婿农田的活没有不会的，感到很满意，女儿找到了一个可以依托的男人。有道是"丈母娘看女婿，越看越中意"，丈母娘心里乐滋滋的。夫妻俩都觉得女婿人品不错，便也不计较有没有聘礼，顾不得面子光不光彩，就把女儿终身大事简办，草草把人嫁了过来。

豌珍妈出嫁那天，只穿了件七成新的衣服。舅妈看了觉得太寒碜，认为会丢了众亲的脸面，便动员女儿把她的新衣让表姐姐先穿一下，连哄带骗，表妹终于答应了，但只出让两天，第三天豌珍妈便把新衣还了回去。

儿子的婚事虽然没有受到影响，但爷爷的身体还是每况愈下，半年后已无药可救，整天迷迷糊糊的。

也许真有"回光返照"的现象。爷爷在闭眼前的十几分钟，头脑忽然变得很清醒，他把儿子、儿媳叫到床前，嘱咐道："不管你们以后有几个孩子，也不管生活有多艰难，就是砸锅卖铁也至少要有一个孩子送到学堂去读书，一家人不能全是睁眼瞎子。只要我老杨家的人还是大字不识一个，我在地下是不会安心的。"等儿子媳妇双双点头后，老人家才安详地闭上了眼睛。

豌珍考上了二中，上学报到的头一天，妈妈给她买了只新书包，并给她讲了这个故事。豌珍听后很惊讶，不识字竟然还吃这样的亏！

阿爹找了两条长凳子叠起来作梯子，爬到二道梁后面的家庭小神堂里。这里有豌珍的爷爷、阿婆等先人的牌位。阿爹把爷爷和阿婆的木制牌拿下来，木牌有一尺半高，三寸多宽，上面涂了一层淡淡的红漆，爷爷的上面写着"杨忠厚先生之位"七个字。

豌珍妈拂去木牌上的灰尘，放在堂前八仙桌正中，坐北朝南。桌上放着五只小瓷盘，分别放了糕点、水果及荤素菜肴等几样恭品。八仙桌上还放了几只小酒杯和几双筷子，点了两根蜡烛，插了几柱香。八仙桌前的地面上铺了条草席，阿爹叫豌珍背上书包站在自己身边，他双膝着地跪在草席上，先是双手合掌，随着头往下慢慢地叩到地面，两手掌也分开向两边着地。这个叩拜过程称作五体投地，即两膝盖两手掌再加上头面都着了地，表示对先人的诚挚敬重。叩了三下头后，他说："阿爹阿妈，站在我身边的是你们的孙女豌珍，她明天就要去二中上学了，这是我老杨家第一个中学生，她弟弟也上小学了。我们的生活比您老那时好多了，你们在天之灵放心吧，我会叫三个孩子都上学校读书的，再不会当睁眼瞎子了！"

阿爹讲后站立起来，又双手合掌，对着牌位鞠三下躬才离去。豌珍看不懂阿爹最后的三鞠躬行的算是什么礼节，猜想阿爹也许与爷爷奶奶在说再见吧。

接着豌珍妈也跪下，跟丈夫一样郑重地叩拜三下后说："爹妈，我祝愿老人家在阴间平平安安，请老人家保佑我们杨家三个孩子出门顺风顺水，在家百病消散。爹妈，你们放心吧，现在有条件了，每逢过年过节和你们的阴寿，我们都不会忘记孝顺你们的。你们如果遇到什么事需要我们帮忙照应的，尽管托梦来告诉我们。"

豌珍妈念叨完毕，阿爹叫豌珍也向爷爷阿婆叩拜。她就学着大人的样子，拜了三下后说："爷爷，阿婆，你们放心，我会牢记你们的嘱托，努力学习文化知识，不会辜负你们的期望！"尽管豌珍只讲了短短的一句话，阿爹阿妈已经十分满意，因为这正是他们所希望的。

豌珍想到这里，觉得爹娘省吃俭用供我读书不容易，自己也应该为祖上争口气，做个有文化的青年，没有任何理由不把精力集中到学习中去。她想，与刘正伟天天在一块走，太容易陷入感情的旋涡，因此她认真地对刘正伟说："正伟，从明天开始，你不用等我了，我们各人自己走吧。"

五

刘正伟一听这话，感到头脑像被人砸了一下似的。他瞪大眼睛问豌珍："为什么要分开走，我哪儿做错什么了？"

豌珍很坦率："正伟，说实话我对你的印象并不坏，但我们现在都还年轻，应该集中精力学习文化知识，'莫等闲，白了少年头，空悲切'。

古人说得多好！"

刘正伟明知豌珍的话不无道理，但他还是不甘心。便说："豌珍，一人走路嫌路长，两人走路嫌路短。一块走走路与分散精力是两码事，你何必这么死板教条？"

豌珍却坚持："不管你怎么理解，我反正就这么认为的。明天你我都自己走，谁也不用等谁了。"

为了跟刘正伟错开路上的时间，第二天豌珍比平时提前几分钟从姑妈家出发了，快到学校的时候，忽然听到刘正伟在后面高喊："豌珍！"

豌珍回头张望，却一脚踩在石板边缘，她"哎唷"一声，摔倒在地上。

刘正伟赶紧跑过来问："豌珍，怎么样，摔伤没有？"

"不要紧，"豌珍说着想站起来，但右脚踝疼得很，怎么也不敢着地，只好又坐了下来。刘正伟一看，豌珍的脚踝处有点发红，就说："豌珍，你的脚脖子一定扭伤了，一时三刻是不能走动的。"说着，他向四处张望，想找个人帮忙把豌珍送到学校去。

可能时辰还早，没见着有什么人往来。刘正伟说："豌珍，还是我把你背到学校去吧？"

豌珍说："等一会就不痛了，你先走吧。"

"哪有这样的事，本来就是我不好，害你扭伤脚，现在一走了之，我成什么人啦？我看还是把你背去吧。"正伟诚恳地说。

豌珍听后心里热乎乎的，她看看自己的脚，发现好像比刚才肿了点，心想看样子一时半会是恢复不了的。这让她感到很尴尬，不让刘正伟背，什么时候能自己走呀？让他背吧，一个姑娘家，趴在一个后生的背上像什么话！

见豌珍犹豫不决的样子，刘正伟有点急了："豌珍，你的思想顾虑我明白，但做事太死板也不行。假如我俩早出生二十年，假如你现在是椰林寨的娘子军，我是五指山的游击队员。再假设你被南霸天的子弹打伤了腿，我来背你脱离虎口，你难道也不让我背着走吗？"

听刘正伟这么一说，豌珍忍不住露出了笑容，脚的疼痛似乎也轻了不少。她说："正伟，你的联想倒是很丰富的，比喻也不能说不恰当。但生活中哪能有这么多假如、假设的。又不是做几何题，什么假设、同理、等量互换什么的。"

刘正伟说:"不管假如假设得对不对,我得把你背回去。"说着他躬身蹲在了豌珍面前。豌珍觉得他很真诚,既然事已至此,一个人这样坐着也不是个事,只好让刘正伟背着去学校。

刘正伟背上豌珍急匆匆向学校走去。走了一百多米,感觉豌珍的身体有点下滑,刘正伟对豌珍说:"我要把重心调整一下,你的右脚不要动,我抓你左脚,你使点劲往上撑一下就行了。"豌珍点点头,按他说的那样用力一撑,刘正伟突然感觉到了她胸前那个软软的部位。

一瞬间,像一股电流传遍刘正伟的全身,既热乎乎,又凉丝丝的,这感觉太美好了。又走了七八十米,刘正伟便以调整重心为名,要豌珍再配合着"往上撑一下"。

这时的刘正伟像服了一杯兴奋剂,感到很幸运。他感谢造物主竟然塑造了一尊如此完美的艺术品,他更感谢命运之神宠爱自己,为自己安排了这么一个机遇。这是他第一次与女孩子如此近距离的接触,而且是自己心仪的女孩。他心想,豌珍呀豌珍,只要你愿意,我会天天背着你上学放学的。

离学校只有两百多米路了,刘正伟希望时钟转得慢一点、再慢一点。

而杨豌珍此时的想法与刘正伟正好相反,感到时间过得太慢,她的心里像十五个水桶打水——七上八下的。她怕碰见熟人,特别是被同学们撞见,那样必然会引来很多闲言碎语,再经过一些好事嫂嫂添油加醋地艺术加工,还不传得满城风雨?尤其是那个丽花,说起话来总是没遮没拦的,准会在大庭广众前让自己下不来台。想到这里,她感觉自己像热锅上的蚂蚁,巴不得早些脱离这个困境。可是她感到刘正伟的脚步明显放慢了,心想这也难怪,长路无轻担嘛!

终于到校门口了,真是谢天谢地,一路上没碰见熟人。豌珍叫刘正伟把自己放下。传达室的吴大叔见豌珍脚伤了,便搬了把椅子让她坐下,豌珍连忙感谢,并叫刘正伟去班里搬几个救兵来,把自己送到校医那里去。

刘正伟明白豌珍的意图,因为去学校医务室要经过几个班的教室,若自己一个人背着豌珍去找校医,自然太显眼了。他说了句好的便向初二(2)班教室走去。才走了两步,豌珍补上一句:"正伟,你就说是一个农民伯伯把我背过来的!"

　　"知道了。"刘正伟边应着边走了。

　　吴大叔问："豌珍，你的脚怎么受伤的？"豌珍感到奇怪，反问道："大叔，您怎么知道我的名字？"吴大叔说："豌珍呀，你的名字和照片不是县报上登过，现又在光荣榜上贴着吗？"

　　豌珍说自己不小心一脚踩到石板沿儿，脚踝扭伤了，没办法只好让刘正伟背了过来，并要求吴大叔为自己保好密，怕同学们知道后，他们会取笑讲野话。

　　吴大叔说："豌珍你放心，大叔我是番薯脑筋——实心的，除了会敲钟，别的可什么也不知道了。"

　　"大叔，您真幽默，祝您长命百岁！"

　　经校医检查，豌珍的脚脖子脱臼了，他叫豌珍忍着点，并拿了条干净的毛巾塞进豌珍嘴里，让她咬住。并叫吕豆豆抱住豌珍的腰，要丽花按住豌珍的腿，自己抓住豌珍的右脚使劲向后一拉、再一松手便复位了。豌珍虽没法喊痛，但脸上渗出了许多豆粒般大的汗珠子。

　　校医告诉她，脚已无大碍，过几天会好的，只是这两天不要走动。

　　当天豌珍只好留在学校。她托刘正伟放学后顺便给姑妈带个口信，说今晚不回来了，叫姑妈甭担心。她当晚与吕豆豆在一个床上睡了一宿。

六

　　刘正伟找到了豌珍姑妈家，他以前曾远远地注视过豌珍的姑妈，但没正面见过，并不认识她，见一个五十来岁的大妈坐在门口摘芹菜叶子，猜想一定是豌珍的姑妈，便问："您好，请问您是杨豌珍的姑妈吧？"

　　"你是……"

　　"姑妈，我是杨豌珍的同学，她走路不小心把脚脖子扭伤了，今天住在学校里不回来了，让我跟您说一下。"

　　姑妈一听很着急，问刘正伟豌珍的脚怎么样了。刘正伟说："姑妈，您不用太担心，医生说了，两三天就会恢复的，只是这两天不便走路。"

　　刘正伟开口一个姑妈，闭口一个姑妈，把凤仙叫得乐呵呵的，当得知他就是刘正伟时，更是高兴。心想，别看这孩子长得虎头虎脑的，却很有礼貌，怪不得豌珍对他动了心，我看确是不错的一对嘛。想到这，她有意让豌珍妈看看这个后生，便说："正伟，我打算明天与豌珍妈一块去看看豌珍的伤。路太远了，我一个小脚女人什么时候才能走到她家，你辛苦点，去给豌珍妈送个信好不好？"

刘正伟一听真是喜出望外，他早想与豌珍的爸爸妈妈认识认识，以便套个近乎，只是没有合适的机会。于是满口答应："姑妈，这十几里路一会就到，说不上什么辛苦不辛苦的，我一定把信送到，您放心吧。"说完便急匆匆走了。

第二天一早，豌珍妈与姑妈俩来看豌珍。见伤势不算重，悬着的心才放了下来。末了，豌珍妈想想，又有点不放心，说脚踝扭伤后，在短期内千万要当心，防止再次扭伤重犯，否则易造成习惯性脱臼，到那时就麻烦了。她想去找老师提个要求，让豌珍改成住宿生，叫她至少住上一两个月校。

她正要去找班主任谢老师，吕豆豆眼尖，告诉她不用去了，谢老师向这边走过来了。吕豆豆向班主任老师介绍了豌珍的妈妈和姑妈后，又把豌珍妈的担忧和想住宿的要求也提出来了。

这让谢老师有点为难，因为女生寝室已住满了人。他略微思索了一下说："这样吧，我与张华国老师联系一下，高三班女生宿舍有空床位，叫豌珍借宿几天，估计不会有问题。"

吕豆豆说："谢老师，豌珍这几天需要我们照顾，让她一个人住到那儿多不方便。每个寝室不是有个专门放行李的床铺嘛，让同学们把行李都放到自己床下去，来个化整为零，把床位挪出来叫豌珍睡，这样行不行？"

谢老师觉得这办法不错，便打趣道："看来阿拉的豆豆同学是一块当干部的料，才当了个室长便想出了这么两全其美的好办法。今后当个乡长、县长准没问题！"众人的笑声把吕豆豆的脸笑成了关公。

豌珍妈谢过谢老师，还特地拉着吕豆豆的手说："闺女，多亏有你照应，阿拉也放心了，豌珍的脚恢复后，一定来阿拉家玩玩。"吕豆豆点点头说："阿姨，等豌珍脚好后，我一定去拜访您，你俩慢慢走。"

一路上姑嫂俩边走边聊，姑妈问道："嫂子，侬看这孩子怎么样？"

"哪个孩子怎么样？"豌珍妈不解地反问道。

"嗨，就是昨晚来告诉侬，豌珍脚踝扭伤的刘正伟呀。"

"噢，这孩子不错，人很勤快的，昨天他见豌珍爹一个人搬腌菜缸很费劲，便跑过去帮忙。完了连水都没喝一口就回家了。姑妈，侬问这孩子好不好是什么意思？"

"豌珍没与你们提到过他吗？"

"没有呀，怎么，难道他俩恋上爱了不成？"

"可不是嘛，刘正伟给豌珍写情书追得很紧，不知道豌珍有没有回信呢。"

"这个死丫头，这么大的事也不与爹娘通个气。不过，他爹对刘正伟的印象倒是很好的。"稍停了一会，豌珍妈反问姑妈，"侬看这孩子可靠吗？"

"可靠不可靠吾心里也没底，开始见豌珍在写回信，吾征求过金娥的意见，金娥觉得俩人的年纪都小了点，怕今后变化多不合适。昨天看到这孩子后，吾见他一表人才，年轻有文化，不但身高马大的，又彬彬有礼。这样的男孩子失之可惜，再说豌珍也是个大姑娘了，女大不可久留，早点定好姻缘也放心。"

豌珍妈听姑妈这么一说，也觉得两人是很般配的一对，她估计老头子也不会反对的，就看他俩有没有这个缘了。

豌珍成了住宿生，同学们很高兴，因为夜自修多了一位数学小教员。

可刘正伟听到这消息后却目瞪口呆，他简直不相信自己的耳朵。为了营造一个与豌珍增加交流增进友谊的机会，自己绞尽脑汁才想出了一条苦肉计，由住宿生改通学生。这下倒好，自己成了通学生而豌珍却改成了住宿生。早知如此，又何必当初？真是机关算尽太聪明，自己在设法捉弄自己。现在每天往返要走四十多里路，平时还好说，季节更替变化，天气无常时艰难可想而知。他想到了严冬的霜雪，盛夏的雷暴，不禁打了个寒战。

刘正伟想，我这不是打下牙和血吞，自己作践自己吗？这改通学生的动机还不能泄露，正因为改成了通学生的行动受到学校领导表扬，豌珍才改变了对自己的看法，有了许多好感。若此事一露馅，不但豌珍会看不起我，自己在众人面前的形象也全砸了。刘正伟不禁叹了口气："哎！谋事在人，成事在天，我刘某人看来只好听天由命了。"

七

离初中毕业只剩下几个月了，班里的情况却发生了很多变化。

由于连遭自然灾害，社会上物资奇缺，人们的生活很艰难。许多人填不饱肚子，同学中有些人因营养不良出现浮肿。学校设法采购了一些大豆（黄豆），磨成粉后分给有浮肿现象的同学吃。但僧多粥少，效果自然有限。为了度饥荒，有六个同学退学回家挖野菜去了，老师叫同学们上门去动员，要他们回来继续完成学业。但收获不理想，只有两位同学重新回到学校。

根据县教育局指示，选了一些同学提前毕业，参加会计培训班。初三（2）班有豌珍、丽花、高爱国、卢银贵四位同学参加训练班。时间两个月，结业后原则上要到各自所在村做会计工作。

春季征兵工作开始了，为适应武器装备更新的需要，县人武部根据上级指示，要招一批文化兵，对象是应届初中毕业的学生。初三（2）班有四名男同学报名应征并参加体检，结果李松林、刘正伟两人体检合格，被批准加入中国人民解放军。

新兵出征的头天，班里召开了送别会。李松林代表新兵发言，表示到部队后要练好军事技术，做一个合格的解放军战士。郑勇代表同学们向李松林、刘正伟两人表示祝贺，恭喜两人成为新一代"最可爱的人"。班主任谢培基老师指出，三年的学习生活行将结束，除少数几个同学继续升学外，大部分同学将走上保卫祖国和建设祖国的岗位。建议全班同学在不同的岗位上来个竞赛，把青春和智慧献给祖国献给人民，看谁的贡献大。

周家清老师代表学校领导出席欢送会，他说："两位同学积极报名应征入伍，成为解放军中的光荣一员，表现出了高度的爱国热情。这是他俩的光荣，也是初三（2）班和我们学校的光荣！希望你们到部队后在保卫祖国的岗位上继续努力，作出更大的贡献，为学校增光！"

今天是星期六，是欢送新兵正式入伍的日子。学校组织了一支欢送队伍，初三（2）班全体同学参加，连豌珍等参加会计培训班的四位同学也来了。李松林和刘正伟胸前戴着碗口大的红花，大家敲锣打鼓把他俩送到汽车站。

　　已经有不少人在那里，都是附近几个公社、大队①送新兵的人，有县人武部的领导，接兵部队首长，有关公社、大队的干部。其他都是新兵的亲友，李松林、刘正伟的父母都在其中。汽车站面前的广场本来很宽敞的，由于人多，这回却显得有点狭小了。

　　广场上的人们表情不一。有些人脸上喜气洋洋谈笑风生，有些表情凝重不声不响，有些背着人暗暗垂泪独自忧伤。还有个姓应的阿婆老泪纵横，说着说着便号啕大哭，最后竟然昏了过去。

　　人们说，应阿婆不想让孙子去当兵。这对新兵及亲友们的影响很大，有些新兵的妈妈卷起衣角也偷偷地擦起了泪水。

　　这其实也不难理解，几十年的绵绵战火，多少个家庭家破人亡，多少人至今音讯全无。应阿婆生了三个儿子，老大当了国民党兵，老二参加了八路军。结果兄弟俩双双牺牲在日本飞机的狂轰滥炸之中，至今连根尸骨也没能找回来。

　　都说母子连心，但又有几个人知道，古稀老人的隔代情结比母子情有过之而无不及。当年两个儿子奔向战场时，阿婆明知前途险恶，心里虽也有万般不舍，但还是含泪挺住了，而今天却前尘往事一起涌上心头，怎么也控制不了自己了。

　　大家并没有责怪阿婆的"落后"，一起动手把她扶到了车站休息室，应阿婆的远房孙女、公社妇联主席、征兵领导小组成员应娟娟给她端来开水，进行劝慰："阿婆，我们中国人经历一百多年的反侵略斗争，终于赶走了豺狼。为此牺牲了几千万优秀儿女，包括大伯、二伯在内。因此我们特别渴望和平。但是树欲静而风不止，敌人并不甘心自己的失败，总想找机会卷土重来。这使我们不得不牢记'要饭也应有根打狗棒'的道理。为了——"

　　娟娟讲到这里，阿婆抓住她的手说："娟呀，这些道理阿婆吾也晓得

---

　　①大队：属于人民公社的下属组织，相当于村一级的行政单位，人们习惯叫村。1958年10月至1983年9月间应称为公社、大队。1983年后公社改成乡，大队改为村。为叙述方便，本书多次用到村、大队，村长、大队长，写时比较随意，并没那么准确。

格，保根这孩子特乖，从小就跟着吾在一个床睡觉，一直到上中学为止。阿婆就是舍不得孙子离开吾格身边！阿婆吾也并不糊涂，也晓得不该在这个场合哭哭啼啼的。但阿婆一听到当兵两个字，马上就想到依格大伯、二伯，吾怎么也控制不了呀。娟呀，侬也晓得格，阿婆吾今年已七十一了，说不定哪一天就会闭上双眼去见阎罗大王格，今早保根这一走，勿晓得几年才能回来，吾也许再也见不上他的面了！呜呜呜……"

应娟娟不但没能劝住阿婆，自己也泪流满面。流着流着，她忽地一下站起来，又噔噔噔地跑到人武部长面前耳语了几句。人武部长点点头，一会他带着应阿婆的孙子保根来见阿婆，保根跪在阿婆面前，用衣角擦去阿婆脸上的泪水，告诉阿婆不用为自己担心……

新兵上汽车了，李松林、刘正伟两人在同一个窗口，招手向亲友、同学道别。豌珍和丽花站在一起，她们距李松林、刘正伟的窗口很近，但因来往的人多，说话不方便，只能不时地挥手致意。

豌珍和丽花看着自己的两位同桌一副雄赳赳气昂昂的样子，身着一套崭新的上白下蓝的海军军装，平顶的圆帽子后面系有两根黑色的飘带，胸前佩戴着的大红花，映衬着脸上的笑容，显得特别精神！她俩也觉得很兴奋，却各有一番心事涌上心头。

豌珍的心潮难于平静，同学三年了，多少点点滴滴的往事涌上心头。在学习上两位都给过自己不少帮助，生活中他们像大哥哥似的关心照应自己。两位又都向自己伸出过"橄榄枝"，自己都装聋作哑没作正面回应。然而不讲情感总有感情。而今分别在即，这一别或许要三年五载才能再见面，到那时大家又会变成啥样，又会向何处发展？想到这里，豌珍的眼眶有些湿润，她怕泪水掉下来被旁人见了笑话，便背过脸偷偷擦掉了。

这一细微动作没能逃过一直注视着她的两位同桌。待她又转回脸时，刘正伟与李松林使劲向她招手，希望豌珍能到窗前来，握一下她那温柔的手。

可豌珍见了，只轻轻点了点头眨了眨眼。她没这个勇气，怕过于亲热了被旁人看出门道来，这多难为情？因而不但没向前，反而向后退了两步，只对他们又招了招手。好在两位同桌在同一个方位，一招手便可向两人同时发信号，一眨眼还可以把两位的笑容同时摄入脑际中珍藏起来。

　　丽花此时的思维也很活跃，却很专一。她虽与豌珍一样，在向两位同桌挥手，但目光始终注视着李松林。她与刘正伟也有两年的同桌情，但她知道刘正伟的意中人是豌珍，自己从没听过刘正伟对自己有对豌珍那样柔和别样的话语。更何况她认为李松林更合自己的心意。

　　汽车发动机突突地响了，分别在即。丽花不同于豌珍，她利用这最后几分钟的时间，向前跨了两步挤到窗前，先伸手与刘正伟握手告别，接着与李松林握手，趁握手之机把一个小纸团塞到了李松林的手心里。

　　车窗外一片此起彼伏的祝愿声，驾驶员师傅自然很理解人们此刻的心情，车开得很慢，让车外车内的人们有时间依依道别。

　　然而，千里送君总有一别，汽车不得不渐渐加快速度，车内的人凝目频顾，车外的人翘首远眺，车内车外的人有一个共同的心愿：汽车，汽车，你慢慢地走！

第四章　当兵在青岛

一

李松林把丽花塞给自己的小纸团放进衣袋，因人多眼杂不便看。他猜想这一定是丽花在追求自己的心路表达，但不知具体写了些什么。

满载着新兵的汽车在坑坑洼洼的泥沙路上晃晃悠悠地前进。车颠簸得很厉害，人们觉得疲劳，有人开始闭目养起神来。李松林趁机慢慢地打开折皱的纸团，偷偷地读了起来。全文没有哥的称呼，没有妹的落款，连日期也没写，却是几句不像诗的短句：

匆匆地揉成纸团一个。揉进祝福，揉进希望，揉进如意，揉进吉祥，揉进牵挂，揉进等待！

痴痴地等待机遇一个。等待春风化雨，等待梦想成真，等待同桌情升温，等待彩云伴明月！

李松林把纸团抚平后折叠好又装入衣袋。他感谢丽花在分别之际送给自己的礼物，也欣赏丽花的直率性格和果敢行动。心里想，要是婉珍也有这个魄力就好了。然而丽花已首先抢滩登陆，自己该怎么回应，一时还拿不定主意。

当天下午一点多钟，满载着新兵的汽车到了杭州火车站。车站内有一个宽敞的大厅，是临时腾出来接待新兵用的。

大厅内已准备好了每人一盒的大米饭，还有油炸带鱼和霉干菜蒸肉。这使新兵们兴高采烈，因为对大多数人来说，自从春节时吃了回油豆腐煮肉，便再没有闻过猪肉的香味呢。大厅的一角还备有两木桶的大米饭，说吃不够的人可以自己去打。

他和李松林都狼吞虎咽地各自吃了三大碗，这还是他们近一年来第一次真正地填饱了肚子。刘正伟略有点过量，以至走起路来肚角隐隐作痛，便不敢大步走动。

他对李松林说："这霉干菜蒸肉真是又滑又香，味道太好了，再有两碗也能吃它个精光，你说是吧？"

李松林答非所问地说："过年时我妈连一点肉也没舍得吃！"

"可不是吗，我妈也把肉和汤一起都倒我碗里了。"刘正伟附和着。

下午三时一刻火车从杭州城站出发，大家不约而同地把目光投向窗外，只见一幢幢楼房错落有致，一根根大烟筒直插云霄，纵横交叉的柏油路上车辆川流不息，到处人来人往。大家七嘴八舌地说，杭州真美，连铁道两旁也种满了花花草草，真的很漂亮！

李松林的姑姑在上海，小时候爸爸带他去过，后来还去过舟山、温州等地，称得上是个"游过三关六码头，吃过奉化芋艿头"的人了。这个经历使他在同龄人中间说得上是个开过眼界的人了。于是李松林说："其实这些并不算美，其他城市差不多也都这个样。杭州的美主要在于西湖。"

刘正伟打断李松林的话："你什么时候逛过西湖了？"

"没有，但你没听人说'杭州西湖绿迢迢，间枝杨柳间枝桃'吗？可以想象，到清明节前后该有多漂亮，否则人们为什么把苏州和杭州称为天堂。"

"啊呀，看来李松林真是秀才不出门，全知天下事，佩服，佩服！"

火车不停地向前奔驰，约三个小时后人们的新鲜感慢慢退去，疲倦感开始占了上风，车厢内的喧哗声渐渐消失，有的人低头垂脑打起了盹。

人们一安静，车轮与铁轨的摩擦声就大了起来，有个绰号叫"小滑头"的新兵忽然说："你们听听看，这车轮与铁轨在说些什么呀？"大家感到莫名其妙："你在讲童话故事吧，车轮铁轨会说话吗？"小滑头自我解答道："这火车一边跑一边在说'轧死不管'、'轧死不管！'警告你们以后不要站在铁道上，否则轧死了也白死。"车厢里发出了一片笑声。

随着夕阳渐渐下沉，月亮跳出了地平线，不断向上攀升，野外的万物也跟着不断地变换着各自的色彩。小滑头从窗口望了望月亮后说："听说二中的学生都是很有才的，谁能对着这月光做一首诗，与李白比个高低吧！"

刘正伟一听，怕点着自己的名，便抢先一步说："我介绍一下，这位叫李松林，是李白的第M代孙，诗写得很好，叫他做一首好不好？"

"好！"大家一致赞同。

李松林赶紧推辞："不行不行，他是在捉弄人，我连新体诗都不会写，对格律诗更是一窍不通了。"

小滑头说："有门有门，他能分清新体诗、旧体诗，说明他对诗词已有一定的研究，就叫他来一首吧，大家鼓掌！"车厢里传出一阵噼噼啪啪的掌声。

李松林被逼无奈，只好慢腾腾地站了起来，问刘正伟："我什么时候得罪你了，为什么与我过不去？"

刘正伟笑了笑："你别谦虚了，快一点吧，大伙等着呢。"

李松林无奈地抓了抓头皮，稍作停顿，似乎在思索诗的主题。他因一路上想念阿妈，于是说："窗外明月光，窗内瞎嚷嚷。火车追明月，可曾思故乡？"

李松林做诗完毕，本以为不管自己的诗做得合不合格，总会迎来一阵鼓励的掌声。可车厢里静静的，小滑头要鼓掌，只拍了两下，见大家都没动静，也把手放下了。

只因最后"可曾思故乡"这一句，大伙思念亲人思念家乡的心绪被勾了起来，似乎又见到了应阿婆昏倒在地的那一幕。

李松林见状，觉得总这样闷着不好。为打破这个局面，便指着刘正伟说："下面我也给大家介绍一下，这位叫刘正伟，是刘禹锡的第N代孙，他继承了刘太太太太太太老爷的基因，最擅长做诗，叫他也来一首好不好？"

大伙一边哈哈笑着一边附和着"好好好"，沉闷的车厢又恢复了欢乐的气氛。

可刘正伟站起来说："李松林，量小非君子，你的报复思想也太明显了，我什么时候做过诗呀？大伙别听他的。"说完便自己坐了下来，并不打算做什么诗。可大伙哪能放过他，在下面一个劲儿催。

小滑头一听刘正伟的名字便来了劲，笑着说："他叫刘正伟呀，刘正伟就是刘政委！与司令员一样大吧，政委不会做诗谁信呀，大家说对不对？"于是大伙高喊："刘政委——来一首！""刘政委——来一首！"

刘正伟没办法只好又站了起来，抱抱拳说："大伙逼着我出洋相，那我只好献丑了。"他因心里老惦着豌珍，张口就说："明月当空照，月宫可造访？玉兔无牵系，嫦娥忘不了！"

车厢内爆发一阵热烈的掌声，小滑头开玩笑说："有水平，有水平，真不愧是我们的政委。"

于是一路上，大家叫刘正伟不再叫他的正名，都叫他"刘政委"了，连带兵的杨排长也跟着这么叫了。

经过三天三夜的颠簸，火车就要到达目的地了。当它徐徐驶进市区时，杨排长告诉大家："新战友同志们，我们的旅途生活就要结束了，由于大家共同努力，我们安全顺利地到达了目的地。等一会同志们把自己的行李整理一下，并检查一遍，不要有遗漏。物件尽可能归类集中，件数尽量要减少，不要像个货郎担子似的。等列车停稳后再按序下车，下车后出正门向右拐，到约二十米处的云南路路口等着，会有汽车到那里接我们的。"

当他讲到这里后稍作了下停顿，提高嗓门又问了一遍："听清楚了没有？"大伙对这突如其来的高音频问话完全没有思想准备，稀稀拉拉地回答："听——清楚了。"杨排长见状又一次大声问："到底听清楚了没有？"

"听清楚了！"这次齐了。

杨排长这短促有力的"听清楚没有"，把小滑头吓了一跳，他心里想：怎么这么凶呀？我们都成犯人啦！他看看刘正伟，给他递了个眼色。刘正伟悄悄对他说："看到了吧，开始做规矩了，今后够你受的，恭喜你啦。"

二

李松林他们这批兵很幸运，来到了风景如画的海滨城市青岛。青岛被喻为镶在黄海边的一颗明珠，其地形特点是三面沧海一面山。

我国沿海地区有三个港口城市轻工业很发达，青岛便是其中之一，另两个是上海和天津，故轻工业系统曾经有"上青天"之说。据说后来西安市要赶超青岛，且快赶上了。青岛人说，赶快加把劲，可不能让他们超过呀，否则俺们就要"上西天"了。

青岛又是著名的旅游避暑胜地，分海滨和崂山两个部分。海滨岬角曲折，丘陵起伏，青山碧水风光琦旎；崂山为我国近海名山，海山毗连雄奇秀美，奇峰怪石清泉回流，主峰一千余米。这里是全真派道家的发祥地之一，道家三清宫历史久远，尽留名人墨宝、石刻画作。三清宫前的千年银杏树昂首挺拔，直插蓝天。

青岛的标志性建筑是栈桥和小青岛。栈桥位于青岛湾中心，桥身像一把伸向大海的利剑，全长四百多米，宽约十米，桥的尽头有一座双檐八角亭子，叫回澜阁。小青岛身披浓浓的绿荫，与栈桥隔海相望，岛的顶端建有一座八角导航灯塔，塔高十五米，夜间红灯闪烁，迎接夜归的渔船、返航的战舰。导航塔还有个设施，人们说不准该叫什么装置，只管它叫铜牛。因为一遇上细雨浓雾能见度低下的时刻，铜牛会发出深沉的"嗡——嗡——"声，似老牛在吼叫，意在提醒进出往来的舰艇、渔船、货轮、商船放慢速度，注意安全。

市区的背后掩藏着比城市陆地面积大几倍的胶州湾，这里有天然的深水良港，分商港和军港。商港有八个码头，几万吨等级的巨轮不受潮讯影响，可纵横自如。军港内外藏龙卧虎，巡洋舰、驱逐舰、护卫舰、潜水艇、水上飞机、歼击机、海岸炮、防空高射炮等应有尽有，组成了立体形的防御体系。若有豺狼敢再来染指，就叫它死有葬身之地——统统到胶州湾海底去安息。在胶州湾入口处，又有团岛、黄岛和薛家岛组成铁三角，像三个巨灵神日夜坚守着胶州湾的门户。

让李松林、刘正伟和小滑头高兴的是他们三人分到了同一个连队，而且连队的驻地又坐落在市区风景秀美的地段——太平角。太平角位于市区的南海沿，是个半岛，伸向黄海一千多米，她的左右两侧是两个很大的海水浴场，左边是第三浴场，右边是第二浴场。

这第二浴场背后的岸上，有一个被称为八大关的别墅区。别墅区有十条柏油马路，以我国的八个著名关口命名，如嘉峪关路、居庸关路、函谷关路、正阳关路等。每条道路栽有不同的花木，如碧桃、紫薇、五角枫、秋海棠等。一路一树一品种，春、夏、秋三季均有各色繁花相伴，入冬后则千树万树梨花开，满山遍野披银装，一派典型的北国风光。

每幢别墅都是红墙黄瓦，通向海边的梯形道路都是用花岗岩条石铺就。虽都是别墅房，大小面积也大致相当，但房屋的造型却各不相同。据说两百多套别墅房中，找不到外形完全一样的两幢建筑物。因此，这里成了建筑系学生进行野外考察学习的理想场所。

1949年以前，这里是美、英、法、德、意、日、俄、西班牙、瑞士等二十四个国家的领事馆所在地。他们似乎在开展建筑技能比赛，拿出了各自的看家本领，建成各具特色的办公用房。因而人们称八大关为"万国建筑博览会"。

现在住在别墅里的房东早已改名换姓，都是黑眼珠黄皮肤的炎黄子孙。不过住房的主人并不是房产的拥有者。他们多是些在"四万万同胞齐下泪，天下何处是神州"的岁月里，从枪林弹雨中钻出来的老红军、老八路及其家眷们。

这里的夏天很舒适，气温很少超过摄氏30度，习习海风拂面，使人心开目明精神焕发，是度假的理想之地。所以，还有些别墅房平时是空着的，专门为一些高干留着，他们休假时才来这里住些日子。

第二浴场春秋冬三季不设防，随人们自由出入，游玩照相。但到了夏季会有卫兵站岗，对外就不开放了。只因这八大关附近还有不少高档宾馆和会堂，如花石楼、公主楼、元帅楼、黄海饭店等，是为一些大人物来此开会、休假、疗养时用的。彭德怀等共和国的开国元帅、国家副主席董必武、毛泽东前夫人贺子珍等人都在这里疗养过，甚至一些外国元首，如柬埔寨西哈努克亲王也曾来这度过假。一到这时，普通百姓自然只好退避三舍了，好在青岛的海水浴场星罗棋布，多一个少一个倒也无碍大局。

李松林他们所在的连队是个高炮连，简称一营四连，隶属北海舰队管辖。三人到了连队后，林副指导员见刘正伟熊腰虎背身材魁梧，便把他分配到炮排。李松林肤色白净，像个教书先生，给人的印象文静沉着，叫他到了仪器排。小滑头的正名叫罗金贵，他的两只眼睛闪烁着光亮，似火眼金睛一般，便让他去雷达排报到。

大炮是炮连的拳头，做炮手需有强壮的体力作支撑，否则三十多斤重的炮弹就拿不利索，像刘正伟这类体格的人去担任自然较合适。而仪器是炮连的肝脏，必须由稳重细心的人去护理。雷达是炮连的眼睛，视力不好的人是搜索不到远距离目标的。如此看来，这样的安排倒也合适。

四连的营房靠近第三浴场，这个浴场是"下里巴人"的乐园。虽然只是供普通百姓用的，但自然条件也不错。沙质细滑，黄白相间，沙滩宽的地方有几百米，两翼也有几十米。沙滩坡度很小，踩上去松松软软的很舒适。在岸边与沙滩的结合地段，建有一排排简易的淋浴房，墙壁用四五厘米宽的木条围钉而成，意在突出通风透光，这是游泳的人们冲洗和更衣的地方。木条条染成红、黄、绿等多种颜色，把简易房装扮得鲜艳亮丽，与蓝天、白云、碧海、绿树混为一体，构成一道独特的风景线。

海水浴场的视野很宽广，海天相连一望无际。但是让人们游泳的水域范围却很有限，宽也就两百米左右。其余地方有网拦着，是不允许超越的。

游泳戏水的人们都能自觉地遵守这个规定，没什么人违反。这倒并不是说这里的人们已"跑步进入共产主义"，"思想觉悟有了极大的提高"，而是谁也不愿做第一个吃螃蟹的人，确切地说，是被"螃蟹"吃的人。因为这个海域有鲨鱼，那是一道防鲨鱼的网。超越围网，就是邀请鲨鱼来这里举行会餐，谁愿意发扬这个风格？

三

新兵到部队的第一个星期天，通信员小王要到市邮电局邮包裹，罗金贵和徐新华也要到街上去买点信笺脸盆等日用品，因两人都是第一次去城里，副指导员不放心，便托小王带带路照应照应。

到了中山路与栈桥的衔接处，小王对他俩说："这海边的风景很好，你俩在这先玩一会，但别走远。我到邮局寄个包裹，回来后带你们去百货大楼买东西。"两人听话地连连点头。

半个小时不到通信员回来了，一看哪里还有他俩的踪影！赶紧到处找，终于在海边看到了徐新华，急吼吼奔过去想看看他在干什么。

凑近一看，原来徐新华正在那验证一个重要课题：海水是不是咸的。

徐新华上小学三年级时，课本上有大海一词，老师说，大海很宽很广，储水量很多，我们山后那个湖，就是一百个加起来也没海大。小徐很惊讶，更令他惊讶的是老师还说海水是咸的，他有点疑惑，老师说的话对吗？

今天他终于看到大海了，确实很宽广，老师说的没错。但不知海水是否真是咸的，他捧起海水猛喝了一口，马上又吐了出来，嘴里发出"噗啪，噗啪"的声音。他自言自语地说："太咸了，太咸了，一点也不好喝。"他立起身高兴地对小王说："通信员，我已经尝过了，这海水真的是咸的！"

小王没好气地说："嗨，这还要你来告诉我吗，海水本来就是咸的。"

"这海这么大，水这么咸，那得放多少咸盐呀？"

"什么放盐不放盐的，你以为是在做三鲜汤呀，我问你罗金贵上哪去了？"小王的心思不在海水有多咸，只关心怎么少了一个人。

"他上厕所去了。"徐新华回答道。

于是小王带徐新华去找罗金贵。离栈桥西北约三十米处就有个厕所，但进去一看什么人也没有。那他上哪去了呢？小王心里想，也许罗金贵初来乍到摸错地方了，不会跑到女厕所去了吧？便叫徐新华去女厕所门口喊一下。

徐新华走到女厕所门口喊道："你快一点好不好，我们等不及了，听到没有？"

里面没人回话，小徐正想离开时，却从里面走出来一个十五六岁的女孩，噘着嘴说："你有病吧，流氓！"

"流氓？我？"

通信员知道这附近没别的厕所了，就与徐新华转到中山路寻找。走了两百多米见罗金贵与一个警察在一起，就高喊："喂，你怎么一个人跑这来了，让我们找得好苦呀。"

警察见有人向这边喊话，便转过脸来，一看竟是自己的表弟通信员小王，便说："原来你们仨是一块的呀？"小王点点头说："大表哥，他是南方人，你怎么会认识他的？"

警察说："我本来不认识，只是碰巧遇上。"

警察觉得"甄到美同志"既然是表弟的战友，这事就不了了之算了。于是说："我还有一摊子事要去处理就先走了，你们办你们的事。"临走时他还向罗金贵扬扬手："再见！甄到美同志。"

听了表哥的话，小王感到莫名其妙。问罗金贵："表哥怎么管你叫'甄到美同志'？"

罗金贵不大好意思说事情的原因，便说："不提他了，时间也不早了，我们还是先买东西去吧。"

三人来到百货商场买好各自需要的物资，回来正好赶上连队开中饭。

吃完中饭，小王还是没忘记表哥叫罗金贵"甄到美同志"的事，可罗金贵就是不愿说。

小滑头越是不想说，小王却越是想知道。就对他说："你不说就不说吧，反正我早晚也会知道的。"

罗金贵知道那警察既然是小王的表哥，门背后拉屎——天总是要亮的。便对小王说："我给你说说也可以，但你不能告诉别人。"看小王点头了，才把事情的经过一五一十地说了一遍。

原来上午小王去邮局后，罗金贵有了尿意想找个厕所。其实厕所就在离他不过二十多米的栈桥右侧，不是很大，也就三十多平方米，但结构造型很精致，尖尖的屋顶，橘黄色的瓦，粉红的墙，地面清扫得干干净净，一点异味也没有，像安徒生童话中的建筑物。

他家乡的厕所完全是另外一个样子：一个三四平方米的地方，埋上一两只七石缸储粪用。上面搭个简易的草棚，三面围些芦苇或黄稻草，正面没遮没拦。也没指明是男厕所还是女厕所，反正男人进去是男厕所，女人去了就是女厕所。粪缸内蠕蠕的蛆虫满池子爬动，厕所周围的作物和杂草上，停着成群的绿头苍蝇。你若是坐在那里大便，这些苍蝇会在你面前飞来飞去的，边飞边嗡嗡叫着，似乎在催你：动作快点。人若站在厕所下风口，几十米外都能闻到一股刺鼻的臭味。

因此，罗金贵怎么也没把离他不远的那座德式小洋房与厕所联系在一起。所以他舍近求远往中山路走去，边走边向马路两边张望，但总也找不到那个能"解决问题"的地方。他心里直嘀咕："大城市一点也不好，连个厕所都不好找。要是在家乡呀，别说用眼睛找了，就是用鼻子闻闻就找到了。"

他的尿意越来越强烈，心想我一个大活人还能让尿憋死吗，于是来到街道旁一棵梧桐树下，见附近没人，就解开裤子纽扣准备"办事"，可就在此时，不知从哪里突然冒出个警察："这儿不准尿尿！"

罗金贵冷不防地吃了一惊，但很快镇定下来，赶快把裤子扣好说了声对不起。

他以为道了歉就没事了，可那警察走过来，拿着纸笔问他的姓名。罗金贵不想告诉他自己的真实姓名，但又不得不应付应付。他觉得自己碰上了办事这么死板的警察真是晦气，于是就说自己姓"真"。

"姓'甄'呀，那么叫什么名字？"警察又问。

"倒霉。"罗金贵回答。

"你叫'甄到美'？"

"对，我就是叫'真倒霉'。"

"甄到美同志，罚款两毛。"

"凭什么罚我的款？"罗金贵觉得不可理解，心想城里的穷规矩也真多。

"这是在城市里，不是在农村，城市里是不能随地尿尿的！"

"谁又随地尿尿啦，这里哪有尿的印子？"

"你只是还没尿出来，我要晚来一分钟就尿上了。"

"谁说我这是要尿尿呀？"

"看样子你是刚入伍的新战士吧，你这同志怎么这么不诚实，你已经解开了裤子的扣子，又掏出了那个东西，不是想尿尿还想干什么？你还是爽气点，就算买个教训吧，拿两毛钱来！"

"你当警察的怎么也不讲理？"

"我哪儿不讲理啦？"

"你讲什么理呀，我自己身上的东西拿出来看看也不行吗，这罚的是哪门子款？"

警察被问得瞠目结舌，一时竟无言以对。

"正在这时你与小徐找来了，这才解了我的围。"

小王听罗金贵说到这儿，忍不住开怀大笑，眼泪都飞了出来："罗金贵呀罗金贵，还真有你的，竟然把我大表哥驳得哑口无言！怪不得大伙叫你小滑头呢，你真是名不虚传呀，真有意思，太滑稽了。"

四

在四连阵地东南角的海边有一棵三米多高的槐树，树径有二十多厘米，岗楼就设在老槐树旁。岗楼的东侧是坡度稍陡一点的沙滩，沙滩与海水交汇处，一块块巨石昂首挺立，它们像一群坚强的卫士，任凭浪击潮涌，岿然不动。岗楼西侧是阵地、弹药库和营房。

今天是刘正伟第一次单独在夜间站岗，因为是第一次执行保卫祖国的任务，他的心情很激动，也有些紧张。他默默告诫自己，千万不要出差错！

班长告诉他："只要老天爷不下大雨、刮大风，人尽量不要猫在岗楼里面。岗楼里面其实是最不安全的，万一真有敌情，自己处在明处，反而容易受到攻击。"

因而，刘正伟不敢去岗楼里待着，他站在槐树旁边，两眼不停地向四周搜索，特别是大海那边，他侧着耳朵细听，只听到海浪拍击沙滩的沙沙声。

天上的娥眉月很吝啬，只洒下一片淡淡的银光，四周的景物模模糊糊的。他向远处望去，只见一幢幢居民楼内射出缕缕灯光，一片片一群群，闪闪烁烁的。而海滨山城的特点又使这些灯光的分布必然是立体形的，地势低处楼房里的灯光需低着头看，高的却似乎能与星星为伴。看到这灯火与星星混成一体的景象，刘正伟陶醉了。

他感觉自己像一下子由人间升到了天堂。正伟知道，这时候自己的家乡一定是一片昏暗，静得有点可怕，除了偶尔能听到几声婴儿的啼叫声，几乎没什么其他声音，更难觅到灯光。跟这里比分明就是两个世界。

白天村民们唯一的欢乐来自于村办公室门前的那个高音喇叭，那是1958年才配置的。刘正伟清晰地记得，当广播线从乡政府拉到村办公室一接上，喇叭竟然吱吱哇哇地发出声来了。一会儿是越剧，一会儿又是绍剧地唱了起来。有时它还会让大家猜谜语："青官骑白马，胡子扎地下（蒜）"；"灶根底下一棵葱，日日夜夜拔不空（筷子）"……真有趣。

村民们惊呆了："没有人怎么会有人在里面说话？""难道这盒子里面有神仙？""真奇怪，它头天说，'明天午后有雷阵雨'，第二天吃过中饭，果然雷是雷雨是雨的，这些雷公、龙王管的事它怎么事先就知道？"从此以后，每当广播节目开始时，喇叭面前便坐满了人。

家乡虽也素称鱼米之乡，但家家户户仍用油灯照明。油灯又分菜油灯、花油（棉籽油）灯、煤油灯三种。前两种灯是农民自制的照明灯，结构很简单：一个毛糙碗内倒上一些农民自己生产的菜籽油或棉籽油，再放入一根像筷子那么粗的棉纱线，用火柴把棉线一点就亮了。煤油灯当地人叫洋油炉，是工业产品，须到商店去买。这洋油炉说白了就是一个玻璃瓶，瓶口有螺纹，配有铁皮螺纹盖子，瓶内注入煤油，再拧上盖子，穿根棉纱线就可以点灯照明了。

煤油灯被称作"洋"油炉，是因为1949年以前，这种很简单的日用品中国人自己也造不出，只能从外国进口。像火柴、煤油、蜡烛、铁钉、水泥等也因为同样的原因分别变成了洋火、洋油、洋烛、洋钉、洋灰等。这些东西被统称为洋货。

时光进入20世纪60年代，这些产品新中国已能自己生产，可乡下人习惯成自然一时改不了称呼，还是会在名字面前加个"洋"字。

不管乡亲们用什么灯作照明，没要紧事还是舍不得点灯的。每月阴历十五前后的月圆之夜，阿婆婶婶、嫂子姑娘们便把纺车移到室外，在"月亮菩萨"的照耀下，聚在一起吱哩哩、吱哩哩地纺棉线，这样热闹，又省得点灯油了。

刘正伟看看灯光又看看星星，发现灯光和星星比刚才亮了许多。这娥眉月大概也累了，要回家歇息，便慢慢地向西方的地平线滑了下去，光线越来越弱。

正在这时他的耳朵里忽然传来了"刷刷"的声音，循声望去，竟发现离岗楼不足一百米的沙坡上有个黑影。他的神经一下子绷紧了。刘正伟想，是不是自己太紧张了，产生了幻觉？他用手揉了揉眼，再细细一看，一点没错，确实有个黑影。

这是什么人呢？他想起了上午指导员作的形势报告，说太平角并不太平。一个星期前，太平角顶端的礁石旁，几位挖海蛎子的老乡发现了一个水鬼（蛙人）在晒太阳。大伙高喊抓特务！那水鬼急忙跳入海水中逃走了，估计是台湾蒋氏集团派来大陆探刺情报的特务分子。刘正伟想，可能这特务上次没完成任务，今天又来收集情报了吧？于是他收紧神经，高声喊："谁？干什么的！"可对方没回答。

刘正伟猫腰往前走了两步，再细细一看，发现那黑影趴在地上正慢慢往岸上爬呢，看样子是想向弹药库方向移动。他连忙向前跨了几步后厉声说道："你别以为我看不到，你在匍匐前进！"

黑影又没吭声，刘正伟又向前跨了几大步说："举起手来，缴枪不杀！"黑影似乎有了点反应，发出了模模糊糊的"哼哼"声。但仍在不停地向沙坡上爬着。

刘正伟急了，再次发出严厉警告："再前进一步我就开枪了！"说着"咔嚓"一声子弹上了膛。

可那黑影根本不吃刘正伟这一套，照样慢腾腾地向前挪着。"砰"的一声，一颗子弹飞了出去，划破了宁静的夜空。

负责巡逻查岗的值勤排长急匆匆赶来问刘正伟："发生了什么情况？"

刘正伟枪指着前方，匆忙行了个举手礼说："报告排长，东南方三十来米处的沙坡上发现一个特务分子！"

排长一听赶紧拉着刘正伟在旁边的小掩体后趴了下来。他借着掩体的阻挡向东南方向搜索着，果然发现沙坡上有个黑影。那黑影看起来像个成年人，正趴在地上慢慢移动着。

排长告诉刘正伟："这黑影不可能是特务，否则不会这样镇定的，要么早跑了，要么早用无声手枪把你给报销了。今后遇到类似情况，先要保护好自己，可不要这样直挺挺地站着。紧急情况下更没必要行礼。"

刘正伟点点头问："那这个黑影会是个什么人？"

"也许是个聋哑人，或者是个智障病人吧。"排长说："小刘，你隐蔽一下，我去看看再说。"排长猫着腰蹑手蹑脚地迂回前进，当离黑影十米左右时，他找了个隐蔽物趴下仔细观察，突然他打开手电筒一照，看清了黑影的真面目，真使他有点哭笑不得。他立起身喊刘正伟过来看"特务"。刘正伟跑过来一看，差一点没被气死。

五

这哪是什么特务呀，原来是连队的一头老母猪不知咋的跑这里来了。

刘正伟第一次单独站岗便这样虚惊一场，他自己也说不清为什么这么倒霉。第二天早晨，大伙听说刘正伟命令老母猪举手投降的事后，一个个用手捂着肚子笑，生怕笑断了肠子。只有饲养员徐新华耷拉个脑袋，脸拉得长长的连水都淋不下。因为大清早他刚睁开眼，便没头没脑地挨了司务长的一顿训，说他怎么这样没责任心，连一头老母猪都管不住。

徐新华感到很委屈。他想，我当饲养员以来工作兢兢业业的，每头猪都侍候得膘肥体壮，没有功劳也有苦劳吧。这些你咋看不到，这么不讲情面，十大功劳给一笔勾销。也都怪这头该死的瘟猪，平时都这样圈着的，却从没发生过违反纪律的事。昨天它发情了才破门跑出去的，半夜三更跑出去想找老公，我怎么会知道，这事能怨我吗？

徐新华来自大西南的十万大山。也许十万大山的溪水特别清澈甘美，小徐的皮肤白白嫩嫩的，一头自然的卷发，又长着一张娃娃脸，一看便讨人喜欢。刚到连队时，副指导员翻着他的履历表，文化程度一栏写着"初三"两个字，就叫他到报话班去，学习收发报的通讯工作。

报话班长把小徐带到报话室，先教他用明话进行通讯练习。告诉他："你的代号是土豆，具体编号为土豆五号，你所在的阵地叫二十七号高地，简称二十七号；对方是三十三号高地，代号是地瓜，具体编号三号。"交代完毕就叫他开始与对方联络。

可小徐不知怎么联络，坐在那没动。班长催促道："你呼叫呼叫呀。"他这才拿起话筒喊："呼叫呼叫，呼叫呼叫。"

班长又好气又好笑，接过话筒说："要这样呼叫，'地瓜、地瓜，我是土豆，听到请回答'。"

小徐按班长教的那样呼叫起来，果然对方有了回应："土豆、土豆，我是地瓜，你是哪位？"照理小徐应回答"我是五号"，可他却回答："我是这位。"

对方又问："土豆、土豆，你在哪里？"小徐应该回答"我在二十七号"，可他却回答："我在这里。"

班长觉得小徐的接受能力也太差劲了，这样用明话联络都不行，怎么用密码联络？便向连首长作了汇报，说徐新华不适合做报话员。

副指导员觉得不好理解，一个中学生为什么不能胜任这个工作呢？他问小徐到底上过几年学。小徐告诉他说："总共读过三年书，爸爸说，自己的名字会认就行了，连初小也没读满。"

副指导员说："你们公社人武部的同志也很粗心的，怎么在你的文化程度一栏写了'初三'两个字，我以为你是初中三年级呢。"

小徐说："表格是公社文书帮我填的，他问我是什么文化程度，我说初三他就写了个初三，这事不能怨他。"

副指导员考虑让小徐做通讯工作会很吃力，便说："炊事班还缺个人，叫你去那里，你有什么意见吗？"小徐觉得收发报工作太复杂，自己学不好，换个工作岗位也好，便表示服从连首长的安排。

到炊事班报到的第二天，班长和他聊天，副班长也过来凑热闹。班长问小徐家里有些什么人？小徐说阿婆、爸爸、妈妈、姐姐和弟弟，连自己总共有六个人。

副班长见小徐那个憨厚样，便有意跟他开玩笑说："班长呀，小徐家的情况你不用问他，我来告诉你吧，小徐的弟弟比小徐还小呢。"小徐说："对！"

副班长接着说："但小徐的姐比小徐大。"小徐又说："对对！"

副班长又说："你姐姐的脸白白的，梳着两条麻花辫，长得很漂亮的。"小徐应道："是呀是呀！"

"但有件事小徐可能不知道，有个邻居给你姐介绍对象，可你妈不同意。"副班长煞有介事地说。

小徐说："知道，知道，副班长，你怎么知道的？"

班长一边笑一边揩着泪水，骂副班长道："你别再给我瞎咧咧了好不好！等一会我的肠子断了你负责？"

新的内务条例刚颁布，连队就组织学习新条例的精神。炊事班因为工作特殊，不能参加集体上大课，指导员便根据炊事班实际情况，另外抽时间给他们补课。

当天讲的内容重点是"军人的举止行为"等方面的规定。指导员讲完后问大家听懂了没有，能记住多少。

炊事班长回答："听是听懂了，但记不大住，最多能考个六十五分。"

指导员说："能及格就不错，至少说明我没白讲，不过大家还是要落实到行动中去，否则等于没学。"说着转过脸问徐新华："小徐你听懂了吗？"

徐新华回答："听倒也听懂了，只是左耳朵进右耳朵出，都记不住。"

班长说："都记不住这话不对吧，难道一条也没记住吗？"

小徐说只记住了一条。

"哪一条？"班长追问。

"怀孕的女军人可以穿便衣。"小徐回答道。

班长说："嗨，这一条关你什么事呀？"大伙都乐了。

指导员又问徐新华在家做过什么工作，干过什么活。徐新华回答："入伍前是大队畜牧场的饲养员，参加过公社举办的畜牧知识培训班。"

"这么说你一定学了不少养猪养羊方面的理论知识吧？"指导员问。

"学是学了不少，但现在也都忘记了。"

"又是都忘记了，这回连一条也没记住吗？"班长又问。

小徐回答有一条还没忘记。班长叫他说出来听听是哪一条。小徐的回答又一次把大伙都逗乐了："精子和卵子的结合过程叫受精。"

"徐新华呀徐新华，我真服了你了，你怎么对这方面的话题特别敏感呀？"班长笑着问道。

指导员觉得徐新华实在单纯得太可爱了，他身居大山深处见识少，其实人并不笨，属于孺子可教型，问题在于怎么调动他的积极性，引导他的兴奋点。便说："大家不要笑话徐新华同志，他的思想很单纯，实事求是。我们都不是什么超凡脱俗的人，人到了一定的年龄，对与性有关联的话题会自然而然地产生一些兴趣。每个人都会有这个阶段，小徐说出来了，我们没有说罢了。不说不等于没有这种意识，你们说是不是？"

大伙嘻嘻哈哈地摇着头说："不是，不是，我们没有，我们都没有。"

指导员见势就说："你们都没有小徐实在，有这种意识并不要紧嘛，要紧的是应正确对待和处理好这个问题。"

讲到这里，指导员稍停了一会说："我给大家讲个小故事吧。"

大伙听指导员要讲故事，便高兴地鼓起掌来。

六

指导员说："我刚当指导员那会儿，团里组织新干部上岗学习，从八大关请来一位老八路给我们讲革命传统。"

"老八路说，当年政委动员大家抓住一切机会学习文化，说没有文化的部队是不能打胜仗的。我当时是个文盲，连自己的名字也不认识，现在倒也能自己看报纸了。"

"当时除了行军就是打仗，根本没有学习文化的时间。再说连个课本、纸笔也没有，怎么学习文化呢？后来办法还是找到了，就是每个人背包上贴一条标语：'打倒日本侵略者'，'到敌人后方去'，'建立抗日根据地'，'中国人不打中国人'，'枪口一致对外'等。这样大家可以一边行军一边认字，坐下来休息时，像岳飞那样，折根树枝当笔，在沙土地上学写字。我认识的字大部分就是这样学会的。"

指导员讲到这里，炊事班长插话说："真不容易，太感人了！"

副班长说："我们现在的条件比老八路他们不知好了多少倍，要是有他们那种精神，就一定会学到很多文化知识。但我这个人有个毛病，总是听听感动，想想激动，到第二天却一动也不动了。"

指导员接上说："你能发现自己的缺点就是进步的开始，那就注意改正，从第一天开始设法落实到行动中去。学多少都是进步，就是怕一点也不学！过几天我再来炊事班看看，看你有没有冲出起跑线。"副班长一听，避开指导员的视线伸了伸舌头，做了个鬼脸。

指导员会心地笑笑，继续讲老八路的故事："老八路讲了自己学文化的事后，有个文化干事问他，'老前辈，我有个问题想问问您，但怕不太礼貌，觉得不好意思说'。"

"老八路说提问题有什么不礼貌的，'子入太庙每事问'嘛，这是好事，有啥问题想问就问呀，问错了也不要紧的。"

"文化干事憋了半天，终于鼓起勇气红着脸说：'你们那会有没有想女人呀，考虑过找女朋友的事吗？'在场的人全乐了。"

"老八路也笑了，他说八路军也是食人间烟火的，怎么会不考虑。我们连当时有个宁波来的小战士很调皮，把《三大纪律八项注意》前两句歌词'革命军人个个要牢记，三大纪律八项注意' 竟改成'革命军人个个要老婆，抗战胜利一人发一个'。"

"老八路说，不考虑是不实事求是的，不过我们既然三八枪扛在肩上，首先想着的是如何去消灭日本鬼子。这也不全是思想觉悟高低的问题，而是我们不想办法去消灭他，他要想办法来消灭我们的。所以对于个人问题没时间也没精力去考虑，找老婆之类的个人私事，只能等到打败日本侵略军后再去落实。当然不能指望领导一人发一个，只能是八仙过海，各显神通，要靠自己去找。"

指导员讲完老八路的故事后说："现在大家军装穿在身上，这事考虑再多也没用，我要会变魔术，就给你们一人发一个，当然这只是给大家讲讲笑话。我要告诉大家的是，要学习老前辈的精神，现在学习文化知识可方便多了，建议大家在做好本职工作的同时，趁年轻记忆力好时抓紧时间多学习一点文化科学知识，知识多了人就会聪明。"

小徐边听边不时地点头。

指导员又强调："知识是个好东西，水冲不走，火烧不掉，连时迁、娄阿鼠①他们也没办法把它偷去。你只要与它交上了朋友，它会一辈子跟着你，一辈子为你服务。"

讲到这里指导员稍停了会，喝了口水，继续说道："如果我们现在不努力，等以后回到家里，即使想再学习，恐怕也没那么多时间了，所以不

---

①时迁是《水浒传》中的人物，贼王；娄阿鼠是戏剧《十五贯》中的人物，惯偷。

要错过这个机会才对。"他转过脸问徐新华："小徐，你说是吧？"

徐新华说："指导员，你讲的话我全听懂了，这回我再不会忘记了！"

一个月后徐新华的工作又有了变动，虽仍在炊事班编制内，但具体工作由炊事员改成了饲养员。这次调动工作的原因是这样的：一次小徐经过炮一班，他们在吃西瓜，叫小徐也尝尝。吃好后大家要把西瓜皮扔掉。小徐说西瓜皮扔掉多可惜，我把它拿去喂猪吧，猪不但爱吃瓜皮，而且吃了还可以防暑呢。

他到了饲养场，见饲养员正在切青饲料，一看有高粱苗、玉米苗、亚麻叶等，都是刚割来的，很鲜嫩。因为附近山坡上有一座早已废弃的土地庙要改建成敬老院，便把这些庄稼铲除了。饲养员特地拿了回来，打算煮一煮喂猪。可徐新华却阻止说："这些植物的枝叶合在一起加热会产生有毒的物质。猪吃了要中毒的，严重的还会死掉呢。"司务长见他对养猪这么内行，便向连首长要求，让他做了饲养员。

自从听了指导员的讲话，小徐明白了文化知识的重要性。他想，是呀，我要是有中学文化程度，这回就是无线电收发报员了，学会了"滴滴答答"的技术，回家后也许有机会坐在电报房里呢！只可惜我们整个大队也没一个人进过中学的校门。

从此以后，他认真地学习各种文化知识。他认为指导员是个大学问家，脑子里藏着许许多多的知识，心想，我只要有指导员的十分之一就好了。因而，只要听说第二天指导员要上课，他头天晚上便准备好猪饲料，第二天早早喂好猪，就拿个笔记本赶去听课。

徐新华是《人民海军》报的忠实读者，每期都会一篇不落地阅读完。他把每个月六元钱的津贴费，多数用到学习文化上。还特地到新华书店买了本《新华字典》，又请教文书如何查阅，不认识的字就向字典请教，还把一些自己认为有意义的词汇和句子摘录下来。

渐渐地徐新华的脑子充实起来，视野也宽了，思维变得敏捷起来，人也跟着活跃了许多，讲话时再不像刚入伍时那样，总低着个头，还没开口脸便先红了。他人很勤快，自己的本职工作做完后，也常常到炊事班帮忙，洗碗涮锅，理菜淘米，哪里忙他就去哪里，因而大伙都喜欢他。

一天，他又帮炊事班淘了米。中午，副连长吃饭时咬到像半粒豌豆大的一颗石子，便跟小徐开玩笑："徐新华，去找根绳子、拿根光棍，叫你班长一起过来一下。"

班长不知底细，小徐也不知道副连长到底什么意思，真的拿了棍子绳子来了。副连长说："你们看看，这饭里的石头多大呀，你俩赶快抬走吧。"吃饭的同志们都笑了。副连长问小徐："这么大的石子，你怎么让它漏网了？"

徐新华笑了笑说："副连长，你也真是的，你想想呀，阶级斗争年年搞、月月搞，搞这么多年了，还有阶级敌人混在革命队伍中间呢！这么多粮食中混入几粒石子有什么奇怪的呀。"说得大家饭都从口中喷了出来。

副连长也大笑道："你们听听小徐的回答，是什么逻辑，这阶级敌人是活的，石子却没有生命，两者不能类比呀。不过我很佩服徐新华同志的辩护能力，如果让他去北京政法大学学习两年，毕业后当个辩护律师肯定是狗撵鸭子——呱呱叫了！"

徐新华接上说："副连长，你别再挖苦我这个小兵了好不好，我跪下向你投降还不行吗？"

七

刘正伟与老母猪的故事还在继续发酵。有人开玩笑问他老母猪举手投降时你看清没有，它有几根手指头？另一个又问他老母猪匍匐前进的姿势正不正确？你有没有给它纠正纠正，做个示范动作？还有人干脆就叫他"匍匐前进"，甚至有人给他取了个"老母猪"的绰号。

这让刘正伟感到很窝囊，要是在家里他非用拳头教训他们一下不可，谁怕谁呀。但现在自己是个军人，同学们来信还称他是最可爱的人，他知道不能那样做。

正在这时，徐新华从炊事班出来，向着刘正伟走来了。见刘正伟一脸怒气的样子，知道来者不善，自己也有点理亏，便不声不响地低头走了过去。刘正伟见了他不禁一股怒火窜了上来，他真想让徐新华尝尝拳头的滋味，不过还是忍住了。

指导员了解到刘正伟最近情绪不稳的情况后，找他作了次思想交流，并在大会上提到他站岗闹笑话的事。指导员指出："刘正伟同志站岗时警惕性很高，从他处理这件事的过程看，思路还是基本正确的，只是因为经验不足，以致闹了点笑话。这并不奇怪，如果换一个别的同志，未必不出笑话，说不定会比他闹的笑话更大些呢。"

接着他又说道："我听说有的同志叫刘正伟同志老母猪什么的，这不好！他是老母猪，我们和他睡在一个屋里，吃同一个锅煮的饭，我们自己变成什么啦，大家是不是想自己提升自己的品位呀！"同志们都笑了起来。指导员又接着强调："当然大家只是开开玩笑，没有恶意，相信刘正伟同志会正确对待的。但今后我们开玩笑也要有分寸，尤其是带有侮辱性的、有损他人形象的绰号更不能随便取。"

指导员讲完后，小滑头罗金贵便问指导员："那么褒奖性的绰号可不可以取？"他仍以刘正伟为例，"说我们就叫他刘政委，比指导员你还大哩！"

"比我大当然是好事，年轻人应该有上进心。法国有个军事家叫拿破仑，他有一句名言，'不想当将军的士兵不是好士兵'。你们中间今后谁真的当了司令员、政委，或者营长、教导员，我都会很高兴的。但有名无实的绰号我也不主张叫，还是叫正名的好。"

听了指导员一番话，刘正伟的心情才平和了许多，更让他开心的是以后没人再叫他"老母猪"了。

会后，徐新华找到刘正伟说："刘正伟同志，我向你道个歉，'老母猪'的绰号是从我嘴里先说出来的，很对不起。"

刘正伟说："这我知道，那天我真想揍你一顿呢，今天你既然这样说了，我也不会再记恨你的。"

徐新华说："那天我一起床便莫名其妙地挨了司务长的训，就把气撒到你身上了，谢谢你今天原谅了我。"

刘正伟说："应该说还是要感谢指导员，他像一把芭蕉扇，三下两下一扇，便把我胸中的火焰山给熄灭了。"

第五章　明人暗事

一

李松林这两天心情不太好，因为他给杨豌珍发了求爱信，可半个多月了，按理该有回信了，却一直没收到。

他这封信是在母亲的催促下才下决心写的。李松林经常给母亲写信，母亲不识字，每次回信都需请人代笔。刚开始时，李松林见回信中的字迹似曾相识，却一时又想不起来是谁写的，后来才想起，信应该是杨豌珍代写的。这使他有点出乎意料，因为杨豌珍不是李家舍大队的人。

那么杨豌珍怎么会帮李松林妈写信呢，原来当时会计培训班学习期满后，因为她自己所在的大队老会计已经恢复了健康，而李家舍村的会计外出养蜂去了，公社领导就让她来邻村李家舍大队任职。虽属两个大队，但只隔了一条河，相距才三里多路，来回还算方便。

杨豌珍来李家舍大队任会计后，人们都叫她杨会计，而松林妈则叫她豌珍会计。她家与大队会计室是连着的，只隔了一道墙。因为李大妈目不识丁，收到儿子的信后都要找豌珍读给她听，听完后就叫她代写回信。

为表示对豌珍的谢意，李大妈有时会拿个熟鸡蛋什么的塞给豌珍。可豌珍总是婉拒，有时实在推不掉，就从家中带些瓜果回赠李大妈。这样一回生二回熟的，李大妈觉得豌珍会计人很随和，而且心眼特别好，不爱占别人一丁点的便宜，便不再叫她"豌珍会计"，改称她"闺女"。而豌珍叫她也省去了一个"李"字。

一天傍晚下起雨来，豌珍向大妈借伞回家。大妈说："下雨天你不用回家了，住在我这儿吧，老头子到我兄弟家去了，你正好给我做个伴。"

豌珍说："我不回去阿妈会担心的。"

大妈说："可你这样一个人走，路上很滑的，深一脚浅一脚的多不好走，摔倒了怎么办，我也不放心！"

豌珍听后感觉有一股热气弥漫在胸腔，心里热乎乎的。但她还是坚持回家，便说："大妈，我又不是小孩子了，您放心吧，我当心一点就没事的。"

大妈把豌珍送出门口后，呆呆地望着她，直到她的背影消失在雨里。

慢慢的，村上的人们在背后偷偷议论开了："看样子李家大妈想让杨会计做自己的儿媳妇了。"

"听说她儿子与杨会计是同班同学，本来就很要好的。"

"可不是吗？李家儿子参军去时，杨会计还特地去送行呢！"

"李家大儿子人也聪明，我看与杨会计倒是很相配的一对。"

这些话传到李大妈耳朵里，李大妈想，要真是这样的话那就太好了，说明我上辈子烧过高香，但不知豌珍怎么想，就怕她不同意。

豌珍毕竟是邻村人，没人直接告诉她这些传言。因而她还跟往常一样与大娘相处着，却从没吐露过她和李松林间哪怕是星星点点的事。

李大妈却再也忍耐不住了，她想找个机会试探一下豌珍的意愿。

一天，她来到会计室，见四下无人，便问豌珍："闺女，你今年多大了？"

杨豌珍知道，大娘突然问自己的年龄一定与婚恋有关，但又不能不回答，只好如实相告。

大妈说："噢，你比松儿小两岁，我像你这年龄时已经和你大伯在一起过了。闺女，你有对象了吗？"

杨豌珍的脸一下红了："大妈您问这干啥？"

"我什么时候好吃你的喜糖呀，你是不知道，大妈我的嘴有多馋嘛！"

杨豌珍回答："糖我到时候一定会给您的，可现在甘蔗苗还没下地呢。"

"为什么还不找一个？"

"没人要呀！"

"不是没人要，是你看不上人家对吧。"杨豌珍没吭声，只是微微一笑。

大娘问道："闺女，男大当婚，女大当嫁，这条路每个人迟早都要走的。你那么多男同学就没一个配得上你的？要求可别太高唷！"

杨豌珍不知该怎么回答，只好又回以一个微笑。大娘似乎还想说什么，豌珍说："大妈，您的话我听懂了，我还有几笔账要入一下，改天您有空再来坐坐。"

大妈说："做账要紧，做账要紧，闺女，你慢慢做。"说完起身走了，刚迈出门槛又回头说："你要有时间常来家坐坐，大妈我一见到你就像见到亲闺女一样，心情会舒畅许多。"

杨豌珍点了点头。

李大娘离开杨豌珍的会计室并没回家，她知道豌珍还没对象，便风风火火地赶去刘家舍村，找她的表妹人称三叔婆的吴金娥去了。三叔婆是远近闻名的媒婆，她想让表妹帮个忙，给松林和豌珍牵牵线。还要叫金娥帮自己写封信，替自己好好骂一骂松林这个书呆子。

李大妈心想，都说梁山伯傻，我看这书呆子比梁山伯这个呆头鹅还傻得多呢。这么好的女同学在娘身边，他却连个求爱信都不会写，这九年书算是白念了。

李松林收到了三叔婆代阿妈写的信后，一看信封的字体变了，不是杨豌珍的字了，不知发生了什么事，便急忙把信封撕开，看完信才知道是表姨代妈写的，信的内容是说自己太书呆子气，说妈妈非常喜欢豌珍，豌珍也一口一个大妈大妈地叫，可亲热啦，把阿妈叫得心里痒痒的。妈还嘱咐他多给豌珍写写信，这么好的女孩失之可惜，千万别让她给别的男孩子揽去了，等等。

李松林看完信，心情久久不能平静，他何尝不喜欢豌珍？他听过一首民歌，有句歌词是："美丽的姑娘见过千万个，只有你最可爱，美丽的姑娘唷"，李松林觉得把这句歌词借来用到自己对豌珍的感情上最合适不过了。这十里八乡的姑娘，自己最喜欢的就是豌珍，几次想给她写信，但就是没敢付诸行动。他怕被豌珍拒绝，也顾忌刘正伟的感受。刘正伟上初一时便向豌珍发起进攻，尽管豌珍一次次地回避了，但刘正伟并没气馁，至今仍在写信追她。在这种情况下，自己若插上一杠，还不被刘正伟骂死！

他又看了一遍表姨的信，仔细琢磨"书呆子"三个字的含义，心想难道我真的有点太书呆子气吗？妈说我比呆头鹅还傻，读了九年书连个情书都不会写，难道我真的成了新时代的梁山伯？

想不起是哪位名人曾说过，爱情是自私的。这话怎么理解？我该怎么办？李松林忽然有所感悟：为什么豌珍对刘正伟热烈的追求始终没作出正面回应，她应该并不真正喜欢刘正伟。那么，她心仪的人该是谁？为什么一个邻村的姑娘偏偏会被安排到我们村工作，而且就在我的家门前，难道这就是天意？为什么她又与我妈这么合得来，难道这就是缘分？

想到这里，李松林决定给豌珍写封信。可是一拿起笔他又犯傻了，真不知该怎么写，从何落笔。他想呀想，终于想出了一条妙计，一挥而就后，数一数总共才写了十三个字。

李大妈又拿了封信请豌珍来读。豌珍轻轻拆开信封，第一张信笺是松林给爸妈报平安的，都是向老人问候祝福之类的老生常谈。信后面还有一张纸，这一张纸对折后边上稍稍粘了点糨糊，似乎里面有什么要紧的话。

豌珍轻轻拆开，但里面并没有正文，只有"一、二、三、四、五、六、七、八、九、十、百、千、万"这样十三个数目字。豌珍看着信笺久久没有出声，她在琢磨这几个数字的含义。大妈问："闺女，松林那张信纸里还说了些什么？"

"噢，李松林说，阿爹阿妈年纪大了，不要太劳累，要保重身体，早晚不要着凉。"豌珍随口应道。

豌珍看着这十三个数目字，很自然地联想到两千年前的一位才女——卓文君。卓文君和大文豪司马相如相爱了。她父亲卓氏是个冶铁业的能人，赚了很多很多的钱，成了全国有名的大富豪。只因父亲爱财不爱才，看不起司马相如这个穷秀才，坚决不同意女儿的婚事。卓文君便与司马相如私奔结为夫妻，这在当时的历史条件下，是一个很勇敢的举动。豌珍赞赏卓文君果敢的叛逆精神，更敬佩卓文君的文才。

豌珍知道这十三个数字组成的所谓信，是松林写给自己的求爱信。在豌珍的心目中，对李松林的印象一直不错，与刘正伟相比，李松林稳重细心、诚实谦逊。但不像刘正伟那样有魄力，那样勇往直前，一副自信心十足的样子。

到部队后，刘正伟给豌珍去过好多封信，一次次向她发起进攻。但豌珍只回过一封信，信里告诉刘正伟自己刚踏入社会，各方面情况不熟悉，本职业务也不熟练，需要抓紧时间学习，无暇考虑个人问题。同时希望他趁年轻多学点知识，掌握军事技术，做一个新时代最可爱的人。

豌珍自来到李家舍大队后，认识了李大妈，她感情的天平开始倾向到李松林这边了。不仅仅是李松林本人更可靠些，李大妈也给豌珍留下了很好的印象，豌珍觉得李大妈是一位和善慈祥的老人。她想，人们都说婆媳关系很难处理，假如有这样一位老人做自己的婆婆，就不用顾忌这个问题了！

李松林那封信并不是他自己的创造发明，是从司马相如那里抄来的。尽管是抄袭古人的，但豌珍认为，李松林用在这里也算是一招活棋。如果我做出积极回应，对他来说求之不得；如果我不作出回应，甚至连回信也不写，那也不能说明一定不喜欢他，也不伤害他的自尊心。因信里并没有指明"杨豌珍收"，我杨豌珍完全可以装聋作哑，不回信也正常。这给双方今后继续联系留下了余地。

既然李松林用司马相如的手段来"戏弄"自己，那我就按照卓文君的套路回敬一下吧。于是豌珍学着卓文君的样子写了封回信，也把十三个数字全用上了：

一别以后，两（二）心相悬。

虽不过三四月，却犹如五六年。

七弦琴声声悦耳耳难悦，八行书字字传情情难传。

九连环梦中浮现，十字坡巅独徘徊。

百炼成钢从军路，保国保家保平安。

千言万语凝一句，祝君康又健！

万水千山隔不断！思念水涟涟。

百年好合可有约，何时佳音传？

十月金秋满地金，唯有真情贵。

重九之时当敬老，谁人可替代！

八月丹桂香满园，可有人喜爱。

七巧之日说牛郎，不可学山伯。

六月骄阳红似火，心比骄阳热。

五月石榴花正盛，只怕冷雨摧。

四月枇杷黄艳艳，尝鲜之人知是谁。

三月桃花迎蜂蝶，蝶不恋花花自怜。

二月风筝入云霄，遥望胶州湾。

一片痴心托锦书，鸿雁快快飞！

　　豌珍写好信后，把李大妈的回信一道寄给李松林。然而豌珍怎么也不会想到，这封信却落到了刘正伟的手里。

　　这天刘正伟下岗回来经过连部，看到通信员小王在洗衣服，便问道："通信员，有没有我的信？"小王说："好像没有，我还没细细看过。来信都在办公桌上放着，你自己去看看吧。"

　　刘正伟进去找信，翻了一遍没看到自己的名字，却发现有李松林的一封信。心想我给他捎去吧，就跟小王打了声招呼，把信拿走了。

　　路上，刘正伟漫不经心地看了看信封上的字，突然认出这字竟然是豌珍写的，立刻有一种不安的感觉，心想难道豌珍与李松林好上了？他急切想要了解清楚。于是就找了一个僻静处，把信轻轻拆开。先看信的落款人，果然是豌珍。刘正伟从头至尾读了起来，读着读着，像一盆冰水从头顶浇到了脚底，心都凉了。他手握书信长吁短叹，不禁暗暗神伤。

　　他埋怨豌珍，自己追了两年多，总是那么不冷不热的，连一句温暖点的话也没说过。而对李松林却是那样的倾心，什么"思念水涟涟"、"心比骄阳热"。这么一想，刘正伟对豌珍的看法发生了大转弯，由爱意切切转成恨意咄咄。当然他更记恨李松林，这种变化都是李松林从中作梗造成的。他暗暗骂李松林不够朋友，明知自己追豌珍在先，还要扛着锄头来挖墙脚，真是太可恶了！那好吧，既然你不仁，就别怪我不义了。你害得我吃不下饭，我要弄得你拉不出屎。我们走着瞧！

　　他拆信封时还是轻手轻脚的，打算看完后再按原样封好还给李松林。

这下他把信当作不法财产，来个全额没收，不打算还给李松林了。刘正伟决定先设法中断李松林与豌珍间的通信往来。他怎么也放不下豌珍，因此先要把他俩的爱情之花扼杀在萌芽状态，再找机会取而代之，这是最好的设想。

他也顾虑自己这样做未必能达到目的。但明知困难重重也得试试，不试试，让他们顺顺利利发展，那自己就什么指望也没有了，试了总还有转机，至少不能让他们一帆风顺发展下去。豌珍不是希望"鸿雁快快飞"吗，我今天要把鸿雁的翅膀打折，省得它来回飞。

豌珍给李松林的信发出后，天天等着他的回信，希望早日盼到那三个字。但二十多天了，一直没收到回信，这使她感到有些意外。她原以为松林会迫不及待地回信给她，自己会得到一番热情洋溢的表白，品味一下恋爱的芳香。但却什么动静也没有，连他给自己妈的回信也没寄来，这使她感到很困惑。难道信没收到？不会的，以前每次都顺利邮到的，不可能这次偏偏中途遗失了。豌珍只好在彷徨中继续等待。

二

八一建军节快到了，为了庆祝自己的节日，各班、排都在准备文艺节目。班长对刘正伟说："你是我们班的秀才，数你喝的墨水最多，你编写一个文艺节目吧。"

刘正伟为难地说："班长，我不是不想执行你的指示，而是从来没编写过什么文艺节目，真不知道怎么写，写什么题材好。"

班长告诉他："题材内容随你自己选，可以写连队的事，也可以写家乡的人与事。形式可以是快板、走书、相声、小故事、数来宝、三句半，等等，你自己确定。"

接着又特别强调："连首长要求班班有节目，我们班就指望你了。去年'八一节'我们班没节目，后来只好硬是把副班长推到台上，叫他来一个。他不是吃这碗饭的，什么也没准备，实在没办法了，只好学公鸡报晓叫了两声完事。"刘正伟听后笑得眼泪都流了出来。班长又说道："你要是完不成任务，那今年就该轮到你学公鸡打鸣了。"

刘正伟说："班长，你一定要赶着鸭子上架，我也只好上了，我就试着写一个，写好后你修改一下，学公鸡打鸣多难为情。"班长说："好好！我相信你一定会写好的。"

庆"八一"文艺晚会开始了，各班排都有文艺节目参加表演。仪器排因排长探亲还没回来，事先谁也没有准备。大家见李松林像个知识分子，就推推搡搡地叫他演节目。可李松林从未演过什么节目呀。

他没办法，只好临时抱佛脚，讲了个现成的小笑话应付：

张三和李四是一对好朋友，一次张三到李四家做客，因集市散了，李四只买到青菜和豆腐两个菜。吃饭时李四说："真不好意思，因集市散了没买到好菜。张三说："没关系，有豆腐就足够了，我最喜欢吃豆腐了。"

吃饭时张三就一个劲只吃豆腐，青菜一点也没碰。李四说："大哥，看样子你真的很喜欢吃豆腐。"

张三回答："是的，你不知道，豆腐是我的命呀！"

过了些日子，张三又做客来了，这回李四买了他爱吃的豆腐，还买了点自己爱吃的猪肉。可吃饭时张三一个劲吃肉，豆腐连碰都不碰一下。李四觉得奇怪，便问："大哥，你不是说豆腐是你的命吗，今天怎么一点也没吃？"

张三说："是的，没错，豆腐就是我的命，可我一看到肉呀，命就不要了！"

刘正伟创作了一个《小明学成语》的故事：

话说有个叫小明的三年级小学生，一天问爸爸，"倾国倾城"是什么意思？小明爸爸是个小学教师，告诉他倾国倾城是一句成语，意思是这个女子长得很漂亮，见到她的人都会被她迷住，拜倒在她的石榴裙下。

爸爸接着讲了该成语的典故，说在两千多年前的汉武帝时期，中山这个地方有个叫李延年的艺人，以自己的妹妹为题材编了首歌词，唱给皇帝和大臣们听："北方有佳人，绝世而独立，一顾倾人城，再顾倾人国，倾城又倾国，佳人再难得……"汉武帝听到这儿便问李延年："世间真有这样的绝世佳人？"

平阳公主说："此人乃是他自己的妹妹。"

武帝又问李延年："你的妹妹果真如此美貌？"

李延年回答："是的，妹妹貌若天仙。"

"那就将令妹带来见朕。"

武帝一见确实与众不同，便留在皇宫中，人们称她为李夫人，李延年也因此做了朝廷大官。这就是"倾国倾城"的来历。

小明听后对爸爸说："才四个字的成语却有这么多的故事，真是没想到。"爸爸告诉他："我国有很多成语，每个成语都有很深的道理。"他又给小明讲了"塞翁失马"的故事。小明听得津津有味，从此他喜欢上了成语，于是买了本成语词典自己读了起来，很快记住了不少成语。

一次，老师出了个作文题目叫《我的一家》。做作文时小明就把学到的成语都用了进去。

全文是这样的。我的一家有三个人，爸爸，妈妈和我。爸爸是个小学教师，妈妈是商店服务员，我是三年级学生。我们三人因臭味相投，平时总是保持一团和气。

早饭后，我们三人便分道扬镳各奔前程。爸爸一进教室后不是信口开河，就是指手画脚。妈妈的小商店只有她和赵阿姨两人，她俩狼狈为奸向顾客推荐商品，一个信口雌黄地说，店里的商品质量如何如何的好；一个口是心非地向买东西的顾客嘘寒问暖。

我在上学的路上如生龙活虎，一路蹦蹦跳跳的，可一踏进校门口便呆若木鸡了。特别是在课堂里每当老师提问，我总是哑口无言。晚上，我们三人又殊途同归回到家中。

别看我们家平时总是风平浪静的，但三个人却同床异梦各怀鬼胎，谁也奈何不了谁。我最怕爸爸，可爸爸最怕妈妈，妈妈又最怕我。有时爸爸和妈妈也会同室操戈，一个摔碗，一个砸盆，砰砰碰碰的像在奏交响乐。

面对两个超级大国发动的战争，我采取难得糊涂的策略，袖手旁观谁也不得罪，不想见义勇为，也不愿拔刀相助。于是便跑到自己的小房间内，站在窗口隔岸观火，坐山观虎斗，笑看狗咬狗……

刘正伟讲的故事引来了阵阵欢笑，也赢得了战友们热烈的掌声。其中，最高兴的要数林副指导员，因为他发现了一个会编写文艺节目的人才。

近两年来，每当团里组织文艺汇演，兄弟连队的节目生动活泼，自己连队因缺少编写人员，只好找个现成的节目资料排练。而团里规定没有自编节目是要扣分的，所以总成绩老是上不去。

他为此伤透了脑筋，今天踏破铁鞋无觅处，得来全不费工夫，因此自然非常高兴。"八一节"过后是国庆节，团里很可能像往年那样还要举行文艺汇演，到时一定要打个翻身仗。

林副指导员特地把刘正伟找来，商讨国庆节编写文艺节目的问题。刘正伟因小明学成语的故事受到大家的赞扬，很有成就感，表示愿意再试一试。但当副指导员提出编写的内容必须反映部队的生活实际时，觉得自己还是个新兵蛋子，缺少实际生活体验，写连队的事有点困难。

副指导员给他讲了去年初冬部队去沂蒙山区拉练时，当地群众缝鞋子送给军人的事。问刘正伟写这件事行不行。

刘正伟思索了一下后说："那我先写个草稿，写好后你帮我修改一下提提意见。"

副指导员说："好好！我们就这样定了。"说完后他找到炮排长，告诉排长尽量不要给刘正伟安排公差，让他集中精力编写文艺节目，迎接国庆节。

几天以后，刘正伟便拿出了初稿：快板书《拥军鞋》。副指导员一看觉得还不错，台词一开始便有些幽默感。他又思考一会后建议还是把快板书改成相声，说这样更容易表演。刘正伟接受了他的建议，并保留了原快板书的许多精彩桥段，有了自己的特色。

《拥军鞋》：

甲：打竹板走上台，我忽然有个新发现。

乙：你有什么新发现？

甲：看演出的朋友走过来，他们每人穿着一双鞋。

乙：嗨，这算什么新发现嘛。

甲：看到大伙都穿着鞋，我就想起了俺班里的七双鞋。

乙：七双鞋也不算多，用得着你到台上来啰唆？

甲：鞋与鞋不一样，俺班的鞋子意义大。

乙：鞋子都是双手缝，你们的鞋子咋不同？

甲：鞋子虽都用手做，做鞋的人却不同。

乙：你别卖关子了，你直接向大伙说说，你们的鞋子是谁做的，咋个就不同？

甲：告诉你，你可别吃惊。

乙：哪能会，我的胆子大着呢，你说吧，是怎么回事？

甲：我们班的鞋子是阿庆嫂她们做的！

乙：（用手摸甲脑袋）你没病吧？

甲：干吗生病呀，我说你会大吃一惊吧。

乙：怎么回事，你倒说说清楚。

甲：有个沂蒙山区你听说过吗？

乙：沂蒙山区当然知道，那里是革命老区。都说那儿的老乡对解放军的感情可深啦！

甲：就是嘛，部队拉练到沂蒙，遇到了当年的阿庆嫂……

乙：（用手摸甲的脑袋）你发高烧了吧？

甲：我怎么发高烧了？

乙：那里有一个红嫂，阿庆嫂在江苏省常熟地区的沙家浜开茶馆呢。

甲：没错，阿庆嫂后来调到沂蒙山区来了。

乙：我咋没听说过？

甲：大概当时交通不便，调令没送到你的手里吧！

乙：别胡扯，那还有谁？

甲：多着呢，部队拉练到沂蒙，又遇见了当年的方林嫂。

乙：（用手去摸……）

甲：你别烦人好不好？

乙：我看你的脑神经短路了。

甲：短路干吗？

乙：方林嫂也从冀中平原调到沂蒙山区来了吗？

甲：是呀，不行吗？

乙：行倒行，但我怀疑。

甲：别怀疑了，还有呢。

乙：还有谁？

甲：都是嫂子，七双鞋要由七位嫂子来缝制。

乙：那我替你介绍吧，部队拉练到沂蒙，碰上了当年的祥林嫂。

甲：祥林嫂干吗？

乙：你不是说都是嫂子吗？

甲：祥林嫂什么时候也参加八路军啦？

乙：噢，你是说要参加革命斗争的嫂子？

甲：当然啦，地主婆做的鞋子你爱不爱穿？

乙：别打岔，那我知道了，还有江姐江竹筠、抗联英雄赵一曼……

甲：江竹筠、赵一曼她们都是革命烈士，人牺牲了还会做鞋吗？

乙：这倒是，你说还有哪些嫂子？

甲：还有春妮，你不知道吧？

乙：当然知道，电影《霓虹灯下的哨兵》中排长的妻子，是位军嫂。

甲：小英莲知道不？

乙：知道，那是电影《柳堡的故事》中军人的未婚妻（若有所思），不对！

甲：怎么不对？

乙：你不是说是嫂子吗，小英莲是军人的未婚妻，还未结婚呢！

甲：都过去这么多年了，到现在还没结婚？

乙：噢，是该结婚了，还有谁？

甲：玉梅，这你不知道了吧？

乙：怎么会不知道，电影《党的女儿》（若有所思）……不对不对。

甲：怎么又不对啦？

乙：你不是说烈士不能再做鞋子吗？

甲：是呀。

乙：可玉梅牺牲了！

甲：是吗，玉梅牺牲了吗？

乙：那还能错，我记得很清楚，她被反动派杀害了！

甲：噢，对，玉梅是牺牲了。

乙：那你？

甲：噢，是这样的，玉梅牺牲后，她的妹妹玉兰接过姐姐的班，继续与反动派作坚决斗争，这次做鞋来的是玉梅的妹妹——玉兰。

乙：（对观众）他总是设法把事情给圆起来。那还有一位是谁？

甲：阿芳。

乙：阿芳是谁？

甲：阿芳你也不知道，电影《英雄儿女》中的女英雄……

乙：她叫王芳！

甲：阿芳是王芳的小名。

乙：那也不对，王芳也是军人，军人做鞋给军人穿也叫拥军呀？

甲：抗美援朝胜利后，阿芳转业了。

乙：她这么大的功劳，转业时该留在大城市了吧！

甲：政府安排她去上海，到她养父那个单位工作，她没去；又叫她去杭州，到他生父那个城里工作，她也不想去。

乙：那她想到哪儿去？

甲：她自己要求到艰苦的农村去，于是在沂蒙山区落了户。

乙：太令人感动了，七个人齐了，该做鞋了吧？

甲：七个人组成了一个拥军小组。

乙：组长是谁？

甲：大家都很谦虚，都说自己不合格，让过来让过去，最后大家认为，还是红嫂最熟悉这里的情况，决定由红嫂当组长。

乙：那红嫂怎么说？

甲：红嫂说："姐妹们，1221部队是具有光荣革命传统的部队，当年参加过孟良崮战役，在陈（毅）老总的指挥下打了个大胜仗。今天这个部队的接班人拉练经过我们这里，其中一个班住到了我们村。为表达我们对子弟兵的热爱，我建议每人做一双鞋慰问他们好不好？"七位姐妹一致赞同。红嫂说："那好，回去后马上动手，明天早晨集中送去。"

乙：这么快呀！但有个问题我不明白？

甲：你还有什么问题不明白？

乙：你是在瞎说胡编吧！

甲：凭什么说我在瞎编？

乙：我问你，你们班住的地方有具体地址吗？在什么县、什么公社、什么大队？

甲：当然有，就在当年孟良崮战场附近的蒙阴县常路公社大石头大队。

乙：（掰着指头）蒙阴县，常路公社，大石头大队……哦，有，这个地方还真有，他倒没蒙人。但我还是迷糊。

甲：你还有什么疑问？

乙：怎么红嫂和阿庆嫂她们七个人都跑到一个大队去了？

甲：这你就不懂了吧，告诉你，不但大石头大队有红嫂、阿庆嫂、芳林嫂，它东面的小石头大队也有红嫂、阿庆嫂、芳林嫂，它西面的石柱子大队也还有春妮、阿芳、小英莲，它北面的——

乙：（阻止）你别说了，我算明白了。

甲：你明白什么了？

乙：你是说，整个沂蒙山革命老区，到处都有拥军模范！

甲：打竹板，走下台，我现在又有个新发现。

乙：你又发现什么啦？

甲：我发现，你这个人脑瓜子还不笨！

乙：去你的！

在团组织的庆国庆文艺演出中，相声《拥军鞋》一炮打响，获得了创作一等奖、表演二等奖。同时该相声被确定为团参加师里组织的文艺汇演节目之一。带队的副指导员抬起头对着蓝天长长地呼出了一口气，把积在胸中多时的闷气一股脑儿都吐了出来，感觉畅快极了。

三

庆国庆文艺演出获得了成功，使刘正伟有了点小名气。连里自不必说，团政治处关于文化工作骨干人员花名册中也有了他的名字。

命运之神向刘正伟伸出了橄榄枝。根据上级有关部门指示，要在基层挑选一批文化基础较好，又经过实践锻炼的士兵送军校学习深造，要各营连先推荐名单。

四连支委们进行了认真讨论，觉得李松林和刘正伟两人都有培养前途。李松林比较全面一些，而刘正伟取得的成绩比较突出。鱼和熊掌不可兼得，两人都推荐上去不行，因为一个连只有一个名额。大家认为推荐刘正伟较稳妥，理由是凭刘正伟的知名度，最后录取的可能性更大一些。于是，刘正伟作为四连的推荐人选上报到团政治处。而李松林则内定为在实践中进行培养的重点人选。

正当吉祥之神向刘正伟热情招手之际，却发生了一件意想不到的事，改变了他的人生轨迹。

星期天上午，刘正伟坐在掩体边和战友们聊天。雷达排的张建国走过来笑嘻嘻地说："刘正伟，我想到青岛大光明电影院看场电影，你帮我去请个假吧。"刘正伟感到莫名其妙，你是雷达排的，我是炮排的，让我给你请假？便说："张建国你是不是在发高烧啊？"可话音还没落下，卫生员小屈也兴冲冲地走过来对他说："刘正伟，我想到栈桥去照个相，你帮我去请个假好不好？"

刘正伟一听这话，便想到了上中学时自己曾做过的一件事，脸唰地一下子拉了下来。他霍地一下站了起来，噔噔噔地奔向仪器排，见到李松林，便用家乡土话骂道："李松林，侬个婊子的儿子，真勿是人！"李松林还没反应过来呢，刘正伟便一拳打了过去。李松林本能地把脑袋转向一侧躲避，拳头还是击中了他的鼻子，鼻血涌了出来。

刘正伟并没有就此住手，仍气势汹汹地握着拳头要打李松林，大伙赶紧拉住他，问他为什么要打人？刘正伟说："你们去问问他吧。"大家把目光转向李松林。李松林到这时还不知道刘正伟为什么对自己发那么大的火，自然没法回答，便说自己不知道。

刘正伟说："李松林，好汉做事好汉当，这事是除了推给亲家无别人的，你还想赖？"李松林还是丈二和尚摸不着头脑，问刘正伟到底在说些什么？

刘正伟却认为，自己读中学时在学校说假话向老师请假的事，只有李松林一人知道。今天这事被他捅了出来，让自己在部队里也出这种丑，这不是有意与自己过不去吗！再加上他与自己争女朋友的事，以为李松林为此在泄私愤，想把自己搞臭。他越想越愤慨，新仇旧恨一起涌上心头，再也忍不住了。心里想，一不做二不休，今天就干脆来个两笔账一起算。他挣脱众人，还要来打李松林。李松林此时也生气了，他曾向叔叔学过一两脚的功夫，心想你别以为自己有几分蛮力，就觉得了不起，来吧，鹿死谁手也难说。便把衣袖挽起，紧握着拳头摆着马步迎接刘正伟。仪器排的同志见事态要扩大，急忙上前隔开两人，生拉硬扯地总算把他俩分了开来。

张建国和卫生员小屈见刘正伟铁着脸跑了，知道大事不好，这下可能要闯祸，便赶紧跑过来劝架。但没能来得及，等他俩赶到，李松林已满脸是血，样子还怪吓人的。

李松林擦去了鼻子上的血迹后以为没事了。第二天却有些红肿又隐隐作痛，呼吸都不顺畅了，到营部找医助。医助一检查发现鼻中隔歪曲，并有点撕裂，给缝了两针，还说得一个多星期才能恢复。

这件事在连队影响很大，党支部要炮排长和负责纪检工作的副指导员，先把事情调查清楚后再作处理。两人找到张建国和卫生员小屈问他们到底是怎么回事？

原来这事与李松林一点牵连也没有，倒是与小滑头罗金贵有直接的关系。半个月前他的爷爷在闭眼前直念叨着要见见孙子，爸爸来电报告知后，他请了七天假回家了。送走爷爷后，他与村会计高爱国见了面。他俩是小学同学，高爱国后来上了二中，自己上了民办初中。当高爱国得知刘正伟与罗金贵在一个连队时，一高兴便把刘正伟在学校请假的故事跟罗金贵讲了一遍。

事情是这样的。当时学校管理很严，不允许住宿生每星期天都回家，除特殊情况，一般每月只准回去一次。

一个星期天，高爱国和三四个同学商量想请个假回家去。但班主任谢培基老师"很坏"的，怕他不会批准。刘正伟说："请个假有什么困难的，我去请假，我就不相信谢老师不批准。"

说完他真的找谢老师请假去了。他先跑到医务室要了个小药瓶，又到教室里拿了根粉笔。他先把粉笔碾成粉末后倒进小药瓶里，又拿着药瓶子对谢老师说："谢老师，我阿妈的胃痛病又犯了，我想请个假把小苏打给阿妈送去。"

谢老师想这孩子还真有孝心！就说："好的，明天早晨早点回来，别误了课。"

"谢谢老师。"刘正伟说着，就走出了办公室，一会儿又折回来对老师说："谢老师，那我们走了！"

"走吧。"谢老师随声应道。

高爱国和几个同学还在那儿等着，见刘正伟笑嘻嘻地回来了，迎上去问："看样子你请假真的批准了？"

"当然批准了！我们走吧。"

高爱国惊讶地问："我们三个人也批准了？"

"当然了，趁早走吧。"刘正伟语气肯定地回答道。于是，大家兴高采烈地回家去了。

星期一早上，谢老师问高爱国："你怎么不请假就回家去了？"高爱国回答说："请假了，是刘正伟代我请的假！"

谢老师纳闷了，再去问其他两位同学，回答的与高爱国说的一个样。于是他找来刘正伟问是怎么回事。

刘正伟说："我临走时不是对你说'我们走了'吗，'我们'就是有几个人嘛！"

谢老师的血压本来就有些高，听了刘正伟的回答后，差一点引发脑溢血。

罗金贵返回连队后与张建国他们聊天时，便把这件事当作笑话跟他们讲了。于是便出现了刘正伟拿李松林出气的事。

事情的来龙去脉搞清楚了，支委会讨论如何处理刘正伟的问题。大家认为在军队像刘正伟这样打架的事是很少见的，影响很坏，部队里决不允许这类事件发生，应该进行严肃处理。

副指导员的心情很沉重，他觉得如果单纯处理刘正伟打人的事，那倒也好办，批评教育一下，指明改正的方向，帮助他接受教训，今后还是容易改正的。他的问题在于说假话行骗，用粉笔灰冒充小苏打骗老师。而且还敢在关公面前要大刀，竟然与自己的老师也玩起了文字游戏，钻空子为自己的错误辩护。事情虽然发生在入伍前，连队本是用不着处理的。但他身上存在的这种苗头不好，总让人有些不放心。

指导员认为，如果刘正伟只在本连当战士那还好说，时常敲打敲打、指点指点也不至于会怎么样。现在事情关系到推荐刘正伟去军校学习的问题，报告已经送上去多时了，现在却发生了这样的事。要不要向上级有关部门报告？

支委会讨论来讨论去，总觉得结论不好下。最后作出了三点决定：一是送军校深造问题，还是要把他在地方学校做的那件事向政治处说明，送不送军校学习由政治处决定；二是对刘正伟打人事件，鉴于这件事含有误解的成分，根源还是在校做学生时产生的，故以教育为主，先由炮排长进行批评教育，并责成刘正伟在全排作检查，再向李松林认个错。如果态度端正，可不作纪律处分；三是连队在组织集体学习时，由指导员把刘正伟打人的事作些分析，教育大家共同吸取教训。

在连队组织学习的头天晚上，指导员找刘正伟先谈了一次话。告诉他做人必须诚实守信，要小聪明骗人是愚蠢的行为，往往以害人开始以害己告终。而人一旦失去信誉，不管到哪里都将无立足之地。

指导员还语重心长地说："你在学校欺骗老师的事，并不算重大事件，因为当时你不过是个中学生，也没造成严重的后果。今天之所以要强调这件事，只因这种事的发展趋势不好，若不引起重视，养成了坏习惯，问题就大了。你要对自己负责，必须认真对待，加以克服。"

刘正伟听后表示一定克服缺点与昨天告别，做一个诚实守纪的人。

指导员表示相信他会接受批评的。并告诉刘正伟："金子本身会闪光，但若外面蒙上很多灰尘，就没法闪光了。你有很多优点，也有不少缺点。如果把缺点一个个改正了，也就是把蒙在金子外面的灰尘擦去了，这样的金子，放哪儿都会闪闪发光的。"刘正伟很激动，就指导员对自己的鼓励表示了感谢。

刘正伟去军校的消息如泥牛入海，而别的单位推荐的人，凡被批准的都到军校报到去了。好在当时支委们的组织纪律观念很强，保密工作无可挑剔，下午才能传达的重要精神，上午都不会透露一点风声的。因此，关于曾推荐刘正伟入军校深造及后来入校资格又被取消的事，除了支委会一班人，其他人一概不知。

刘正伟的情绪自然不会因此而受到影响，让他没想到的是，自己虽然犯了错误，但首长对自己的批评教育是那样的诚恳，既严肃认真又实事求是，自己心服口服。

四

一段时间来，李松林因没收到杨豌珍的信有点百思不得其解。他想，豌珍是个聪颖的女孩，她不会不明白这十三个数目字的含义，那为什么没回应呢？难道她不喜欢自己？这也不对呀，至少我妈的回信总该有吧！转念又一想，也许豌珍工作忙，不得不推迟回信，再等几天看看。心里虽这么想着，双脚却向连部走去，也许今天就到了呢，见了通信员便问有没有自己的信。

通信员见他一个星期已经第三次来问，知道他一定等着一封很要紧的信。忽然想起，两个星期前有封信是刘正伟给他带去的，于是让他去问问。

李松林一听三步并作两步，急匆匆去找刘正伟。可刘正伟告诉他并没捎过什么信，也许是通信员听错了。李松林只得折回来，问通信员到底有没有听刘正伟说过捎信的话。

通信员说："我好像听刘正伟是这么说的，不过当时我在洗衣服，可能听岔了也说不定，所以也不敢肯定他是不是把信带走了。"李松林听后，只好带着遗憾回去了。

李松林一边走一边思索着通信员的回答，他觉得通信员应该不会听错话。断定这么长时间了，豌珍一定给自己回了信。信的内容很可能对刘正伟不利，因而被他私下截住了。不追究的话，他以后还会一而再、再而三地干下去。想到这里，他特地又折回去找到通信员，如此这般地商量了一番。

不出李松林所料，刘正伟以后到连部来得更勤了，目的自然是要把杨豌珍给李松林的信截走。一天他又一次如愿以偿，发现了杨豌珍给李松林的一封信，便悄悄地把信拿走了。可他急不可待地把信拆开一看，发现信中只有简单的六个字：明人不做暗事！

刘正伟自然对杨豌珍的字迹最熟悉不过了，他知道这几个字确是豌珍亲手写的。自己的行动已被杨豌珍和李松林察觉，这信分明是在告诉自己：我俩都知道了，以后不要故伎重演。

他感到很失落，打了一次败仗。他恨李松林，但又不好找李松林去说点什么，毕竟私自拆别人的信本身就不光彩。何况李松林也算给自己留了点面子，这样做总比大吵大闹影响小些。再说了，上次我不做调查研究就把他鼻中隔打折了，他不但不计较还向指导员要求别给我纪律处分呢！想到这，刘正伟有点不知所措，今后该如何与李松林相处呢？

原来因为李松林没有给杨豌珍写回信，杨豌珍感到不可理解，自己第一次主动向一个男孩吐露了爱慕之心，却落得如此下场。因心中有点不高兴，脸上也不像以往那样灿烂了。李大妈虽然不识字，但毕竟是过来人，一看便知道豌珍与松林之间有些不太顺畅。她听说松林还是没给豌珍来过信，对自己那书呆子儿子更不满意了。她也不便多问豌珍，就又去找表妹三叔婆，要她再写封信替自己狠狠骂骂这个书呆子。

三叔婆告诉她，松林已经给她回了信，还说二十天前就给豌珍写过信。不过三叔婆答应再写封信给松林确认一下。

李松林收到表姨的信后断定刘正伟在中间作梗，于是告诉豌珍，回信时要特地另写一封警告信。同时李松林跟通讯员商量好，检信时自己的信要特别交给他以免丢失。待松林看完信后，就把警告信封好后混杂在其他信间，任由刘正伟取去。希望他看到后自行停止小动作。李松林觉得这样做比双方直接理论强，上回已经打过一次架，如果再次争个脸红脖子粗，不但会使两人的关系紧张，还会让战友们看笑话。

刘正伟心中很苦恼，觉得自己不但在情感上打了败仗，也违背了自己以往正大光明的行事原则。他想起了自己对指导员的承诺，一定做个光明磊落之人，可遇到实际问题又不知该怎么办了。哎，其他问题还好办，比如经济利益，吃点亏就吃点亏吧，自己节俭点就是了。可这感情问题，怎么也放不下，真不甘心就这样撤退！但不撤退又该怎么办呢？万般无奈之下，他真想去问问算命先生，自己与豌珍之间究竟还有没有缘分？

第六章　军歌嘹亮

一

　　这些天来，同志们对炊事班提了不少意见，主要是伙食质量大不如前，小菜品种也太单调了。有人为此还编了个顺口溜：早上辣椒炒茄子，中午茄子炒辣椒，到晚上，茄子辣椒一起炒。

　　其实，这并不是炊事班的同志不努力，而是另有客观原因。

　　上午指导员到团里开会，中午赶回来传达会议精神。会上指导员讲话的腔调跟往常大不一样，过去总是讲"形势大好，敌人一天天烂下去，我们一天天好起来"。今天他却说："形势依然大好，但问题不少，前途虽然光明，但道路曲折。"这使大家很困惑。在后来的讲话中，指导员把当前全国范围内存在的经济问题、困难及我们如何认识、如何以主人翁的态度去克服困难作了详细的论述，提出了具体要求，使大家认识到，必须认清当前面临的严峻形势，必须从节省一粒米一尺布做起，以实际行动去克服困难，渡过难关。

　　原来，国家到了后来被称为"三年暂时困难"的阶段。当然在刘正伟、李松林他们入伍前夕，大家已经感到社会上物资供应很缺乏，每个同学的定粮都减少了许多。只是那时艰难的日子还刚刚开始，后来越来越困难，到现在物资供应更紧张了。

后来，部队官兵的定粮标准调低，不再像以往那样可以放开肚子吃饭了。每人一个盒饭，里面掺有胡萝卜、土豆片等。

与周围市民相比，部队的供应还算高的，老百姓比军人的粮食要少许多。张副连长的家属住在青岛市台东八路头上，妻子捎信来说，孩子饿得哇哇直叫，要他想办法弄点粮食。张副连长是管后勤的，全连官兵的衣食他的心中都有一本明细账。昨天他与司务长刚从团后勤处运来一卡车粮食。如果他跟司务长或炊事班长开口说一下，买个十斤八斤粮食救救急自然是不成问题的，但是他没有这么做。

中午吃饭时，张副连长分到了自己的那一份：一碗玉米面稀饭，两个窝窝头。他说自己牙痛，等会用水泡一泡再吃，喝完稀饭便把窝窝头拿回寝室去了，吃晚饭时他又依法炮制。这样他一天攒了四个窝窝头，第二天早上便捎信叫妻子来拿。妻子以为丈夫准备好了粮食，拿了个面粉袋，兴冲冲跑了十多里路。结果丈夫只交给她六个窝窝头，她不知该对丈夫说什么，只是努力控制着眼泪不让它向外流。她心想，我并不想狮子大开口，买个三斤五斤总可以吧，哪曾想只有六个窝窝头。但她并没有埋怨丈夫的念头，几年的夫妻情缘，对丈夫的为人她比谁都清楚。她理解，也知道这六个窝窝头是丈夫从自己牙缝里抠出来的。

农业生产连续三年遭受自然灾害是造成困难的首要因素。其实，人为的因素也不少。"大跃进"那会儿，提出"放开肚子吃饭，鼓足干劲生产"。结果放开肚子吃饭记住了，鼓足干劲生产却忘记了。公社规模过大，一个公社往往包括三四个乡，管理工作跟不上，许多具体事没人去管。举两个例子就知道了：农用船用好后随便往岸边一停，任它在河里从一个村漂到另一个村；耕牛自己跑山上去了也没人去找回来，反正不是自家的。严重破坏了生产力。

中苏两党交恶后，"老大哥"撕毁了一切已经签订的支持我国经济建设的合同，尤其是那些半拉子工程更遭到致命一击，造成了很大的浪费；撤走了一百多个在建项目的专家和相关的资金，造成我国许多在建工程纷纷下马，大批工人失业，损失多大是可想而知的。

抗美援朝期间，我国向苏方赊账购买了许多武器弹药，战争结束后还钱被提上了议事日程。当时的中国，工业基础极其薄弱，我们的商船是通不过台湾海峡的，因为贸易正遭受西方国家封锁，美国的第七舰队守在那儿，不让过去。所以新中国国库空虚，并没多少现钱可还，不得不用猪肉、鸡蛋、对虾、苹果、大豆、花生米等农副产品去抵偿。一车花生米难抵一发炮弹，而朝鲜战场上，志愿军有时一天就要发射成千上万发炮弹，三年战争下来，究竟发射了多少万发炮弹，一时也难以说得清，就这样，本已匮乏的物资供应更是雪上加霜。

为应对物资短缺的局面，保持生产、生活资料的有序流转和相对均衡，维护社会稳定，各地方政府印制了各种票据。不但粮食、食用油、猪肉、鸡蛋等需凭票供应，连煤油、烟酒、红糖、肥皂、棉布、火柴等物资也须凭票才能购买。

秋季来临，部队换发服装的工作开始了，一个新的口号在军营里传开："新三年，旧三年，缝缝补补又三年。"在这个口号感召下，官兵们纷纷表示，发扬艰苦朴素的生活作风，只要旧军装、旧解放鞋等缝补一下还能用的就不上交，继续使用，把节约下来的新军装新鞋袜上交给团后勤处，为国家挑担分忧，以实际行动为战胜困难尽一份力。

官兵们都表现出了主人翁的责任感，刘正伟、李松林、罗金贵也都上交了一套新军装、一双解放鞋和一双袜子。徐新华两双新领的解放鞋也都上交了，因为他上半年还有双新领的胶鞋没穿过。他说自己在饲养场，穿着不用太讲究。还找了些布条条，自己动手搓了些绳子，拿出了家传手艺，自己做了几双草鞋穿着清扫猪栏。

农村的情况自然比城里更艰难。

李松林的家乡曾经被称为鱼米之乡，应当说以前这是名副其实的。这儿是冲积平原，土地肥沃，雨量充沛，气候宜人。且无霜期长，土壤酸碱度适中，适合各类作物生长，简直是个插根枯枝也能发芽的地方，种植什么都能高产，全县棉花单产曾获得过全国冠军，是第一个亩产皮棉超百斤的县。另外，村民仅用两年时间，就让水稻亩产超过八百斤，达到了《全国农业发展纲要》规定的指标。

这里的大河小沟生长着成群的鱼虾。春天，当豌豆花盛开的时候，如果谁摇着农船去远处载货，不妨带上个网兜。因为沿途总会碰上一对对交尾的鲤鱼在水面翻腾，只要用网兜轻轻一拦，中午的小菜就不用愁了。

夏天水量急剧减少，正是童男童女们撒欢抓鱼的好时节。少不更事的孩子们赤膊上阵，男孩光着屁股，女孩穿条裤衩。三五个人一组，找一条狭窄一点的小河沟，两头用土拦起来筑成一个简易的堤坝，就跳进去扑腾了。被搅得晕头转向的鱼儿在水中找不到干净的水和清新的氧气，只好把头浮出水面换气。孩子们都不用网兜，直接用手去抓，也能十拿九稳地把鱼儿抓来装进小竹篓。他们打了胜仗后，就立刻转移战场，还是用老战术投入新的战斗。这样半天下来，每个人都会有不小的收获，少则两三斤，多的三四斤，鱼大都是些三四厘米宽、四五厘米长的鲫鱼。一下子吃不完，便晒成鱼干后储存起来。

这里的夏夜是迷人的，当月亮慢悠悠地离开地平线，把柔和的银光撒满大地以后，小动物们的野外音乐会就开始了。公蝉"知了、知了"地吹，母蛙"呱呱、呱呱"地鼓，纺织娘"吱吱呀、吱吱呀"地唱个不歇，蛐蛐儿"叽叽叽、叽叽叽"地闹个不停。它们共同演奏着月光下的小夜曲。

人们说，爱情是文艺创作的永恒主题。人类社会是这样，小动物们或许也是如此。公蝉、母蛙也好，蛐蛐儿、纺织娘也罢，它们演奏的乐曲，讲述的或许就是白娘子与许仙断桥相会、刘三姐与阿牛哥对山歌吧，所以才会如此卖力，奏出的乐章才会如此动听悦耳，人们也才会为这美妙的音乐所陶醉。

只可惜这看似平静的田野里，有时也充斥着"阶级斗争"，人们从这里经过时，听到的并不全是和美的乐曲，常常也能听到田鸡（青蛙）悲哀的"呜呱"声。一听到这种声音，就能知道一场"命案"正在这儿发生：蛇抓住田鸡后，并不一下子把它吞进肚子里，而是先把田鸡紧紧地绊缠，不断使劲，越绊越紧，直到缠死后才吞下肚去。绊缠的过程中田鸡没多少反抗能力，只会惨叫。蛇每使劲缠一次，田鸡就"呜呱"哀叫一声。

令人不可思议的是蛇不仅会吞吃青蛙等较小的动物，还会吞吃比它身体大得多的动物。因为它喉咙的结构很特殊，吞食物时腭可以放大几倍。因它的嗅觉很灵敏，能闻出十米外的猎物，所以，它还善于捕捉像老鼠等比它灵活得多的动物，一旦发现老鼠路过，便伏在草丛中不声不响，待老鼠临近时才突然伸出头一口咬住，动作可利索了。

这儿的秋色可迷人了，白云伴着蓝天，一行行大雁喔喔地飞来，一会排成人字形，一会排成一字形，不断改变着队形。秋天更是捕鱼捉蟹的好季节。你不用撑船，也不必下水，就可以捕到多种鱼虾。当火红的太阳刚露头时，小孩子来到河边，两眼注视着岸边水中的芦苇丛，这里有三三两两的河虾栖息在芦苇枝丛间，自然有公虾也有母虾，或许正在这里谈情说爱。都说热恋中的男女会变成傻瓜，这时的河虾们何尝不是这样，它们见孩子们的手伸过来竟不知逃跑，心甘情愿地去做他们的盘中餐，那个傻劲真的甭提了！

姊姊、嫂子们到河埠头淘米，淘箩在水中一晃荡，立即有十多条像手指那么长名叫"畅丝"的小鱼急匆匆游过来，它们也不怕人，只顾争夺米屑。乳白色的淘米水遮住了鱼儿的视线，女人们把淘箩轻轻按下，鱼儿便涌向淘箩中心，待一会加速提起淘箩，五六条小鱼就在淘箩里活蹦乱跳了。

如果中午来了客人，下酒的小菜不够，甭愁，只要去河埠头一趟，在石板底下伸手一摸，或者在岸边的腐泥里抓上几把，用不了一二十分钟，准能得到一盘螺蛳，加点油酱一爆炒，就是下酒的好菜。

到了深秋时分，当黄豆叶子转黄落叶时，趁月色朦胧到田间地头去散步吧，这时四周静得能听见自己的呼吸声。如果蹲下身子侧着耳朵细听，常常能听到不远处传来像油灯发出的哒哒声，这是毛蟹（大闸蟹）吐沫时发出的声音，它们在向异性发信号：亲爱的快来，我等你很长时间了！只要顺着响声走过去，准能逮个正着。就是无意捉蟹，只要在这个季节走夜路，不经意间也会踩着一两只"横行霸道"的毛蟹呢。

冬天捕鱼就困难些，但也不是无所作为。人们做些鳗钓，钓钩里套上蚯蚓，放入河边水中，第二天尽管去收，总有些贪嘴的河鳗、黄鳝上当。还有种抓鳖的方法。找一个陶罐，罐内放些鸡肠、小鱼，把陶罐沉入河埠头的水中，第二天把陶罐提起来"收网"，轻而易举就能抓到鳖。

瓮中捉鳖的方法对这里的人来说，岂止是会，他们能把这原理给用活了，就是没有瓮也一样可以捉到鳖。比如拿只草鞋作底，再找三张小汉瓦固定在草鞋上，鞋内放点鳖爱吃的食物后沉入水中，第二天提起草鞋照样可以抓到鳖。即使没有抓到鳖，也常常能把来它家作客的亲家——王八提回来。

就这么一个富饶的地方，在这些日子里米也是不够吃的，鱼更难见到，生活相当艰难。人们只能挖些荠菜、野油菜、狗葱子（石蒜）、糯米饭草等，和上少量的米粒煮着充饥。也有人把棉花籽炒一下当饭吃。炒过后的棉籽倒有一股久违的香味，但不易消化，尤其是老年人和小孩更适应不了。有些人因棉花籽吃多了，大便阻塞，拉不出屎，需要他人用手指头帮着从肛门里掏出来。

冬季来临后，生活更加艰辛，但与"山舞银蛇，原驰蜡象"的北国相比，这里还是有个有利条件：只因有霜期短，即使是在"三九、四九冰上走"的隆冬时节，田野里仍不缺乏绿色植物。这里绝大部分的农田种着一种叫苜蓿草的越冬作物，当地农民称它草子。草子本是一种绿肥，是开春后割下来埋入地里做肥料用的。因为它可以食用，就为度饥荒的人们提供了大量的廉价食物，虽然没法用味道鲜美这个词来赞颂它，可它却救了不少人的命。

二

星期六连队改善生活，吃白面馒头。一个星期没吃白面馒头了，李松林咬了一口，觉得松软可口，香气扑鼻，味道太好了。心想这白面馒头要是能让我阿妈尝尝该多好？于是他找到炊事班长，红着脸说："我们那儿没这种馒头，我想给妈稍几个去，让她尝尝鲜，你借我两个好不好？下次吃白面馒头时再扣除。"说完后感到实在有点难为情，便把目光移向了一边。

炊事班长也有点为难，其实炊事班做饭前先要到各班统计人数，是按人数定量做的，虽会有些余地，但也不见得一定会有剩余的。但他见李松林脸红红的，也感到不太好拒绝，又感动于他的孝心，就回答说："什么借呀还的，我还没吃，你就把我那份拿去吧！"李松林谢过炊事班长，拿着馒头兴冲冲走了，路上碰到刚下岗的刘正伟。刘正伟问明情况后说："你把我的那两个也一块拿去吧。"

　　李大妈一家人用苜蓿草作主食已进入第三天，午后投递员送来了一个小邮包。大妈拆开一看是五个半馒头和一封信，可高兴了，这不但是稀罕物，更是及时雨啊。她把馒头小心翼翼地收藏起来后，拿着信叫杨豌珍来看。杨豌珍告诉大妈，松林说他很想念阿爹阿妈，特地把几个馒头寄回来让两位老人尝尝。信中还说馒头本来就是蒸熟的，只要做好饭后放梗架里，再盖上锅盖焖一会，软了就能吃了。大妈高兴地对豌珍说："千里送鹅毛一片心，难得松儿一片孝心。明天早上你别在家吃早饭了，我给你留着。"

　　杨豌珍对大妈说："这馒头是北方人的主食，也是松林的一片孝心，您二老享用才对，我就不过来了。"

　　可李大妈说："闺女，这是松儿从千里之外寄回来的，无论如何也得尝尝，哪怕是铜板大的一小块也行，总算是尝过了。吃东西不在多少，主要是吃个高兴。"杨豌珍见李大妈很诚恳，觉得人情难却，只好回答到时会过来尝尝的。

　　第二天早上，杨豌珍刚进会计室，就见大妈拿了一包馒头向自己这边走过来，以为是给自己送来的，就说："大妈您真是的，我一会自己会过去的呀。"

　　大妈说："闺女呀，这馒头不是给你吃的，是叫你帮我给松林邮回去的。"杨豌珍纳闷了，这是松林邮回来的东西为什么还要再邮回去？

　　还没等她问，大妈便告诉杨豌珍："昨天傍晚老头子从田间回来，知道这件事后开始还很高兴的，说这是北方人吃的主食，我们难得尝尝。可一会又说，这馒头我们不能吃，明天给邮回去。我问他为啥不能吃。老头子说，你也不想想，这馒头不是地里长着的野菜，也不是河边爬着的螺蛳，这馒头只有部队食堂才有的，他是从哪里搞来的？"

　　杨豌珍说："松林不是这样的人，他不会私自拿公家东西的，一定是经过首长同意的。"

　　"我也是这么说的，可老头子说那也不行，大家都来占公家的便宜，集体受得了吗？老头子还说，'叫豌珍写封信告诉松林，他要真有孝心，就先学会怎样做人，再学点本事，等自己会赚钱了再孝敬爹娘也不迟'。"

　　一个星期后李松林收到了阿妈的邮包，一看信才知道二老误会了。再看看这五个半馒头吧，一个个都长满了灰黄相间的短绒毛。原来南方的空气湿润，白面馒头在路途中吸足了水后，发霉变质长了毛。

这怎么办？扔掉吧觉得太可惜了，吃又不能吃的，那就喂猪去吧。松林就往饲养室走，可走到半路上又折了回来。他忽然觉得这长了绒毛的馒头还是有用处的。

他见妈妈做过豆瓣酱，妈说过麦粉经发酵发霉长毛后也一样可以做酱的，方法基本相同。于是找了个盆子，试着把馒头用开水泡一会，搅匀后放在盆里，端到阳光下曝晒。半个月后果然吃上了鲜美的大酱。

与李松林的家乡不同，侦察员（任务是搜索空中敌机的）冯金臣的家乡，人们的生活显得更为艰难了。他的家就在青岛市附近的胶南县农村，当大地千里冰封、万里雪飘的时候，田野里再也看不到一丝绿色，肚子咕噜咕噜作响的人们只好找些黑乎乎的地瓜叶子，干巴巴的地瓜藤及光秃秃的榆树皮等充饥。

冯金臣的妈妈从胶南农村出发，靠两条腿一步一步走着来部队看望儿子，一路上的全部盘缠是身上带着的一个半大萝卜，这既是她旅途中的粮食，也是她要送给儿子的土产。

家里总共分到两个大萝卜，老伴叫她都带上，冯妈妈说一个就够了。但老伴说："穷家不穷路，两个都带上，俺在家总好对付。"冯大妈同意了，但她还是割下半个萝卜悄悄放到了锅盖下。

路上冯大妈轻易是舍不得吃一口，实在饿得慌了才啃几口，走了两天路，才吃了一个。终于走到部队了，她把剩下的半个萝卜给了儿子，说："这是娘从俺家带来的，你爹要你尝尝。"

指导员对来队的家属照律都要进行上门拜访，当他听说冯妈妈带给儿子半个萝卜的事后，眼眶有些湿润，他拿刀切下两片，一片给了小冯说："冯金臣同志，我俩一人一块把它吃了，这是大伯大妈的心意。"

吃完，指导员说："冯妈妈，你把这半个萝卜给我吧！"

冯妈妈不知道指导员要萝卜干什么，但又不便问，就说："指导员，你拿去吧，不瞒你说，家里实在拿不出像样的土特产，你别笑话。"

指导员说："大妈，我知道许多地方都遭了灾，这两年老百姓生活都很苦很苦。我妈来信说，家里粮食太少了，萝卜缨子、地瓜叶子、苦苦菜都当饭吃了。"

听到这里，冯妈妈的眼睛闪着泪花说："指导员，俺娘上个月闭上双眼走了，四成是病死的，六成是饿死的。娘三天没进食，看样子不行了。俺不忍心让娘空着肠子去见阎王爷，奔东家求西家好不容易弄到半斤玉米面，熬了点玉米糊糊，给娘端去，用小勺子喂她，可她嘴唇闭着就是不张开。问她为什么不吃？娘的声音很轻很轻，轻得俺都听不清，但听懂了她的意思，俺反正不行了，把这糊糊给孙子吃吧。可怜俺娘连死都没能吃点东西。"

指导员含着泪说："真对不起老人家，大妈您放心，这样的日子很快就会过去的。"

第二天，连队召开了来队家属座谈会，出席座谈会的有冯妈妈等五位来队家属。正、副指导员和其他有关人员也参加了。

副指导员主持座谈会，对来队家属表示热烈欢迎，指导员接着讲了当前国家面临的经济困难及造成困难的原因。

他强调指出："这两年全国人民的生活很艰难，许多群众吃不饱饭。自1949年新中国成立后，这还是第一次出现这样的大面积饥荒。但我们中国的老百姓对饥荒是不陌生的，挨饿是常有的事，过去三年两头会遇到。所不同的是以前的政府和现在是大不一样的，过去群众逃荒要饭，当官的照样花天酒地。现在普通百姓吃不饱饭，当干部的也一样在挨饿。他们与群众同甘苦共患难，并在千方百计想办法克服困难。"

家属们听了，不由地交头接耳起来。指导员环顾了一下四周，接着说："我相信这个困难一定会克服，因为全国人民的心是一致的，再大的困难也会被我们战胜。"

冯妈妈说："过去和现在没法比，过去出现饥荒，为活命只能去借高利贷。那些放高利贷的人心可黑了，借十斤粮要还十五斤，一年受灾，好几年也还不清，为还债卖儿卖女也是常有的事。"

听冯妈妈说到卖儿卖女的事，来自锦州郊区的炮班长的爸爸接过话茬说："1943年那回，咱大伯得了痨病，当地也没大夫，婶婶听信巫婆的话，不知从哪旮儿找了些药丸子，黑不溜秋的，看看样子就很埋汰。为了治病，大伯只能闭着眼睛吞了下去，前晌吞下，后晌便痛得满地打滚。婶婶慌了神，就借了高利贷给大伯去省城治病，结果钱也花了，病没治好。大伯人走了，却留下一笔债，以后利滚利，变成一笔永远也还不清的债。咱婶婶被债主逼得走投无路，只好让咱堂妹去做童养媳顶债。堂妹不满十三岁，还是发嗲①的年龄，便做了人家的媳妇，后来终生没有生育。现在每每想起这事，咱的心里总是酸楚楚的。"

其他家属们听后也都谈了自己的感受。最后，指导员拿出了冯妈妈的半个萝卜，他说："这是冯妈妈从胶南县家里带来的。她带了一个半萝卜上路，这萝卜是她的全部口粮，冯妈妈在路上走了两天，才吃了一个萝卜，硬是省下这半个要带给儿子尝尝。"

副指导员感慨地说："这半个萝卜体现了一个妈妈对儿子的爱，也是对我们子弟兵的爱，我们为有这样的妈妈而骄傲。在此，我代表全连指战员向冯大妈表示敬意！"接着，他把萝卜切成若干块，分给来队家属一人一小块。

还剩下酒杯大小的半截萝卜，开中饭时指导员又拿着它，向全体指战员介绍了它的来历，要求大家珍惜每一粒粮食……

按照连里规定，对来队家属在伙食上给予了适当的照顾，主食数量上略多一些。冯大妈来队后，儿子每天端饭菜给妈妈，吃饭时总是把自己"吃不了"的部分硬倒到妈妈的碗里，冯大妈因而总算吃了几天饱饭。她已说不清自己有多长时间没填饱过肚子了，虽然现在吃的只不过是玉米面窝窝头，外加茄子炒辣椒之类的东西，她依然感到很满足，认为过上了神仙般的日子。

让冯金臣感到意外的是，冯妈妈只住了一个星期，就说家里忙，要回去了。"娘，大冬天的家里能有什么事呀，您好不容易来一趟就多住几天再走吧。"

冯大妈说："臣儿，娘来之前细细寻思过，知不道哪一天娘就去见阎王爷了，可俺心里一直撂不下你呀……"

---

①发嗲、旮旯、埋汰等词汇是辽西地区的方言。埋汰是不干净、很脏的意思；旮旯是小角落小地方；发嗲是撒娇的意思，发嗲的年龄是说她还小，不到成年人。

冯金臣打断娘的话："娘，您才五十多岁，哪会去见什么阎王爷呀！"

"臣儿，娘在半个月前做了个梦，黑白无常来抓娘，一直抓到奈何桥边，黑无常过桥通报去了，俺向白无常央求，请他发发善心，让俺回去见一眼臣儿再来，这样俺死也瞑目了。白无常没说话，装作听不见还故意把头转向一边，娘领会了他的好意，赶紧跑了回来。"

"娘，这是迷信，哪有啥黑无常、白无常的呀，不就是日有所思、夜有所想吗，是您老想儿想糊涂了才做这样的梦！可别当真。"

"俺也是半信半疑的，但不管怎样，现在娘见到儿子了，知道你在部队挺好的，俺心里就踏实了。"

"娘，俺们现在生活困难只是暂时的，苦日子挺一挺就会过去的。"

"这道理指导员跟俺说了，娘现在不迷糊了，不再念想着自己死活的事了，娘会坚持下去，俺等着享新社会的福呢！"

"娘，您一定会等到这一天的！"

冯大妈接下去说："但俺现在不能再待在部队了，还是得早点回去。"儿子问为什么，冯大妈说："臣儿，你想想，如果全体战士的爷娘们都像娘一样白吃白喝、长期住在这儿，部队能受得了吗，俺们国家受得了吗？俺不能只顾自己，不顾国家是吧。"

小冯听娘说到这里，不由得浮想联翩。自己虽是吃娘的奶水长大的，以前对娘却并不真正了解，今天才发现娘是一位多么可敬的老人！遇到这么大的困难，她心里对新社会仍然充满着希望，还在想着大家的利益，宁可挨饿也不愿占公家的便宜。

他想起奶奶曾经给自己讲过的一件往事。那是在1947年2月打莱芜战役时，爹担任运粮队员，每天都要用木制的独轮小推车把粮食送到前线去。为加快运粮速度，并非运粮队员的娘也自带口粮帮着爹拉车。他们在接近前线交火点时，娘被部队首长硬是给劝了回来，临走她还把自己仅有的一点口粮——半袋小米交给爹带去前线"充公"了。

奶奶问她怎么不带回来，自己家也不宽裕呀！

冯大妈说："大伙都在往前线送粮食，已经到了前线的粮食哪有再带回来的道理！"

当年奶奶讲这件往事时，自己并没有太多的感受，只当作新鲜事听过也就完了。今天想想才觉得，娘真是一位看似平凡却又非常了不起的人。他含着眼泪对母亲说："娘，不管怎么说，俺也不能让您再走回家了。"

冯大妈说："娘没这么娇贵，俺从小要过饭、吃惯了苦，这点路也算不了什么，娘脚力还济，还是俺自个儿走回去吧。"

冯金臣坚决反对："那不行，即使亲友们不说俺不孝，在战友们面前俺也不好交代。这样吧，您老好不容易来一趟青岛，总得去市里看看吧。今天是星期四，到星期天俺向连首长请个假，带您老去栈桥、中山公园、鲁迅公园逛逛，待中午再送您到汽车站总行了吧。"冯大妈这才又住了两天。

三

时间过得飞快，转眼就进入了耕牛遍地走的季节。向阳河边的荠菜花已露出了白色的小花瓣，江南的豌豆花也一定笑得更甜了。啊，寒冬已经过去，春天来了！

然而与春意正浓的自然景色相背，神州上空却乌云翻滚，一场急风暴雨正在台湾海峡上空形成，随时可能袭击东南沿海。

根据上级指示，连首长给来队探亲的家属做思想工作，要求他们在三天内都回各自家乡去。这种情况在以往是不多见的，据说，是因为部队马上要换防到北面的烟台市去了。

部队换防的说法确实没错，但不是去烟台市，而是要开向南方的福建省。

原来，因为大陆遭受连续三年的自然灾害，各行各业都受到严重影响，人民群众生活艰难，受饥荒的人遍及各地，这给1949年撤退到台湾的蒋介石打了一支强心针。加上中苏两党分歧公开化，双方论战激烈，最终我们失去了这个唯一可以依靠的"老大哥"，这又让蒋氏集团吃了一颗摇头丸。他们断定此刻的中国共产党内外交困，民心尽失，气数已尽。整个大陆像一堆干柴，只需一根火柴，便会燃起熊熊的反共烈火。只要自己一声召唤，便有成千上万的民众像当年陈胜吴广领导的起义军那样揭竿而起。

此时不反攻更待何时，蒋介石要划火柴了。他很快作出"反攻大陆"

的"宏伟计划"。他调兵遣将，利用金门、马祖靠近大陆的有利条件，妄图以金、马为跳板反攻大陆，完成"光复大陆"的"神圣使命"。大担、二担等小岛上堆满了大量的枪支弹药，金门岛地下已被挖空了，储藏了大量的战备物资。有些地道通海，可将小型快艇隐藏在地道内。单单金门一地驻军就超过了十万。台海上空一时风云突变，战争一触即发，刹那间福建成了战争前线，形势骤然紧张起来。

为粉碎蒋介石的黄粱美梦，人民解放军作出了积极应对，加强了以福建沿海为重点的防卫力量。1221部队一营奉命奔赴福建前线。

四连在出发前对人员作了些调整。饲养员徐新华被调到炮排任副班长。原班长刘正伟改为炮工，从职位看炮工与班长是同一级的士官，不过炮工只领导好自己一个人就行了，他的任务是管理好全连的武器弹药。

这是副指导员的建议，鉴于刘正伟提干已经没指望了，就给他一个机动性较大的工作岗位，好让他多收集和编写一些文艺素材，以便日后择用。

已是仪器班班长的李松林被出人意料地调到了炮排，并任炮排副排长。有人说副排长是兵的爷爷，却是官的孙子，从兵到官只差一小步了。这样安排是营、连首长对李松林的器重，是想把他作为重点对象进行培养，让他有更多接触实际工作的机会，能全面了解连队军技常识。

营部机关的领导成员，除营长和教导员留营部主持日常工作外，其他副职领导大多下放到各连进行帮助指导去了。指导员已被任命为副教导员，但仍留在四连帮助工作。

一营是乘登陆舰从青岛胶州湾出发去福建前线的，这使大家很兴奋。因为对四连指战员来说，他们名义上被称为海军，但阵地却在陆地上，与陆军的炮兵部队其实并没有多大的区别。在这之前，谁也没上过舰艇，不知大海到底有多宽，在军舰上是个啥滋味，因而一登上登陆舰，便充满了新鲜感。

这登陆舰的肚子实在大得不得了，竟然把所有的大炮、雷达、仪器和弹药装备连同全体指战员都吞了进去。

现在正是春意盎然的时节，舒适的气温让人手足舒展，精神爽朗。人们站在甲板上，贪婪地吮吸着清新湿润的空气，沐浴着温暖的阳光，感觉身上暖洋洋的。舰艇迎着太阳快速向前，身后卷起的一道道白浪就像诗里描绘的"千堆雪"。几十只海鸥追逐着舰艇,忽高忽低地飞翔着,边飞边寻找着被白浪掀到水面的海鱼,一旦有了收获,便发出欢快的"喔喔"声,似乎在庆祝丰收。

太美了!人们不由地发出感叹:这大海就像一首美丽的诗,就如一幅写意的画!

指战员们站在甲板上,说说笑笑,显得特别兴奋,到最后索性坐下来以排为单位互相拉起歌来。炮排先向雷达排发起了挑战:"雷达排,来一个!"雷达排的同志们便信心十足地唱了首《人民海军向前进》:"红旗飘舞迎风扬,我们的歌声多嘹亮,人民的海军向前进,保卫祖国海洋信心强。"

这首歌以前大家也常唱,但今天唱起来更响亮更豪迈。只因往常站在陆地上唱反映海上生活的歌曲,总感觉缺少点什么,有点隔靴抓痒的感觉,难于抒发激情。今天站在军舰上,面对无边的大海唱这首歌,心中的激情才真正获得了释放。

雷达排的歌声刚落,拉歌又开始了:"指挥排,来一个,来一个,指挥排!"指挥排便爽快地唱了首《我们的队伍向太阳》:

"向前,向前,向前,我们的队伍向太阳,脚踏着祖国的大地,背负着人民的希望,我们是一支不可战胜的力量……"

仪器排的歌曲是《歌唱祖国》:

"五星红旗迎风飘扬,胜利歌声多么响亮,歌唱我们亲爱的祖国,从今走向繁荣富强……英雄的人民站起来了,我们团结友爱坚强如钢。"

就这样,各个排轮番唱,互相拉,气氛很热烈。其中要数炮排最出色,他们不仅人数多,音量大,更主要的因素是刘正伟的指挥很有气势。刘正伟虽已调出了炮排,但身在曹营心在汉,仍参加炮排的许多活动,这次他自然也不甘落后,因此炮排在拉歌中占有绝对的优势。

可其他几个排并不服气,小滑头与其他几个排使了个眼色,他们这些排就组成了统一战线,联合起来向炮排发难。

他们抓住炮排长缺少艺术细胞的弱点,指名要他指挥。"炮排,来一个,谁指挥?炮排长!"

炮排长不想接招,便学古代文人见面时的样子,抱着拳又作揖又鞠躬表示歉意。大家怎能放过他,有人用陕北民歌《军民大生产》的曲调拉道："炮排长呀么嗬嗨，来一个呀么嗬嗨！"小滑头又发动大家鼓掌，于是舰艇上一片很有节奏的"呱—呱—呱—呱—呱呱呱"的声响。炮排长还是不愿出洋相，大伙不依不饶地又拉起来："谁指挥呀么嗬嗨，炮排长呀么嗬嗨……"炮排长被逼得实在坐不住了，只好站起来起了个头，："雄伟的井冈山——预备，唱！"因为不懂音节，他只知道两只手在胸前瞎划拉，结果把原本雄壮有力的队列歌曲唱得稀稀拉拉松松垮垮的，引得大家哄堂大笑，纷纷鼓掌喝倒彩。

第七章 两艘台湾渔船

一

正当指战员们兴致勃勃之际，舰身突然开始左右摇动。随着晃动的角度越来越大，人站都站不稳了，只能坐在甲板上。原来舰艇已驶过了大公岛，进入深水海域，航行环境发生了很大变化，海风呼呼作响，海浪起伏翻滚着。它们的力量大得惊人，硕大的登陆舰被折腾得上下颠簸、左右摇晃。这初次下水的"旱鸭子"们可受不了了，渐渐的，他们脸上的红云退去，光泽消失了，陆续有人"哇哇"吐了起来，皮肤跟着变得蜡黄，成了名副其实的"黄种人"。

这呕吐也有多米诺骨牌效应，一个吐后，第二、第三个也开始了，很快，甲板上吐成一片，即使那些没吐的，也大多站立不住，一个个病歪歪的样子了。

吐得最厉害的要算刘正伟了，别看他长得五大三粗，壮实得跟鲁智深似的，可这会儿完全变成了个软蛋。在接下来三天多的航行中，他总共躺了七十多个小时，吃进去的少，吐出来的多，连黄水都吐了出来。后来战友们戏称他和帝国主义及反动派一个样，都是"外强中干的纸老虎"。

　　整个航行中要数李松林的状态最正常，他一点不舒适的感觉也没有。他爸爸是养墨鸭（鸬鹚）的，他六七岁就跟着爸爸在墨鸭船上跳来蹿去的，还跟叔叔乘海船去过舟山、温州等地，习惯了水上生活。当大家吐成一片时，他一会给这个打水洗脸，一会又去给那个清洗呕吐物，开饭时还帮着给大家打菜端饭，连刘正伟上卫生间也由他扶着，成了一名全能服务员，忙得不可开交。

　　刘正伟对李松林说："我原来以为自己身体壮实，没让我当水兵是亏了我，现在才知道自己根本就不是那块料。"李松林却说："做水兵大部分都是这样，开始时不习惯，后来慢慢就会适应的。"

　　经过三天多的航行后，舰艇终于到达了目的地：福建省福鼎县沙埕镇。

　　这里的地形很有特色：是个海湾，海湾里有个设施简陋但海域宽广的港口，叫沙埕港。沙埕港内还有个小岛，远望像一艘停泊在那里的军舰，当年日本鬼子误以为那是中国人的军舰，专门派飞机投下了很多炸弹。所幸岛上无长驻居民，没有人员伤亡，不过漂洋过海而来的"大日本皇军"也不是一无所获，把晾晒在岛上的十几张渔网全炸飞了。

　　沿岸那弯弯曲曲且狭长的平地上住了不少人家。平地往上便是重重叠叠的山峦，这些山是太姥山的延伸部分。陆地上难得见到面积稍大一点的平整农田，哪怕十几亩地那么点大也没有。好在这儿的山不算太高，又多是土山，人们便在山坡上开了许多梯田。这里的气候温暖又湿润，本是种水稻的好地方。但水稻却是难得一见的，只因这里没有河流，没有湖泊，连大点的水塘也没有，没法储水，所以田里种的多是些番薯、苞米、瓜类和麦子等耐旱作物。

　　不过种田并不是这里的人们赖以谋生的唯一行业，大部分人是靠渔业过活的。渔业有个特点，按当地人的话说就是"在阎王爷面前讨饭吃"。他们一年四季在大海里捕鱼捉蟹，祖祖辈辈靠出海打鱼为生，经常与大风大浪打交道，随时都有生命危险。

　　过去还没有收音机的悠悠岁月里，渔民仅凭经验观察气象，确定何时可能有风暴出现，准确率自然大打折扣，经常有突发的暴风骤雨威胁到他们的生命安全，因此每次出海都可以说是一次冒险。所以出海离岸的那一天，相熟的家人亲朋，无论是牙牙学语的孩子还是白发苍苍的老人，都会赶到码头来送行——说送行固然没错，多少还有点诀别的味道。

给出海的人送行已经成了传统了。民国三十三年，那个正是台风频生的季节，许多家庭已经揭不开锅了，渔民们只得硬着头皮出海捕鱼。第三天，海上突然刮起了十一级大风。返航自然是来不及了，相近的几条渔船就把缆绳联起来，停在海面上听天由命。两天后风停雨止，前湾村五条渔船、后湾村六条渔船没一条返航的，二十五个青壮年渔民全都音讯杳无。人们出海寻找，只找到几块被风浪击碎的破船板，人却一个都没找到。村民们哭成一片，两天没见到炊烟。从那以后，每当渔船出海时，只要还迈得动腿的人都会赶到海边送行。

送行时岸上的人也好，船里的人也罢，都会互相招手致意。尽管他们脸上都挂着笑容，但这笑容是装出来的，他们眼眶里闪烁的泪花才是真的，不过大家都强忍着，不让它流出来。

说起出海打鱼，海峡两岸的渔民为此还有过丁点接触。五六十年代，由于政治原因，两岸的普通百姓自然各为其主，互视对方为敌人，即使在海上邂逅，阶级斗争这根弦也会绷得紧紧的。

但既然在同一片海域捕鱼，为追逐鱼群而碰到一起也是常有的事。为避免麻烦，一般也互不搭话。

虽不说话，可两岸人们毕竟同根同宗，中国人又讲究礼节，所以相遇时也会互相点个头，送个微笑，然后才调转船头各奔东西。

在灾害性天气出现时，双方也会互相通报一声。但通报往往用间接的方式说出来："老二，听收音机说，傍晚起有风暴是不是？"老二便大声回答："是的，说下午四点半以后有八级风暴。""下午四点半，你没听错吧？"自己人相互间这样问答着，脸却向着对方的渔船。

如果突然遇到急风暴雨这样极有可能出人命的紧急情况时，忌讳也就不存在了，大家通常会协力与阎王爷进行搏斗，虽不同舟却也共济。

二

部队到沙埕镇不久，就邀请来镇里的文书介绍当地的情况。文书给大家讲了这样一件事：一天早上，社员们起床后突然发现，沙埕港内停泊着两艘全新的渔船，仔细一看，船头上竟绘有十二角星。这不是国民党的

"青天白日旗"吗？这船是台湾来的！人们一下子蜂拥而来，好奇地问："他们干什么来了？""船上有没有国民党特务？"大家议论纷纷。

一会渔业大队的老船长赶来说明了情况。原来昨天黄昏时分，台湾渔船与沙埕镇的渔民们正在同一片海域捕鱼，海上突然刮起八九级的大风，浪涛跟着像小山似的涌来，渔船随时有被打翻的危险，这儿离沙埕港不远，老船长赶紧让他们到港内来避避风。

对方却顾虑重重不敢来。老船长明白他们的想法，便说："你们顾虑什么，难道共产党比阎王爷还凶不成？"

正当台湾渔民犹豫之际，一个巨浪从侧面打来，一艘台湾渔船差点被海浪掀翻，船舱里进了不少海水。站在船边的老船长跌入海水中，幸亏他及时抓住了缆绳。待他敏捷地爬上船后，说："你们如果信得过我就跟我去避风；如果你们不放心，我到你们船上陪你们一块进港也行。等风浪过去，你们返航时我再离开，这样总行了吧，时间不等人呐！"

台湾渔民见老船长全身上下湿淋淋的，还态度诚恳地劝他们去避风，不觉被他的诚意感动了，但为了免除后顾之忧，他们向老船长提出了两个要求：一是只避风不下船也不上岸；二是希望大陆方面不要把他们进港避风的事情报道出去，以避免不必要的麻烦。

老船长点点头表示理解。他也知道，渔民们一旦到了大陆，国民党当局肯定会疑神疑鬼，以后他们的日子怕也不好过，因而避风的人不出船舱也是正常的。

看热闹的人们还在叽叽喳喳议论时，沙埕镇公社党委书记也赶来看望台湾渔民，老船长向他们介绍："这是公社党委书记张海明同志。"

台湾渔民不知道书记是什么职务，问老船长："这位长官是账房先生还是书记倌（文书）？"老船长笑着说："他是共产党的书记，相当于乡长一级的官。不过，我们这儿不叫长官叫干部。"

渔民们曾多次听到过共产党这个名词，但只闻其名，还从未见过真正的共产党员。今天突然来了一个，立刻起了一身鸡皮疙瘩，气氛一下子凝重起来，船舱里一片肃静。既没人走动，更没人说话。几个胆小的渔民吓得头都不敢抬，生怕自己被吃了似的。

张书记一看这场面，知道他们把自己当成洪水猛兽了，不禁露出了笑容。

台湾渔船上一个二十多岁的年轻人见了，感到很惊讶，对身旁的老人说："阿爹，这个共产党（员）还会笑呢！"

老人严肃地说："别多嘴！"

张书记笑着说："台湾来的渔民弟兄们，大家精神上放松一点，不要太紧张。我先自我介绍一下吧，我叫张海明，本来也跟你们一样，经常在海里捕鱼，我从十六岁开始便跟着我父亲出海打鱼，一直到二十五岁上岸参加工作，所以海鱼海虾吃过不少。后来到陆地工作了，吃肉的机会多了，什么兔子肉、牛羊肉都爱吃。但你们放心，我不是水泊梁山的孙二娘，从没吃过人肉包子。"

讲到这里，老船长也哈哈笑道："如果说张书记要吃人肉，那我也会吃的，因为我也是共产党员呀！弟兄们，你们看看我像不像白骨精？"

渔民们听老船长这么一说，才知道一下子看到了两个共产党员，让他们理解不了的是：这两个共产党员怎么都会笑！看他俩和颜悦色的样子，船舱里的气氛开始有所缓和。舱内有人轻声嘀咕："眼见为实，眼见为实。"那个二十多岁的年轻人叫海宝，他说："老船长这样的人打着灯笼也难找，他跟妈祖娘娘一样善良，跟观音菩萨一样慈悲，要没有他，我们现在还不知会怎么样，也许已经喂鱼去了呢！"

张书记接着话对大家说："我们中国人有句古话叫'有朋自远方来，不亦乐乎'，你们是来自宝岛的客人，对大家的到来，我代表沙埕镇的父老乡亲表示欢迎！大家有什么困难和问题，尽管提出来，凡是我们能帮助解决的，一定尽力做好。"

听了这话，船舱里的人更摸不着头脑了，你看看我，我看看你，心里暗自嘀咕：这个共产党不但会笑，讲的话还很顺耳呢。

这时一个叫海燕的妇女带着两姐妹提着竹篮子走过来，对老船长喊道："老船长，告诉船上的兄弟们，把脏衣服拾掇拾掇，我们帮着给洗一下吧！"

台湾渔民听后更加莫名其妙，心里默想：这是在做梦吧？她们是干什么的？为什么要帮我们洗衣服？噢，对了，大陆实行的是"共产共妻"制度，这几个女人一定是公妻子，没错！

正乱想着，只听老船长说："她们几个是妇代会的，你们把脏衣服拿来吧，叫她们去洗一洗，今天太阳还不错一会就干了。"

海宝忍不住对着老船长的耳朵悄悄地问："老伯伯，这几位是专门洗衣服的'公妻子'吧？"

老船长听了觉得很好笑，心想什么是"公妻子"？怎么还会有这样的想法！但他并没责怪，只纠正说："不知者不为过，我们双方隔离的日子太长了，平时听到的东西往往以讹传讹，与实际情况差别太大，这也不奇怪。我们这里实行生产资料公有制度，你们叫共产制度。就是土地、工厂、森林、矿藏等生产资料归国家和集体所有。但外面传说的'公妻制'是不存在的，从来没有提倡过，今后也永远不会这样做。因为人与物的性质是不一样的，不管男人还是女人，是不能当财产一样去处置的。"

海燕她们又催问换洗衣服的事，鉴于大家的好意，台湾渔民们同意拿些脏衣服让她们去洗。但当海燕踏上跳板来拿衣服时，渔民们的脸忽然唰得一下变了色，他们想阻止却又不敢阻止，不阻止却又怕会带来不堪设想的后果，显得很尴尬，一脸惊恐无措的样子。

张书记见状忙说："海燕，你别到船里来，把篮子递给老船长，装好后再递给你们吧。"渔民们这才松了口气。

原来台湾渔民是很忌讳女人上船的，在台湾，有着延续千百年的古训："男女同船，航行危险"、"有女同行，航行不利"。不光是这一条禁忌，还有诸如不能说"翻"字，即使是同音字也要回避，如番薯不叫番薯，改称红薯或甘薯；连有些动作也要注意，比如吃鱼时把上面一层吃了，想吃下面的可划些，但不能把鱼翻转过来吃，因为"翻"的动作犯了大忌，会导致船翻人亡。

其实，大陆渔民也有一样的忌讳。张书记是土生土长的海娃子，自然知道这些习俗。虽然他内心里并不相信这些，但在身边大多数人笃信的环境里，还是要尊重多数人的感情，考虑他们的感受。

台湾渔民对张书记及时阻止女人上船的行为留下了良好印象，认为这个共产党跟自己想象中的不一样，很熟悉渔船作业中的规矩，不是个只凭权势作威作福的官老爷。

当海燕她们把衣服拿走后，海宝问张书记："长官，您也知道女人不可上船的规矩吗？"

张书记说："你叫海宝我叫海明，我们也许是远亲吧，你贵姓？"

海宝说："不会的，您姓张我姓郑。"

"噢，那也不一定，也许是表兄弟呢。"

大家都笑了，这笑声使双方的距离拉近了许多。

张书记接着回答了海宝提出的问题。他说："关于女人不能上船的规矩，我从小就听父亲说过，我爷爷、大伯他们都这样说的。当时我也信以为真，直到现在我们这里的不少老年人也还是这样认为的。不过我得向你们说实话，我自己现在不大相信这种说法了，女人一上船船就会翻？我觉得没那么玄吧，这也缺少事实依据呀。相反，我倒有个例子能说明，女人上了船并多次出远洋，船都没翻过。"

海宝说："长官，你说具体点，我最爱听这类新鲜事了。"

三

张书记问海宝："明朝时有个伟大的航海家你们一定知道吧？"

海宝说："不是三宝太监郑和吗，这谁不知道，他跟我还是一个姓的呢！"

张书记说："我要说的例子就是郑和下西洋的事。当年郑和下西洋时不是几只船，而是一支庞大的船队。每次航行，船只多达两百多艘，每艘船可载五百至一千人，这样每次航行就有两三万人。其中还有几十个女人与船队同行。"

海宝听到这便有些纳闷，心想郑和本人是个太监，不需要女人做伴的呀。于是问："这些女人是干什么的？"

张书记告诉海宝："这些女人不是船上官员的家眷。她们有个共同的特点，'昨日黄花色褪去，红粉佳人白了头'，她们的年龄都比较大，对男女之间的那些事，早就'淡出江湖'了。"

海宝更觉得奇怪了，忍不住问："那把这些女人招来干吗？"

"她们的任务是做做鞋袜，缝补缝补衣服什么的。"张书记说："因为船队远行不是短时间内可以返航的，有时出海一趟要长达几年。若几万人的鞋袜都预先做好带上，那该占多少仓储间呀，所以他们就专门找了些半老婆婆来缝衣制鞋。为此还特地造了艘小一点的船，把这些妇女及她们要用的布料等载在这只小船上。小船就跟随着大船队一道通过马六甲，绕过好望角，遨游三大洋。"

张书记继续说："除缝鞋补衣的女人外，船上还有两位接生婆，也就是现在讲的妇产科医生。"

海宝更是一头雾水，心想船队虽然有女人，但一个个都"金盆洗手"了，那还要接生婆干什么呀？

"郑和船队经过的许多地方，是很不发达的落后地区。他们还没有发展到利用金属制品的阶段，有些地方的妇女生孩子时，随便找块稍尖利点的石片当刀剪把脐带割断，再打个结就算完事了。由于工具落后又缺乏消毒常识和消毒药品，常造成伤口感染，严重时还危及新生儿的小生命。郑和的船队每到一个地方，总要做些善事：送些从中国带去的农作物种子给他们，教授一些利用工具耕作的技能，还帮助当地人治病、接生等，所以特地带了两位接生婆。"

海宝听到这里，忍不住插话："长官，您怎么知道得这么清楚？"张书记告诉海宝："我看了些历史书才知道些，你们打鱼忙没时间看书嘛。"

他接着说："郑和的这些善举，深受当地土著人的欢迎。郑和七次下西洋，都带有女人在船上，但并没因船上有女人而发生翻船的事。而且这些女人还为郑和完成航海任务作出了自己的贡献。"

台湾渔民们听后也不知道张书记讲得对还是不对，只频频点头，脸上不时地露出笑容。

下午三时许，海边的风小了许多，可以出海了。海燕她们送来了已洗净晒干的衣服，渔民们加足了淡水准备返回。

起航前一刻，海宝突然向老船长请求上岸看看。说："我这次来大陆，一定是妈祖娘娘有意安排的，既然来了，如果不去陆地上走几步，以后会后悔的。"

老船长说："我们这里没困难，你先跟船上的弟兄们商量一下吧。"

这时一个五十多岁的渔民从船舱里探出头来说："老船长，这是我儿子，你就让他跟着你去岸上走走吧，他都磨蹭半天了。"接着船上又跳下来一位三十多岁的壮年渔民说："我也跟阿宝一起去！"

于是老船长就带海宝俩到沙埕镇的街道上走了一圈，街上没多少物资，也没多少人，显得有点冷清。经过沙埕小学时，他俩看到学校墙壁上写着"我们一定要解放台湾"的大标语，在旁边站了三四分钟才离开。两人谁也没说话，不知道心里想了些什么。

渔船离开沙埕港时，海燕她们送来两扎新鲜蔬菜。对渔民来说，新鲜蔬菜是最贵重的礼品。因为在大海里打鱼，鱼虾是最平常不过的副食品，咸蛋、腌肉也易储存，唯有鲜菜不好办，有再多的钱也买不到。因而，他们诚恳地对海燕说："谢谢你，谢谢老船长，谢谢张书记长官。"

第八章　狼来了

一

　　部队到达沙埕港，登陆舰把火炮、雷达等武器装备从肚子里吐出来后，返航回青岛去了。指战员们的任务是要把这些装备拉上山去，进入阵地安装好，以便尽快做好战斗准备。

　　要完成这个任务困难相当大。海边到阵地有三里多山坡路，坡陡的地方接近四十度，没有公路，更没有汽车，只能靠人力拉动。这五千多斤一门的大炮，每前进一步都要付出大把的汗水。战士们在大炮身上拴了八根麻绳，每根绳子都有六七个人拉着。这个工作单凭炮排的力量是完成不了的，需要集合全连上下的力量。

　　拉炮上山时由一人指挥。指挥者每喊一句"一、二、三——"，大家就合力往上拉一把。另有个士兵专门负责塞木头垫子，每前进一步就在火炮轮胎下塞上一块三角形木垫，防止炮身下滑。一门大炮从海边拉到阵地需要一个多小时。汗水浸透了指战员们的衣服，甚至连裤腰带都是湿的。开始时大家努努力感觉还能应付，可越往后越感觉累。

　　最费劲的是拉雷达上山，它是个庞然大物，比大炮重多了。指战员们

113

真是把吃奶的力气也用上了，每发一次力，只能前进几十厘米。有时遇到山石阻挡，雷达就像发牛脾气似的，硬是待在那里一动也不动。于是连长把炊事班的几个战士也叫过来帮忙，但前进速度还是不快。最后只好到当地找了十几个民兵来，才把这个"巨灵神"请上了山。

当所有的装备都送到阵地后，战士们都快累趴下了，一个个像面条似的。不少战士倒在山坡上，一动也不想动，什么也不想吃，只想躺一会，最好是能美美地睡一觉。然而这只能是奢想，因为大炮虽到了阵地，但仍在野外裸露着，这不但不安全，也不符合备战要求，必须给它先安个家。于是大家开始筑掩体，先画出一个直径五米多的圆形区域，把圆圈内的土挖出来，堆放在四周，筑成掩体。掩体要求一米多高，底部围护的土层要达到二点五米以上的厚度，顶部也需要一点五米厚。再把大炮拉入掩体内，固定好后才算真正进入了阵地。为达到这个要求，大家不得不连夜奋战，全连指战员连续奋斗了二十一个小时，直到第二天早上才完成。

武器装备终于按战备要求全部进入阵地，可以松口气了。正当大家准备休息时，却传来一个意外消息：老指导员的腿受了伤，左腿膑骨折了。原来在拉大炮进入掩体时，是以两个班为一组完成的。先各班自己挖掩体，挖好后再两个班互相帮助把炮拉进去。炮一班用的那条麻绳，在先前的拉炮过程中，有一段已经被山石的锐片划毛了，因为太累，又是黑灯瞎火的，大家都没注意细看就继续使用了。两根绳子分别拴住大炮左右两侧，当上坡吃上劲时，一根绳子突然断了，大炮失去平衡迅速向下滑来。负责垫轮胎的副班长徐新华并没察觉，还拿着木垫向炮身下钻。就在徐新华大祸就要临头的关键时刻，在各班排巡察的老指导员正好来到，他见情势危急，赶忙一把把小徐推开。结果，小徐安然无恙，他自己的左腿被大炮压住，造成髌骨骨折。

老指导员住院了，小徐请假去探望。街上物资奇缺，徐新华在街上转了一个来回，也买不到合适的果品。实在没办法了，他就向老乡的瓜地走去，希望能买两个黄金瓜。老乡种那片瓜地不容易，总共也就摘了四五个瓜，一家人既要当菜又要当饭的，说什么也不愿意卖。没办法，小徐只好把买瓜的原因说了出来，老乡被打动了，就卖给了他一个黄金瓜。

他抱着瓜急匆匆地来到老指导员病房前，一进屋见老指导员闭着双眼，看样子还在休息。再转头看见病床前放着的一对拐棍，小徐不禁鼻子一酸呜呜地哭了起来。

老指导员闻声睁眼一看，见是徐新华，就说："小徐呀，你别难过。医生说了，我的骨折还好，不是粉碎性的，这是不幸中的大幸，所以并不要紧。它自己慢慢会好的，只是恢复时间要长一点，你不用担心。"

徐新华感觉有点难为情，赶紧转过脸去揩掉眼泪，然后红着眼睛问老指导员还疼不疼。老指导员说不疼了。徐新华不相信："我知道就是疼您也不会说疼的，出事那天您明明疼得脸上挂满了汗珠子，还说不要紧，不要紧的。"

说着，他从挎包里拿出瓜："老指导员，我没什么好买的，只给您带了一个瓜来。这瓜倒是刚从瓜地里摘来的，很新鲜，您等会尝尝。"

老指导员接过瓜闻了闻，微微一笑说："哦，这瓜真漂亮，还很香！"说着，他把瓜又递给徐新华说："小徐，你把这瓜放挎包里，等一会带回去吧。"

小徐一听急了："老指导员，您为救我负了伤，难道吃个瓜也不应该吗？再说这瓜虽不是金贵的东西，却是我向老乡好说歹说才买到的，它代表了我的一点心意。"说到这，他的心情有点激动："老指导员，您做事不能过于谨慎，吃了这个瓜违反哪条纪律了？"

老指导员笑了笑说："小徐，你听我说，你没领会我的意思。拿群众的东西要犯纪律。可我和你是战友，战友间吃个瓜当然与纪律挂不上号。我要你把瓜带回去，是想叫你帮个忙你知道吗？"

小徐不解地问："这算帮什么忙？"

老指导员告诉他："这些天会有不少同志来看我的，大家的心情都一样，也会跟你一样买点东西来的。你想呀，我不收下不好，收下吧，我怎么处理？恐怕要开小卖部了。你今儿个把瓜给带回去了，大家再来看我时，就不会再带东西来了，这不是帮了我的忙吗？"既然老指导员说到这份上了，徐新华只好不情不愿地把瓜放进了挎包。

来到新的环境，各方面条件自然跟青岛差远了。让四连的指战员们感到庆幸的是，他们住的营房多数是现成的，而且都是质量不错的砖瓦房。听说这里原先驻扎过陆军部队，现在他们换防去别处了，房子正好空了出来。但驻扎在324山头上的雷达排就没这个福气了，那儿没房子，只好住在帐篷里。

雷达排住的地方说起来也很滑稽，他们的雷达阵地和搭帐篷的地方都在福建省福鼎县境内，而厕所却建在浙江省苍南县境内。只因这里是闽浙两省的交界处，中间只有一条不足一米宽的羊肠小道作分界线，雷达排的同志自然不知道这条小路还有这么大的意义，把厕所建到了小路北侧。以致后来人们诙谐地说："太麻烦了，上一趟厕所也要两个省来回跑。"

二

老指导员出院了，他才住了一个多月医院，按要求还需再住上两个月。医生被他磨得没办法，才同意他带着双拐回来的。回来的第二天，营部文书拿了营党委的文件草案给他看。内容是为表彰他舍己救人的精神，向团党委建议给他个人嘉奖或记功的事。让他过目，没有大的意见就准备上报。

老指导员看后对文书说："这件事教导员已经跟我通过气了。意见我都写在这里，你等一会拿去吧。"文书一看标题不由吃了一惊：《检讨报告》！

文书不便问也不好细看，立马把《检讨报告》送给营党委。营里多数领导不同意老指导员的意见，认为大家都不是诸葛孔明，不可能事事都考虑得这么细致周到。老指导员却坚持认为这是一次事故，是事先考虑问题不周造成的，理由有三：首先，事先没有要求各班排检查安全隐患，没能把事故消灭在萌芽状态，自己作为在连队蹲点的营领导，负有主要责任；其次，当时把小徐推开的一刹那，只是应对意外情况的自然反应，其他人若遇到这种情况也会这么去做的，没必要作过多声张；第三点，这次小徐没出事是侥幸，自己遇上这事是巧合，否则后果不堪设想，若真出了事，该怎么向家长交代？所以好好总结教训才是主要的，没有理由对自己进行立功嘉奖。

见他坚持己见，营党委只好把他个人的意见和党委集体的意见一并报到团政治处。团党委又把这件事报告给师部，师部研究后，既没给老指导员记功，也没有给他处分，只把他的《检讨报告》发到各营，并写了按语：要大家学习他见危险就上，见荣誉就让的精神。

部队转入正常的军事训练，但比在青岛时抓得紧多了，战士们也自觉认真，因为大家心里清楚，战斗什么时候都有可能打响。训练是不流血的战争，只有平时多流汗，战时才能少流血。所以大家在训练中都设想着战时可能会遇到的问题，提出了各自的训练目标。

连队召开誓师大会，连指导员和连长分别作了动员和军事训练部署。接下去各排代表在大会上进行表态，共产党员、共青团员都派代表表示了决心。大家的发言内容也大同小异：一定要听毛主席的话，跟着共产党走，练好本领，坚决粉碎蒋介石集团反攻大陆的阴谋！

大家发言完毕，主持大会的副指导员问："谁还要发言？"

其实，在会上由哪些人发言，每个人讲话的侧重点又是什么，事先都是安排好的，副指导员问的这句只是客套话，走个形式罢了，谁还会来表态发言凑热闹呢。

可谁知，副指导员的话音刚落下，徐新华却站起来说："我来讲几句。"这出乎大家的意料，所有人的目光都投向了他。

徐新华入伍两年多来虚心好学进步不小，表现一直不错，跟换了个人似的。但他至今仍是"白板"一个，被关在党、团两扇大门之外。组织上曾两次往他家乡去函调查他的社会关系，收到的回函都说"徐新华的叔叔是伪保长，而且是个无恶不作的坏人，1949年跟随蒋军去台湾了"，他的入团入党问题只好搁在那里了。

后来才知道，他原来所在的大公社已一分为三，原公社的人武部长等领导及文书已调去异地。新来的文书查徐新华爸爸徐涨钿的社会关系时发现，其弟弟徐增钿曾是伪保长，干过欺压乡邻的事，1949年还去了台湾。这种社会关系对徐新华的政治生命来说，不能不说是个致命伤。

其实徐新华根本就没有这么一个叔叔，他爸爸是根独苗，既无兄又无弟，何来这个叔叔呢？

原来他们大队有两个徐涨钿。离徐新华家五里多路的山岙里，还有一个叫徐涨钿的山民，他的一个弟弟确实去了台湾。文书没弄清楚，把两个徐涨钿混为同一个人了。当然这是后话。

再说副指导员不知他会讲些什么，但觉得不让他讲也不好，只好说：

"下面请徐新华同志发言。"

徐新华走上前站稳后说："刚才共产党员的代表，共青团员的代表都发了言表了态。现在我代表无党派民主人士讲几句……"大家被他的开场白逗乐了，会场一片欢笑声，接着是一阵噼噼啪啪的掌声。

徐新华说："我虽不是共产党员，也不是共青团员。但我已吞下秤砣铁了心，争取做一个合格的革命战士，誓死保卫和平，让全国人民有个安居乐业的环境。我认为这不能口头说几句就算完事，一定要落实到行动上。我打算在学习好本职技能的前提下，利用空余时间再学习一至两门军事技术，以应付实战中瞬息万变的情况。"会场里又响起一片热烈的掌声！

连长听后站了起来，一边鼓掌一边高兴地说："徐新华同志说得很好，想得很对！大家也要像他一样，多从实战出发考虑问题。我希望同志们向一专多能、一兵多用的方向努力，掌握过硬本领。只有这样才能从容应对实战中可能发生的各种情况，完成党和祖国交给我们的光荣任务。"

新上任的指导员最后讲话："同志们，蒋介石想利用我们的暂时困难，搞什么反攻大陆，他打错了算盘。新中国是一代又一代的优秀中华儿女前赴后继，与帝国主义及国内反动派进行不屈不挠地斗争才取得的，为此付出了巨大的代价，牺牲了无数革命先烈的生命！现在蒋介石贼心不死，企图夺回他失去的天堂，继续他的独裁统治，让我们再吃二遍苦。同志们，大家能答应吗？"

"不答应！""不答应！""打倒蒋介石！""一定要解放台湾！"誓师大会在雷鸣般的口号声中结束。

指战员们从难从严进行军事训练。通过严格训练，军事技术有了明显提高。

外线电话员仅凭一根被包带，就可像猴子似的在电线杆上爬上爬下。从上杆排查故障、接线头，再包上胶布滑回地面，只需十几秒钟。报话员在伸手不见五指的条件下，能准确地记录收到的密码。

由于受气象变化、地面建筑物，特别是敌机撒放干扰物等因素的影响，导致雷达屏幕上有众多的半粒芝麻大小的反射光点，敌机反射的光点混杂在这些光点里，企图以此逃脱雷达搜捕。这自然给雷达屏幕员识别真假目标带来了极大的困难。但这难不倒小滑头罗金贵，敌机再狡猾也逃不脱他的火眼金睛。他摸索出一套识别真假目标的经验，就是不以反光点大小为标签，而以某个点在前进中的速度是否均衡，航向有没有规律为侧重点，在密密麻麻的反光点中抓住前进方向、前进速度有规律的光点，死死盯住不放。常常在六十公里左右便能发现目标，跟踪目标时竟能达七十多公里，均超过训练标准要求十多公里。

为了保护这位火眼金睛，司务长一个星期就要买一块猪肝给他吃，说是吃猪肝可以提高视力。在食品供应很不充足的情况下，这可是特殊待遇，因为除了他，别说是连长、指导员，就是营长、教导员也难得闻到猪肝的味道。

不过在炮连，最累的人要数炮班的二炮手，三十多斤重的炮弹能否及时快速推进炮膛，就看二炮手有没有劲，得不得要领。许多二炮手在练习中都能连续输送三十多发炮弹。刘正伟是装弹能手，当了炮工后仍坚持练习装弹，他可以连续输送七十二发练习弹，创造了全团记录。

其实在实战中，一门大炮一次战斗中一般只需发射三至五发炮弹就够了。若前面三五发打不着，飞机就飞远了，再发射也毫无意义，倒成了欢送炮。战士们之所以要练习装这么多弹药，是立足于打大仗，打恶仗，以做好连续作战的准备。

李松林任炮排副排长后，隔行如隔山，对大炮各个部件都很生疏，需要一个熟悉的过程，对战士们也就没法进行具体指导。但他发现了一个问题：二炮手每天向炮膛送练习弹，一天下来少则一百余发，多则两三百发，天长日久，炮膛会不会因此遭受磨损？真要有影响的话，练得越多最后的效果反而越不好，真要影响实战时的命中率，后果就不堪设想了。但平时又不能不训练，怎么办呢？他向连长建议，设法制作一个装弹训练器，二炮手平时只在训练器上练习装弹，防止炮膛磨损。

连长觉得李松林的建议很好，但训练器怎么造，连队没有相关的机械设备和材料，便向营部首长汇报，营首长也认为李松林的建议很不错，说作战参谋也在顾虑这个问题呢！可营里也没有相关的机械设施，于是他们决定向地方求助，便派副营长带着李松林去福鼎县农机修配厂，希望他们能帮助解决这个问题。

然而农机厂与兵工厂的性质是大不一样的，本身设施也有限，只会修理拖拉机、农药喷雾机等农机部件，工人师傅们以前谁也没见过火炮等重要兵器。再说农机厂里的材料质量都不会很好，哪能用到武器装备上？所以，他们对制作装弹器一点办法也没有。

副营长和李松林不甘心就这么回去，独自在农机厂内外转圈圈，结果，发现厂里有些不同型号的水泵，便蹲下不走了。其中一根水泵的管子似乎跟炮膛的口径大小相近，一测量，竟然口径一致。

"真是天无绝人之路！"副营长高兴地说。在工人师傅的帮助下，装弹器总算做成了。但是跟真正的大炮不同，它不会上下左右转动，只能固定在某一个角度，既不能转换方位角，更不能调节高低角，这与实战要求距离太远。

如何使它上下左右转动，工人师傅一点办法也没有。李松林对副营长说："这里要应用立体几何原理，可我只学过平面几何，也不知道怎么去改进。"

副营长说："我是'农业大学'毕业的，只知道几斤麦子可以磨几斤面粉，还从没听说过什么平面几何、立体几何。这事还得由你来动脑筋，你就一边学，一边改进，来个活学活用吧。"

李松林心想，活学活用不是做几何题这么容易的。但这事还不好拖，部队等着要用，现学现用能来得及吗，心中一点方寸也找不到。

他跑到县中学找数学老师请教，但老师告诉他，即使懂得了立体几何知识，也得有一定的设备才行，我们学校除了几台天平秤、几只电流表、几个量杯外，再没什么器材了，这么复杂的装备，凭我们县的实力是做不成的。

李松林觉得老师讲的都是实话，但就这样放弃也不行呀！他左思右想后，觉得方位角转或不转对训练效果影响不会太大，只要高低角能变化，就会容易得多，所以，只把高低角的转动装置安装好就行。他又跑到农机厂把这个设想讲给工人师傅听，可工人师傅说，要搞能自行转动的装置器材也很难，但只给训练器装个手摇轮子，靠人工调节炮筒的高低角倒可以试试。李松林心想，手摇就手摇，只要训练器的角度大小能调节就好。

几经改换，训练器终于造好了，但需要有人在旁边摇轮子调节高低角，才可以训练。

　　副营长看后，与李松林一起演练了一下，觉得可以用。就说："要想跟真正的炮膛一样是难达到的，我们必须从实际出发，就这样凑合着用吧！至于得有人摇轮子调节高低角，这不成问题，我们训练时，让一个连的二炮手一块来，集体训练，每人轮流练装弹，轮流摇轮子，还可以开展比赛，交流经验。"

　　营首长对这套训练设施进行了验收，由刘正伟当二炮手，李松林手摇轮子调节高低角。操作的结果，大家一致认为比较接近实兵器，可以代替实兵器训练，且不会影响训练质量。这套设施被正式定名为"装弹训练器"，并在各连进行推广。

三

　　这天中午，李松林的妈妈感到外面很热闹，好像发生了什么事，却听不清大家叽叽喳喳在说什么，便想出来看看。刚迈出门槛，只见邻居的小孙子喊："小阿婆，报喜讯的来了，报喜讯的来了！"

　　"谁给谁报死讯来了？"李大妈见小孙子手里倒拿着一把雨伞，吓得脸如土色，便睁大眼睛问。

　　"是松林叔叔的部队给您报喜讯来了！"

　　李大妈一听似遭雷劈一般，整个身子倒在地上，一点动静也没有了。

　　小孙子一看便高喊："不好了，不好了，小阿婆死了，小阿婆死了，快来人呀！"报喜的人们赶紧跑过来，只见李大妈双眼紧闭，两边嘴角吐满了白色泡沫，像得了羊角风似的，老李书记说："不会吧，小婶以前从没得过羊角风啊。"

　　杨豌珍赶忙蹲下身把大妈的头扶起来，又低头贴在她胸口听了听，说："心脏还在跳动，应该不会有生命危险。"

　　公社人武部长也跟着跪下，用食指按压大妈的人中穴，不一会，大妈终于缓过气来了。

　　可她一醒来便大声哭喊道："松儿呀，你才二十一岁呀……"大家面面相觑，不知她哭为哪般。

　　还是豌珍先悟出了原由，对李大妈说："大妈，您在说什么呀，松林哥在部队不但好好的，还立了三等功！今天公社的武装部长和大队李书记给您送他的立功喜报来了。"

听杨豌珍这么一说，李大妈停止了呼号，但还有点不相信自己的耳朵，疑惑地问："豌珍，你不会哄我吧？"

大队李书记说："小婶，豌珍什么时候骗过您呀，这不，部长手里拿着的正是松林的立功喜报呢！"李大妈这才如梦初醒般破涕为笑，忙招呼大家到屋里坐。

因为李松林制作的装弹训练器不但避免了炮膛受损，而且很实用，在各炮连推广后反映都很好。炮手围着装弹器练习时，还可以随时交流心得，提高了训练效果，因而团党委给李松林记三等功一次。

要想弄明白李大娘听到"报喜讯"三个字便口吐白沫晕过去的原因，还得先说一下这里的一个习俗。

原来，这里若死了人，要通知死者的亲友或因故在外的家人，这叫"报死讯"。那时农村还没有电话和自行车，"报死讯"只能派青壮年男子步行去完成。

报死讯是一件急事，速度自然越快越好。那怎么使报讯的人不因故耽误赶路呢？这一带有个不成文的规矩：不管天晴还是下雨，报死讯的人手里总要带一把伞，而且在路上行走时，伞柄一定要朝前，这叫"手持倒头伞"。人们只要见到手持倒头伞的人过来了，便知道是去报死讯的，就不会跟他多讲话，更不会跟他开玩笑，还会主动让开道叫他先过去。这在经过集市等人多的场所时非常管用。若仍有人没发觉，旁人还会提醒："倒头伞来了，倒头伞来了！"于是人人让道，报死讯的人才不会耽误时间。

李松林家乡的人不会讲普通话，学校上课时师生讲的书面话，实际大多是一口的方言。然而方言发音时有些字音容易混淆，如欢喜的"喜"字与死亡的"死"字，发音是一模一样的，这就把"报喜讯"与"报死讯"念成了同一个音。

再说这里的底层民众平时也没那么多"喜讯"可报，即使是婚嫁这样的喜庆事，人们也不叫办喜事，而是叫"好日"。比如有人结婚，没人会说"大哥结婚办喜事"，通知人去喝喜酒，都说"大哥明天好日，阿妈叫你来吃杯薄酒"。

然而"报死讯"却是常有的事。因而"报喜讯"这个词只有像人武部长、大队书记、杨豌珍会计这类人听得懂，像李松林妈妈这些平时只围着灶台转的人，对这个词是很陌生的。正因为这样，当李大妈看到邻居小孙子倒拿着一把伞，又喊着"报喜讯"后，以为儿子遭到了厄运。其实小孙子的伞是早上下雨时撑到学校去的，中午带回来是自然的，只是七八岁的小孩还不知道拿伞的规矩罢了。这回倒好，害得小阿婆死去活来地虚惊了一场。

李松林的立功喜报到家后，家乡的人们自然议论纷纷。因为罗金贵回家送别爷爷时曾说过，他们部队是专门打飞机的，所以大家都说李松林了不起，一个人打下了一架蒋介石的飞机。

这也难怪，立功喜报并没有写明李松林立功的具体事由，只写了"在备战训练中作出了突出贡献"。当然，有人不同意打下飞机的说法，理由是要真的打下了一架敌机，记个三等功恐怕不够吧。

一个人打下一架飞机是外行话。一个人用大炮摧毁一个碉堡、一座大桥倒有可能，打下一架飞机是不现实的，特别是要打下一架在高空中飞行的单机，基本没有可能性。

一架敌机飞过来，要能把它揍下来，并不是只要向炮膛里装进一发炮弹，发射出去就可以了，要考虑和顾及诸多因素。首先，得测出飞机的高度、航向、速度、距离、高低角、方位角等数据，根据这六大数据确定炮弹发射的提前量；其次要参考当时的温度、湿度、风向、风速、蒸发量等气象因素，根据这五个因素推算出炮弹发射的修正量。任何一个因素出差错都会导致发射不精确。比如炮弹装药时的标准温度通常是按摄氏15度设置的，假如当天的温度在20度，则弹药爆炸时间会比原设计方案提前若干分之一秒；反之，若当天气温只有5度，弹药爆炸时间就会延迟若干分之一秒，需要先把数据修正后才能输入到仪器中去。提前量减去修正量后的数据，才是准确的数据，才可以正式输入仪器。

以上十一个数据简称"诸元"，可以根据诸元确定弹药发射的提前量。这十一种不同的诸元由十一位战士分别负责控制操作。其中任何一个环节出了问题，均会影响到命中率，往往差之毫厘，却偏之千米，会导致前功尽弃。因此仅凭李松林一个人的单兵作战是打不下快速前进中的单架飞机的。

四

部队来到福建前线快三个月了。跟在青岛时相比，这里的生活实在太单调了，连队管理也还是那么严格，一般是不让单独外出的。其实就算给外出，街上也没什么西洋景可看。沙埕镇既没有电影院，也没有公园；连队里没有篮球架，没有乒乓球室，也没有图书和报纸可以阅读，所以指战员们即使在休息日也无所事事，最多是打几副扑克牌，或者找几颗小石子走走五子棋。除了军事训练，就是政治学习，再也找不到打发时间的地方，大家实在有点憋得慌。

徐新华来打开水，炊事班长跟他开玩笑："小徐，你老实坦白，现在还想不想女人？"

徐新华笑着说："连一根长头发都看不到，想不想反正都不会犯错误。"

"我是问想没想女人，不是问犯没犯错误！"

"没有，哈哈哈……"

"不想女人，那你休息时干点啥？"

"白天休息兵看兵，晚上无事数星星！"

然而困难远不只单调的精神生活这么简单，物质生活上的困难更现实。国家的经济形势虽然有所好转，最困难的时期已经基本结束，但从外面街上的物资供应看，还是不太丰富，仍没摆脱匮乏的局面。

让指战员们没想到的是，最缺乏的生活物资不是大米白面，也不是鸡鸭鱼肉，而是平时最不起眼的绿色蔬菜。

沙埕镇以渔业为主，能种植蔬菜的农田有限，加上正是高温盛夏，蔬菜很难生长。有限的蔬菜当地人自己吃都不够，往市面上供应的就更少了，晚上街一会儿就难得见到蔬菜。偶尔碰到个卖青菜的，一问价每斤都要八分钱，太贵了，小黄鱼也才卖一角五分钱一斤。

后勤部门设法去福鼎县其他地方采购，但困难不少，除山区交通不便外，能采购到的蔬菜数量也很有限。因为这一带已经布满了兵力，大家都要吃，蚕多桑叶少。所以连队平时吃得最多的副食品只是萝卜干、什锦菜（几种不同的咸菜条）、豆腐渣等，没几样新鲜的。

开始大家也没在意有没有青菜萝卜，以为有大米饭能吃饱肚子就够了，青不青菜的无所谓，况且这玩意在家时吃得还少吗，有啥稀罕的，有咸菜条能下饭不是一样？于是纷纷表示能艰苦一点就艰苦一点，"苦不苦比比红军两万五，累不累想想革命老前辈"。确实，跟老一辈的革命者相比，现在的情况已经好多了，至少不必没日没夜地担惊受怕，三餐饭还能定时供应，因而大家在训练中总是从严从难要求自己，一个个都铆足了劲，常常汗流浃背也没人叫苦。

一天傍晚，刘正伟见李松林在阵地到营房的小路上来回散步，就走过去把他拉到一个僻静处，小声对他说："松林，我跟你说个事，你可不要告诉别人！"

李松林说："什么事，这么神秘兮兮的？"

"你先答应我不外传我才能告诉你。"

"好吧，只要你没杀人，我就给你保密。"

刘正伟扒开裤衩露出自己的阴囊说："你看看我的蛋袋多危险，不知为什么烂了，一个多月了也不见好。开始时只是痒，用手一抓，皮就脱了下来，像鱼鳞似的一片一片往下掉。皮脱下的地方看上去红兮兮、湿乎乎的，样子怪吓人。"

李松林看了一下说："噢，你阴囊表皮溃烂了，我和你一样，也有这个病。开始我没好意思找医生，一个多月也不见好。这毛病也不痛，时好时坏的，有时似乎好一点，但没几天又复发了，总断不了根。我前不久去找卫生员看过了，他说是体内缺少一种叫什么型的维生素，但他那没治这种病的药，只能自己先忍着。"

刘正伟说："还以为就我一个有这毛病，原来你也有呀？"

李松林告诉他："不光是我俩，罗金贵也问过我，还有徐新华，都有这毛病。我估计还有不少同志有这种病，因为得病的位置太尴尬，不好意思说就是了。"

刘正伟说："有矛总有盾吧，我们得去跟卫生员说说，叫他设法配点什么药来才对。"

"我说过了，卫生员叫我死了这条心，说他自己也忍着呢。"

经李松林这么一说，刘正伟安心了许多，但还是追着问了句："这样反复发作，不知道以后会不会留下病根？"

　　"会好的，卫生员说了，只要多吃一点绿色蔬菜，就会恢复的，不过要等到秋凉后才有蔬菜吃，还有两个多月呢。"李松林说。

　　正如李松林所说，刘正伟的阴囊溃疡症确实不是个别现象，各个连队都有这种情况，这病说到底是缺少新鲜蔬菜引起的。

　　这件事已经引起上级领导的高度重视，他们决定从外地调配蔬菜以满足部队所需。鉴于福建省内潜力已不大，就从江西、浙江西部调运了些绿叶蔬菜。各地方政府也都把这件事作为一个政治任务来抓，采取公路和水道"两条腿走路"，卡车和船只并举的办法，向军营运送绿叶蔬菜，不久便有大批蔬菜陆续运到，解决了部队的燃眉之急。

　　蔬菜一到，没用多久病就不治而愈了，刘正伟他们的"难言之隐"也终于治好了。一天，他去炊事班打开水，无意间看到一只花菜筐里写有"上饶罗定"几个字，就问司务长，这筐花菜是不是从江西上饶买来的，司务长告诉他，菜确实是从江西上饶运过来的，怕被美国佬的侦察机照相，汽车天黑后才敢出发，而且还不敢开车灯，只能一路摸黑前进。

　　刘正伟若有所悟地说："我原先以为枪炮、弹药才是战备物资，今天才知道这萝卜、青菜也是战备物资呀！"

　　司务长笑着道："可不是嘛，我原先以为背钢枪、提手榴弹的人才是革命战士，今天才知道这拿菜刀、持锅铲的人也是革命战士呀。"

五

　　之前一次闲聊中司务长所说的侦察机，是台湾国民党军队从美国人那里要来的RF101。性能很先进，可升到一万多米高空，拍的照片也很清楚。它正是炮营的指战员要对付的目标。

　　国民党确定好"反攻大陆"的政策后，想先摸清解放军在沿海的军力部署及武器装备状况，做到知己知彼。而要达到这个目的需要RF101等进行侦察。他们成立了两个专门收集情报的空中侦察特种部队，一个叫黑蝙蝠中队，另一个叫黑猫中队，工作方式是利用飞机进行空中侦察照相。

　　黑蝙蝠中队里的飞机，如RF101，尽管它们可以飞到万米高空，但都是低空侦察作业。它们一般在大陆沿海活动。黑猫中队的飞机，如U-2无人机，执行高空侦察作业。它们上面都配有八台自动高倍相机和电子辐射测向机，照片解析度非常高，据说连战士上衣口袋的钢笔都能发现。而大陆虽然已有导弹部队，但还不能自己制造导弹，少量的几颗还是从苏联获得的，而且还是防卫北京城用的。因此，U-2无人机非常猖狂，在大陆上空肆无忌惮地横冲直撞，如入无人之境，频繁进行高密度侦察照相。

终于，U-2的猖狂行径激怒了我党上层决策者，指示导弹部队不要死守中南海，应该离开北京到外地去"打游击"。

解放军是最擅长打游击战的，但那指的是步兵部队。解放战争期间，我们步兵战士的两只脚往往比国民党军队的四轮汽车跑得还快。那么导弹部队有没有这个本事呢？大家想尝试尝试。他们研究了以往U-2无人机的航线，掌握了它们的活动规律：来时长驱直入，回时悠闲自得。而且航线几乎不变，每次完成侦察任务后还要经长兴到溪口去照个相带回去，好告诉蒋介石："奉化之墓庐依然，溪口之花草无恙。"

于是，我导弹部队便开到长兴地区守株待兔。果然，U-2无人机故伎重演，又飞经长兴上空，我导弹部队果断连发三枚导弹，U-2机立时身首异处，冒着浓烟到上帝那里报到去了。这是后话。

1962年1月13日，U-2无人机再次飞到甘肃上空，拍摄我双城子导弹基地，他们通过对照片和烟囱里冒出的烟雾的温度进行分析，得出结论：解放军正在研发核武器。这让蒋介石忧心忡忡，他觉得反攻大陆宜早不宜迟，一旦解放军有了飞弹[①]，就彻底没希望了，因此反攻大陆一事必须今年完成。

自四连来到沙埕镇后，RF101机曾多次逼近连队上空，但都没从阵地上空穿越。台湾方面已经知道这里驻扎的有高炮部队，因为他们在这里有潜伏的特务，而且活动很频繁，一到晚上，沙埕港周围的山沟里总会有红红绿绿的信号弹升空，有时多达十几次，这是特务们为相互联络发射的。

虽然有民兵巡逻，但收效甚微，即使找到信号弹的发射地点，也找不到敌特人员。因为这信号弹是敌特人员装扮成农民，白天以采药、打柴为掩护，埋在山坡地里的。这种信号弹有定时功能，并没有具体的导向作

---

①飞弹：这里指装了核弹头的导弹。

用，到了夜晚的某个时刻会自行升空，只是为了搞所谓的心理战罢了。

为了反攻大陆，蒋介石真是动足了脑筋。这位一生迷恋先进武器，北伐战争中剑气逼人，抗日战争中戎装紧裹的赫赫武夫，如今也搞起了文宣战、心理战。蒋军放出大批高空气球，利用风向和风力向大陆沿海投送传单和少量的大米等物品，沿海居民经常能拾到写给"受苦受难的大陆同胞"的传单。最热闹的地方是金门和厦门，在这两个地方能直接看见对方大炮的火光，这里也是文宣战的交汇地，双方的高音喇叭都开足音量，动员对方弃暗投明。

而直接受到伤害的自然是金、厦两地的普通百姓，没日没夜的高分贝干扰，双方炮击的隆隆声，搅得人们连个囫囵觉都睡不了。

后来敌我双方对炮击和喇叭播放时间先后做了调整，好让老百姓有个安稳觉睡。是先由我方军队用喇叭发出的调整公告：从现在起到明天×时前，喇叭不再播音，大炮停止炮击。中国人讲究礼尚往来，不久，金门方向的喇叭也传来了同样内容的声音。

知道沙埕港四周驻有高炮部队，敌机轻易不在上空穿越，只在边缘区域捣蛋，这让大家吃了不少苦，跑了不少冤枉路。往往警报刚一拉响，指战员们急忙各就各位后，它们却调头返航了。

6月21日这天中午，指战员们正要吃午饭，饭碗刚端起警报就拉响了，大家连忙放下碗筷奔向阵地。原来，远方雷达发现前方七十多公里处有RF101侦察机，正面向沙埕港飞来。大家各自就位后做好了战斗准备，可是敌机到达六十公里处并没继续前进，反而掉头飞回去了。

警报解除，大家赶回食堂接着吃饭。

动作快的才吃了一两口饭，慢的一口还没吃呢，警报声又响了，大家只好丢下碗筷又跑向阵地。可做好一切战斗准备后，敌机又没事人似地飞回去了。当远方雷达的屏幕上再也找不到敌机踪影后，警报第二次解除。

指战员们悻悻地再次走向食堂。战士们心想，这会总该让我们吃饭了吧。可是饭碗还没端稳，警报声又拉响了！

"这个王八羔子！""狗娘养的！""这个锤子！"这一而再、再而三的警报声，激怒了来自五湖四海的战士，大家纷纷用各自的土话方言脱口骂娘，一边骂一边还得全速向阵地跑去。

指挥排长苗宝俊全神贯注地注视着标图桌，根据标图员标出的敌机位置，不断地传达远方雷达的信息，连长再把指挥排长的信息传达给雷达、仪器、火炮，令他们按此信息搜捕敌机："方位角5500（度），高低角25（度），距离65（km）"；"方位角5000，高低角30，距离60"。

小滑头罗金贵的猪肝真没白吃，当收到第二组信息后，马上高喊："目标捕住！"雷达排长立即举起了小红旗，告诉大家本连雷达发现了敌机！

于是仪器排的战士们立刻把本连雷达的相关数据输入仪器，并急忙推算发射炮弹的提前量和修正量。

这是由十一位战士操作才能完成的协同任务，需在十秒钟内完成，否则敌机就会逃跑。RF101可不是一般的超音速飞机，最快时速每秒钟可突破五百米，炮兵的协同动作只要慢上哪怕只有三五秒钟，就可能让它溜走。所以对高炮部队来说，刻不容缓这个词已成了天文数字，只能改成秒不容缓了。

当仪器、火炮连接好雷达传输系统后，十一位战士在瞬间各自报告"好"、"好"、"好"的声音不绝于耳。当十一位战士都报过"好"后，仪器排长马上举起小红旗并高喊："好——"连长紧跟着举起红旗高喊："预备——"

此时连长的令旗是不能落下的，只要一落下大炮就要吼叫起来。

那令旗何时落下？他在等待指挥排长关于飞机是否已进入火力范围的报告，没进入火力范围前，令旗是绝不能落下的。

当发现敌机后，指挥排长的任务应该说已减轻了许多，接下去他不需要再报告飞机的具体位置，只要看着标图板上飞机的距离，单独报告距离就行了。

指挥排长双眼紧盯着标图桌，只见飞机的航线直奔阵地上空而来，心想看样子今天敌机真的要经过沙埕镇上空了，它正以直线距离逼近四连阵地。指挥排长不断报告："距离35"、"距离30"、"25"、"20"！

当飞机接近火力范围时，标图员小娄突然站在那儿不动了，指挥排长见他两眼发呆，叫他也不回话，就果断换人："裴吉昌上！""是！"说时迟那时快，老兵裴吉昌一戴上耳机，就听出飞机已经进入火力范围，他已来不及标图，也来不及再报告指挥排长，干脆直接对着窗口，发出了如闷雷爆炸般的声音："进入火力范围！"这是他自呱呱坠地以来所发出的最高分贝。连长一听敌机已进入火力范围，在高喊"放"的同时落下了令旗。瞬间，"轰隆隆"、"轰隆隆"的炮声此起彼伏，震耳欲聋，阵地上卷起的尘土遮天蔽日。

六

在敌机进入火力范围的紧要关头，标图员小娄却失了常。他是浙江绍兴人，是今年才入伍的初中毕业生，也算是秀才一类的人才了。画惯了几何线条的他，在平时的练习中把飞机航行的线条标得很清晰，比老兵的舒展秀丽多了。可今天没病没痛的，哪曾想到关键时刻会出这样的洋相。

敌机企图来偷袭的情况已经发生过很多次，过去都标得好好的，那是因为敌机每次接近我方火力范围时就返航了。而这次玩真格的了，他见目标接近火力范围就想：难道真的要打仗啦？炸弹真要扔下来了吧？这么一分神，他就像喝了杯蒙汗药一样，失去了知觉，一下子什么也听不到、看不见了。最后还是大炮的轰鸣声把他惊醒了过来，他知道自己失了职，有点不知所措，低着头不敢看人。

其实，小娄今天的担心是多余的，这次来的是国民党派来的侦察机，是侦察解放军的布防情况的，不是轰炸机。它的任务只是照相，不会扔炸弹的。

国民党的飞机都是清一色的美国货，除运输机以外，高炮部队要对付的飞机主要分轰炸机、侦察机、歼击机三大类。

飞机的性质任务不同，型号编码也不一样：编号中R开头的是侦察机，如RF、RQ等，U-2虽也是侦察机，因无人驾驶，故不挂R的牌子。F开头的是歼击机，如F84、F86等。B开头的才是轰炸机，如B24、B52，它们是要扔炸弹的，对炮兵构成威胁的正是它们。

小娄还是个新兵，不懂这些常识，因而还没听到炸弹声，自己先被吓蒙了。

其实作为炮兵，害不害怕都无济于事，想躲也躲不过的。唯一的，也是最安全的办法是全体指战员横下一条心，齐心协力把敌机给揍下来，否则炸弹扔下来谁也逃不脱，连长和标图员的生命一样脆弱。而且，标图员在半地下室的指挥所内，而连长为了让排长们看到自己的令旗，只能站在外面的制高点上，虽也有掩体护着半截身体，但掩体只可阻挡横向的子弹，对于垂直落下又立体开花的炸弹，防护作用是微乎其微的。

战斗结束了，每门火炮各发射了三发炮弹。可惜敌机并没有揍下来，不过也明显受了伤。炮弹没击中敌机的要害部位，仅仅击中了它的尾巴，飞机的垂直尾翼被打下来一截，只是水平尾翼还在，因而它仍可夹着尾巴摇摇晃晃地逃遁。

战后，大家分析敌机逃脱的原因有三点。一是火力不足，整个炮营只有一、四两个炮连开火。而一连的开火其实也很勉强，因为敌机没有进入他们的火力范围，还在边缘线上，可打可不打。听到四连的炮声后，他们也跟着开了炮，所以打不着是正常的。其他连队与飞机的距离更远，不在火力范围内，本来就是不该开炮的。二是标图员的失常耽误了两千余米的距离，每门炮少发射两发炮弹。三是负责飞机高度修正量的战士装的高度比实际应装的高度低了五十米。

很显然，若高度没偏差，敌机受伤的部位绝不在机尾。事后大家都带着遗憾说，假如不是标图员失常，假如高度正确……但是谁都明白，这假如两字已经没有什么意义。

在总结经验教训时，营部对完成任务较好的单位和个人进行了表扬和奖励，对失职的则进行了批评教育。雷达排和炮排受到营党委表扬。罗金贵因远距离发现了目标，为连队打击敌机提供了充裕的准备时间，受到团司令部的嘉奖。战友们私下议论："要是这次真把敌机给揍下来了，小滑头记个三等功也嫌小哩！"

老标图员裴吉昌临危不乱机动灵活，把敌机进入火力范围的信息直接报给连长，节约了宝贵的五秒钟时间。按常规他应先标上图的同时报告指挥排长，由排长再报告连长。因为时间紧迫，他打破常规直接报告给了连长。首长们认为这是机动灵活战术的体现，这种敢于负责的精神应该发扬光大，所以给他嘉奖一次，并放假一天。

新标图员小娄受到连队军人大会的点名批评，并给予警告处分一次，而负责高度修正量的战士只在排里列队时受到了排长的批评。他俩的性质是不同的，前者是胆小怕死的觉悟问题，后者是具体操作中的失误，而且这种失误也情有可原，虽说有五十米的高度差，但在仪表上只是指针线条略微有些偏差罢了。

按理说高炮打侦察机是不会有人员伤亡的。但这话并不能绝对地说，因为这次战斗就导致一个人受了伤。但他并不是军人，是在离阵地不远处干农活的老乡。

当轰隆轰隆的炮声停止后，一位二十多岁的年轻人背了个五十多岁的老人向四连卫生室跑来，老人满脸是血。原来一老一小两人在炮阵地西面的山坡地里干农活，冷不丁听到大炮轰隆隆地吼叫起来，他们没有思想准备，也不知道仗会打多大打多久，只好下意识地拔腿就跑，跑着跑着，老人被青藤绊了一下，就顺山坡滚了下去，脸就是滚的时候被山石划破的。

卫生员给老人做了仔细的检查，发现老人的膝盖出了点血，所幸半月板完好，脸上也只是皮外伤，就给他清洗清洗伤口，抹了些消毒药水，告诉他只要伤口没发炎就不用再来了。

按理炮兵连在开火前是有预兆的。指战员们各就各位后的准备过程中，从雷达捕住敌机，仪器输入诸元，各炮手做好准备，差不多每个人都要报告一个"好"字。一时"好、好、好"的喊声会不绝于耳。而且都是开足音量嗷嗷吼叫着，好像要冲锋拼刺刀一样。这声音，在附近干活的老乡能听得清清楚楚，他们完全有躲避的时间。但他们却一点也不理会指战员们的吼声，你喊你的，我干我的，似乎显得很镇定。

不过这也不能怪老乡们思想麻痹，他们的镇定是事出有因的。当初炮连刚刚来到这里那会儿，每当进行训练时，指战员们一大声高喊，在一边干农活的老乡便以为敌机要来扔炸弹了，大炮就要打响了，赶忙丢下锄头四处逃命，有的跑到山沟里，有的躲进凹陷处，有的钻进树丛中，还有的慌不择路，便采取鸵鸟战术，爬到南瓜地里摘两片南瓜叶把眼睛盖住就完事了。但慌乱过后，既没听见炮声，也没看见飞机，阵地静悄悄的。大家觉得没事了，就爬起来各干各的活。还没干多少，阵地那边又嗷嗷吼叫起来，一门门大炮齐刷刷地自西向东转动着，炮管角度越升越高，指挥员也举起红旗高喊："预备——"老乡猜敌机一定杀回马枪了，这次看样子真的要打了！于是又赶紧跑，四处找地躲藏。可是躲了一会，还是没有听到大炮的轰鸣声。等了半天，人们爬起来一看，除了哨兵，阵地上竟然一个人也没有了。原来士兵们训练完早回营房去了。老乡们这才知道解放军只不过在进行平常的训练，并没有什么敌机过来。

部队来了几个月，"狼来了"的事情不知发生过多少次，老乡的耳朵早已起了几层老茧，所以对指战员们的吼声，他们都习以为常、不闻不问了。直到大炮真的响了，他们才如梦初醒：狼真的来了！

第九章 战备物资

一

　　"6·21"战斗以后，营首长在四连召开了部分骨干座谈会，请大家谈谈"6·21"战斗的体会。

　　罗金贵说："敌机来这里侦察照相的目的，就是在为反攻大陆做准备，我们必须时刻保持高度警惕做好打仗的准备。"

　　副排长李松林表示："老一代人为赶走帝国主义，建立新中国而前赴后继，多少人为此献出了鲜血和生命。现在保卫这个胜利果实的任务已经落到我们这一代年轻人的肩上，挑起这副重担是我们义不容辞的责任。"

　　标图员裴吉昌说："都说创业容易守业难。保卫胜利果实是我们责无旁贷的义务，我坚信，红色江山决不会丧失在我们这一代青年人手里！"

　　副指导员说："我的父母一辈子都是在忍饥挨饿担惊受怕中度过的，但还算幸运，磕磕绊绊总算大半辈子走过来了。我的小孩才五岁多，为了让我的父母过上几年不再担惊受怕的日子，为了让我的孩子长大后能有个安居乐业的环境，我愿意把苦吃尽，把害人虫彻底扫除干净，把一个祥和安宁富饶美丽的环境交给下一代。"

　　营长最后讲话："听了大家的发言很受启发，我考虑的是如何落实到行动上的问题。我们当兵的人都知道有句话叫'冬练三九，夏练三伏'，就是要坚持在艰苦的环境下练兵，现在夏至已经过去多时，三伏天正迎面而来。在这个炎热的季节里，有些人选择去避暑，有些人设法去乘凉。但作为军人，我们就没这个福分了，不但不能避暑乘凉，还要顶着烈日摸爬滚打。这是为了什么？"

　　徐新华抢先回答道："为了彻底粉碎蒋介石反攻大陆的阴谋，为了让劳动人民不吃二遍苦！"

　　"毛主席的战士最听党的话，哪里需要哪里去，哪儿艰苦哪安家，祖国要我守边卡，扛起枪杆我就走，打起被包就出发。"座谈会后，指战员们常常唱着这首歌去阵地，练兵的目的更明确了，自觉性也比以前更强了。

　　可是接下来一个个现实问题向大家发出了挑战，有些问题事先并没有预想到，有些虽有所预料，但没估计到会有这么艰难。

　　首先是气温高得让人有点招架不了，四连的指战员来自全国各地，以家住北方的官兵居多。一入伏便是持续的干旱高温天气，气温一直在三十五六度上下徘徊。白杨树树梢像僵尸般一动也不动，风的踪影怎么也找不到，让人感觉又闷又热，不要说家居东北的战士从未经历过这样的鬼天气，即便来自珠江口的战士也同样受不了。但是军事训练还得天天搞，每当训练完毕从阵地下来时，身上的衣服没一处是干的，裤腰带总是湿漉漉的。

　　面对炎炎烈日，诗仙李白倒有独特的处置方式："懒摇白羽扇，裸体青林中。脱巾挂石壁，露顶洒松风。"看来诗人的思想够解放的，这脱光衣服后在林荫中自由自在地散步的举动，确实够前卫的。但是作为共和国守卫者的军人可不行，即使有这个意念，也不敢这么洒脱。

　　连队强调行为举止，统一着装，遵守军容风纪，最热的天也要求衣冠端正，绝不允许光膀子。到了晚上战士们才敢把上衣脱下，穿个裤衩光着脊背睡在草席子上。即使这样，也照样难以入睡。人像入了蒸笼，全身上下所有的汗毛孔都张开了，汗水流个不停。身上像涂了一层胶水，肌肤与草席粘在一起了，翻身时皮肉与草席分离时都会有"咝咝"的声音，好像在撕贴在身上的膏药一般。白天，指战员们端起饭碗站着吃饭时，肩膀上的汗水就从上臂往下流，小臂上的汗水也顺势往下淌，两股汗水都向肘部的尖端汇集，在左右两肘的下端一滴一滴往下掉，就像两处同时在打吊针。

战士们身上整天汗涔涔的，多想洗个凉水澡！有人会说这不是很简单吗，打盆凉水从头上浇下来不就得了，那该多痛快！可这个看似再简单不过的需求却成了奢望。因为沙埕镇没有自来水设施，没有河流，连稍大一点的水塘也没有，更别想什么游泳池了。

再说部队在山上，平时用水全靠伙房边的一口水井。伙房在半山坡，与阵地营房有三十余米，战士们平时洗涮用水，是值日生用水桶从井里打水挑到营房的。不方便倒也罢了，到了三伏天，由于长期不下雨，井水水位就急速下降。伙房本身用水就很紧张，只能要求大家节约用水。而随着用水越来越紧张，只好实行定量供应，规定每人每天一脸盆水，这一盆水得用来洗脸、刷牙、擦身、洗脚，谁还有用凉水去冲头的念头呀。

三伏天才开了个头，时间长着呢，若不设法解决用水问题，或许更大的困难还在后面。于是负责后勤的副连长组织大家挖新井。为了使用时方便，井的地点选在营房后侧。各个班都派出一个人挖井，采取轮流作业，轮番休息，二十四小时不间断的办法，经七十多个小时的连续奋战，一口新水井终于挖成了。

水井是挖成了，但这里地势太高，水平面与地面有十多米的差距，这么深的井，仅靠一根绳子打水很困难，费时又费力。司务长买来了辘轳装置，才解决了提水困难的问题。

这天，刘正伟与徐新华两人起了个大早去提水。当徐新华把水桶拴到绳子上去时没拴牢，水桶一下掉到井底去了。这怎么办，根本找不到这么长的杆子去钩呀。想来想去，他们找了只竹筐拴在绳子上，由徐新华坐到筐里下去，刘正伟把住辘轳把，打算慢慢把徐新华放下去，等拿到水桶后再提上来。这时水井边又来了好几个打水的人，大家七嘴八舌建议，建议再派个人跟刘正伟一起握住辘轳把。可刘正伟觉得自己有劲，两个人若协同不好反而会带来麻烦，就拒绝了。见他蛮有把握的样子，大家也就不再坚持。

徐新华问刘正伟："你有把握吗？"

"放心吧，你尽管往筐里跳。"

徐新华见刘正伟手扶着辘轳把，便一下子往筐里跳了下去。

可刘正伟嘴上虽叫小徐往筐里跳，手却还没握紧呢。没想到徐新华的动作会这么快，待反应过来去抓辘轳把时，辘轳把已经哗啦啦飞速转了起来，哪里还抓得住！

旁边的人一个个都吓得面无血色，想阻止辘轳转动却又无能为力。大家心里都想："坏了坏了，这下完了！徐新华有没有命看来只能听天由命了。"

终于，辘轳停止了转动，人们来到井口低头喊："徐新华！徐新华！"没有回音。大家着急了，把身体趴下贴到地面上，头伸到井口往下喊："徐新华，小徐！"还是没有反应。有人提出把辘轳绳提上来，再派个人下去看看，几个人都争着下去救人。"别争了，先把筐提上来再说，"刘正伟说着就去摇辘轳把，这一摇从井底轻轻地传来"哎"的一声。

"还好，还好，小徐还活着！"人们小声议论着。

刘正伟忙松了手，声音颤抖着问："徐新华，你怎么样，伤着了没有？"

"没有。"这会徐新华的声音比刚才大了些，人们悬着的心终于放了下来。大家让他坐在筐上拴好绳子，然后合力摇辘轳，终于把他摇了上来。

见徐新华真的没受伤，战士们都高兴极了，纷纷向他祝贺，这个说你大难不死，必有后福！那个说你命大福大造化大，前程万里！

徐新华说："在跳进竹筐的一瞬间，像做梦一样，都来不及害怕，灵魂就像出了壳似的。直到筐子到了水面不再往下沉了，井水渗湿了衣裤，凉气透了进来，我才慢慢回过神来。"

原来井水并不深，约一米一二十公分，筐子到井底后就停止了，又有水的缓冲力，徐新华在井底来了个软着落，才没有受伤。

在以后的几天里，人们拿这件事跟他调笑，有人说你的祖宗大人可尽了力，跑这么远的路来保佑你。有的要他谈谈坐"直降飞机"的体会。有人还问他在竹筐急速下沉时，有没有想到毛主席语录"下定决心，不怕牺牲"？

通过挖井，用水问题基本解决了。但并不太理想，由于水量不是很多，还是有点供不应求。而且井里刚渗点水出来就被打上来用了，没经过沉淀，水中的泥沙杂质多，要放置半天才能用。

为加快沉淀速度，需要加点明矾。司务长想去买点明矾，听说李松林有事正要上街去，就叫他顺便带点回来。

李松林买明矾返回途中心想，这里山沟沟这么多，有沟应该有溪吧，难道就没有一条山沟有水吗？他想到了雷达阵地背后的山坡，那儿树木长得很茂盛，说不定有溪水呢。他便向那片山坡地走去，走着走着，隐隐听到有潺潺的水流声。尽管声音不大，但是个好兆头。他心中高兴，加快脚步向前寻觅，真是功夫不负有心人，一条小溪流出现在眼前。他蹲下身子，用双手捧起溪水尝了尝，清凉甘甜太美了，就趴下去低头先喝了个够，又痛痛快快地洗了个头，见四下无人，干脆脱下衣服偷偷地洗起澡来。他用手在手臂、大腿及胸前轻轻地一搓，卷起一条条污物，像山西的刀削面条似的，一会工夫便搓了一大堆，心想要真是面条，我一个人根本吃不了。

这溪水可以利用，虽然水流很细，水量不多，但可以起到一定的补充作用。李松林这么想着，返回后赶紧向副连长汇报，建议把溪流改造一下，挖个深一点的池子，把水储存起来，必要时救救急也好。

副连长正在为用水问题头疼呢，听李松林这么一说，便兴冲冲地跟他一起到实地察看。看后觉得溪小水量太少，一两个班用用还可以应付，要供应全连同志那根本不够。他俩又到附近转了转，在不远处又发现一条小溪流。副连长欣喜地说："我们把这股溪流引过来合在一处就好了，虽仍不够用，但至少可以缓解缓解，救救急。"

回营房后，副连长指派李松林、刘正伟带上两个战士，立即开展"大禹治水"工程。战士们先把两条溪水引到一处，随后找了个较大的水潭作为基础，又搬来石块筑起了一条简易水坝，提高水位。同时清除了潭中的碎石淤沙，增加了储水量。

治水工程完工后，李松林对刘正伟说："我们可以在这里再建个简易的更衣室，让大家能经常过来洗洗澡，你看行不行？"

刘正伟觉得李松林的这个想法很好，说："即使没有更衣室，我也打算偷偷来洗个澡呢，你不知道，我一身臭味，整个身子都快烂了！"

李松林说："谁身上都一样，现在我们全连同志真的像你讲的小明学成语那个样了，'臭味相投'，不过只有我例外。"

刘正伟说："你偷偷洗过了？"

李松林告诉刘正伟："你别妒忌，我给你们仨人站岗，你们动作快点洗吧。"

洗完澡，李松林和刘正伟两人说笑着向副连长提建议去了。副连长认为他俩的想法确实很好，但有个问题较难处理：万一被群众发现，尤其是被女人们撞见那该多尴尬，影响到军民关系事情就大了，到时吃不了还得兜着走呢。

李松林告诉副连长，这个问题自己和刘正伟已经考虑过了，完全可以避免的。这里四周树木茂盛，隐蔽性好。从这条溪流两边的痕迹看，平时也很少有人来往，即使偶尔有个别人经过这里，只需在二十米外临时派个人值勤，提醒一下就没事了。

刘正伟补充说："只是要强调一点，来这里洗澡要三个人以上，不要像李松林那样采取单独行动，一个人来打游击战。"

李松林闻言，说："刘正伟，你怎么向副连长告御状，你想叫副连长处分我吧？"

副连长笑道："下不为例，这次就免了。"

副连长跟连里其他几位领导通气后，便让李松林他们去具体落实。

李松林带着几个战士砍了几根竹子，割了些芦苇和茅草。竹子作支架，芦苇作棚壁，茅草搓成绳子用作捆绑连接，很快简易更衣室就搭好了。他们又在附近挖了个简易厕所，同时在大水潭的下方又筑了个小一点的水潭，大的储水用作饮用，小的储水用来洗衣洗澡。这样一分开，大水潭的水就不会受到污染了。指战员们洗澡和饮用水问题终于得到了缓解。

二

一天，李松林、刘正伟、罗金贵三位老乡又一起来溪潭里洗衣服。罗金贵走到刘正伟的面前，笑嘻嘻地看着刘正伟。刘正伟不知他在笑什么，正疑惑呢，罗金贵突然一下子把刘正伟的床单夺了过去，很快的摊开来像在检查什么。见床单上果然有些圈圈点点的印迹，便喊："李松林，快来看，刘正伟画的地图多好看。哇，这么多的珊瑚礁呀，这最南面的就是

‘曾母暗沙’吧？”

刘正伟红着脸试图夺回床单，罗金贵却死死抓住不放手，要李松林也来看看刘正伟画的画有多美！

李松林却轻描淡写地说：“你俩不用再闹了，不就是床单上有精斑痕迹吗？这有什么奇怪的呀，我才不想看呢。”

李松林这么一说，罗金贵便撒了手，问：“李松林，你的床单上也有地图？”

“罗金贵，你也真是的，有也好无也罢，这有什么好大惊小怪的。我们都在青春期，遗精是正常现象，不遗精反倒是不正常的，说明身体有毛病，到医院找医生去还来不及呢。”李松林说。

罗金贵又问道：“那你做过性梦吗？”

“假如你做过了，我自然也会做过的，你要是没有做过，我也不会做的。”

罗金贵说：“算了算了不问你了，你这个人回答起问题来总像个外交部长似的，真没劲。”

刘正伟听到这才插话：“我看李松林已经说得明明白白的了，其实健康的男人都一样，我们可都是经过体检合格才当的兵。”

罗金贵说：“虽然是正常现象，但总感到有点难为情。”

于是刘正伟说：“今天这里没别的人，就我们三个老乡，我们反正都是男人，你们敢不敢坦白一下，自己第一次做性梦时，对方是个什么样的人？”

罗金贵问刘正伟：“‘什么样的人’这话怎么理解？”

刘正伟说：“比如遇到的是位邻居大嫂，还是隔壁的姑娘，或是同班同学什么的。”

李松林不赞成继续讨论下去，认为说出来对对方不太尊重，人家甜也无份，咸也无份的，把她牵进来不够礼貌，建议换一个话题。

刘正伟说：“那么这样吧，我们现在在这条溪水里洗床单、裤衩，一边洗一边围绕洗精斑的事做首诗怎么样？”

罗金贵说：“做诗我可不会，做顺口溜还差不多。”

李松林说顺口溜就顺口溜吧，并要罗金贵开个头。

罗金贵表示同意，但得落实好谁说第二句，谁断后，定好后谁都不准赖账。他瞄了一眼李松林，看他斯斯文文的样子，怕他到时不好意思讲会借故推辞。就建议李松林讲第二句，刘正伟讲最后一句。李松林想反正早晚都要讲的，顺序前后点也无所谓，就答应了。

于是罗金贵就开始了："孩子孩子慢慢游，当心脑袋碰石头。"

李松林接上第二句："今天把儿来放生，并非爸爸不爱你。"

刘正伟断后："为父有苦说不出，没有妈妈养不活！"

三人洗完澡又洗好了衣服，轻轻松松往回走，半路碰到司务长。刘正伟问他今天吃什么，司务长告诉刘正伟："今天吃战备物资。"刘正伟以为司务长不知从哪又买到了绿叶蔬菜，高兴地问："我上次说过萝卜青菜也是战备物资，但现在还是三伏天，市场上根本没这些菜，你是从哪里搞来的萝卜青菜？还真有办法。"

司务长说："我今天说的战备物资不是萝卜青菜，是货真价实的战备物资。这些物资是部队来沙埠镇时，后勤部门早就准备好了的。"

罗金贵一听感到有点新鲜，迫不及待地问司务长："是什么战备物资呀，已经放了几个月了还能吃吗？"

司务长叫他们猜猜看。

李松林想，放这么长时间还能吃的东西应该是不带馅的糕饼之类的食品。于是说："司务长，是你们青岛的钙奶饼干吧，要不就是我们绍兴的椒盐香糕？"

司务长一听便说："都说炮排副是个人才，今天才知道名不虚传。今天吃的战备物资呀，真是颜色和味道有点像绍兴香糕的一种饼干。"

李松林说："司务长，你不要拿我寻开心好不好？什么人才不人才的，怪不好意思的。按你家属的青岛话说，这不是在腻歪人吗？"

罗金贵对司务长说："你还是直接告诉我们吧，那战备物资到底叫什么饼干，省得我们再无谓地牺牲这么多的脑细胞。"

"中午吃饭时副连长还要专门介绍，到时候就知道了。"司务长还在卖关子。

刘正伟忍不住了："我听说保密局还缺一个局长，这个位子叫司务长去最合适了！"

司务长应道："刘正伟，你小子坏吧，看我什么时候不嗑了你才怪。好吧，看在他们俩人的面子上我告诉你们，这批战备物资叫压缩饼干。它是由几种粮食烘熟后磨成面，再用高压手段压缩而成的。这种饼干每人每餐只需吃烟盒子似的一两块就够了，因为它到了胃里遇到胃液会化开膨胀，吃多了肚子会受不了。所以非常适合在艰苦的战斗环境下解决军人的饥饿问题。"

罗金贵他们还是第一次听说压缩饼干这个名词，感到很好奇，巴不得早点开午饭。

中午，指战员们用压缩饼干当主食，另有一碗稀饭和一小勺豆腐渣。副连长在餐前真的把压缩饼干的性能作了说明。虽然吃多少不受限制，但他强调第一次吃时不可贪嘴吃太多，预防到时肚胀难受。

压缩饼干的结构和色泽与绍兴香糕确有几分相似，只是味道并不香，比绍兴香糕差远了，跟青岛的钙奶饼干更是没法比，差了几个档次。但因为是第一次，大家感到很新鲜，一边吃一边还乐呵呵的。

可在以后的半个多月里，几乎每天都要吃一到两餐的压缩饼干。而且总是同一个配方：一两块饼干、一碗稀饭、一小勺豆腐渣。这真让大家倒胃口。开午饭时看到又是这种硬邦邦、不甜不咸不香不辣的家伙，不少人便皱起了眉头。但既然全连官兵都吃这个，也没多少人发牢骚。

这么长时间连续把压缩饼干当主食吃的做法，使李松林觉得有点什么名堂在里头，难不成在处理"战备物资"？他暗暗猜想：或许我们回青岛的日子不远了吧？

三

这是一个闷热的星期天，司务长找到刘正伟说："我是特意来找你的，你知道为什么吗？"

刘正伟不清楚司务长叫他有什么事，便说不知道："你叫我总不会有什么好果子给我吃吧？"

"还给你好果子吃呢，你忘了那天得罪了我，讽刺我是保密局长！"

"哈哈，没想到当官的气量也这么小，这么丁点小事也耿耿于怀。都说宰相肚里能撑船，你不想调到北京去了？说吧，你打算怎么罚我。"

"当然要罚，罚你到县城去拉一批战备物资。"司务长说。

　　"到县城拉货？这么个大热天不是要我的命吗，这哪是在罚我，你是在公报私仇吧！"

　　"不管你怎么理解，这批物资一定得你给我拉回来。"

　　"君要臣死，臣不得不死，我只得服从命令！"刘正伟调皮地说。

　　司务长说："我对你不放心，得跟你一块去，好随时监督你。"

　　"我成了四类分子①啦？"刘正伟说。

　　路上司务长告诉刘正伟："大家吃了快半个月的豆腐渣了，虽然没有说什么，我心里总感到不安，真有点对不起大家。昨天好不容易联系到了一批南瓜、土豆、钢管菜（空心菜）和洋葱，还有些鸡蛋、虾皮、龙头烤，天气再热也得拉回来。"

　　刘正伟一听有蔬菜、鸡蛋吃，便来了精神，连声说好。并对司务长说："这类公报私仇的事你以后多做几次，我受罚也心甘情愿。"

　　到了县城已近中午，因天气太热，为防中暑，司务长说先不忙着拉车回家，下午三点以后再回去不迟。于是，两个人先到小饭店吃饭。司务长是山东人，吃了碗面条，刘正伟要了两碗米饭外加一碗冬瓜虾皮汤。吃完饭，司务长想着下午回到连队会晚一点，就又要了几个包子，算是准备好了两个人的晚饭。

　　离回连队还有不少时间，司务长告诉刘正伟，要带他去看看另外一批战备物资，好叫他开开眼界。刘正伟以为还有不少猪肉、鲜菜什么别的副食品，便问："今天一块拉回去吗？"

　　司务长一听笑着说："刘正伟呀，你在说什么呀！太不吉利了，幸亏我们相信唯物主义，怎么说也不会有心理负担。"

　　刘正伟听司务长这么一说，像坠入五里云雾之中。问司务长："我哪句话讲得不吉利了？"司务长叫刘正伟别问了，说到那里一看就明白了。

　　于是，司务长带着刘正伟一会向左，一会向右地走着。刘正伟则时不时地提醒司务长："农贸市场该转弯了，副食品商店应该向左边走！"但司务长只笑笑却不说话，随刘正伟怎么提醒和更正，还是走自己的路，一

_____

①四类分子：指当时的专政对象：地主，富农，反革命分子，严重危害社会、危害人民财产、生命安全的坏分子。

直带刘正伟向一家木器工场走去。

刘正伟见司务长把自己带到木器厂来，猜不透是怎么回事，心想难道这木器工场里还有什么战备物资吗？一会他似乎明白过来："噢，司务长大概借木器厂的场地，把物资暂时存放在那里了。"

到了木器工场，司务长叫他去看看编号为04的成品仓库。刘正伟以为猪肉鲜菜就放在那里，便兴致勃勃地向04号仓库走去。到了仓库门前，他侧着脑袋往里一瞧，这不看不要紧，一看吓了一大跳。

这儿哪有什么猪肉蔬菜呀，原来里面一排排的全是棺材。大约有四五百口之多，其中有一排棺材还涂上了黑漆，约有五六十口，其余全是没上过漆的白坯子棺材。

从记事起至今，刘正伟看到的所有棺材加起来也没有这么多。他想，这大概是为部队打仗时准备的。但他还是有点疑惑，便问司务长："这么多棺材难道都是为我们准备的？"

司务长听了又好气又好笑："刘正伟呀刘正伟，我今天带你来算是倒了八辈子的霉了。说起来你的文化水平挺高的，可说出话来还不如一个小学生，怎么不吉利你就怎么说！什么叫'为我们准备的'，应该说是为打仗时牺牲的所有军人准备的。"

刘正伟知道自己说话不该抄近路，说漏了嘴。但他还是为自己找台阶："你不是相信唯物主义吗，那就无所谓吉利不吉利，是吧？不过司务长，你倒说说，这些棺材也能算战备物资吗？"

司务长说："同一种物资到了不同的人手里，性质就不一样了。"他指着面前一堆做车把子的木料说："比如这些木棍吧，在木工师傅手里它是材料，拉到砖窑厂去便是燃料了。你听过十三僧棍救唐王的故事吧，这木棍到了少林寺和尚手里又能变成兵器。"司务长讲到这稍作停顿，随后用开玩笑的语气说："但到了你的手里就变成凶器了！"

刘正伟问司务长："到我手里怎么会变成凶器了？"

"你在家乡时，不是常拿根棍子打群架吗？"

"你总是挖空心思来糟蹋我，幸亏你不是一个法官，要不我非蹲大牢去不可。"刘正伟说。

"我要是真的做了法官，先要设法把你手里的这根木棍弄到手，还要保存好，千万别丢了。"

"干什么？"刘正伟不解地问道。

"这木头已经不是普通木棍了，是你行凶的罪证呀。"

刘正伟听了笑道："好呀司务长，你尽拿我开涮吧。在你的眼里我就是个十恶不赦的人，你别得意，你总会有落到我手里的时候。"

刘正伟心想，这司务长还真行，一根木头都能演变出多重身份，还被他讲得头头是道。

又听司务长强调道："凡是专供军队、军人用的物资就叫军用物资，或者说是军用品。军用品当然是战备物资啦。"

刘正伟听到这儿，忽然眼睛一亮，歪脑筋一转，觉得报复的机会终于来了。便嬉皮笑脸地对司务长说："军人用的都叫战备物资，你这样讲可能太绝对了吧？"

司务长并没提防刘正伟一肚子的坏水正在咕咕发酵，便顺着他的思路套了上去："这有什么绝对不绝对的，我说的可都是大实话，没有半句假话，军人用的当然是战备物资，你说这哪儿错了？"

刘正伟说："没错没错，一点也没错。但我不知道你家里的那朵玫瑰花，是不是也是战备物资？"

司务长一听笑着骂道："刘正伟，你这个小兔崽子真的是头顶生疮，脚底流脓——坏透了！看我不把你揍扁才怪。"说着他便去找木棍，作势要来揍刘正伟。

刘正伟当然不是傻瓜一个，趁司务长找木棍之机，早已脚底抹油——溜了。

　　　四

这些天，李松林的情绪有些烦躁，他思念家乡，不知道今年家里的棉花长势如何，该是个丰收年吧？他思念父母，离青岛时收到来信，知道父亲身体不好，现在怎么样了，该康复了吧？他更思念杨豌珍，这么长时间没去信，她会怎么想，该不会产生误会吧？

李松林心心念念的思乡之情，实际上是指战员们共同的心结。

其实，在家的人们又何尝不时时刻刻牵挂着出门在外的亲人呢。古人说过，烽火连三月，家书抵万金，可已经四个多月不通讯息了，儿子音信杳无，切切挂在心头的父母哪个不急？社会上的风声越传越紧，都说蒋介石要打回大陆来了，甚至还有人说厦门的鼓浪屿已经被国民党攻破了，再看看这些日子里，民兵们练习打靶、扔手榴弹，抓得可紧啦。可儿子在什么地方，为什么连封信也没有，哪怕只语片言也行呀！不会有什么意外吧？老人们那个急呀，急得吃不好睡不香。

李松林的妈妈坐不住了，她听说刘正伟的堂舅舅是个老师，心想正伟妈兴许消息灵通些，便以去表妹胡金娥家做客的名义，特地跑到刘家舍村向正伟妈打听情况。罗金贵的母亲也是翻来覆去睡不着，起个大早想来问正伟妈有没有消息，正巧一起来到了刘正伟的家。三位妈妈坐到了一起。松林妈还没说话，泪水先涌了出来。一会金贵妈的泪水也止不住了，引得正伟妈也陪着两位姐妹擦起了眼泪。

杨豌珍和丽花都分别给李松林写过几封信，却都没收到回信，自然疑虑重重。公社召开各村会计会议，她俩有了见面的机会，显得很兴奋。两人既是同班同学，现在又成了同行，但两人平时在一起的机会并不多，因此相互间的许多事并不很了解。两人都喜欢李松林的事，双方竟然都蒙在鼓里。

休会时，杨豌珍问丽花："你的白马王子找到了吧？可别忘了分喜糖！"

丽花是个心直口快的人："分什么喜糖呀，烟糖公司都关门了。气死我了，三月份我给他写了封信，他算是回了一封，说了些不阴不阳的话。以后我连写三封信，他连拆都没拆，就来了个'查无此人'，全给退了回来，就是不同意也该回个信明说呀。"

杨豌珍对"查无此人"四个字很敏感，因为她给李松林的几封信也是以同样的理由被退了回来。她也猜不透这是为什么，听丽花这么一说，又一次陷入迷惑之中。

为了保守军事秘密，部队自上福建前线后，指战员们便中断了与家人、亲友的通信联系。而丽花、杨豌珍她们还在按部队在青岛时的地址写信，自然是"查无此人"了。

这个情况杨豌珍当然没法预料，听了丽花的话，她忽然想到，丽花好像也在给远方的男孩写恋爱信，本地的不必写信呀，那这男孩是谁呢？她猜想一定是刘正伟，对，他俩有两年的同桌情，再说刘正伟也很会巴结女孩子。于是问丽花："你说的那个他是谁？"

丽花张口就说："李松林呀，那天，去车站送行时，我匆匆忙忙给了他一个便条，你不是在一旁吗，你是真的没看见，还是明知故问？"

丽花的回答太出乎杨豌珍的意料了，她感到头有点晕，一瞬间脸上的红云全躲到乌云里面去了。丽花见她脸色不好，忙问她怎么回事，杨豌珍推说自己这几天老这个样，过一会就会好的。

部队调防需保密，当然是客观需要。虽然这是没办法的，却给丽花、杨豌珍她们带来诸多不便，甚至产生了不少误会。

不过要说损失最大的，要数罗金贵了。他母亲托人为儿子说了一个名叫翠翠的女孩。翠翠本是罗金贵的中学同学，她也喜欢罗金贵。其实罗金贵对翠翠的印象也不错，本来就有那么一点意思。他收到妈妈的信后，感到很高兴，回信表示同意。既已说定了，翠翠就主动给罗金贵写了两封信，结果都"查无此人"退了回来。翠翠以为罗金贵反悔不要自己了，心想，你反悔就反悔，但总得说个清楚，不该采取爱理不理的态度，当即气得大哭了一场。哭完转念一想，难道死了张屠夫就非吃带毛猪不成？便转移目标另开炉灶去了。

连队已经一个多星期没吃压缩饼干了，说明这批"战备物资"已经处理完毕。

果然没过几天连队召开军人大会，连长宣布三天后回青岛，要求做好各种准备，与来时一样由登陆舰来接大家。

副指导员提出，部队出发前各班排先自己检查一下群众纪律，随后连里再去征求一下当地干部群众的意见。

指导员介绍了回防的原因：蒋介石撤销了"反攻大陆"的计划。他本以为大陆地区布满了干柴，反攻时机已到，只需划一根火柴就能燃起熊熊的反共烈火，然而，当他积极筹划，准备付诸行动"划火柴"时，他的情报部门却给他送来了这样的讯息：大陆经济已走出低谷，复苏势头良好；大陆民众受共产党欺骗宣传后中毒太深，至今仍执迷不悟，死心塌地要"听毛主席话"、"跟共产党走"；以福建沿海为重心，广东、浙江沿海为两翼，有超过两百万的共军严防死守，且士气高昂；大陆有多得数不清的民兵正加紧军事训练，口号是"召之即来，来之能战，战之能胜"，毛泽东手里有足够的兵源。

对这些情报，蒋介石其实早有所料，所以并不惊慌。他反攻大陆的决心已下，所以还是为此作了种种努力。

首先，争取获得后台老板的支持。1962年春季的某天，美国中央情报局副局长克莱恩来台。蒋介石趁机游说："你们要同情我们，等中共有了原子弹，他们只需在台北、清泉岗、岗山三地各丢一颗，台湾就没有了，你们的反共基地也就少了一个！美国应协助台湾反攻大陆，但我们不需要你们派一兵一卒，只要你们提供后勤支援。"

然而，美国人的态度使蒋介石十分生气。美国并不希望两岸在此时开战，虽然中苏分歧已经公开化，但还处在初始阶段，相互间还在称呼"亲爱的同志们"。一旦两岸打起来，中共又会完全倒向苏联。而一旦苏联介入，问题就复杂了，美国人自己还在越南战场上啃那块硬骨头呢！因此美国人不希望蒋介石反攻大陆，自然也不会提供后勤支援。

蒋介石并不死心，他利用黄埔军校校庆之际，把黄埔籍营以上在台人员召集起来，表示誓死反攻大陆，说宁愿死在战场上，也不要被中共的飞弹炸死在台湾。会见最后，他说："大陆再见！"

蒋介石做了周密布置，考虑反攻大陆开始后，苏联可能会提供原子弹给中共，所以把"中央政府"疏散到中兴新村，把"国防部"迁到新店，把"陆军总部"挪到桃园地区。他做过精细计算，只要苏联提供原子弹的当量，不超过当年美国人投到广岛、长崎时的原子弹的威力，这么一转移，即使中共原子弹打到台北，自己的核心机构也不会受到破坏。

人们常说狡兔三窟。具有多年戎马生涯的蒋介石自然比兔子要聪明得多。他把自己的指挥机关出人意料地迁到台湾南部，在大贝湖行馆建了个地下指挥中心，地道内不但有通往"总统府"、"国防部"的通讯设备，还有直达停机坪的秘密螺旋梯。万一这里也被共军攻入，他还可再从螺旋梯出口去停机坪，乘直升机离开。

一切准备就绪，反攻大陆的号角即将吹响。在"划火柴"前一周，蒋介石先搞了一场规模不小的军事演练，为反攻大陆做最后预演。

结果这次演练差点把蒋介石给气死，但也让他清醒了许多。

演练的船队开到一个叫左营桃子园的地方时，遇到顶头波浪阻挡。一个接一个巨浪涌来，一艘LVT船碰到沙坝后，怎么也越不过去了。接着后面又一个巨大的涌浪卷来，竟然把这艘船翻了个底朝天，船上"三十六位天罡星"全部被海龙王给招安了。

蒋介石听到这个消息后，脸上阴沉沉的，许久没有说话。

尚未出师先传噩耗，这绝不是好的预兆。

此时的蒋介石受夫人宋美龄的影响，已经是个基督徒，本不必顾虑什么预兆先兆、凶兆吉兆的。但他的骨子里仍然浸润着道家的理念，这次演练结果成了一个心理负担，深深地压痛了他。考虑到后台老板的冷漠无情，后勤支援无望，再看看自己从大陆带去的六十万军队，才够当年打一场淮海战役。现在却又是这么一个素质，这仗怎么打？他的心有点寒。再看看对岸的几百万共军，一个个都被毛泽东鼓动得摩拳擦掌、群情激奋。在这种情势下出兵，等同于以卵击石。不得已只好"暂时"撤销反攻大陆的计划。不过这"暂时"两个字，以后却变成了"永远"。

第十章　加急电报

一

杨豌珍自知道丽花爱上松林的事后，就迫切想要了解松林内心究竟是怎么想的，但苦于没法把信送达。正在焦急时，却意外收到了李松林的来信，这使她喜出望外。

李松林告诉杨豌珍，因当年退守到台湾的蒋介石要反攻大陆，部队调防去了福建前线，长达半年多，现在已经回到青岛市了。杨豌珍悬了半年多的心终于落了下来，更让她高兴的是李松林对自己的表白很明确。李松林说，虽然也有别的女孩在追求自己，但自己心中只有她豌珍一个。杨豌珍看到这里，像喝了一杯姜糖水，嘴里甜滋滋，心里热乎乎的。

李松林没有告诉杨豌珍，自己已被正式提升为排长的事。其实告不告诉也一样，没过几天，罗金贵这个义务通讯员就把通讯报道发到了家乡。杨豌珍是到公社开会时，从武装部长那里得到这个确切消息的。

杨豌珍知道，李松林信中讲的"别的女孩"指的就是丽花。与李松林的关系明确后，杨豌珍不知为什么总感到对丽花有一点愧疚。同时也对刘正伟有点过意不去，正伟对自己确实动了真情的，人家喜欢自己总不能说他不对吧，自己却辜负了他的一片真情。忽然突发异想，如果把刘正伟和丽花撮合起来组成一个家庭，倒是对他俩的一种补偿。但这事现在还不能着手进行，因为刘正伟还在部队，自己不方便给他写信联系，而丽花还不知道自己和李松林相爱的事，一旦知道了，对我必有一肚子的怨气，这怨气没消散以前，自己还是不去惹她得好。看来心急吃不了热粥，还得从长计议，否则只会适得其反。

真所谓是"铁打的营盘流水的兵"。一年一度的老兵退伍工作开始了，刘正伟、罗金贵都在退伍老兵名单里。

刘正伟临走前特地跑到营部，拉着副教导员的手说："老指导员，您跟我的一次次促膝谈心，给我指明了方向，懂得了该怎样做人的道理，我一辈子不会忘记您的！"

老指导员说："刘正伟，这几年你的进步不小，这很不容易。说明你这几年兵没白当，我真为你高兴。你身上有很多长处，也还存在一些不足。回到地方后要继续发扬自己的长处，更要善于发现自己的弱点，并注重去克服，这样就会得到社会的认可和群众的信任，这是做人的基础。这种基础坚实了，才能找到发挥自己才干的地方！"

刘正伟点了点头说："我会记住首长的教诲！"告别之际，刘正伟含着泪，郑重地向老指导员致了最后一个军礼。老指导员同样热泪盈眶，举手还礼，而后把刘正伟送出老远老远，目送着他的背影消失在远处。

领导批准李松林回家探亲。他这次探亲算得上是衣锦还乡。他的上衣有四个口袋，比士兵的多了两个。因为取消了军衔制，军官与士兵都是深灰色的军装，又都佩戴一样的红帽徽、红领章，很难区别，而口袋的数目就成了区别官与兵的重要标志。

李松林这次回家还要办件个人大事：与杨豌珍登记结婚。

婚事的准备工作正在紧锣密鼓中进行。回家第五天，经双方家长商议，鉴于李松林休假时间有限，就来个婚事简办。先登记结婚，明天就去公社登记领结婚证书，三天后举行结婚仪式，至于生活用品嘛，今后再逐步购置不迟。

第二天，两人来到公社办公室进行登记时，碰到人武部长和妇联主席应娟娟等几位熟人，他们向李松林和杨豌珍贺喜，并索要喜糖。李松林和杨豌珍分发喜糖后，邀请他们两天后去喝喜酒。

两人返回时来到了一座小石桥边，桥的左侧是一片小树林，过了桥就到李家舍村了。杨豌珍建议在这树林子里歇歇脚。

李松林问她是不是累了，杨豌珍说是，但不全是。李松林问她这"不全是"三个字还有什么别的含义吗？

杨豌珍先让李松林仔细看看这片小树林有什么特点。李松林环顾一周，既没看见珍稀的银杏，也没有找到苍劲的古柏，都是些普普通通的树木，并没什么特殊之处。

杨豌珍说这树林子跟你有缘呢！李松林更找不到北了。

杨豌珍便直接点明道："这小树林里长的树木七成是松树，可以被称作松树林，简称不就是'松林'嘛！"

"噢，噢！"松林恍然大悟道："真是美的事物处处都有，只是我的眼睛缺少发现呀。这树林既然跟我有缘，今天就该坐下来在这好好休息一会，聊聊天，你看怎么样？"

杨豌珍说："不仅仅是今天，这儿离家很近的，以后也可以常来这里溜达嘛！"

李松林道："好好，我俩约定，这片林子就是我们的'老地方'。说老地方见，我们就到这儿来，不见不散。"

两人坐在一段松树根上，商量着婚宴的具体事项。杨豌珍提议让人武部长做证婚人，请应娟娟宣读结婚证书，让丽花做伴娘，刘正伟做伴郎。

李松林问杨豌珍："关于伴郎伴娘的安排，仅仅是因为同学之情，还是你另外有什么想法？"

杨豌珍告诉李松林："丽花对你我可能都会有些意见，刘正伟心里怎么想我倒并不清楚，我就以小人之心度君子之腹吧，认为他对我俩也会有些看法的。今天把他们都请来，表示一下我俩的诚意。以后再为丽花、正伟两人牵牵线，你看怎样？"

李松林说："把两个人叫来我同意，牵线可能有点勉强，我知道刘正伟对丽花的感觉并不是太好。"

杨豌珍说："那也不要紧，我们先把两人请来，牵线反正是以后的事，可以见机行事。"

李松林听到这儿，细细地看了一下豌珍，只见她一脸春风笑盈盈，两眸秋波光荡荡，且待人宽厚处事有理有节，觉得她正是理想中的当家人，爱慕之心油然而生。于是说："我做了一首小诗，你给修改修改行不行？"

杨豌珍说："我可不会做诗，更谈不上修改了。不过想听听你说了些什么。"

李松林说："一枝豌豆花，默默吐芳香。有心采花蜜，怕她羞答答。"

杨豌珍笑道："我以为是什么高雅之作，原来也这么俗气呀，这哪像是军人的作品嘛。"

李松林答道："你以为军人的作品只能写拼刺刀吗？军人来自老百姓，也食人间烟火，也有七情六欲，一样柔情满怀。只是需要分场合，在部队强调雷厉风行，令行禁止，神经绷得紧紧的，睡觉都要睁着半只眼，这是备战需要。到家了如果还是马嘶风吼，追云赶月的就没必要了。尤其这些天，更不该老气横秋似的，放松一点也是可以吧！"

杨豌珍觉得李松林说的有道理，他总共才半个月时间，一晃就会过去的，自己可不能扫他的兴。便说："那我也给你助助兴，凑合着和上一首：春深松林翠，小鸟傍枝醉。不敢追鸳鸯，枉为男子汉。"

李松林鼓掌道："知我心者豌珍也，悦我情者妻子也！"

杨豌珍一听，脸唰地红到了脖子根，她还是第一次听李松林用妻子这个词称呼自己。杨豌珍攥着拳头去打李松林，边打边说："你欺侮人，你欺侮人！"

杨豌珍的两个拳头在李松林背上敲打似捣蒜，但她的纤纤玉手只适合拨打算盘珠，书写1234，打人可不行，即使握成拳头也是粉团一个，似乎在挠痒痒。

李松林却故作痛苦状："哇哇，你这么狠呀，痛死我了。"

"活该，谁叫你欺侮人了。"

"你倒说说我怎么欺侮你了？"

"你就是欺侮人嘛，"豌珍把脸撇向一边，先抬头看了看天，又低头看了看地，露出几分笑意，藏着几分憧憬，含着几分羞涩，透着几分娇柔，轻轻地说："我们——还没拜天地呢！"

"那只是个形式而已，举行个仪式显得隆重些，跟亲友们一起热闹热闹罢了。今天我们既然领了结婚证书，就是夫妻关系了，拜不拜天地也改变不了这个性质，你说是不是。"

"那也不行，这个形式没走完，亲友四邻都还没认可呢。"

李松林当然知道家乡的这些习俗，只要举行过婚礼办过了婚宴，男女双双就可同枕共眠，即使没领结婚证书也没有人会说三道四。反之就是大逆不道，会招来众多非议，还会被当作绯闻传得沸沸扬扬。

李松林说："不管怎么说，政府已经批准了我俩是夫妻关系，我叫你妻子没错，就不能说在欺侮人。"

"就是欺侮人，就是欺侮人！"豌珍带着几分娇气重复着。

李松林见杨豌珍一片欢颜，知道她并不是真的在生气。他看着豌珍白里透红的脸蛋，如星星在闪烁般的双眸，感觉豌珍身上处处充满青春气息，比往日更加妩媚动人。越看，越觉得豌珍如晨曦的云霞流光溢彩，像一幅美不胜收的写意画；似雨后的彩虹赏心悦目，像一首沁人心脾的田园诗。李松林看在眼里，喜在心中，笑在脸上，醉了！

他想到豌珍刚才的诗句"不敢追鸳鸯，枉为男子汉"，一股莫名的欲念在胸中涌动，于是说："好好好，就算我在欺侮你，可我还要再欺侮你一次呢！"他说着一把把豌珍拉了过来，两手紧紧地抱住她，并用嘴去亲吻豌珍的酒窝。

令李松林感到意外的是，这回杨豌珍没有反抗，反而很顺从，只闭着眼任松林热吻。李松林贪婪地吻着她的脸颊、前额，然后在她的嘴唇上停住不再移开。

杨豌珍的心在砰砰地跳，呼吸声急促起来。不知过了多久她缓缓地推开了李松林。李松林却意犹未尽，伸手去抚摸杨豌珍的乳房，感觉乳房鼓鼓的，像只充满气的气球那样富有弹性。他左边摸摸，又右边摸摸……

过了片刻，杨豌珍说："松林，你松开手放了我吧，再下去我真的会受不了的。"

李松林抓过杨豌珍的手，轻声问道："豌珍，今晚你就住到我家去吧！"

杨豌珍慢悠悠地推开李松林的手，含情脉脉地说："松林，我已经敞开心扉，向你坦露了自己的胸怀，要不一个姑娘家的脸怎么能让一个大男人这么亲吻！但我们必须适可而止，不干那种越墙跳窗的事。我今晚住到你家去，会被阿妈骂死的。这倒也算了，母女之间总还好说些。可这样会引来左邻右舍的闲言碎语，叫我今后怎么出门？"

李松林说："豌珍，看来你还是那么传统！我在青岛看到那些恋人们才没那么多条条框框呢，他们在街头巷尾接吻时，根本不去理会路人的眼神咋样。在公园的草坪上休息时，男人竟然把女人的胸脯当枕头躺着闭目养神，还一副悠然自得的样子呢。"

"那是在城里，在乡下谁要是也这样做，那还不传遍十里八乡！"

"看来人言确实可畏。"松林道。

"可不是吗，你想想，我现在除会计工作外，还担任党支部委员，兼管妇代会那一摊子工作，好歹也算是个大队干部。如果做事太轻浮，不仅有损自己的形象，更不利于各项工作的开展。再说了，我俩都到了雷音寺门口，完全可以正大光明地取得真经，也犯不着偷鸡摸狗的，你说是吧。"

"但是……"

"我知道你假期很短，也完全理解你的心情。我又何尝不想多陪你一会，何尝不想跟你温存一下呢……"

"豌珍，你考虑问题总是那样细致周到，我也没理由说服你。人们常说，两情若是久长时，又岂在朝朝暮暮。只是这事摊到自己头上时，才知个中滋味。不过，我会尊重你的意见，不会强求你的。"

"松林，谢谢你，你能站在我的角度处事，我感到很满足，真庆幸自己找到了一个可以信赖的男人。"

李松林应道："豌珍，正如你所言，这小树林真的与我有缘。因为就在这片小树林里，我彻底了解了一个女孩的人品，找到了一个最合我心意的女孩做自己的终身伴侣，这可是用多少金钱也换不到的。我会好好呵护你，牵着你的手跟你白头偕老！"

"当我满头白发、满面皱纹，变成丑八怪的时候，你还能这样爱我？"

"花无百日红，人无千日好。每个人都是要老的，但不管你今后变得怎样，我也一样爱你。你是我的爱人，我现在爱看你的脸蛋，更爱慕你的内心。酒越陈越浓，情越爱越深。多少年后你脸上的红云也会慢慢退去，皱纹会慢慢加深，青丝会染上白霜，但我相信你的心会越来越美，我也会更加爱你！"

　　杨豌珍没有回话，眼泪却悄悄流了出来。李松林掏出手帕给她擦眼泪，手到她的眼前却又停住了。他觉得豌珍满目盈泪的眼眶犹如一汪清澈的泉水，显得更加妩媚动人，他竟然欣赏着舍不得抹去。接着，灵感突发，吟出七言绝句一首：一汪春泉映明月，粉脸羞煞红牡丹。谁家女孩颜如玉，来自彩云瑶池间。

二

　　次日早上，李松林刚起床，正在门前刷牙，就见邮递员急匆匆向他家走来，伸手递给他一封电报。李松林接过一看，电报只有四个字："见电速归！"他傻眼了，感觉脑袋嗡的一下，像被人重重地击了一拳，站在那儿直发愣。

　　明天就是自己和豌珍大喜的日子，喝喜酒的人都邀请好了，家里已经派人买小菜去了。这早不来晚不来，偏偏今天来电报！他赶紧回屋把电报内容告诉了阿爹阿妈，商量该怎么办。

　　松林妈说："电报归电报，你俩明天好日还是好日，这种事不是随随便便说变就变的。明天拜天地，后天就回去总可以吧，我看部队首长也会体谅的。"

　　松林爸说："你妈说得对。人心都是肉长的，首长也是人，将心比心嘛，这事要摊到他儿子身上该怎么办，他能对你怎么处理？不管谁总得讲点情理吧。"

　　李松林说："阿爹阿妈，你们说的都有一定道理，我考虑部队来电报一定有要紧的事，但我确实摸不准会是什么要事！"

　　松林妈说："是不是蒋介石又想反攻大陆啦？他在大陆时，大事小事一个人说了算，管了二十多年，还不满足呀？"

　　松林爸附和道："老蒋呀老蒋，你在大陆搞了二十多年，结果四大家族肥得流油，四亿百姓弄得皮包骨头。你还想来大陆，你以为谁还会听你的？你能不能老实点，让我们小百姓过几天太平日子，也为自己积点德行不行？"

　　李松林却觉得蒋介石反攻大陆的可能性不大。难道是救灾？是水灾、旱灾，还是地震？那也不对，没听说哪儿遭什么大灾呀。那又是为什么呢？"

　　正当一家人猜不透、议不定之际，邮递员又送来一封加急电报："三天内必须归队！"这下大家都愣住了。军令如山，这又是金牌宣，又是银牌催的，再也犹豫不得，非速速回去不可！

　　李松林推算，即便今天出发，三天能否到达青岛也要看火车中间转换是否顺利。若等举行完结婚仪式后再走，无论如何是来不及的。于是决定推迟婚礼，并且今天中午就得去赶杭州的火车。

　　李松林的阿爹阿妈心里虽然有一百个不愿意，但也只好同意儿子的决定。

　　阿爹叫二林立刻去豌珍家，通知他们别再买菜揽客，松林中午就要返回部队了。二林出发前，松林喊住他说："弟，你告诉豌珍，让她过来一下。"二林"嗯"了一声，便拔腿往外跑。

　　松林妈对女儿说："小梅，你赶快去街上，找你叔，告诉他别买菜了，买好的菜能退就给退了。"小梅应了声也匆匆向街上奔去。

　　就这样，两封总共才十一个字的电报，让本来就忙得不可开交的一家人急得更是团团转。

　　杨豌珍一路小跑来见松林，到家时已累得上气不接下气，满头是汗，背上的衣服也湿了。小梅拿了条毛巾递给她："姐，先把汗擦擦。"杨豌珍一边擦汗一边问李松林："部队发生了什么事，怎么这么急？"

　　李松林说："我也猜不透，连来两封电报，限三天内必须到达，想必有重要的事。我必须今天就动身返回部队，动作稍迟一点就来不及了。"

　　"那婚期说改就改，不能延迟两天再走？那可是我俩的终身大事呀！"

　　"没办法，服从命令是军人的天职，谁叫我是个军人呀。只是牵累了你们一家，请你代我向爸妈说声对不起，今后我会做出补偿，好好孝敬老人家的。"

　　杨豌珍看李松林很坚定的样子，便摇了摇头，无可奈何地说："都说当解放军光荣，是最可爱的人。早先我并不清楚人们为什么会这么说，今天才算有了点体会！"

　　李松林说："豌珍，这样吧，到七八月份，等到棉田的农活较空闲的时候，你让小梅陪着，你和你妈，三人到青岛来，我俩在部队举行婚礼。

你妈代表双方长辈，小梅代表众亲友，请连副指导员为我们主持婚礼，举行一个有众多军人参加、别开生面的婚礼，你看好不好？"

杨豌珍说："你选的时间很好，那时棉花进入花蕾期，平时就是治治虫、施施肥，整枝摘叶，农活不多。七月份家里天气又特别热，正好小梅又放暑假，我们就去青岛度个假，避避暑，也体验一下高干们才能享受的待遇。"

李松林见杨豌珍赞同，便接着建议："我看婚礼仪式的具体日子也确定好，就在阴历七月初七怎么样？"

杨豌珍高兴地说："好好！中国人自己的情人节，松林，真看不出你还很浪漫！"

临别前，李松林把一个相机交给杨豌珍，说："豌珍，别人都要买婚戒和三大件①什么的，我不想举债，就买了个相机给你作个纪念吧。"

杨豌珍接过相机说："三大件以后慢慢买也可以，戒指我也不稀罕，但我们家好像也不需要相机，这是城里人到郊外游玩去用的呀！"

李松林说："其实用相机不分城里人乡下人，看你怎么用。有些平常的人和事，你用镜头把它记下来，几年以后就显得很有意义了。"杨豌珍一时理解不了，李松林就举例说："比如你我的两位妈妈，她们的小脚走路多艰难，你给她们照个相作个留念，几十年以后，当社会上再也找不到三寸金莲的时候，说不定这照片就成为文物了。"

杨豌珍打趣道："你这么一说，我更不敢用相机了，贩卖文物是要蹲大牢的！"

李松林对着杨豌珍的耳朵轻声说："那你把相机留着，等我俩有宝宝的时候好给他们多照些相。"

杨豌珍一听，用双手蒙住眼睛说："妈呀，羞死我了！李松林，没想到你有一肚子的坏水，总是变着法儿来羞辱我！"

"什么叫羞辱，这是水到渠成的事，只是时间早晚罢了。"李松林分辩道。

---

①三大件：指姑娘出嫁时需准备的重要嫁妆，但实际上是用男方的聘礼购买的，故也有直接买三大件物资赠送的。不同年代有不同的物资。当时的三大件是指手表、缝纫机、自行车，不久又增添了收音机，简称"三转一响"。

小梅走过来，见杨豌珍手里拿着相机，便问："姐，这是哥给你买的照相机吧，下星期六我们学校组织远足，你先借我用一下吧？"

李松林说："小妹，豌珍还没用过呢，你倒要近水楼台先得月了。"

杨豌珍说："谁先用还不一样，小梅你拿去吧。"

小梅拿起相机说："哥姐，你俩站好，我先给你们俩照个合照，你们不就先用上了吗？"

李松林说："嗨，几年不见，今天发现我小妹的脑瓜子很灵嘛！"

李松林与杨豌珍推迟婚礼的消息不胫而走，迅速传了开来，像一颗小型炸弹，使人们感到既惊讶又新奇，一时成了街头村尾议论的话题。

刘正伟、丽花和吕豆豆他们得到消息都来到李松林家。他们原本都接到邀请出席李松林和杨豌珍的婚礼仪式，今天的变化让他们感到很突然，想问问原因。但李松林自己也不清楚究竟怎么回事。

公社人武部长听说李松林必须三天内赶到部队的消息后，特地跑来给李松林当参谋，告诉他："宁波去杭州的列车下午三时二十分到县站，你买票时就一次买好到青岛的通票，这样中间就不必再因排队买票误时；从这里到青岛要在杭州、上海、济南各转一次车，转车时你都不要出站，凭部队的加急电报，请站内的服务人员帮忙，他们一定会帮你选择时间最接近、速度最快的转接列车的。"

李松林紧紧握着部长的手说："谢谢你的帮助，你的讯息很管用，这下我按时归队便胸有成竹了。"说到这里，他又问部长："你怎么这么熟悉铁路运营信息，你常出差吗？"

部长回答道："不是常出差。但哪个地方有我们公社的军人，我心里是清楚的。我有一本中国地图册，还有些相关的火车时刻表。这些军人往返该坐什么车，经过什么地方，我有个大致了解，必要时给大家当当参谋，提供一些帮助。"

李松林一听，再次握住部长的手，激动地说："真没想到，地方领导在时时牵挂着我们，我谢谢你，不，我应该代表全公社在部队服现役的军人向你表示衷心的感谢！"

"不客气，应该，应该的。"

三

送走李松林后，刘正伟他们便和杨豌珍告别。杨豌珍有意让刘正伟和丽花有个接触的机会，便对吕豆豆说："你稍等一会，我给小梅说件事后，我们一起回去。让刘正伟和丽花先走一步吧。"

杨豌珍以心情不舒畅为由，要豆豆今晚陪陪自己。但她真正的意思是想把吕豆豆带回家跟自己的弟弟伟伟认识一下，帮着牵牵线。

吕豆豆听说去杨豌珍家，非常高兴，这正是她期待已久的事。因为上次杨豌珍脚扭伤后，豌珍妈为感谢吕豆豆对豌珍的照顾，曾请她来家做客。豌珍妈对吕豆豆很热情，豆豆心中热乎乎的。更重要的是，认识了杨豌珍的弟弟杨伟伟，双方都有那么点意思。后来杨伟伟还找过吕豆豆几次。只因杨伟伟小自己一岁，按农村规矩，吕豆豆总感觉女比男大不太合适，况且豆豆妈也不同意，自己也怕听乡亲们的闲言碎语，只好忍痛断了联系。

杨伟伟三顾茅庐后还是没能请到吕豆豆，以为两个人没有缘分，只好放弃了。

正在这个当口，有人向吕豆豆介绍了一位姓马的后生。小马家住在吕豆豆家西南方向的西山头村，仅仅是这方向的原因，豆豆爸一听便不同意，理由竟源自一段不知谁编的顺口溜："有囡不可许到西山头，去也兜日头，回也兜日头，晒出肚肠油。"这段顺口溜也反映了当地的一个民俗。按当时的风俗，岳父去女婿家作客是有讲究的。在女婿家里不可住得太久，也不可待得太短。住得太久了，女婿家的亲友邻居会说"自己家里揭不开锅了，脸皮老老，肚皮饱饱"；去的时间过短甚至不过夜就回来，自己家的邻居又会说"女婿家揭不开锅了，女儿不孝，女婿扣门"。因而作客时一般掌握在一宿两餐，这样需在头天午后去，次日上午回。只因自己家在东北向，女婿家在西南方，这样来回都会迎着日头走，这在夏天确实有点受不了。

豆豆妈不同意老伴的意见，她听媒人说，男方的条件可好了，独生子，家里有三间大瓦房，抽屉里藏着两千斤粮票，银行里存着五千元钱，堂屋里停着一辆簌簌新的自行车，桌子上放着一只五灯机，吱吱呀呀地唱着，一会《九斤姑娘》，一会《十八相送》，可热闹了！媒人还告诉豆豆妈，来马家提亲的人是一班进一班出的，可小马的妈妈谁也没看中，她就喜欢你家豆豆。小马妈说了，只要豆豆答应做阿拉格儿媳妇，马上买一辆新的自行车给她，去学校教书都省得走路了。

媒人这么一说，不但豆豆妈高兴，豆豆也动了心。豆豆妈对丈夫说："阿拉图图一生下来，瞎子先生就说过，她的八字蛮好，今后会找到一个如意郎君，一位慈祥婆婆，一户上等人家。今天真的应了他的话，找了个好人家，这是豆豆的福。侬哪能只顾自己，要我看西山头可是个好地方，侬既然怕晒日头，就非得六月夏天去阿囡家？如果换成冬天去，来回都迎着日头走路，多暖和呀。"

豆豆爸觉得对方的经济条件确实不错，怎么存了这么多钱呀，许多人家倒挂呢。他觉得老太婆说的也在理，便笑嘻嘻地说："侬下结论吧，吾服从领导。"

第三天，媒人来问："豆豆喜欢什么牌的车子，要上海产的'凤凰'、青岛产的'金鹿'，还是天津产的'飞鸽'？反正随她挑。"

豆豆妈感到高兴也觉得奇怪，这自行车可不是买萝卜茄子好随意挑选的，就是普通自行车也要凭票购买的呀？她问媒人："这自行车一般人不大好买得到，他们怎么可以随意挑选，想买啥样就买啥样呢？"

媒人告诉她："小马的舅舅是县物资局的办公室主任，全县发到各乡村的自行车票都经他的手。他对姐姐说过了，外甥好日的时候，会送一张自行车票给他，牌子由外甥自己选。"豆豆妈听后越发兴奋，她又想起了瞎子先生当年的话，心想这瞎子先生还真灵，豆豆果真攀上高亲了！

豆豆爸听了老伴的介绍，觉得三个牌子的自行车质量都过得硬，都是响当当的名牌。就告诉媒人，随便哪个都行，哪个方便就买哪个吧。

豆豆妈赶紧纠正说："不行不行，这几种车都不能要的！"她一个也没看中，倒也不是车子的质量问题，而是这几个车牌的名字不适合做嫁妆用。理由是金鹿一天到晚在野外跑，这不行，女人应在家相夫教子，稳重一点好；凤凰、飞鸽都是鸟，一会飞这一会飞那，白天不顾家的，也不吉利。

豆豆爸说："老太婆，侬是吃饱了饭闲得慌，没事找事吧，车牌的名字与日常生活真有这么紧密的关系吗？"

豆豆妈说："不怕一万就怕万一，万事先得图个吉利。吾堂姐格儿媳结婚后没过几天便跟别的男人跑了，侬晓得啥个原因吗？"

"不晓得，侬说啥个原因？"

"还不是我堂外甥不会办事，买了一辆飞鸽牌自行车送给媳妇，结果不到一个月，人家像鸽子似的飞走了，侬怨谁呀。"

"嗨，老太婆呀老太婆，侬扯到哪去了，要真是这原因呀，这飞鸽牌车子不是买不到，恐怕扔在路边也没人捡呢。"

"不管怎么说，这几个牌子格车子阿拉都勿要。"

"那侬侬格心想，侬要啥个牌？"

"永久牌，永久，永不分离，天长地久。侬想想看，这多吉利！"

豆豆爸知道永久牌自行车的质量的确很不错，也不想与老太婆再拌嘴拌舌了，于是又抛出那句习惯语："侬下结论吧，吾服从领导。"

吕豆豆出嫁了，当晚她一跨入新房，便被一张簇簇新的重门依栏寐床吸引住了，靠墙壁的一头是马桶箱，床橱在另一头，这是一张典型的宁波床。床橱、马桶箱连踏床都围在依栏内。宁波床的门楣及两侧竖面上雕龙镂凤，镶嵌着象牙虎骨，画满了各式图案。清溪碧水斜阳，慈湖绿堤渔翁，近水远山云卷，竹摇柳拂风舞。左边牡丹吐蕊迎蜂，右侧芍药点头招蝶。上有喜鹊闹枝，下有鸳鸯戏水。吕豆豆好激动，心想小马家的条件再好没有了！她很庆幸自己找到了一户好婆家。吕豆豆坐在靠墙一侧的床边，慢悠悠地宽衣解带，自个儿躺下后急切切地等小马哥入新房。

一会小马送走客人后也进了新房，见吕豆豆躺下了，便轻声问道："豆豆你睡了？"吕豆豆没吭声，她拉了一下被角把自己的脸遮住。男人吹灭了灯，这时吕豆豆的心中像钻进了一只小兔子，砰砰地跳个不停。她感到两侧的耳朵根在发烧，既害羞又害怕，还充满了期待。

然而她发觉这男人并没到自己这边来，而是在自己的脚后头躺下了。吕豆豆想，原来男人也害羞呀？于是两人各睡一头，都很拘束，谁也没敢去碰对方的身体。约半个小时后，见男人还是无动于衷的样子，吕豆豆有点耐不住心了。心想这男人怎么这么本分呀，看样子比我还难为情呢。她用手柔柔地捏了捏男人的脚丫子，男人的脚往后缩了缩。吕豆豆以为男人没领会自己的意图，便轻轻地拧了一下他的小腿肚子，男人还是没作声，只把腿向床外边移了移，豆豆加大力度又拧了一把，男人又向外移了移，豆豆干脆使劲一拧，那男人提了提腿后又稍稍向外移了点。豆豆不敢再拧了，再拧这男人会掉到踏床上去的。可她不明白这男人为什么会这样，心想这男人怎么这么憨厚，难道别的男人做新郎时也跟他一个样？看样子我得主动进攻才行，于是悄悄地爬到男人那头。

男人见吕豆豆来到自己身边，问："豆豆你过来干啥？"

吕豆豆听了真有点生气，心想亏你会问这样的话，可她不想破坏这来之不易的温馨氛围，便柔柔地问："小马哥，你说呢？"

"我怎么知道？"

"小马哥，你为什么要跟我结婚呀？"

"我并没有说要跟你结婚，是我妈要我跟你结婚的。"

"看你的傻样，有你这么说话的吗，什么叫你妈要你结婚的？"

"这是真的！"

"好吧，就算是真的，小马哥，我现在反正是你的人了，你想要我做些什么事吗？"

"这我知道，阿妈说了，白天让你帮阿妈做做饭，洗洗衣服，晚上和我说说话。平时有点头痛脑热的，我们还可以互相照顾照顾。"

"妈还对你说了些什么？"

"妈叫我对你要亲热一点，还说对你比对亲妹妹还要亲，要互相关心，互相帮助。"

吕豆豆说："小马哥，我现在肚子有点发胀，你帮我揉揉吧。"

小马以为豆豆吃多了撑的，便说："没关系，我帮你揉揉很快就会好的。有一次我去外婆家，外婆做了很多好吃的，我吃得肚子鼓鼓的，阿妈给我轻轻地揉了揉，一会就好了。"吕豆豆仰面躺平身体，男人的手一触摸到她的胸口，吕豆豆顿时感觉有一股暖流即刻传遍全身。她伸了伸腰又绷了绷腿，感到从未有过的舒坦。

可是她很快发现这男人实在太规矩，老是在自己的上腹部来回地揉。豆豆想，都说有些人书读多了会变成书呆子，反而什么也不懂，可这男人连中学的门也没进过，怎么也这么傻呀。便说："小马哥你往下一点嘛。"

男人的手稍向下移了移，围着肚脐眼转圈圈。

"再往下一点。"

"还要往下……"

可这男人的手每每到了关键处便把手缩了回来，不会越雷池一步。吕豆豆觉得不可思议，这世上怎么会有这么傻的男人呀，人们不是说"黄牛到了草蓬头，不吃草是寿头"吗？这男人为什么比牛还笨呀。吕豆豆决定再次发动进攻，她说："小马哥，我的肚子好了，谢谢你，现在我给你揉揉吧。"

"不用的，我的肚子没发胀。"

"妈不是说要互相帮助吗，你帮了我，我也该帮你揉揉呀。"

男人想你想揉就揉吧，便也不再作声。

吕豆豆侧过身伸手去摸男人的胸部……当她的手碰到男人私密处时，感觉与自己想象中的情况大不一样，怎么软软绵绵的，体积似乎也特别小，跟十二三岁孩子的差不多呢。吕豆豆感到事情有点不对劲，她心里很不安，再一想又有点恐慌。可她还是抱着一线希望，想用自己的热情去唤醒它。然而不管吕豆豆怎么摆布，小马哥的"那个"就像被严霜打蔫了的秋茄子，一点生机也没有。

吕豆豆感觉一股强冷空气突然袭来，一瞬间便把火热的被窝吹得冰冷冰冷的，她不禁打了个寒噤。

次日早上，因有一大摊家务事等着要做，金鸡刚叫过三遍，豆豆妈便起了床。她不经意地向窗口望去，吓了一大跳，窗口有个人影，仔细一看却是自己的女儿。豆豆怎么来了？她赶紧去开门。

豆豆一跨进门槛便趴在阿妈的肩上呜呜呜地哭了起来。

"豆豆，侬做啥呀，他打侬啦？"

"没有，但是……"

"那他骂侬了？"

"没有，但是……"

"嗨，豆豆呀豆豆，侬介大个囡囡哉还介勿懂道理，今早子格日子侬怎么好随随便便跑回来的唷！快别哭了，趁天还没大亮，妈送你回去。"

"阿妈我不回去，他不行！"

"什么行不行的，行要回去，不行也要回去。"

"阿妈，我就是不回去。"

“不回去怎么行，这事不能由着侬格性子来，人家晓得格，会说侬做阿囡格太任性；勿知晓得格，还会说做姆妈格不会做娘呢。”

“阿妈，你别说了，我反正……”

“阿囡哎，别的事姆妈听侬格，侬比姆妈聪明。这些事侬要听姆妈格，姆妈比侬见得多。”

“阿妈，我……”

豆豆妈打断女儿的话：“阿囡啊，小夫妻没有隔夜愁，什么事都意心意想是没有格，该担待格要担待。古老人说过：‘二十年媳妇二十年婆，再过二十年做太婆。’瞎子先生说侬的福相蛮好格，侬以后就等着享福吧！”

“啊唷阿妈哎，我还做什么太婆享什么福呀，他那个不行！”

“哪个不行？”

“就是那个嘛。”

“那个是哪个？”

“那个就是那个嘛。”

“啊呀，豆豆呀豆豆，侬这个老师是怎么教书格唷，怎么说格闲话连吾做姆妈格也听不懂。”豆豆妈有点急了。

豆豆更急了，她往地上使劲跺跺脚，屁股一扭，整个身子筛糠似的左右摇摆着：“阿妈呀，你怎么还不明白？那个就是只有男人身上才有的那一个嘛！”

豆豆妈开始时压根儿没往这方面去想，听到这儿才如梦初醒。她傻了，张着嘴呆呆地望着女儿，好一会才反应过来，转脸对着房里喊道：“老猢狲，老猢狲，快起来，快起来，阿拉豆豆可是倒大霉了，她碰到了一个太监！”

吕豆豆最终跟小马哥分了手，那辆永久牌自行车也还给了小马家，她再也不想进马家的门了。

事后，吕豆豆又想到了杨伟伟，心想我好傻呀，为了年龄这点事，就让一个好好的后生给溜走了。吕豆豆那个悔呀甭提了，整天闷闷不乐，茶饭不思，觉也睡不着。

豆豆妈怕她这样下去会伤了身体，就偷偷打听杨伟伟的情况。她从三叔婆那儿得知杨伟伟还没对象，她也知道杨伟伟很喜欢豆豆，但她不好意思叫三叔婆出面，万一不成会落个"好马想吃回头草"的话柄。豆豆妈想，吾还是自己直接去找杨碗珍说说看，这姑娘资格好，就是不同意也不会向外头乱讲的。

后来，她从豌珍那里知道，杨伟伟当时讲的是周岁，实际年龄比豆豆还大四个月呢，才知道豆豆做事太粗心，连杨伟伟生肖什么的也没问问清楚，否则不会出这个差错的。

其实这情况吕豆豆已经知道了，因而才悔得吃不下饭，想想杨伟伟长得有模有样的，真是追悔莫及。只是当时多次推托过，不好再主动去找杨伟伟，怕被人说"给凳不坐讨凳坐"。因此，吕豆豆一直苦于找不到恰当的机会跟杨伟伟再续情缘，今天杨豌珍来约自己，这下好了，正好借机见见杨伟伟。

杨伟伟见姐姐带吕豆豆来家，一脸的喜悦，心想，姐呀姐，你真是个有心人，最了解弟弟的心思。他巴不得立刻去拉吕豆豆的手，但碍于姐姐在场，只好憨笑着问："豆豆你来了，我妈常念叨你呢！"

"是你自己常念叨着豆豆吧？"豌珍说。杨伟伟瞥了杨豌珍一眼，说："姐，你真坏！""姐坏，姐也不想做吕洞宾，走开就不坏了。"杨豌珍转脸对吕豆豆说："豆豆，我去厨房给妈帮忙去了，你帮我教训教训这个不识好人心的弟弟。"

话说李松林告别父母和豌珍，踏上了归队之路。一路上，先在杭州转乘福州去北京的46次直快列车，到上海北站后转乘上海至北京的22次特快，到济南时又换乘济南至青岛的127次普快列车，一路风尘仆仆，马不停蹄。

当列车拐弯转入胶济线后，李松林去车厢门口看时刻表，见明天下午四时前能抵达目的地，总算安下心来，长长地吐了一口气。

他回到座位上，往椅背上一靠，想闭目养神一会。刚合上眼，就听到列车播音室正在转播一篇重要的评论员文章。侧耳细听，听到这么几句："七亿中国人民是越南人民的坚强后盾，辽阔的中国领土是越南人民的强大后方！"李松林细细思索着这两句话的含义，想着想着，忽然明白了点什么：难道我的归队跟这篇文章有关？

回到部队的当天，连长告诉李松林："你的工作要调动，准备去一下团政治处，一会小吉普会来接你的。"

李松林知道，小吉普是团首长专用的交通工具，自己才是个排长，按理是没资格乘坐的。今天特意来接自己，说明时间的紧迫性。

到了政治处，郑主任告诉李松林："美帝国主义对越南北方进行狂轰滥炸，战争规模升级，战火烧到中越边界地区。越南派党政代表团访问我国，要求毛主席派部队进行支援。我们三营要赴越南北方，帮助越南人民抗击美帝国主义的野蛮侵略。团党委已决定，把你调到三营九连任副连长，担子重风险大，想听听你有什么意见？"

李松林说："要是直接打击入侵我国的敌人，我会毫不犹豫！去国外打仗，我没有思想准备，不知该怎么回答。但这是毛主席作出的决策，我当然坚决服从！"

郑主任说："本来没你们一营的任务，所以让你休假去了。但九连连长怕死，前些日子听到要去越南的消息后，以父亲病重为由，回家探亲，去后却借故不回。我们只好临时调整连队干部班子。一营党委推荐你到前线去，在实践中锻炼，因此让你任副连长。你今年二十三岁，是最年轻的连级干部，希望你能多学习一些实战经验。"

李松林表示一定会抓住这个机会锻炼自己，并问什么时候出发。

郑主任告诉他："今天先回本连搞好交接班，明天到九连报到，后天部队就出发。先坐火车到广西凭祥，为适应越南的气候，先在凭祥市附近待些日子。具体哪一天能入越作战，我也说不清楚了。"

当天晚上，李松林给杨豌珍写了封信，告诉豌珍自己要第二次上前线的事。并且嘱咐她不用为自己担心，自己会照顾好自己的，并要她暂时不告诉双方家长，免得他们无谓地担忧。

话虽这么说，但李松林心里清楚，打仗是你死我活的搏斗，风险很大，不确定因素很多。他又给刘正伟、罗金贵各写了封信，把自己的思想吐露给两位战友，希望他们珍惜和平环境，为建设祖国作贡献，并同样关照两人为自己上前线的事保密。

四

再说刘正伟与丽花告别杨豌珍，回家正好同路。刘正伟自入伍至今四年多了，才第一次遇到丽花。见丽花身材比当年高了约三公分，也丰满多了，白净的脸蛋洋溢着青春的光华，胸前双峰高耸，曲线流畅，尤其是她的眼睛像一架电子探测仪，似乎可探测到对方的心灵深处。刘正伟想，丽花这模样实在俊俏，只要打个俏眼，准能让众多男人魂不守舍，举起双手甘愿做她的俘虏，拜倒在她的石榴裙下。

这样想着，心房也微微颤抖了一下。如果把杨豌珍比作黛玉，那么丽花就是宝钗，她俩都比当年更具魅力了。姑娘十八变，越变越好看，此话一点不假！

丽花见刘正伟的肤色比当年黑了许多，但身板却更结实了，透射出男子汉的阳刚之气。不过她心仪的白马王子并不是这类男孩。因为她知道自己的个性太率直，若再跟作风粗豪的男孩结合在一起，到时万一有点磕磕碰碰，一个摔盘子，一个扔碗盏，那就找不到盛饭菜的东西了。她对李松林印象很好，希望自己的另一半是像李松林这样文质彬彬的人。但她知道自己和李松林之间已经没戏可唱，她怨李松林看不上自己，更恨杨豌珍横刀夺爱，心中的郁闷之气总是挥之不去，所以脸色老是保持在阴到多云之间。

刘正伟想，既然自己跟"林妹妹"已无缘可续，那若有个"宝姐姐"陪伴自己也不错。他想探探丽花的口风，便问道："丽花，我们四年多不见了，这些年你过得怎么样，一定都好吧？"

丽花说："怎么说呢，工作上还算顺利，生活上也过得去，不像你俩去部队那会儿，老空着肠子了。但总体上看只是过了几年温吞水的日子，淡而乏味。"

"顺利平安是福，不过我想听听你的好消息，你告诉我，什么时候能吃你的喜糖？"刘正伟问。

丽花淡淡地说："吃什么喜糖呀，这糖厂还没规划好建在哪儿呢。"

刘正伟听后心中暗暗高兴，他要的就是这句话。他想借此向丽花发起进攻，但见丽花脸色有些阴沉，并没有久别重逢的亲近感，知道她对自己并不在意，也就不敢唐突，把想说的话又咽了回去。两人只说了些今天天气好之类的寒暄话就分手道别了。

丽花对刘正伟的问话只作出淡淡的回应，是事出有因的。她已确定了自己的主攻目标。她来李松林家时在门口遇见了李二林，李二林跟哥哥长得很像，她没细打量以为二林就是松林。虽然她对李松林有意见，但还是说："李松林，你好！"

当李二林告诉她自己是李松林的弟弟时，丽花还有点疑惑，瞪大眼愣愣地看了好一会，似乎在怀疑自己的耳朵。

正当她一脸茫然之际，李松林从屋里走出来说："嘿！丽花，是你呀，你好你好！"

丽花一看，发现这哥俩竟一个模样。她说："你好！你哥俩怎么长得一个模样，真像一对双胞胎呀。"

李松林说："大家也都这么说，连我的姑姑舅舅也常常张冠李戴闹笑话。"

"可不是嘛，我刚才就把你弟看成你了。"丽花说，"幸亏你哥俩都是凡人，要成了齐天大圣，我可分不清真假猴王了。"说得在场的人都哈哈大笑，尤其是李二林。二林笑着笑着不自觉地看了丽花一眼，丽花迅即把二林的目光摄入自己的脑海中珍藏了起来。

正因为有了这么一次机遇，丽花便编织起自己的梦幻来，她坚信事在人为，梦想是可以成真的。她想，人们不是说兄弟相像吗，这哥俩外貌倒真是像一个模板印制的。

当然她也知道相像主要是指人的性格、脾气、品行等内涵素质。丽花想，我不指望李二林的才华品行也跟外貌似的百分之百像李松林，只要有百分之六十就够了，我就有足够的理由去追他。

她问自己：这个要求不高吧？一个父母养育的孩子总该大同小异。她还暗暗告诫自己，李松林已经被杨豌珍夺走了，这李二林可不能再落入他人之手。

杨豌珍与李松林虽然没有拜过堂，甚至还没有按当地习俗举行过重要仪式，但从法律上讲已经是夫妻关系，因而她跟李家交往就少了几分忌讳。因为李松林家与大队会计室连着，为上下班方便，杨豌珍就不经常回娘家了，多数日子与小梅住在一个房间。

为了增加跟李二林见面的机会，丽花常有事没事借故到杨豌珍这里来坐坐，跟杨豌珍聊聊天。杨豌珍以为丽花谅解了自己跟她争李松林的事，就很高兴，总是热情有加。

从聊天中，杨豌珍知道丽花并不喜欢刘正伟，却看中了李二林。这使杨豌珍很意外，她既为刘正伟惋惜，又为李二林高兴。杨豌珍想，感情的事是很微妙的，强扭的瓜也不会甜，索性放弃了为正伟牵线的努力，表示愿意替丽花先摸摸二林的意向。

其实，李二林对丽花的第一印象很不错，他认为丽花是个性格开朗，充满青春活力的女孩，第一次见面便喜欢上了她，当晚还做了个梦：跟丽花一起到照相馆合影。

杨豌珍安排李二林跟丽花见了面，双方自然谈得很投缘。几天以后，杨豌珍又带丽花跟李大妈见了面，但因为时间关系，她没能跟大妈明说丽花和二林交朋友的事，只说是自己的一个同学来找自己玩的，然后就回办公室去了。

第二天，杨豌珍去找李大妈，想听听大妈对丽花有什么印象。

大妈说："侬带个大姑娘来家，吾当时就猜想，侬可能要为二林介绍对象。人怎么样现在还不晓得，相貌是生得蛮得人心格，如果跟二林能配成对的话，阿拉老李家的两个儿媳妇呀，在村里头可都是数一数二的美人哩！"

"妈，您老人家看花眼了吧！至少我可没您说的那样招人喜欢。"杨豌珍说。

第十一章　连夜雨

一

李松林回部队三个月了，小梅问杨豌珍："姐，哥最近来信了没有？"杨豌珍告诉她："松林回部队后就来过一封信，我去了两封信可一封回信也没有，不知道为什么。"

"你不是跟妈说，哥已经来过三封信了吗？"

"傻妹妹，那不是我怕妈着急瞎编的吗，你千万别把实情告诉老人家！"

"噢！我知道了，我大哥也真是的，再忙也不至于连写封短信的时间也挤不出吧。"

"大概有什么特殊原因，否则松林不会这样的。"

"他这样打太极拳，你还护着他，我哥真是好福气。"

其实，杨豌珍跟小梅说的不全是实话，她不想把李松林已经奔赴战场，参加援越抗美的事告诉小梅，怕传到两位老人耳朵里后他们着急。

小梅拿着几张照片说："姐，这是我亲自拍的照片，你给大哥捎去。"杨豌珍拿来一看，一共五张照片，除了自己和松林的合照外，分别是自己为婆婆洗头、洗脚、剪指甲、掏耳屎的照片。杨豌珍说："小梅，除了我和松林的合照，其他照片你什么时候拍的，我怎么一点也不知道？"

小梅说："我是有意不让你知道的，这样拍的照片更真实自然。"

"小梅，你还真行，要是在战争年代，你做个地下工作者倒很合适。"

"我才不想做这种工作呢，整天提心吊胆的太危险了，会把人逼疯的。"

杨豌珍夸小梅有主见，以后一定有出息。

小梅说："姐，大哥收到这几张照片后，一定会给你写感谢信的。"

杨豌珍有点不解地说："感谢信，感谢什么？"

小梅说："你对妈这么好，他不该谢谢你吗？"

"又要叫你傻妹妹了，这是晚辈应该做的事，'孝于亲，所当执'，谢什么？再说自己人还怎么感谢，难道也需要送一包点心吗？"

"这还不简单，大哥下次回家时把姐抱得紧一点就是了！"小梅调皮地说。

杨豌珍没想到小梅会说出这么一句话来，一时竟不知该怎么回应，停了一会才说："小梅呀小梅，你什么时候也学坏了？这回真的是天下虽大，净土难寻了。唉，看样子这共产主义一时半会是到不了了！"

"姐，我的言行能改变历史进程，你把我说得太伟大了，我简直成了秦皇汉武、唐宗宋祖了，哈哈哈！"

正当这姑嫂俩闲聊之际，只听外面人声嘈杂，有人急急地喊："二林，快，快找把懒（躺）椅，抬卫生院去。"

杨豌珍和小梅闻声从屋里赶出来，只见松林爸面无血色，双目空洞，眼珠已经不会转动，眼皮也不会眨了，看样子人已经不行了。她们慌忙跟大家一起，七手八脚把他抬到了公社卫生院。医生检查后，说："没希望了，心跳早已停止了，还是回家料理后事吧。"

这突如其来的变故使杨豌珍惊愕不已。原来昨夜下了场雨，地上还很潮湿。老人早晨去河边割羊草，返回时一脚没站稳，便摔倒了。偏巧倒地时头正好碰到纤石上，造成颈动脉破裂，当时又没人看见，故出血过多，抢救都来不及。

无论李大妈怎样呼天嚎地，也不管姑嫂俩如何捶胸顿足，松林爸再也没了回应。

自从李松林跟杨豌珍办了结婚证，李大妈对杨豌珍的称呼也由闺女改成了直呼其名。大妈含着泪说："豌珍，你赶快去邮电局拍个电报，叫松儿回来给阿爹送个终。"

杨豌珍嘴里答应着便出了家门，但她并没去邮局。她知道李松林已经去了越南，自已也不知道具体地址，怎么发呀？即使知道地址，这不是在国内，发了电报也不可能回来呀！

她进退两难了。说出实情吧，会使一家人悲痛中又增加了几多担忧，尤其是婆婆能承受得了吗？可继续隐瞒的话，不管发不发电报，松林来不了，该怎么唱落场书？

杨豌珍忽然想到，假设松林在青岛，收到电报后立刻动身回来，也需要三四天时间才能到家。如今已经是暮春时节，气温较高，尸体无论如何也不能放这么长时间。想到这里，杨豌珍有了办法。

她不好自己出面跟婆婆说不发电报，怕引起误会，就先找到老李村长，把李松林已经上前线参加援越抗美，以及自己没把实情告诉婆婆的事作了说明，要老李村长出面给婆婆做做思想工作。杨豌珍知道，老李村长是婆婆最器重最信任的侄子，相信他一定能说服得了婆婆的。

老李村长很理解杨豌珍的心情。认为当时隐瞒真相也是出于善意，而且现在确实不是说出实情的时机，否则等于往伤口上又撒了把盐，便答应了杨豌珍的要求。他小婶长小婶短地劝说了一大通，终于说服松林妈打消了给李松林发电报的念头。

松林妈要豌珍写封信，把阿爹去世的消息通知李松林，叫他不要太悲痛，安心做好部队工作，并希望他在适当的时候向首长请个假，回一趟家，给阿爹的坟头培点土。

二

送走了公爹，做好清扫工作后，见杨豌珍已是一脸疲态，松林妈叫她回娘家好好休息几天，并让她"头七"①那天早点来帮忙。杨豌珍确实也有点累了，就说："妈，爹反正已经走了，人死不能复生，您也想开点，不要太伤神。"

杨豌珍回到娘家的第三天，老李村长派人捎信给她，叫她立即来大队开会。杨豌珍不知道开什么会，以为是像往常那样的工作会议，什么东西也没带就来了。

一到会场见参加会议的人员很多，有区委宋副书记、公社妇联主席应娟娟、大队书记、老李村长及全体支部委员。令她感到莫名其妙的是，参加会议的竟然还有吕豆豆、卢银贵以及另外一个叫刘小山的小青年。杨豌珍很纳闷，这是怎么回事？这后面三位，与李家舍大队八竿子也打不着的，为什么参加李家舍大队的会议？

会议开始了，首先由大队李书记主持会议。他说："根据上级指示，在农村要开展社会主义教育运动，也称作'四清运动'。今天工作组已经进驻我们大队，称作'四清'工作队。区委宋副书记是我们海沿公社的'四清'工作队队长，应娟娟同志是我们大队的'四清'工作队队长，其他三位同志是'四清'工作队队员。'四清'工作怎么做，方针部署是什么，我们应有的态度等具体问题，请宋队长给我们作动员。"

宋队长指出"四清"的内容是清政治，清经济，清组织，清思想。工作分四步走，他形象地称为"上楼、洗澡、擦背、下楼"。

"上楼"是指村干部集中起来学习"四清运动"的有关文件，领会精神实质，明确目的要求。

"洗澡"是对照"四清"的要求，进行自我检查，开展自我批评。

"擦背"是指互相帮助。先在干部间相互帮助，开展批评和自我批评，在此基础上接受广大群众批评监督，听取群众意见。

"下楼"是根据干部群众对自己提出的意见，找出问题存在的原因，提出改进措施，获得大多数干部群众的谅解后即可"下楼"回家，继续开展正常工作。

大队"四清"工作队应队长则着重强调纪律："未'下楼'前不准回家外出，干部间不准串供，正确对待群众批评，虚心接受群众意见，严格要求自己，联系实际边学边改。"

---

①头七：当地人对死去的人祭祀的日子，每七天祭祀一次，共七个祭祀日子。第一个祭日称头七。

从两位队长的讲话看，这"四清运动"跟"三反五反"①不一样，火药味不是很浓，并没说一定要打倒谁。

然而在"四清运动"开展的过程中，还是出现了不少难以理解的现象。尤其令人感到意外的是，随着运动的深入，杨豌珍忽然成了李家舍大队的焦点人物，说她态度不老实，检讨不到位，怎么也过不了关。

其他干部一个个先后都"下了楼"，只剩下她一个人不让"下楼"。

演变成这个局面，原因始于"革命群众"的一封检举信，内容说杨豌珍利用会计职务之便，贪污集体粮食，而杨豌珍又不坦白交代，拒不认账。

检举信首先落在吕豆豆手里，她一看就觉得这是天赐良机，因为应队长到区里开会去了，可能得三四天时间才能回来。临走时她已经把工作队的有关事务托付给吕豆豆负责。

如果在应队长回来之前，自己把这件事处理完毕，再挖出来一个贪污犯，那就立了一大功，既说明自己有才干，又会得到领导的赏识。吕豆豆知道，领导让自己参加"四清"工作，就是想培养自己做革命事业的接班人，必须有所作为，证明自己的实力。

她立刻找杨豌珍谈话，要杨豌珍交代自己的重大问题，但并没告诉对方具体是哪个方面的问题，她觉得这样有可能让杨豌珍暴露出更多的其他问题。她认为杨豌珍的问题暴露得越多，性质就越严重，自己的成绩也就越大。

听吕豆豆要自己交代重大问题，又看她一脸肃穆，杨豌珍知道豆豆不是在开玩笑。她睁大眼看着昔日的同学、未来的弟媳，简直有点不相信自己的耳朵。但还是平和地说："豆豆，你听谁说的我有重大问题？"

吕豆豆说："豌珍，对不起，我不能告诉你谁检举的。"

杨豌珍说："你误会了，我也知道你不能告诉我检举人是谁，我不会叫你去违反纪律的。但你得仔细想想，我会有什么重大问题可隐瞒的？我

---

① "三反五反"：是新中国成立初期在经济领域开展的一场反贪污、反浪费、反官僚主义及反行贿、反偷税漏税、反对盗骗国家财产、反对偷工减料、反对盗窃国家经济情报的斗争。

是生在旧社会，长在红旗下的人，不可能有历史问题纠葛吧？我不贪不占，还能有多少重大问题？再说我们同学三年，你多少也了解我的为人吧？"

吕豆豆说："我了解你的过去，但不了解你的现在。不是说无风不起浪嘛，革命群众有反映，这我就不好打保票了。你自己的问题自己应该知道。这样吧，我们也是同学一场，给你留点时间，今天晚上你好好考虑考虑，明天你只要竹筒倒豆子，痛痛快快讲出来，我就当你主动交代问题，否则就另当别论了。"

吕豆豆把政策给杨豌珍交代清楚后就回了家。晚上，吃完晚饭坐在床头，她开始考虑如何解决杨豌珍的问题。原本她也认为豌珍是有冤枉的，以豌珍的人品不大可能会起贪心，如果这样，硬逼她交代问题也说不过去。而且杨豌珍对自己不错，还给自己和杨伟伟牵了线，自己这样做有点不仁不义："杨伟伟可是她的亲弟弟，我这么做不是忘恩负义吗，这会被人骂死的。再说我要是跟伟伟成了亲，以后也免不了常来常往，这么做确实不合适。"她这么自言自语着。

然而很快豆豆又否定了自己的想法，认为政治与道德之间不能画等号，相反，两者往往还会撞车。政治是讲目的的，为了目的可以不择手段。不是说胜者为王，败者为寇吗？

政治有时是残酷的代名词，当年武则天为当正宫娘娘，不惜把自己的亲生女儿掐死后嫁祸给皇后。她成功了，不但如意当上了皇后，还当上了皇帝。宋襄公因讲仁义，错失取胜的良机，结果打了败仗，反落下话柄被后人取笑。想到这里，吕豆豆觉得自己不能太婆婆妈妈，不能心慈手软。人们不是常说"雁过留声，人过留名"吗？谢老师曾说我当个乡长县长没问题，可我至今仍然是平头百姓一个，若错过这个机会，我必将一事无成，只能平平庸庸虚度一生。

第二天，吕豆豆问杨豌珍昨天夜里考虑得怎么样，杨豌珍告诉她怎么考虑都想不出自己有什么重大问题。吕豆豆拿着一叠信纸在杨豌珍面前一晃，拍拍信笺说："你看看，这些都是革命群众对你的揭发材料！你若没问题，群众为什么对你有这么多意见？"

其实，这一叠所谓揭发材料，只有第一张有字，后面的几张全是空白纸，不过是吕豆豆用来虚张声势迷惑杨豌珍的。

杨豌珍说:"既然群众有检举,你们调查核实一下吧,若是事实,我甘愿接受组织处理。"吕豆豆说:"调查当然要调查,但豌珍呀,我得告诉你,自己坦白交代的跟组织调查核实的,性质可大不一样,处理结果也是不一样的。我劝你不要执迷不悟,更不要存在侥幸心理。"

杨豌珍听了,生气地说:"谢谢你的提醒,但我还是要告诉你,我是尽自己的所能在做事,一对得起群众,二对得起组织。除了工作作风不够深入,联系群众不够广泛,有时工作抓得不紧外,其他没什么实质性的东西好交代的。我虽然能力有限,但一片忠心可对天,再逼我也就这些,你们看着办吧。"

"你不用顶牛!"吕豆豆终于失去耐心,"不要带着花岗岩脑袋去见上帝,顽抗到底只能是死路一条。"说完,她气鼓鼓地走了。

离开杨豌珍后,吕豆豆把卢银贵和刘小山喊来,商量怎么让杨豌珍交代问题。她决定采用车轮战,先由卢银贵给杨豌珍做工作,三个小时后让刘小山接上,再有三个小时她自己来。这样依次类推,轮番轰炸,直到杨豌珍投降。吕豆豆想,当杨豌珍实在吃不消的时候,自然不得不坦白。

三

丽花自跟李二林认识以后,三天两头来李家,李大妈见丽花亭亭玉立的可爱样,心中喜悦之情溢于言表,三两天不见心里还有点痒痒的。她对丽花不像对杨豌珍那样叫闺女,而是叫她花花,丽花叫李大妈阿姨,"阿姨,阿姨"的让李大妈乐开了怀。

这天丽花坐在李二林房间里写东西,李大妈推门进去,见有几张稿纸掉在地上,便问:"花花,这几张信纸还有用处吗?"

"阿姨,没用了,等一会我会把它烧掉的。"

"可别烧掉,我要拿去引火做饭,这几天天气返潮得厉害,柴火点不着呀。"

"阿姨,您可别扔掉呀!"

"引火都不够,哪舍得扔掉呀。"说着李大妈便拿去放在灶火洞旁,只等中午用来引火。

　　快做中饭时，小梅背着一筐青草回来了，这是喂羊的。自阿爹去世后，她只好担起这副担子，一有空便去外面割草。阿妈见女儿回来了便说："小梅，你去烧饭，米和水都放好了，你点着火烧就行了。"

　　小梅到灶间，发现柴火潮湿，连划了两根火柴也没点着火，见一旁有废纸就拿来引火，正要点时发现纸上写了不少字，随意看了看，见有"杨豌珍"三个字，再仔细看了看内容，似乎与什么贪污的事有关。她感到蹊跷，这纸上写的什么事，怎么放这儿？她想弄弄明白，就把纸折好收了起来。

　　等做好饭，她跑到自己房间把纸拿出来仔细一读，不禁大吃一惊！原来这是份揭发材料，内容是说杨豌珍贪污大队粮食，落款签名是"革命群众"。

　　小梅悄悄问阿妈："刚才灶洞边的几张纸是哪来的？"阿妈说："是花花扔掉的，我拿来引火的，你问这干啥？"小梅一听心中就有数了，她轻描淡写地对阿妈说："幸亏这几张废纸，要不我就点不着火了。"

　　这几张废纸是丽花写的揭发材料的草稿。杨豌珍贪污粮食的事是她自己的"创造发明"，丽花之所以这样写，有着不可告人的目的。

　　小梅拿了杨豌珍的几件换洗衣服要给她送去。卢银贵与刘小山正在进行交接班。小梅说明来意后，刘小山说要检查一下她的东西。小梅可不吃这一套，问刘小山凭什么检查自己的东西，刘小山告诉她："吕豆豆同志交代过，为防止串供，谁来送东西都要先检查检查。"

　　小梅说："你别拿着鸡毛当令箭！串供是干部之间的事，我是一个中学生，最高职务是班里的生活委员，这算是哪个档次的高级干部？我能与豌珍姐串什么供？不懂政策自己先好好学习学习，别装腔作势瞎胡闹！"说着径自向里走。刘小山赶紧上前阻止。卢银贵心里也没底，心想杨豌珍贪污的可能性不大吧，自己跟她毕竟是同学，乐得做个人情，便对刘小三说："算了吧，她还是个学生，能串个什么供呀，你又何必这么教条。"

　　小梅找到杨豌珍，把几件干净衣服拿出来说："姐，我知道你的思想很干净，不用换的。但衣服脏了还是要换的，你脱下来，我帮你洗去。"

　　杨豌珍说："妈还好吗，你告诉她不用为我担心，我会照顾好自己的。"小梅站在门口脸对着门外的刘小山说："姐，我会告诉妈，为人不做亏心事，半夜敲门心不惊，豌珍姐现在心里很坦然，身正不怕影斜嘛。"

　　杨豌珍听后一阵激动，心想，松林呀，你可知道，你的小妹长大了！

　　小梅临走时，悄悄对杨豌珍说："姐，你上衣口袋不知怎么有个印子，怎么也洗不净，只好这样了。"说话的时候，她给豌珍使了个眼色。豌珍会意地点了点头。

　　小梅走后，豌珍去摸衣袋，发现里面有张纸条，打开一看，上面写道：有"革命群众"告你贪污粮食，鬼才会相信，且此"革命群众"并非本大队人，你心中有数即可。杨豌珍看毕，当即把纸条撕个粉碎。她心里默默念叨：革命群众，外大队的，贪污粮食？她百思不解。

　　今天已经是连续第三天没睡觉了，杨豌珍感到好困倦，两眼怎么也睁不开。她最大的愿望是好好睡一会，哪怕只有十分钟也好。可是每当她闭上眼，工作队员就叫醒她，要她交代完问题后再睡。

　　这次，杨豌珍刚合上眼，刘小山又在喊她，可杨豌珍似乎没听见，"呼噜噜……"自顾自打起鼾来。

　　"杨豌珍，你不能睡，必须先坦白交代！"刘小山催促道。

　　"交代什么？"

　　"贪污问题！"

　　"贪污粮食吗？"

　　"对、对、对！你贪了多少粮食？"

　　"五百斤。"

　　刘小山赶紧报告："吕豆豆同志，快来，杨豌珍终于交代问题了！"

　　吕豆豆兴冲冲跑过来说："小刘，我问，你记一下。"

　　"杨豌珍，你共拿了公家多少斤粮食？"

　　"一千斤。"

　　"一千斤？"

　　"……"

　　"这么多粮食你怎么拿回去的？"

　　"抬回去的……"

　　"叫谁帮你抬回去的？"

　　"……"

"快说，谁帮你一道抬回去的？"

"……"

吕豆豆用手推了推杨豌珍："快说！"

"小梅……"

"你把粮食抬回去后藏哪儿？"

"……"

"粮食放哪儿了？快说！"

"放抽屉了。"

"什么，放抽屉？这么多粮食抽屉怎么能放得下？"

"放下了，是粮票……"

"粮票还要两人抬吗？"

"……"

看杨豌珍没反应，吕豆豆对刘小山说："小刘，后面几句话要改一改，不要记粮食放抽屉的事，就说把粮食抬回家了，其他别说了，至于谁帮忙抬、抬到哪里都不用记了。"

第二天应队长回来了，吕豆豆告诉她挖出了一个"千字号"（千斤粮）贪污犯。

四

应娟娟看了审问笔录，发现疑点不少：粮食的去向不明，上千斤的粮食一个人怎么拿回家，该有人帮忙吧，那么同案人是谁？什么时间抬走的？是一批什么粮食？要回答这些问题，需要进一步调查核实才行。

她让大队李书记带吕豆豆、卢银贵去查近几年的粮油出入账，自己则带着刘小山找杨豌珍再谈一次话，先把情况摸清楚再说。

应队长不知道吕豆豆对杨豌珍询问的具体经过，见杨豌珍一脸疲态，便问："这几天怎么样，没休息好吧？"她接下去想说"有问题说清楚，改正就行了，该休息的还是要休息，不能影响健康"。可是杨豌珍却误会了。

杨豌珍跟应娟娟是熟识的。两人一个是公社妇联主席，一个是大队妇代会主任，开会碰面的机会自然不少。见应娟娟这样问她，杨豌珍就很不高兴，心想，真是画龙画虎难画骨，知人知面不知心，整了我还假惺惺地装出关心人的慈悲样，你以为我还是幼儿园的小孩？你不就是想从我身上捞点往上爬的政治资本嘛！应娟娟呀应娟娟，我今天可看清了你，可你选错了对象，我不会让你的如意算盘得逞的！

她气鼓鼓地说："应队长，为我的事你没少费脑筋，辛苦你了。我今天才发现你很会演戏，终于从幕后转到台前来了。你问我休息得怎么样，我没事，才三天没睡觉而已，不过要谢谢你们，昨夜总算睡了几个小时。"

应队长听到这，感到很意外。

杨豌珍继续说："你们的手段也太卑鄙了，用国民党反动派对付革命志士的手段对待我。不过跟国民党反动派相比，你们还差一根鞭子，所以我得再一次谢谢你们的仁慈！"

应队长想插话，看杨豌珍还没说完，就打住了。杨豌珍接着说："应队长，你不用兜圈子了，直接说吧，你需要我交代什么样的问题？只要对你往上爬有利，我成全你。"

应队长怎么也没想到平时温文尔雅的杨豌珍，今天的火力这么猛，说出话来竟如此咄咄逼人。她不知道杨豌珍为什么发这么大牢骚，便把刘小山拉一边问他们这几天对杨豌珍做了些什么，刘小山老实，一五一十地把开展车轮战的经过告诉了她。

应娟娟没想到吕豆豆竟然会这么办事，就对杨豌珍说："杨豌珍同志，我先向你道个歉，这几天我孩子生病没人照顾，没来村里，临走时又没交代清楚具体该怎么做，才导致工作出了纰漏，责任在我。"

杨豌珍听到这里，才知道自己脾气发错对象了，开始埋怨自己太鲁莽，但应队长却说道："豌珍同志，你过去的工作表现我是知道的，但群众反映的有些情况我也不清楚，不好下结论，必须经过调查核实。如果你在某些方面确有问题，请你勇敢面对，说清楚并下决心加以改正；如果你确实没大的问题，那你也可以放心，我们决不会冤枉自己的同志。"

李书记和吕豆豆、卢银贵等人对大队近三年的粮食账目进行了核查，并没有发现什么短缺亏损。于是，应队长和大队支委开会，研究杨豌珍

"下楼"问题。既然不让杨豌珍"下楼"的依据不再存在，与会人员一致同意她"下楼"。可是因为区委宋副书记去县里开会了，明天才能回来，杨豌珍"下楼"与否还要等他作最后决定。虽然程序还没走完，应娟娟和李书记都胸有成竹，认为杨豌珍"下楼"只是早晚的问题了。应娟娟对杨豌珍说："你的问题我们了解得差不多了，但还要委屈你在'楼上'再住一天，明天我向宋副书记汇报后再正式通知你，一般不会有什么变化的。"

杨豌珍对应队长说："这么长时间都过来了，这最后一天就算再长也没有什么了。谢谢你和支委会全体同志对我的信任。"

次日，杨豌珍早早起了床，要"下楼"了，得好好拾掇拾掇才行。她洗了个头，把头发仔细梳理了一下，把茶杯、牙膏、肥皂、毛巾等放入洗脸盆，又把衣服折叠整齐后装进小旅行袋，忙完看看天色还早，应该还不到六点钟，便躺在床上等待，等应队长来正式通知自己"下楼"回家。

这天上午，应娟娟比平时提前了十余分钟去公社，找到宋副书记向他汇报了对杨豌珍的调查情况和支委会对杨豌珍"下楼"的意见，末了，她对宋副书记说杨豌珍关了这么多天了，都有点过意不去了。

应娟娟以为宋副书记会马上批准杨豌珍"下楼"，谁知宋副书记却说："关于杨豌珍'下楼'的事不太好办呐。"说着，他递给应娟娟一摞纸："我今天一进办公室就发现了这封检举信，你先看看。"

应队长接过来一看，吃了一惊。信上写的事情很严重，信上说杨豌珍生活作风不正，跟小叔子李二林眉来眼去，关系暧昧，她多次借故在李家过夜，就是为了跟李二林幽会。应娟娟建议把大队李书记请来，大家共同分析一下再说。宋副书记同意了。

一会儿，李书记和老李村长一起来了。

李书记看了材料后，生气地说："八成是有人无中生有，豌珍绝不是这类人！"

老李村长跟着说："我也是这么想，准是有人在诬陷她，有意跟她过不去。"

宋副书记觉得既然有这个反映，还是慎重一点好，"下楼"的事需要往后拖些日子。他向应娟娟交代："跟杨豌珍说清楚，我们会尽快查实的。"

对这个事，干部们对外都没透露一点风声，但不知为什么村里很多人还是知道了，村头路边少不了三三两两的好事嫂嫂在一起交头接耳。

杨豌珍这天盼着应娟娟早点来，可每次走到窗前张望，都不见人影。这天上午十点半左右，应娟娟终于来了，杨豌珍心想总算能回家了，不觉很兴奋。应娟娟还没走到窗口呢，杨豌珍就高喊："娟姐你来了！"应娟娟只是点了点头。杨豌珍发现她脸色凝重，心里直犯嘀咕：难道情况有变，宋队长没批准？

果然，应娟娟进门后对杨豌珍说："你'下楼'的事还得等几天，有些问题还需时间去核实。"豌珍想知道到底是什么问题，还需要调查多长时间。应娟娟怕她承受不了，就说："不要问了，我们会认真去查实的。"

中饭后小梅来了，杨豌珍问她有没有听到关于自己的什么消息。小梅心想，全村除了南横路的哑巴姑姑和后横路的聋二爷爷，其他人哪个还不知道，就你自己蒙在鼓里了。这样想着，眼泪就出来了。杨豌珍见状，知道小梅肯定知道是什么原因，赶紧问她为什么不告诉自己。

"姐，应队长嘱咐，叫我暂时不要说，怕你接受不了。"

"小梅，你告诉我吧，我会正确对待的。"

"姐，应队长也是一片好意，她总有她的道理，你不要问了吧！"

"好妹妹，一个多月来只有你常来和我说说话，你要不说，我向谁问去？"

"我答应过应队长，姐你别让我为难。"

"可如果我连自己为什么被关在这都不知道，就这么糊里糊涂地活着，哪还像个人过的日子？"

"姐……"

"如果就这样下去，真比掉进油锅还难受。"

"姐，你别说了，呜呜……"

五

小梅回去后，杨豌珍感到浑身乏力，她往床上一躺，整个身子像瘫了似的。她苦苦思索着，是谁存心跟我过不去，这个人的心为什么这么毒？

杨豌珍怎么也想不通，自己处处洁身自好，时时守身如玉，连李松林都没让碰一下，到头来却戴了顶淫妇的帽子。更可气的是，这件事和贪污粮食的情况不一样，有口也难说得清。我早上起来盼着"下楼"，可现在即使下了楼又能怎样，叫我怎么见人？

杨豌珍从中午想到晚上，又从晚上想到黎明，怎么也睡不着。她饭不思茶不想，精神恍惚，越想越觉得自己太委屈了，不明白为什么会落到这一步，做人还有什么意思。哎，人的一生不过是到世间来旅行一次罢了，旅行时间总会有长有短，一岁是个死，一百岁也是个死，老人们常说"出生死起死到老，早晚都是见阎王"，既然如此，倒不如早日脱离红尘，也省了许多烦恼。

既然怨无处诉说，恨无法排解，杨豌珍打定主意：芳魂一缕随风去，冤气三千影无踪。

想到这里，她从床上一跃而起，打开小旅行袋想找根合适的绳子"上路"，可翻遍整个袋子也没找到。在房间里搜搜，终于在墙角翻出一双丝袜，拎在手上看看长度也差不多，就把两只丝袜打了个结当绳子，想用它来了结自己的生命。打着打着却闻到袜子有股异味，想起林黛玉尚能"质本洁来还洁去"，觉得自己清清白白的一个姑娘，不能用脏袜子送去见阎王爷。于是扔掉袜子，又把旅行袋的衣物全倒了出来，发现里面有一条白色的围巾，觉得这个不错，长度也够，就在围巾上打了个牛桩结。

杨豌珍住的房间是生产队的一间仓库，仓库门旁的柱子上有个铁钉子，她踮着脚一举手正好能勾着，心想这钉子高度正好，大概是专为我准备的，那就定在这里吧。

杨豌珍找来三块红砖，先站上去把围巾的一头捆在铁钉子上，再把牛桩结的扣子套在脖颈上。准备好了，她打量着仓库四周，默默地说："再见了！"接着，闭上双眼，使劲一蹬，踢翻了脚下的红砖……

杨豌珍踢掉红砖身体便下沉，牛桩结迅速收紧，勒住了喉咙，她顿时感觉气短胸闷，红舌外吐，即将失去意识的一瞬间，双脚却着了地，慢慢的，也缓过气来了。

原来这围巾是毛线织成的，一受力就伸长了许多，人往下一沉脚便落到了地面上，再说这围巾也太粗，勒不紧脖子，关键时候没能"发挥作用"。

杨豌珍想，为什么会这样，难道我还有什么事需要去完成？

她想呀想，忽然想到自己太粗心，都没跟李松林交代清楚，一个字也没留下只顾自己去了，到时他该有多伤心？

于是她松开牛桩结，拿出纸笔趴在床上就给李松林写遗书，说明自己是清白的，作出这个决定也很委屈，但有口难辩，说不清道不明，不得不走，希望李松林能原谅自己。她还要求李松林回来后把自己埋在那片松树林里，就是两人约会的"老地方"，那棵裸露着很长一段树根的大松树的一侧。

写好遗书，心事已了，她打算再次去阎王殿报到。可这围巾太不中用，得另找个合适的东西。她在屋里四处翻找，却什么都没找到，干脆把围巾拿过来拆成毛线，再搓成小手指头粗的毛线绳，心想这毛线绳的伸缩力小多了，应该不会出现刚才的情况了。于是她又按照老办法，把牛桩结扣子往脖子上一套，眼一闭腿一蹬……

这第二次向阎王殿报到，还是被阎王爷"拒收"了。

原来，当她踢翻红砖、身体往下坠时，毛线绳断了。一来因为这毛线绳不够粗，二来这围巾是杨豌珍上小学时外婆送给她的，有些年头了，老毛线一受力就断了。

杨豌珍一时没缓过劲来，她觉得很奇怪：难道我还有什么该做的事没有做？哎呀，你看我这个人多大意，差点害了一个人！杨豌珍想的是，应娟娟是工作队队长，她负责的队里要是出了人命，领导肯定得追究她的责任。其实娟姐工作很认真，对自己也不错，我可不要害了她，我得写几句话把事情交代清楚，说明自己的死跟娟姐无关，都是诬陷我的人逼的。

写好第二封遗书后，杨豌珍决心再次向阎王爷报到。那既然毛线绳不结实，还得再找找有没有其他的东西可利用，于是又在屋内四处寻找。就不信偌大一个仓库里连一根绳子都没有！可绕了两圈只找到了一小圈细铁丝，铁丝拉直后有两米来长。杨豌珍把毛线绳接好后，再把细铁丝缠上去，这样就成了一根金属绳了。她怕金属绳还不够牢固，用脚踩住绳子的一头使劲拉了拉，感觉这次应该没问题了。于是她又把牛桩结的扣子套上了脖子，心想，这一回真是要永别了，明年的今天就是自己的周年，三魂渺渺归地府，六魄幽幽别世人，我的命就到这了结吧！想着想着，不免有些伤感。她泪汪汪地又扫视了一下仓库四壁，然后闭上眼睛，踢翻了脚下的砖头……

也许杨豌珍真的命不该绝，这一次她还是没死成。

只因这柱子上的铁钉是生产队分农副产品时挂秤钩用的，秤杆秤砣合起来的重量也不过十斤左右，所以钉子扎得也不深。如今杨豌珍全身的重量都挂了上去，铁钉子扛不住，反被拽了下来。

待双脚第三次落了地，杨豌珍呆呆地想：我这个人到底算是块什么料？当官要有组织才干，我不行；发财要有经济头脑，我也不行；想早点去见阎王爷总可以自己说了算吧，为什么也是一而再再而三的失败？她感到不可思议，下意识地又想，难道我还有什么事没完成？

她苦苦思索着，终于发现自己确实还有许多事情要做，而这些事光写几份遗书是不行的。

都说养儿为防老，阿爹阿妈和婆婆的年纪越来越大，身体越来越弱，他们需要晚辈去照料；松林人在边关，他需要我的陪伴，我也答应一辈子陪着他，白头偕老；记得初中毕业时我五门主课全是五分[①]，阿爹拿着成绩报告单说，你爷爷在地下知道了该有多高兴啊；我向老师承诺过，要回报学校领导对自己的关心……这么多事我都还没做，要是现在就撒手人寰，对得起谁？我该尽的义务还没尽，许下的承诺也还没兑现呢。再说那个污辱我的人还不知道是谁，就这么不明不白地走了，真是做人不明白，连做鬼也不明白呀。

想到这，杨豌珍才发现自己义未尽恩未报，冤未明情未了，怎么能一走了之。为了一时的不白之冤就想不开？自己实在是太糊涂了！

佛书上说"一念天堂，一念地狱"，生死即在一念之差，杨豌珍终于从奈何桥边返了回来。她要去履行应尽的义务，要去兑现曾经的承诺，还要去找到那个诬陷自己的人。于是，她镇定地解开牛桩结，撕毁了遗书。

---

①五分：当时学习苏联，对学习成绩采取五级计算办法，二分以下是不及格，三分为及格，95分以上算五分。

六

小梅听说没让豌珍姐"下楼"的具体原因后，更是气得一夜没合眼，她坚信豌珍姐的为人，这分明是有人向她泼污水。那么谁会这么歹毒？思来想去，想到一个人，认为这份所谓的揭发材料一定跟她有关。

第二天上午，小梅去找应队长，要揭发写假举报材料的人。应队长去公社了，小梅就赶到公社找。一到工作队办公室，发现只有刘正伟一个人在那儿。刘正伟也是"四清"工作队队员，担任工作队文书。

刘正伟一见是小梅，便问："你有事？"

"气死人了，应队长在哪？"

"应队长和宋书记他们有事在商议，你等一会吧。"

"哎呀，真急死人了！"

"看你急得那个样，什么事，对我保密吗？"

小梅知道刘正伟和大哥是战友，就说："我是为豌珍姐申冤来的。"刘正伟说："你的口气不小，申冤要用证据，你有什么证据证明豌珍是冤枉的？"

小梅告诉刘正伟，杨豌珍的两份揭发材料可能是同一个人写的，而且都是无中生有的诬告。刘正伟听后认为不管几个人所为，人家写揭发材料是允许的，甚至是提倡的："你说人家是诬告，可得有证据才行。"

小梅不服气地说："那她也得讲事实，不能胡编乱造地瞎说一通吧。"

"当然不能瞎说一通，但你怎么断定人家在胡编乱造？"

"她一个外大队的人怎么知道豌珍姐贪污粮食？现在又有人说豌珍姐生活作风不正，我估计也是那个人干的。别说豌珍姐了，那我二哥也不是这样的人呀，完全是胡说八道！"

刘正伟道："小梅，你说的或许不错，但是说话有理还得有据，不能用推理的方法来下结论。"

"当然不能只凭猜想！"小梅说。

刘正伟一听，觉得小梅应该掌握了什么凭据，就问道："小梅，你的证据是什么，能不能告诉我？"

小梅就把丽花揭发杨豌珍的"废纸"拿了出来，说："就是这个'革命群众'把豌珍姐害苦了。我敢断定，说豌珍姐生活作风不好的人也是她，这样的'好事'，说了别人能对得起她吗？"

刘正伟接过来一看，字体有点眼熟，似乎在哪见过，但一时又想不起来。他看着那字迹苦苦地思索着，一声不吭。

小梅告诉刘正伟："我都找到写假材料的人了，你说，这可是证据？"

刘正伟问她："写材料的人是男的还是女的？"

小梅说："是个女孩，脸蛋倒是很光鲜，但良心却被狗吃了！"

刘正伟听小梅这么一说，忽然想到了一个人，他轻声问小梅："这份揭发材料难道是丽花写的？"

小梅一听，两只眼睛瞪得大大地望着刘正伟说："呀，正伟哥，你怎么给猜着了，当过兵的人真厉害！"

"这跟当没当过兵无关，丽花的字我本来就熟悉，我跟她同桌学习长达两年，自然认识，但没想到是她。"接着，他问小梅另一份材料可有证据。小梅说："证据倒没有，但我猜也是她写的，别人不会干这么缺德的事。"

刘正伟略微思考了一下，对小梅说："这样吧，我们现在去找应队长他们，把你那份材料带上，让他们看看。看看这份材料和揭发豌珍作风不正的那份材料上的字体是否出自同一人之手。如果是同一个人写的，那真相就昭然若揭了。如果不是一个人写的，倒也不好随便下结论，但也没必要再往丽花身上考虑。"可小梅还是坚信这事除了丽花不会再有第二个人。

刘正伟带着小梅来到党委会议室，见宋队长、应队长、李书记、老李村长都在。他把应娟娟喊出来，向她说明了来意。

应娟娟说："我们就是发现两份材料是同一个人写的，才特地叫李书记他们过来，分析分析到底是谁写的，好尽快破了这个案，可他俩也认不出是谁的笔迹。"

刘正伟把小梅带来的材料递给应娟娟，应娟娟一比对，发现三份材料上的字迹相同，就问小梅这份草稿的来历。等小梅把过程讲完，她不禁眼睛一亮，但没动声色，只平静地说："小梅，这样吧，你把这份材料留下，让我们参考一下再说。你回去后马上到豌珍那儿去一下，告诉她想开点不要着急，要相信我们一定会还她一个清白的。"

七

丽花哭哭啼啼地跟李二林纠缠了半天，终于得到了他的谅解。正打算回家，刚出门见小梅放学回来了，便打招呼："小梅，你放学了？"

小梅却说："你是谁，我不认识你！"说着扭头进了屋，"砰"的一声把门关上。她一进屋看见李二林就说："二哥，你堂堂七尺男子汉怎么这么窝囊，这样的女孩你还跟她交什么朋友！"

"小妹，你听我说……"

"我不听，你怕找不到老婆呀？要我说啊，宁可打八辈子光棍，也别理这类女孩。"

李二林说："小妹，你听我把话说完。丽花向豌珍姐泼脏水又波及我，我能不生气？我俩都吵了半天了，我叫她滚，从今天起别再来我们家了，离我越远越好。她一边哭一边说自己确实错了，但对我的感情始终没变，如果连我都不相信她，不能原谅她，这世上她还能跟谁说上话。这样的话，她活在这个世上就没意思了……"

小梅打断二哥的话："死了倒也干净，省得再去坑害别人。"

李二林继续说："我告诉她永远不会原谅她，永远不想再见到她。丽花听了哭着问我'你真的不愿谅我，你讲的是气话吧？我对不起豌珍，但对你可是真心的！'我告诉她你真心也好，假意也罢，反正从今天起我俩一刀两断，井水不犯河水。你走你的阳关道，我走我的独木桥。丽花听了不声不响就往外走，一直走到村口也没再回头。我看她神情不对，怕真出点什么事，才赶上去把她拉了回来。"

"那你还打算娶她吗？"

李二林低着头，既没说娶，也没说不娶。

"二哥呀二哥，我做妹妹的本不该说你什么的，难道除了她天下就没别的女孩了？唉，都说狐狸精会迷人，哪想到这狐狸精今天迷到我们家来了！"

"小妹，你是不当家不知柴米贵，站着说话不嫌腰痛呀。"二林说："自阿爹去世后，家里的经济状况大不如前。阿妈又总是愁眉不展的，身体也大不如前。你要上学，大哥又在部队，家里什么事都得我一个人扛着。"

　　说到这，李二林叹了口气："二哥我虽叫二林，但现在独木不成林，单丝难成线。我也没啥本事，马瘦毛长，人穷志短，没那个条件去箩里挑花了。金无足赤，人无完人，是人总会有缺点的，以后可以慢慢改，只要她是真心对我的就——"

　　小梅再次打断李二林的话："这狐狸精真有福气，能碰上你这样的男人，真是幸运。唉，鱼找鱼，虾找虾，王八找鳖做亲家，这也没什么奇怪的！"

　　李二林听妹妹说出这种话来，也生气了："什么鱼虾王八的，你把我当作什么人了！是的，我没法跟大哥比，他是军官，我是个修地球的。但修地球就该低人一等呀，我一不偷二不抢，只靠两只手劳动，种庄稼吃饭，谁碍着谁了？"

　　小梅见二哥动了气，觉得自己刚才的话出了格，伤了他的自尊心。她知道二哥为人忠厚善良，又肯吃苦。现在家里的担子都落在他一个人身上，确实也不容易。二哥才二十岁，还是根嫩竹扁担哩，却挑了这么重的一副担子，也真难为他了。想到这，小梅的眼眶有点湿润，就对李二林说："二哥，我刚才讲的都是气话，但我也是关心你，丝毫没有轻视你的意思。"

　　李二林没吭声，他心里还是有气。

　　小梅接着说："你和大哥都是好样的，街坊邻居都夸着呢，说老李家前世不知怎么修的，两个儿子都很成器。阿妈也对我说过，你当时读书时成绩也很好，老师可喜欢了。但是家里经济困难，才没让你继续升学。老师上门来动员，还怪爹妈眼光浅。你如果去上中学，八成也能考上二中，虽说不一定也像大哥那样去当军官，但当个村长、乡长这样的干部也是有可能的。"

　　李二林听到这，心中的气才慢慢散去。他接过话对小梅说："小妹，你想想，有现成的姑娘真心对我，我又何必再求爷爷、告奶奶地托人牵线搭桥呢？再说了，别人帮忙介绍的女孩子，能保证一定比丽花好吗？"

　　小梅不想再跟二哥对着干，只好点了点头。

　　那天，搞清了写杨豌珍揭发材料的人就是丽花后，应队长把丽花找去，问她为什么要一次次陷害诬告杨豌珍。

丽花说是因为自己爱上了李松林，杨豌珍却把李松林给夺走了，自己气不过，想报复一下，一时糊涂犯了错误。

应队长严肃地说："丽花，你这种行为不但让杨豌珍不明不白受了委屈，也严重干扰了我们的工作进程。这不是一般的错误，而是违反了法律，是要承担法律责任的。"

丽花听到这里，才意识到自己错误的严重性，眼泪噗嗤噗嗤掉了下来。她希望应队长宽恕自己，并表示自己一定改正，会重新做人。

关于如何处理丽花的问题，区委宋副书记有个具体意见："四清运动"主要是纠正干部队伍中存在的问题。对群众批评干部时存在的问题一般不予追究为好，否则会偏了方向，不利于进一步发动群众。但要让丽花同志充分认识到自己错误的严重性，向杨豌珍同志认个错，得到她的谅解。

根据这个精神，应娟娟说："鉴于你还年轻又是初次犯错，我们给你一次机会，不再追究你的法律责任了。不过有个前提，你必须向杨豌珍同志认错，她认为你态度端正，并原谅了你，我们就可以不予追究。如果杨豌珍不原谅，我们就得按正常程序来处理了。"

丽花怕坐牢，连忙满口答应，表示会当面向杨豌珍认错，求得她的谅解。

从应队长办公室回来，丽花就开始考虑怎么跟杨豌珍道歉。她左思右想，觉得当面向杨豌珍认错实在太掉价了。毕竟是同班同学，又是同行，现在要自己跪在她的面前，用热面孔去贴她的冷屁股，实在放不下面子。但不认错是过不了关的。思考再三，她想出了个办法，就写了封检讨信交给李二林，让他向杨豌珍求个情。丽花估计杨豌珍不看僧面也会看佛面，一定会给李二林这个面子的。

李二林并不想帮这个忙。丽花说："二林呀，我求求你帮我一把，也只有你能帮我了。反正我早晚是你的人，我给你跪下了，但我无论如何不能跪杨豌珍，跪她我会一辈子抬不起头来的。"

李二林头摇得像拨浪鼓："我不管，你当初怎么不想想会有什么后果？"

丽花说："我当时昏了头，哪会考虑这么多，我求你了，你总不能看着我去北门头监狱吧？

李二林拗不过丽花，只好答应去试试。

杨豌珍对丽花确实憋着一肚子的气，她尤其不能原谅丽花污蔑自己有生活作风问题。你说我哪个方面不好都可以，千不该万不该在生活作风方面胡编瞎说。这样的事怎么能信口雌黄？对一个女人来说，这可是比小偷小摸、贪污钱粮更见不得人的事。自己时时洁身自好，可羊肉没吃着，却引来满身的羊膻味，自己为这还差一点走上了绝路。

杨豌珍怎么也想不通，丽花为什么要这样挖空心思地诬陷自己，真恨不得咬她几口。

李二林把丽花的检讨书交给杨豌珍，红着脸对她说："姐，我知道我不该为丽花求情的——"

豌珍打断他："二林，我不是不想给你面子，要不是我命不该绝，我想给你面子也没机会了。"

"豌珍姐，我完全理解你的心情。为了这个事，我也气得两餐饭没吃。我生气不是因为这事牵涉到我，是为你受屈难过。我让小梅去看你，劝你别搭理这些谣言，想开点……"

杨豌珍面色有所缓和，点了点头说："这我知道。"

李二林接着说："没想到这竟然是丽花惹出来的事，我气得打了她两巴掌，横下一条心跟她一刀两断……可是，可是我没能做到。"

杨豌珍说："爱美女也许是男人的共性，丽花确实长得楚楚动人，难怪你放不下。"

"也不全是你说的这个原因。那天我把丽花打了，以为她会大闹，但她只是坐在里屋哭。哭好就起身给阿妈洗头去了。阿妈最近精神不大好，可到丽花面前总是心平气静的。我觉得家里现在正需要人手，这个家需要丽花，有她在也能给你减轻点压力。"

豌珍又点了点头，她是个心地善良的人，见李二林这样求情，又讲得很实在，就不想再这么僵持下去了。丽花毕竟还年轻，真要把她送到北门头，以后还怎么做人，既然她知道错了，那就算了吧。

话说回来，丽花的检查实际上并不诚恳。虽然纸面上写明她是因为个人情感问题，才对杨豌珍进行打击报复，但另外一个原因她没有写在纸上：她看上了杨豌珍担任的会计工作。她怕以后嫁给了李二林，要离开娘家，本村的会计就干不成了，可李家舍村的会计杨豌珍在干着。论业务水平，自己和杨豌珍不分伯仲，但她在这里工作多年，人缘又好，只要她在，自己就甭想在这做会计了，所以必须想法把她拉下马。

她精心炮制的第一份揭发材料没能起作用。村里一查账，得出的结论是粮油出入账目清清楚楚，没有丁点差错。真是偷鸡不成蚀把米，不但没能扳倒她，反而帮她立了块功德碑，让大家都知道了她是个既精通业务又清正廉洁的好会计。

丽花不甘心就这样以失败告终，又想出了一条更阴险的计谋：作风问题。丽花想，只要杨豌珍生活作风有问题这事一传出去，横竖都无处查证，就算杨豌珍有千张巧嘴也无济于事，真是跳进黄河也洗不清。到那时，会计这工作就非我丽花莫属了！

之所以要说杨豌珍生活作风不正，还有一个原因是要报复一下李松林。李松林居然看不上自己，真是太伤人了。无论身材容貌，还是业务水平，我哪一点比不上她杨豌珍？对这样无情无义的人，我就是要送他一顶帽子，要他变成十三块六角①。

丽花觉得这是个一箭双雕的好计谋。哪想到精心设计的两套方案非但都落了空，还差一点去了北门头，心里怎么也平静不了。

八

杨豌珍终于"下了楼"。虽说受了些委屈，但最终落了个清白，这比什么都重要，想到这，心里多少感到几分宽慰。

小梅告诉她："外婆②来过好几次了，都没见着你，快急疯了，都说

---

①十三块六角是乌龟的代名词。乌龟甲背上有不规则的花纹，把甲壳分成了十三块；而乌龟整个甲壳外形有六个钝角组成，故称为十三块六角。而这里的人们俗称：妻子红杏出墙的男人为乌龟。

②外婆：外婆当然是妈妈的妈妈。但农村中受旧社会女人地位低下的影响，女人们在称亲家的长辈女性时，往往把自己压低一辈称呼对方。有些老婆婆甚至压低两辈。如书中对豌珍的妈，小梅叫阿姨即可，但她却叫她外婆以示尊敬。小梅的妈与豌珍妈是同辈，却也与小梅一样叫外婆，似乎降了二级。不过小梅妈其实也不吃亏的，因为反过来豌珍妈叫小梅妈，也会降两辈称她阿婆的。

'下楼'了、'下楼'了，就是不见人回家。你赶快回家去，也好让她老人家放心。"

杨豌珍问小梅："妈的神志清爽些了吗？"小梅催她："先回去看外婆要紧，阿妈有我和二哥在。"于是，杨豌珍便匆匆回家看娘去了。

豌珍妈见了女儿还没说一句话，先抱着她哭了起来。哭毕，她用长满老茧的手抚摸着杨豌珍的脸，又理了理女儿的刘海，心痛地说："豌豌，侬黑多了，也瘦多了，是哪个有爹娘生、没爹娘教养的诬告侬，害得侬平白无故地关了这么多日子。告诉吾，阿妈去骂他一顿。侬拉年轻人拉不下面子吵架，吾这张老脸还怕啥，好好骂他几句为侬出出气，也好让街坊邻居晓得晓得他是个什么货式！"

杨豌珍要妈不要管自己的事："不管是谁说的我们都不提它了，就当这事没发生过，早点忘记就好了。"

"豌豌呀，侬就是太大善了。俗话说，马善受人骑，人善受人欺。做人太善良了也是要吃亏的。"

杨豌珍告诉阿妈："吃点亏就吃点亏吧，反正组织上已帮我查清楚了。再说我又不是小孩了，怎么还要您再为我的事去操心。"

第二天，杨豌珍回李家舍村上班，她比平时早到了些，想先去看看婆婆。本以为婆婆见到自己也会像阿妈一样迎上来，谁知她见到自己反而不像以往那么亲热了，表情淡淡的，什么话也没说。

杨豌珍感到有些纳闷，心想婆婆怎么啦，好像换了个人似的，难道不认识我了？就笑容满面地迎上去说："妈，您这么早就起来了？"

"小梅，侬还没上学去？"

"妈，我不是小梅，我是豌珍呀！"

"侬是豌珍，侬真的是豌珍？"

"是呀，我真的是豌珍。"

"侬勿是，豌珍坐牢监去了。"

杨豌珍听到这，心里一阵发酸，眼泪也控制不了了。她听小梅说，公爹去世后，婆婆经不起打击，精神老是恍恍惚惚的，再加上为自己的事担忧，精神更不济了，只是没想到她居然连自己都认不出来了。杨豌珍说："妈，您听错了，我没去坐牢，我是在那里学习文化呢，现在学习期满回来了。"

"侬真的是豌珍？"李大妈似乎想起了什么，她走过来用手去拨拉豌珍右耳朵边的头发。

杨豌珍见状，内心一阵激动，心想婆婆终于记起我来了！

原来，有一天，杨豌珍洗头发时，李大妈帮她往头上淋水，发现她右耳朵后面有颗比绿豆略大一点的黑痣，就说："豌珍，侬格耳朵边有颗痣，这是耳环痣。下次吾给松儿说说，让他在青岛格大商店里买一副顶顶漂亮格耳环给侬戴上，侬看上去就会更美了。"

今天婆婆来拨拉自己耳边的头发，一定是想找自己的那颗痣。果然，李大妈说："豌珍，侬真格是豌珍。"

杨豌珍一把抱住她，大声说："妈，我就是豌珍！"

李大妈终于恢复记忆了，杨豌珍激动极了，她忍不住兴奋地在老人的脸上亲了一口。

可李大妈却一把推开她，正色说："花花，侬这是在干什么？吾勿是二林。"

丽花经常这么亲二林，还被李大妈看到过，她就以为现在站在面前的人是丽花了。

杨豌珍知道婆婆不习惯这种表达方式，但也不至于把自己看作丽花呀，看来她的病要完全恢复很难，心情又沉重起来。

李大妈离开杨豌珍自顾自往外走，一边走还一边念叨着："松儿，侬格阿爹走这介许多①日子了，侬也不来看看吾，侬回来后别忘了给侬阿爹坟头培点土，旁边再种上一棵松树苗苗陪着侬阿爹，侬晓得吗，侬格阿爹一个人多少冷静多少可怜呀……松儿，松儿……"

九

李二林今天的任务是去生产队收割小麦。吃完早饭，他拿了把镰刀正打算出发，大队老李村长走了过来，神情肃穆地说："二林，今天你别去队里干活了，等一会我们和豌珍一起到公社去。"李二林有点不明白，

———

① 介许多：土话，这么多或这么长。

到公社干什么，我可从来没去公社开过什么会，于是问："大哥你没搞错吧，叫我去公社干什么？"老李村长停顿了一下，表情严肃地说："这事公社人武部长叫我先不要告诉你们，但瞒是瞒不住的，反正豌珍还没来，我先给你透个信，你可要有个思想准备。"

李二林想，是不是有什么大事和自己有利害关系，难道是丽花的检查不深刻没通过，要追究法律责任了？就说："大哥，是丽花的事吧，我也知道她检查欠诚恳，那就叫她再检查检查，你也找她谈谈话，帮助指点指点。"

老李村长说："要单是丽花的事那就好了，二林啊，你哥出事了。"

"我哥犯错误了？不会吧，他做事不像我，一向很稳重的呀。"

"犯错误也是可以改正的，问题是……松林没犯错误，还立了功呢……是他人不在了！"

李二林一下懵了，他呆呆地站着一动也不动，手里的镰刀掉地上了也不知道。老李村长见状，伸手拍拍他的肩膀，说："二林，你镇定点，等一会豌珍来了，先别告诉她，到公社后再说比较妥当。"

李二林木讷地点了点头，嘴里不断嘀咕着：传错了吧？肯定是听差了。

两人正说着，杨豌珍来上班了。见老李村长和李二林在说话，就说："你俩在一块挺难得呀，在商议什么事吗？"。李二林见了豌珍真想号啕大哭一场，但强忍着没出声，只是眼泪管不住，直往外流，他怕杨豌珍看见，赶紧转过脸去擦。杨豌珍看到，问他的眼睛是怎么回事。

李二林倒也机灵，赶紧回答道："真倒霉，大清早去河埠头，眼被树杈划了一下。"老李村长也接上说："二林，我看你的眼划得不轻，等一会到公社卫生所找医生看一下才能放心。"李二林强抿着嘴点点头。

老李村长转过脸，故作轻松地对杨豌珍说："公社捎信来，叫我们两人上午去公社一趟，具体没说干什么。一会儿我们就出发，二林干脆也一起走。"

一路上，老李村长问了杨豌珍一些工作上的情况，杨豌珍逐一汇报了。

老李村长说："豌珍，近两年来，你遇到了许多磕磕碰碰的事，但你很坚强，都挺了过来，不容易啊。"

"李村长，因为有领导支持，坚持实事求是，我才能挺过来。当然还有家人的关心，小梅每次送换洗衣服时，都告诉我要坚强些，说守得云开见明月，风雨过后现彩虹，事情总会有水落石出的一天。说实话，我也不是个凡事都能想得开的人，有时也气得不行，还想过一死了之。不瞒您说，我还给松林写了封信，说了自己的委屈。可信写好后我又想，这样做不对呀，我死了不但对不起生我养我的父母，也对不起松林。松林是真心对我的，我俩谁也离不开谁，他需要的不是一封绝笔信，是我这个人。想到这，我才打消了死的念头。以后松林回来了，我还要跟他好好说说这事。他是最了解我的，不管别人泼多少污水，他是绝不会相信的。松林就是最好的'法官'，他一回来，就能说明一切，还我清白，所以我才把遗书撕了个粉碎。"

李二林听到这里，再也忍不住了，双手捂着脸"呜呜"哭了起来。老李村长见状，忙说："二林，我知道你的眼疼得难受，但你得忍一忍，无论如何要坚持到公社，去卫生所看一下再说。"

嘴上这么说着，老李村长自己也开始难过起来。可不是吗？别说老李家十几位堂兄弟就数李松林最聪明，就是全村的青年里他也是出类拔萃的。他做什么事都很认真，事情交给他，是谁都放心。松林到了部队，四年多时间立了两次功，首长器重他，把他作为重点人才进行培养，这是整个李家舍村的骄傲。可现在人说不在就不在了。

老李村长压抑着自己的感情，对杨豌珍说："豌珍，你刚才说得没错，不管遇到多大的事，都要冷静，人生的道路总是坎坎坷坷的，不是说天有不测风云，人有旦夕祸福吗？。不幸的事要真降临到我们头上了，不管多大，都得面对现实向前看，一个劲钻牛角尖也于事无补！"

听着老李村长的话，杨豌珍有点疑惑，不清楚他今天为什么要给自己讲这么些道理，但又不好问，就点点头作为回应。

三个人来到公社，早有人在大门口等着。应娟娟把杨豌珍迎进了妇联办公室，武装部长把老李村长和李二林叫去了。

应娟娟招呼杨豌珍坐下，小心地问："今天叫你来，老李村长没跟你说具体因为什么事吧？"

杨豌珍回答道："具体什么事没有说。但一路上，老李村长讲了不少道理给我听。想想这一年多来，公爹去世，婆婆染病，自己又遭不白之冤，这一路走过来确实也够坎坷的了，好在我都挺过来了。今天听老李村长说的那些道理，我心里又多了好多感慨，今天找我来，希望不是因为这类的事了。"

应娟娟听了心里暗想，豌珍呀豌珍，你真是聪慧过人，一听锣鼓声就知道要唱哪出戏。但今天这出戏该怎么开场还真难倒我了，直接说吧，怕杨豌珍一时接受不了，可不直说又不行，于是说："豌珍，老李村长的话不会是无的放矢，应该是有所指的吧……"

杨豌珍听应娟娟话中有话，心中有种不祥的预兆，立刻问："娟姐，这么说你也知道另外有事，到底是什么事，谁又在背后诽谤我？"

应娟娟说："如果有人诬告你反而不要紧了，组织上对你还是了解的……"

"那还有什么事？"

"豌珍，我告诉你，你可千万要撑住啊！"

杨豌珍一听，知道事态严重，心里不禁一沉，不知该怎么回答了。她瞪大眼睛望着应娟娟，见应娟娟脸色凝重，就说："娟姐，你——你告诉我吧，到底，到底发生了什么事？"她的声音在颤抖。

应娟娟长叹了一口气，说："豌珍，我不愿告诉你这个消息，但又不得不告诉，你一定要挺得住。松林，他——"

一听到"松林"这两个字，杨豌珍一下弹了起来。从李松林赶赴援越抗美的战场后，自己老惦念着他的安危，觉都睡不踏实，这段时间还老是做噩梦。现在心里一直害怕的事是不是真的发生了？她的心被揪了起来，疯狂地跳动着，快跳到喉咙口了。她打断应娟娟的话，急切地问："松林，怎么啦？他在前线受伤了，伤势怎么样？"

应娟娟看杨豌珍急成这个样子，不知接下去的话该怎么说。她低下头，擦了擦泪水没吭声。杨豌珍见状知道事情不妙，赶紧来到应娟娟面前，用力推推应娟娟的肩膀："松林他怎么啦，你快说呀！"

应娟娟一把抱住杨豌珍，泪水涌了出来："豌珍，松林他——他——牺牲了！"

听了这句话，杨豌珍感觉被落地的闷雷穿透了全身，顿时霹雳雳天旋地转，哗啦啦墙倒屋塌，冷飕飕知觉全无，迷茫茫灵魂出壳。

　　杨豌珍全身的骨架散了，分不清南北东西，整个身体直直向下倒去。应娟娟赶紧抱住她，把她扶到竹椅子上坐下。杨豌珍靠在椅子背上，双眼睁得圆圆的，眼珠子一动不动，嘴也张得大大的，却什么话也没说。应娟娟使劲摇着她的身体，一边摇一边喊："豌珍，你醒醒，豌珍，豌珍！"隔壁的人武部长、老李村长和李二林闻声都赶了过来。

　　老李村长仔细查看了杨豌珍的情况，说："豌珍这是过度悲痛晕过去了，应该不会有生命危险的。二林，你去找条毛巾，先用凉水给她擦擦脸再说，不行的话就送医院。"

　　应娟娟示意里屋有毛巾，李二林拿过来用水沾湿后递给应娟娟，应娟娟接过给杨豌珍擦拭前额和太阳穴。擦着擦着，杨豌珍的眼珠动了，大家这才稍稍松了口气。杨豌珍怔怔地看着大家，想起李松林牺牲的事，跑到里屋号啕大哭起来："这是真的吗？松林，你真的走了吗？一句话也没给我留下吗？我们不是约好七月七在青岛相会吗？松林……"

　　杨豌珍哭着哭着便没了声息，应娟娟他们赶紧把她抬到床上，想让她休息一会再说。

　　昏昏沉沉地，杨豌珍不知道自己来到了什么地方。只知道这是一片苍翠的松树林，一条小河从林边流过，淙淙的流水声似泣如诉。她不想听这悲戚的声音，便往林子深处走去，看到一棵松树的根裸露在地面上，一个男子坐在树根上独自垂泪，仔细一看，竟然是李松林。

　　"松林，你怎么在这儿哭呀？"可是李松林没说话。

　　"松林，我是豌珍，你怎么不说话，难道你不认识我啦？"李松林仍然没反应。

　　杨豌珍觉得很奇怪，松林怎么对我这么冷淡？便追问他有什么心事，可李松林还是不讲话。

　　"你倒说话呀，我正听着呢，为什么不开口？"杨豌珍有点着急了。可李松林用手指了指自己的喉咙，示意她自己不便说话。

　　"你不讲我也知道，你是不是牵挂生病的妈妈？"李松林点了点头。

　　"你放心，我会代你尽孝的。你还有什么放不下的？"李松林用手从上向下比划了一下，杨豌珍明白他不放心自己的弟弟妹妹，便说："这你也放心吧，我会像对自己的弟弟妹妹一样对待他们的。不管我人在哪里，身在何方，都不会不管他们的。"

杨豌珍说完，发现空中飘来一朵莲花状的白云，李松林站起来向杨豌珍行了个军礼，就站到云上向西飘去。杨豌珍忙喊："松林，我还有话，松林，你等一等呀，松林……"

应娟娟一直守在杨豌珍床前，见她嘴里不时念叨着"松林"，已经醒来了，就端了杯水，对豌珍说："豌珍，你累了，先喝点水吧。"

杨豌珍定睛打量了下应娟娟，知道刚才跟李松林在小树林的见面只是一个梦，心中一阵悲切，又呜呜哭起来。

十

李松林入越作战前，就已经非常熟悉仪器和火炮的主要性能了。到达援越抗美战场后，他先去指挥排"蹲点"，基本掌握了指挥排的运作体系，又去雷达排巡视过几次，了解那里的情况。雷达排有"八大员"，能理清他们之间的运作规程，"毕业论文"就好写了。

这天，远方雷达传来军情，距离九连阵地四十公里，方位4500，有敌机相向而来。警报一拉响，九连的炮瞄雷达立刻开机搜索目标。可才搜索了十几秒钟，雷达阵地就遭到了导弹袭击，两枚导弹威力巨大，阵地上一片狼藉，我军伤亡惨重，"八大员"、雷达排长、副连长李松林等十人全部壮烈牺牲。

这是一次重大的损失，自我军入越以来，这还是第一次发生没开火便牺牲这么多指战员的事。接下来的几天，这样的事在其他兄弟部队又接连发生，过去还没发生过这种情况。

按照往常的经验，敌方导弹袭击我方雷达阵地前，先要测出我方雷达阵地的具体方位，即东经和北纬的交叉点，而后对准这一交叉点再发射。根据导弹发射的这个特点，我军刻意拉开了火炮、仪器的距离。当炮弹发射完毕，马上把雷达设施及人员转移到阵地外围。待敌方导弹向我阵地袭击时，我军已离开原地，避开了危险区，只留给对方空地，任他去发泄。

然而这次遭受导弹袭击却出乎人们意料，雷达刚开机才十几秒钟，还没捕捉到对方目标呢，对方的导弹竟然就在我军雷达阵地爆炸了。

这是怎么回事？死去的人死得不明不白，活着的人总得理出个头绪来。

原来，美军新研制成一种名叫"百舌鸟"的新型导弹。这种导弹是一种新式武器，它长三米多，重一百八九十公斤，配有一套自动导航系统，只要收到对方雷达的电磁波，就能立即顺着这道电磁波自行把导弹发射过去，命中率百分之九十五以上，简直成了"雷神下凡，天下无敌"的李元霸[1]，成了我炮瞄雷达的克星。

敌军的导弹从锁定目标到发射的中间环节少了很多，时间也相应地缩短了很多，这令我军陷入了被动。翘起屁股挨打，我军还是初次遇到这种情况，不得不被动应战，因而多次遭受重大损失。以致很长一段时间内，我军的炮瞄雷达不敢轻易开机。可不开机又怎么发现敌机呢？大家开始集中精力想对策。

很快，有人发现了百舌鸟的特点，就是尽管看起来力大无穷，其实却呆头呆脑傻乎乎的。原来，百舌鸟导弹探测到电磁波后，会顺着电磁波方向发射，一旦对方雷达突然关机中断了电磁波，已经上路的导弹就会脱扣，进入无目标运动状态，连东南西北都分不清了。掌握了它这个傻劲，我援越部队就跟它捉迷藏，玩起了猫戏老鼠的游戏。每次雷达开机几秒钟后，就适时地关机，中断电磁波，让它变成一只无头苍蝇，失去前进的正确方向，无法对我方军事目标实施有效攻击。

这猫戏老鼠战术立刻让百舌鸟黔驴技穷，失去了当初的威力，发射命中率很快下降到百分之四左右，无形中增大了敌军的攻击成本。

更让美军无法接受的是，没过多长时间，中国军队把百舌鸟导弹的原理应用到自己的导弹系统上，以其人之道，还治其人之身，利用自主研制的导弹回敬了美军，让他们也尝到了中国百舌鸟的滋味。

十一

正是黄梅时节，淅淅沥沥的雨下了一夜。杨豌珍坐在床头，流了一夜的泪。

---

[1]李元霸：《隋唐演义》里的英雄人物，即十八条好汉中的第一条好汉，力大无穷却傻里傻气的。

今天是李松林"五七"。李二林起早买了些荤素小菜，为哥哥准备了一些丰盛的菜肴。豌珍妈、豌珍和小梅一个个哭得天昏地暗，尤其是豌珍哭灵①的悲戚声声，令在场的人无不动容：

啊呀松林哎松林唷，我俩欢欢喜喜去登记（枚），总想白头到老格（的）呀；波罗揭谛你乘鹤西去归了天（枚），叫我咋结煞呀？呕、呕——

啊呀松林哎松林唷，夫妻本是同林鸟（枚），日落西山恋暖巢呀；到如今你却孤孤单单独自眠（枚），我是冷冷清清暗垂泪呀，呕、呕——

啊呀松林哎松林唷，谁不慕少年夫妻老来伴（枚），和和美美到永远呀；你是风华正茂遭厄运（枚），我满头青丝又指望啥呀！呕、呕——

啊呀松林哎松林唷，你约好青岛会面七月七（枚），我是扳着指头佳期待呀；你同枕共眠化泡影（枚），我珠泪淋淋度时光呀！呕、呕——

啊呀松林哎松林唷，（你知）白发亲娘盼儿归（枚），红颜知己等情郎呀；你是口眼不闭牵挂多（枚），我是茶饭不思滋味少呀！呕、呕——

啊呀松林哎松林唷，我日没能为你做碗热汤面（枚），夜没能陪你说句悄悄话呀；我愧为人妻亏待你（枚），满腔柔情水东流呀！呕、呕——

啊呀瘟天哎瘟天唷，你是有眼无珠诛英才（枚），我是芙蓉空对菱花镜呀；我豆蔻年华成遗孀（枚），你的天理公平在何方呀！呕、呕——

杨豌珍哭到这儿，又晕了过去。大家忙把她扶起来，合力抬到小梅床上。

恍恍惚惚的，杨豌珍又一次来到那片松树林，她找到那棵裸露着树根的老松树，却没看到李松林。再往河边找找，发现李松林正在那儿流泪。

---

①哭灵：哭灵的曲调是当地人在送丧时普遍使用的一种哀曲，基本音调和格式是固定的，曲调悲凉凄美。但词语内容根据不同情况哭灵人临时自编。文中"枚"、"格"等字是方言表述中的助语，无特定含义。呀、哎、唷等字是固定式的用字。"呕呕"是悲切的人哭完一段词句后在换气时发出的声音。"咋结煞"与怎么了结、怎么办的意思相近。"波罗揭谛"源自《般若波罗蜜多心经》，原意应是"去吧，去吧，到彼岸去吧"，即到光明世界去。这里的人们把这句话理解成归根到底的意思，含有意想不到的结果。

杨豌珍掀起衣角擦了擦泪水，问松林："好长时间没下雨了，这河水怎么反倒涨了？"

李松林告诉她："这河里流的不是天上落下的雨水，而是你的泪水。"

杨豌珍似信非信，双手捧起河水尝了尝，感觉又咸又涩，还有股小孩子的尿布味，确实是泪水，就说："幸亏妈还不知道你的遭遇，她要知道了，这河水非漫出堤岸来不可。"

"松儿、豌珍，你们不该瞒着我呀！"

杨豌珍一扭头，见婆婆就站在自己身边。李松林双腿一屈跪在地上说："阿妈，孩儿再不能为您尽孝了！"说完竟然化成一缕云烟飘向远方。

李大妈抬头见李松林腾云而去，便说："松儿，我一把屎一把尿地把你拉扯成人，养了你二十三年哪，你只留下这么一句话就走了？"

杨豌珍听了心酸，便高喊："松林，妈生气了，你等一会，别走！"

李松林似乎没听见，径直飘走了。李大妈望着远去的云朵说："松儿呀，你怎么变得这么无情无义？我含辛茹苦把你养大，指望你给我养老送终呢，你说走就走真的不管我了？"说着就号啕大哭起来。

豌珍听了也感到心酸。她没法用《白头吟》去挽回松林，不想借《悲愤诗》来痛骂战争贩子，又没有"梧桐更兼细雨，到黄昏点点滴滴"的表达才能，写不尽《声声慢》来悼念。跟历史上那些著名的寡妇相比，自己与她们境遇相近、伤心一样，"锁峨眉，守空帷，累苦此身"，但论才华自愧弗如，无法像她们那样恰到好处地诉说衷肠，淋漓尽致地倾诉哀思。但豌珍有一颗金子般的心，会发出银铃般的声音。她想，我得劝劝婆婆，不要让她太伤悲，安慰安慰她才对。她赶紧来到婆婆面前劝道：

妈呀妈，

自古忠孝两全难，松林非是不孝男。

乌鸦尚尽反哺义，儿子岂敢忘亲娘。

松林走了豌珍在，我做女儿你做娘。

娘呀娘，

你失娇儿我失郎，天悲地泣人断肠。

魂牵梦萦娘思儿，魄散心碎妻念夫。

人去不会再复还，泣泣悲悲莫过度。

娘呀娘，

豌珍碗里有口饭，不会让娘空着肠。

端午重阳逢佳节，豌珍心里两个妈。

娘有头痛脑热时，抓药端汤理应当。

娘呀娘，

月升自有月落时，寿高总有西归日。

娘若他日成仙去，豌珍亲手来梳理。

素帏白幡设灵堂，披麻戴孝来送行。

　　豌珍劝到这里，婆婆果然停止了哭嚎。豌珍见自己的劝导起了点作用，便把这些话定名为《婆婆慰》，自己也感到些许宽慰。她转身朝向南方，抬头对着蓝天长长地吐了口气，却忽然发现那朵白云又飘了回来，端端地停在前面，并从云端传来一个熟悉的声音："豌珍，谢谢你！""松林，你回来了！"她一激动，从床上坐了起来，才知道刚才与松林只不过是梦中又一次隔空相会。

　　按乡下习俗，"五七"是个大祭祀的日子。老人们说，人死后要去见阎王，每七天拜见一位，总共要拜见十位阎王爷。拜见时得向阎王爷求情，若碰到心善的，有可能会被放回来，所以在前面四个"七"的时候，不做大的祭祀，因为尚存一丝还魂的希望。若前面二十八天没能还阳，后面即使遇到了好心的阎王爷，也不可能回来了，因为尸体都已经腐烂了。所以"五七"才是正式送别逝者的祭祀日。到时候佛、道两家都念念有词地各显神通，和尚诵经，道士击钹，要为死者超度灵魂。这么做有没有实际意义，人们也不大去细探，反正老习惯一时也改不了，大家都这样做，那就随大流吧。不管你信也好，不信也罢，也不必刻意去否定其中的意义。其实，这是活着的人对逝者的一种追思，是一种感情寄托。这样做以后，活着的人觉得对逝者已有了个交代，心中得到些许宽慰，至少这也是意义之一。

　　这一天近亲们都赶到了。丽花也来了，她还不算李家媳妇，所以是以帮忙的名分来的。这忙还真让她帮上了，大家不想把李松林的事告诉李大妈，不想给她雪上加霜，就让丽花扶着李大妈"郊游"去了。

刘正伟和罗金贵作为战友，也特地赶来向李松林作最后告别，顺带也帮忙处理些杂事。

过了"五七"，接下去的"六七"和"七七"就比较随意。到时只需要家人简单祭祀一下即可。尤其是"六七"，连一般的亲眷都不需要再参与了。

说不准究竟为什么众亲不再参与"六七"的祭祀活动，或许因为"六七"与"六亲"音节相近，按当地说法，亲戚不用再来了，断掉联系，这叫"断六亲"。

有瞎子先生说过，今世不断下世断，下世不断今世断。衡量得失，现在断了已无实质性损失，此时断比较适时。逝者既已远去了，该有个了结，断了往来吧。只因今世相交甚密，下世还想结亲攀友，故来了效果反而不好，会影响下世的交往。

"七七"则做最后祭祀，虽是最后一个七的祭日，小菜却简单清淡，说是给押灵魂的无常吃的，故没有荤菜，只备些豆芽、芹菜、素鸡、香干等即可。这也好理解，反正求谁也没用了。死去的亲人已不可能还阳，对押送灵魂的差官就不必太热情，即便求他他也做不了主。只是履行公事，大面子上过得去，应付一下就够了。

"七七"祭祀活动结束后，松林的直系亲属中晚辈们脖子上的麻绳就可摘去。豌珍参加一般人际交往活动时，也不再受拘束和限制。作为遗孀，杨豌珍若想留下也可，若不想留下，与老李家也无太多的关联，一切由她自己决定。

但若把时光推到她妈妈那个年代，需要守丧满三年后才能再考虑个人的终身大事。若再向前推到她外婆那个时代，那规矩就更大了。按那时的礼规，杨豌珍已经"生是李家的人，死是李家的鬼"，得独守空房直至默默地老死。若果真如此做了，既没嫁人又不失身，且有幸处在经济富庶的名门望族之中，到时会立碑刻铭，赞颂功德，给守节女建个贞节牌坊。若丈夫不幸英年遭厄运身亡，妻子殉情寻短见陪丈夫同赴黄泉，还可被封为烈女，给她树块烈女碑，流芳百世。

幸亏时代不同了，再没人会提倡这类荒唐的做法了。

杨豌珍毕竟还年轻，需要重新选择人生路标，好在再也没人对她的选择说三道四了。

　　然而她人还没走呢，却又发生了一件事，使她不得不与二林、丽花他们纠葛了一阵子。

　　原来政府拨下来一笔数量可观的抚恤金。这是对李松林家属的慰问金，但怎么使用，属谁支配，一家人却出现了分歧。

　　丽花想当然地认为该按人头均分，为多得一份抚恤金，她便与二林闪电般结了婚。李二林也主张按人头数均分。丽花怕豌珍不满足人均分配的方案，提出"二一添作五"的主张，便要了个小聪明：自己出面扮黑脸，说豌珍已不是李家人，不该享受抚恤金，等李二林发表均分意见后，自己就不再反对，好让豌珍知足而退不再讨价还价。

　　杨豌珍本没打算要分得多少钱，但听丽花这么一说就不高兴了。更让杨豌珍难以接受的是，连四周邻居中也有不少人认为自己算不上是李家的人。理由是按传统的说法是这个媳妇还没过门，虽说有结婚证书为凭，那不过是一张花花绿绿的纸，豌珍与松林并没举行过婚礼仪式。他们还说，豌珍不但没为老李家留下一男半女，而且与松林之间连真正意义上的肌肤之亲也未曾有过呢，这能算李家媳妇吗？这抚恤金本不该有她的份。

　　豌珍认为这是旧习俗，是一种偏见。她觉得自己的正当权益必须维护，于是将一张状子递到法院。

　　法庭开庭那天，李二林、丽花、李小梅等相关人员都赶了来。法官先进行了调解，但因双方意见分歧大，调解无果。最后法庭只能依法进行了判决。根据《军人抚恤优待条例》第M条N款规定精神判决如下：

　　一、抚恤金由杨豌珍、李松林妈妈、李小梅三人共享，其余亲属不在抚恤金享用范围内。

　　二、李小梅因年龄已满十七周岁，只享有一年生活补助费，共计人民币八十五元整。

　　三、其余部分分配份额如下：松林妈因年老体弱，享受抚恤金余额的百分之七十，剩余百分之三十份额归杨豌珍所有。

　　法庭判决完毕，李二林感到有些纳闷，阿妈的生活费医药费本来我哥可分担的，现在我要一个人负担了，为什么不能享用抚恤金？可法律既然这么规定了，也没法说些什么。

　　丽花倒觉得虽然自己没分到钱，但婆婆得了大头，仔细算来也没吃多少亏，所以也显得较为安定。

杨豌珍却向法官提出了一个令在场所有人都意想不到的要求：因婆婆身体不好，自己只要求一元钱的抚恤金，其余部分全留给婆婆。其他人当然不会不同意，法官自然也没有反对的理由。

但消息传到村里后，还是有人不理解：既然不要钱，何必上法院，岂不是脱了裤子放屁——自找麻烦？只有丽花心里明白，她觉得杨豌珍这一招其实很厉害，既争足了自己的面子，又暗暗打了自己和二林一个巴掌，真是一箭双雕。但丽花心中也在窃喜，因为她知道，这抚恤金几乎全落到了婆婆名下，到时还不是全由我丽花来具体支配吗？所以丽花觉得，杨豌珍只不过争了个面子，而自己却争了个里子。

第十二章　风雨彩虹

一

为李松林办完"七七"后，杨豌珍多数日子都回娘家睡觉，只有下雨天仍和小梅住一个房间。后来发生了一件意外事，使她晚间再不敢轻易回娘家睡了。

事情是这样的。月底到了，因第二天要上报财务账目，杨豌珍为理账下班晚了点。天快黑了，她才急匆匆往回赶。回家路上有一条可两人并进的石桥，是娘家夫家两村的分界桥。

过了桥便是杨豌珍和李松林约会过的那片松树林。想到在这片小树林里，自己与松林亲吻的美好时光，如今景物依旧人却不见了，阴阳相隔两茫茫，杨豌珍不禁触景生情，一腔悲绪涌来，带出两行泪水。她赶紧掏出手帕擦泪。

忽然从树林深处窜出来一个身强力壮的男子，对杨豌珍说："你等一会走！"

杨豌珍心一惊：这下糟了，碰到地煞星了，可我又没扈三娘的本领，哪是他的对手？她想，那也不能束手就擒呀，干脆和拼他个鱼死网破，决不能让他轻易来占我的便宜。

杨豌珍决定跟壮汉拼命，又觉得这不是上策，有没有可能智取？她想试试看再说。

她很快冷静下来，问那汉子："大哥，你叫我等一会有什么事吗？"

"有什么事你不会不知道吧？"壮汉反问道。

"你倒说说看，也许你想做的事，说不定我也有那个想法呢。"

壮汉一听喜上眉梢，心想这女人还挺风骚的，便说："看样子你倒很想得开的，我想和你亲热亲热，怎么样？"

"大哥，你小点声，当心让路人听到。"

"对对，"壮汉放低音量说。

杨豌珍说着便主动向壮汉靠近。壮汉看清了她的面容，发出惊叹："哇，小妹妹，你长得真好看，像嫦娥娘娘下凡啦！"

"大哥，你取笑了，你自己才长得帅呢。你天庭饱满，鼻梁挺直，一身肌肉又结实，处处透着阳刚之美，我就喜欢这类男子汉。"

那汉子听到这儿甭提有多兴奋，心里痒痒的，伸手就去抓杨豌珍的前胸。

杨豌珍挡住壮汉的手说："大哥，既然你有情我有意，你何必着急嘛。做这种事好比喝绍兴老酒，一大碗女儿红如果急猴猴地一口吞下去，是喝不出真味来的，慢斟细酌才能品出真正的滋味来呢。"

汉子心想，真想不到这女人还是情场老手呢，便说："小妹妹你倒很有经验嘛。"

杨豌珍心想，我哪有什么经验呀，不过是应付几句罢了，就这几句话也是从古书上看来的。于是说："大哥，你真会取笑人。"说着拉过壮汉的手吻了一下，那人骨头都酥了。

杨豌珍问："大哥，你真的喜欢我吗？"

"小妹妹，这还用问？"

"那我想知道，今天如果我答应了你的要求，以后你还会常来陪我吗？"

"当然、当然，你这个模样的女子让我天天陪着，也不会觉得厌呢。"

"大哥说的可是真心话？"

"当然、当然。"

"太好了，大哥是哪个村的，离这儿远吗？"

男人没吭声，大概他有思想顾虑，不敢泄露自己的信息。

杨豌珍见状，就说："如果大哥离我家不远，以后可直接来我家玩呀。"

那男子想，要真能这样当然好，但他仍有点疑惑，不愿说出自己住在哪儿。

杨豌珍说："我看这石桥附近来往的人多，我俩向前挪挪，选个合适的地方吧。"

"好好！"壮汉感到这小女子很细心也很迫切的样子，心想这一定是个有经验的骚货。

两人向前走了三四百米，壮汉说这儿差不多了。杨豌珍说："这段路我最熟悉不过了，右边有条岔路离这太近了，还是再向前走走，那边会更安宁些。"那汉子只好跟着继续往前走。

杨豌珍边走边说："大哥，我很庆幸遇上你这样的男人。我知道男人需要女人作陪，其实，女人也喜欢男人做伴的。你没听人说嘛，'十个女人九有意，就怕畜生嘴不紧'。"

"对对，是有这么说的，不过以我的体验，比例倒也没这么高。哦，我刚才看你好像在擦泪水？"

"唉！"杨豌珍叹了口气说："大哥，不瞒你说，我是个有苦无处诉的人呀。"说到这，杨豌珍故意转过脸，做了个用衣袖擦泪的动作。

那汉子说："小妹妹，你的日子真的不顺心？"

"还顺啥心呐，大哥，你不知道我的身世，我名义上是个有夫之妇，实际上是个独守闺房的怨妇。"说着，杨豌珍又装出擦眼泪的样子。

汉子问杨豌珍究竟怎么回事。杨豌珍说："这事我没好意思跟别人说，连阿妈面前也只是流流泪，怎么启口呀？看大哥人实在，今天就把心中的苦水——"

说到这，杨豌珍停止脚步："大哥，我们在这停下吧，再往前走，离我们村就太近了，怕不太方便。"

"好的，好的。"

杨豌珍继续说："我跟丈夫已经结婚三年，开始倒也和和美美的，可才过了两个月，不知道怎么回事，他那个东西突然不灵了，不管我怎么努力都没用。以后他碰都不来碰我一下。后来才知道他得了一种不知道叫阴痿、还是阳痿的病。今天去人民医院，明天上市立医院，钱花了不少，病还是老样子。这一晃就三年了，大哥你说我的命苦不苦啊？"

汉子说："噢，原来是这样。"心想，怪不得她一副很迫切的样子。

"可我毕竟还年轻，真不知道今后的路该怎么走下去。"

"唉！小妹妹，我没想到你这么漂亮的女人日子却过得这么不称心。"

杨豌珍说："听得出大哥不但是个怜香惜玉的人，还有一副菩萨心肠。"她走上前对着汉子的耳朵轻轻问："大哥，你今晚到我家陪陪我吧。"

"到你家去？哈哈，你这个小女子脸蛋长得美，心里却是狡猾得很。要骗我到你家去，叫你老公来揍我一顿，你以为我是三岁孩子呀？"汉子显然很警觉。

杨豌珍来到壮汉面前，挽起壮汉的手臂又亲了一下，说："大哥，你多心了，我老公在县城棉纺厂做推销员，他心里根本没我这个人，一年三百六十天从来不会想到我，只是为了装装门面，才一个月回一次家。第二天一早呀，连个招呼也不打，就滑着泥滚地跑了，就是快枪子弹也打不着他的。"

"一个月只回一次家，只住一天？"

"是啊，其实有没有这一天，对我对他都无所谓。大哥，你如果不敢去我家，我俩就在这儿玩也行，我实在太喜欢你了。"

见对方没吭声，杨豌珍知道他在犹豫，就说："只是在这荒郊野外玩，心里不踏实，总是慌兮兮的，再说也不好尽兴，你说是吧？"

那汉子仍没说话，杨豌珍继续道："万一被人撞见，对你倒也没什么，拔腿一跑便万事大吉了。可对我来说一生就毁了，你说是不？"

"你说的确实没错，只是……"

"只是什么呀，"杨豌珍打断那汉子的话："你可能不相信我是吧，实话对你说，男人我见过不少，也偷偷地注意过人家。但令我满意的也实在难找，不知为什么，也许我俩真的有缘吧，我第一眼看见你，就被你的阳刚之气吸引住了，心到现在都扑通扑通地跳个不停呢。"

汉子脸露喜悦问道："你真心实意地喜欢我？"

"道家讲究阴阳平衡，其实自然界的生灵万物都逃不过这个法则。男女都一样，但要玩就该玩个无拘无束、痛痛快快。"

"这，你是……"

"大哥，你痛快点说，是到我家去还是就在这儿，两个地方任你选，我听你的就是了。"

那汉子虽然见杨豌珍也很迫切，但还是有点犹豫。

杨豌珍见状，接着说："都说男子汉大丈夫做事干脆豪爽，敢作敢当。大哥，我看你这个人好像很干练，做事应该很果断利索的。没曾想连你这样的人也是前怕狼后怕虎，顾虑重重的。唉，要做个真正的男子汉也不容易。"

那男人也想去杨豌珍家，只是还有些不放心。杨豌珍想，他不说话就是在动摇，就说："要是大哥家离这儿不远的话，你这次不到我家看看，顺便认个路，到时一定会后悔的。同样，我也会感到很惋惜，因为过了这个村，便没有下家店了，以后想要再见面，怕是只能在梦中了。"

这汉子被杨豌珍一推一揉一揉一激，有点分不清东南西北了。他考虑在荒郊野外确实尽不了兴，要是能与杨豌珍多做几回露水夫妻不是更好？于是他又一次借着月光瞧了瞧杨豌珍的俏模样，心想，能在石榴裙下死，做鬼也风流，去她家就去她家！

汉子问："你家就你一个人？"

杨豌珍一听，心想有门了，便说："不，不，我和公公婆婆三个人一块住。"

汉子说："那打死我也不敢去。"

杨豌珍哈哈一笑："大哥你放心，正因为有他们两个老人在家，我们俩才可以安安心心地玩耍，无拘无束地亲昵呢。"

"这话怎么说？"

"我公公两眼患严重的白内障，桌子上有几只碗都分不清的。我婆婆视力倒还蛮好的，穿针引线也不用戴眼镜，但她巴不得我能带个壮汉去家里呢。"

壮汉说："我不信，天下哪有这样的老太太？"

"大哥，也难怪你会不相信，换个别人也会这么想的。但你得站在我婆婆的角度想呀，儿子娶媳妇三年多了，可我的肚子一点变化也没有。

婆婆也晓得这事不能怨儿媳妇，又知道自己儿子的毛病这辈子怕是治不好了。不是说'不孝有三，无后为大'吗，儿子还是个单传，她那个急呀，这样下去可要断香火的。所以啊，婆婆希望我做人不要太呆板，动动脑筋去搞点什么'副业'才好。"

"这，这？"

杨豌珍又说道："大哥，说起来很好笑，一次婆婆手拿着一把扫帚去赶一只老母鸡，一边赶一边骂'滚出去，你给我滚到外面去'。老母鸡跑了，婆婆说，'唉，这一户人家要是倒运了，养只鸡也这么呆头呆脑的，只会躲在自家屋檐下，不晓得出去走动走动。也怪了，别人家的鸡会到外面寻找活食吃，我家的鸡呀，只知道在自家院子里猫着。'我以为她真的在骂老母鸡呢，没在意她说些什么。哪知第二天她又去赶那只鸡，一边赶着一边又那样说了一通。说完还向我扫过来一个眼神，好像对我很不满意的样子。这时我才明白，原来她是在给我颁布'政策'呀。"

"有意思，真有意思！"汉子说。

杨豌珍拉了拉汉子的手，说："你如果真的喜欢我，等一会到了家，我就把抽屉里的那把钥匙给你，以后你想我了，晚上自己开门进来就是了。"

那汉子说："再好没有了，再好没有了！"

"不过我得把丑话说到前头，我的肚子什么时候鼓起来，我俩的关系就什么时候终止，不能没完没了。"

"这是为什么？"

"我是怕时间久了，纸终究包不住火，一旦露了丑到时没法见人，你说是不？"

汉子满口允诺："噢，我知道，我知道了。"

杨豌珍自顾自径直向家里走去，那汉子紧紧跟在她后面。很快，前面亮了灯的房子就是自己的家了。杨豌珍止了步，用手指了指点灯的房子对汉子说："过了这亮着灯的屋子，再往前走几步就到了。"

汉子忙不迭地应道："好的，好的。"

到了点灯的房子前，杨豌珍见伟伟和豆豆他们在打扑克，便大声喊："抓流氓，快抓流氓，别让他跑了！抓流氓呀——"杨伟伟和牌友们闻声，纷纷抓起扁担、锄头、棍子赶了出来："在哪儿，流氓在哪儿？抓住他！"

那汉子在夜色的掩护下，逃得无影无踪。

杨豌珍终于逃过一劫，进了屋，她的心还在嘣嘣跳，想想真有点后怕。她长长地透了一口气：我的天呐，好险呀！

二

这天，杨豌珍去公社开各村妇女主任会，会后应娟娟把她叫住了，说有点事要跟她商量。

应娟娟的工作担子比过去重了许多，她现在是公社管理委员会的副主任，除妇联外，还主管文教卫生这一摊子工作。这几天，公社中学校长追着她要一个数学教师，她搜索了一遍全公社的人才库，就是找不到合适的人选。到县教育局求助，答复是一时没法满足，还说明年也没把握，要她设法自力更生。

正当她山穷水尽之际，碰到了公社文书刘正伟。两人谈到这件事，刘正伟给她推荐了杨豌珍，说豌珍有实力，是重点中学的数学尖子生，基础很扎实，当年做数学题的速度比老师还快，准能胜任。

应娟娟知道杨豌珍是个有责任心的人，但并不知道她的数学基础有这么扎实，听刘正伟一说真是喜出望外。送走其他与会同志后她问杨豌珍："最近心情好些了吧？"

杨豌珍说："虽然已过了'七七'，但心情总也调整不过来，上班时只要一见到二林家，便会想起松林，心里的阴云怎么也挥不去。"

应娟娟说："唉，这也难怪你，触景生情是自然的，古人说过，'不思量，总难忘'，人都是有感情的呀。"

杨豌珍听后，眼眶不禁又湿润起来。

应娟娟说："我有个想法，你不妨换一个工作环境，可能会好一点，同时也帮我一个忙，怎么样？"

杨豌珍一听，知道应副主任要帮自己调动工作，心想或许环境改变一下也有好处，便说："娟姐，我能帮你什么忙，我还能做些什么事，你说具体点。"

"是这样，中学缺一个数学教师，我想让你去。"

"娟姐，我可从没当过老师，你看能行吗？我怕占了茅房不拉屎，到时误了人家子弟。"

"怕误了人家子弟？"应娟娟说："豌珍，你说得好，我一听这句话就放心了，相信你一定能行。刘正伟说你数学基础扎实，当年每次考试，你只要半个多小时便做完了。加上你有怕误人子弟的责任心，所以一定能胜任的！"

杨豌珍说："娟姐，刘正伟讲的有点夸张，不过我想去试试看，但可能会让你失望。噢，还有一点，我还得先听听李书记和老李村长他们的意见，才能答复你。"

应娟娟说："我已经跟他们两人通过气了，开始他们怎么也舍不得放人。我先讲了我遇到的实际困难，也摆明了你一个人赶夜路的不方便，总之是使出浑身解数跟他俩打蘑菇战，他们才勉强同意了。"

次日上班时，杨豌珍就向李书记和老李村长汇报了应副主任要调自己去学校的事。李书记说："我俩已经知道了，你这星期把财务账整理一下，下星期一交班给新的会计。不过交班归交班，你还不能撒手不管，财务上的事要管到新会计能独立完成任务为止。"

杨豌珍以为接班的是丽花，便说："李书记，丽花对会计业务也很熟悉的，我撒不撒手都不会有什么影响。"

李书记告诉她，接会计班的是李小梅，"小梅下个月就毕业了，让她做会计，也便于照顾小婶。我们支部研究后觉得，让她接你的班比较好。"

杨豌珍听了，感到有点意外，但李书记这么一说，觉得也合情理。老李村长又补充说："豌珍，老李说的话是支委会多数同志的共同意见。大家认为，会计是大队的内当家，必须懂得会计业务。但仅仅有专业知识还是不够的，如果思想道德过不了关，是不能当好这个家的。我们还有个思路，小婶是烈士的妈妈，身体又不太好，我们有责任照顾她。让小梅做会计，也好就近随时照应。"

杨豌珍信服地点点头，说："李书记、老李村长，你们考虑问题确实很周全，我很高兴临离开你们前，又上了宝贵的一课。我一定会让小梅尽快掌握业务知识，把自己懂的一些东西毫无保留地教给她。"

李书记说："我们相信你一定会这样做的，所以才敢放你走哩。"

丽花听说杨豌珍要调去学校了，想当然地以为皇帝轮流做，今日到我家，自己的机会终于来了，很是高兴。可当她听说大队竟然让不懂会计业务的小梅接杨豌珍的班后，就跑进屋里呜呜哭了起来。她也不知道为什么会发生这么意想不到的事，思来想去认为一定是杨豌珍从中作梗，认为自己曾得罪过她，她趁机报复，一定在书记和村长面前说了好话，才让小梅接班的。

因为心情郁闷，丽花一气之下便回娘家去了，一个多星期也没回来。李二林心里痒得慌，便去丽花家探望，才发现丽花为自己没做上会计的事双眼都哭肿了。丽花一见到李二林，便一个劲地说豌珍这也不对那也不是。李二林好一番劝说。在他看来，这事应该跟杨豌珍无关，是丽花自己之前的行为给李书记他们留下了不好的印象，但他看丽花的心情不好，又考虑反正豌珍不久就离开这儿了，也就不想与丽花争辩，心想还是让时间来冲淡记忆，让岁月去化解恩怨吧。

三

刘正伟退伍回家乡快一年了，正是男大当婚，女大当嫁的年龄，正伟妈着急了，几次找三叔婆，要她帮忙为儿子找个姑娘。三叔婆说自己早已过时了，不适合做年轻人的介绍人了。再说刘正伟都是公社干部了，眼头活络得很，还怕他自己不会找对象吗，就劝正伟妈不用多担心。可正伟妈几次缠着她，非要她帮忙为儿子牵线，还说到时会买只最大的金华火腿送给她呢。

出于老姐妹间的情面，三叔婆答应给打听打听。可介绍了几个都没成功，不是女方不喜欢，就是刘正伟看不中。这让三叔婆有点心灰意冷，她对正伟妈说："这事我已经尽了力，看来我是没有口福吃金华火腿了，侬另请高明，不要再寄希望于我，免得误了正伟的大事。"正伟娘也不好再求她了。

过了半个来月，正伟妈从三叔婆家门前经过，三叔婆忽然把她叫住了："阿伟娘、阿伟娘，侬等等，我正要到侬家里去，侬上次托我的事我可有新目标了！"

正伟妈一听高兴极了，前脚跨进三叔婆的屋，后脚就急忙问是哪个村的，叫什么名字。三淑婆说："这事说起来话就长了。"接着，她把杨豌珍和刘正伟以前的交往过程及事情前后变化作了一番陈述，并告诉她豌珍现在的情况。

正伟妈说："怪不得阿伟这也看不上，那也不满意，看样子他是拿豌珍作样品呢，这回该遂了他的意愿了吧。"

三叔婆说："还有个细节我得先给侬说清楚，我外甥与豌珍俩到政府领过结婚证书，按政府法律讲，就算是夫妻关系。虽已算是两夫妻，但他们没有行床第之欢，枕边之乐。豌珍至今还是个地道的黄花闺女。我给侬打个预防针，万一以后听到点什么传言，省得打肚里官司吆。"

正伟妈听后，心里不禁咯噔了一下，接着真就打起了"肚里官司"：既然是夫妻了，怎么还说是黄花闺女？这干柴与烈火放在一个房里，哪能不燃烧，于理不通有违常情呀。难道她外甥是第二个梁山伯，第二个唐三藏？她带着几分疑惑问："侬是吾格老姐姐了，按理侬不会哄吾吧？"

三叔婆告诉正伟妈："豌珍虽是年轻人，但她的思想观念依然与侬我年轻时一样落后，侬放心就是了，我不会糊弄老姐妹。"接着，她把李松林在准备举行婚礼前一天接到紧急电报的经过讲了一遍。正伟妈听后才深有感触地说："这孩子呀真是不容易，太难为她了！"她让三叔婆尽快帮忙牵线："等晚上儿子回来，吾会叫他马上来找侬格。"

正伟妈喜滋滋地从三叔婆家出来，刚迈出门槛就见儿子骑着自行车过来了。她立刻喊："阿伟，阿伟，侬上哪去，快停下，吾给侬说个事。"

刘正伟停下车，三叔婆过来让他进屋坐。刘正伟说："这几天我要到各个大队了解棉花播种情况，每天要向县长办公室汇报的，还有两个大队没去，所以待不长，阿姨有什么事就在这儿说也一样。"

正伟妈抢先说道："阿伟，侬金娥阿姨要给侬介绍对象，这次侬一定会满意的。"

刘正伟看了看三叔婆，说道："阿姨，谢谢你为我费心，不过……"

正伟妈急了，打断儿子的话说："什么不过不过的，侬勿要以为自己还小，还是对山歌的年龄，别三心二意，听金娥阿姨先把姑娘介绍一下。"

三叔婆是个踩着尾巴头会动的人，她听刘正伟的口气便猜想刘正伟肯定心中有人了，那要是真有目标了还是不说破好，于是说："阿伟，侬是否已有意中人了？"

刘正伟说："暂时还不好说，过些日子等有了眉目后，我再叫阿姨帮忙。"三叔婆听后，知道自己的猜测果然没有错，便说："侬有意中人了就好，省得侬阿妈再整天为侬犯心思哉。"

可正伟妈还是心里没底，问儿子："女孩是哪儿人，做什么工作，她父母可都是规矩人家？"

自从听三叔婆介绍了杨豌珍的情况后，正伟妈觉得这是个百里挑一的好姑娘，迫不及待地要知道儿子自己找的心上人是谁，说出来好与豌珍比较一下，看哪个更优秀。

正伟妈深信不会比杨豌珍更好的女孩了，就说："阿拉乡下人眼见为实，说不出深奥的道理，只晓得捡大的肉块往嘴里送，侬说出来阿拉听听，叫侬阿姨比较比较，现在改变还来得及，省得到时候后悔。"

刘正伟与杨豌珍的关系并没正式确立，之前倒是见了一次面，双方只是回忆了下同窗之谊，至于说情感，虽然彼此略有好感，但小荷刚露尖尖角，并不能说已建立了恋爱关系。

他本不想告诉阿妈，但是这些日子来，阿妈为这事确实没少费脑筋，不妨先透露一点就当送她一颗定心丸，让她先睡个安定觉吧，于是说："阿妈，这姑娘其实金娥阿姨是很熟悉的，我跟她认识前前后后已有五年多时间了，她是我同班同学——"

三叔婆接过刘正伟的话说："阿伟，我知道了，她叫杨豌珍是不是？"

"阿姨，您比肚里仙还厉害，一猜便猜着了！"

正伟妈一听，乐得大牙差点掉了下来。

要说刘正伟对杨豌珍的感情，确实是很真诚的。为李松林做完"七七"后，刘正伟便给杨豌珍写了封信，不过从词句上看，这信并不能算作情书。信中只是说"我的好战友松林走了，我们都感到惋惜和沉痛。但是人死不能复生，走的已经走了，活着的人总得继续向前走。一味的悲伤已经于事无补。松林在天之灵也不会希望你从此一蹶不振，他一定希望你尽快从阴云中解脱出来，树立信心，以坚定步伐走向明天"，等等。

杨豌珍收到刘正伟的信后，感触很深。她觉得如今的刘正伟与中学时代那个淘气鬼已是两个不同类型的人，讲话不再油腔滑调，语言表达也充满真诚。

在杨豌珍确定调入中学当教师后，刘正伟也特地写了封祝贺信。杨豌珍写了封回信给他，告诉他自己缺乏教育经验，希望能经常得到他的帮助。

刘正伟是何等聪明之人，立即从"经常"里读懂了杨豌珍的真意，他知道豌珍已向自己发出了友善的信息。他理解豌珍此时的心情，她过去多次婉拒自己的求爱信，如今便不好主动表达爱意，没法太直白地表示对自己的好感，所以用一个"经常"来替代。

刘正伟决定主动出击，趁星期天值班的机会，约杨豌珍来公社办公室坐坐，"叙叙同学情"。杨豌珍已猜出了刘正伟的真正目的，如期赴了约。

虽都是大男大女了，但第一次正式约会，还是有些难为情。刘正伟的心砰砰地跳，说不准是喜悦、激动，还是害羞。他倒了杯开水端给杨豌珍，坐到她的斜对面，笑了笑说："豌珍，不好意思，今天值班是同事临时要我代的，所以什么准备也没有，你就喝杯水吧。"

杨豌珍莞尔一笑，说："正伟，你叫我来该不是只为了让我喝杯开水吧？"

刘正伟也笑着说："当然，但一杯水却代表了我的心意。"

"好好，君子之交淡似水，一会我把它喝下去。"

"这么说，一会等你喝了这杯水后，我俩都是君子了！"刘正伟说。

"是君子或小人先不说它，不过今天我想对你说，我以前有几件事没处理好，挺对不起你的。"杨豌珍说。

刘正伟一听，把座椅向杨豌珍这边挪了挪："豌珍，你不妨说具体点。"

杨豌珍说："首先我对你的认识有问题，你做事说话总是很自信的样子。而我把这种自信看作是傲气，这对你不公平。"

刘正伟听后又把座椅移了移说："谢谢你对我的肯定，不过现在想想，我自己也有些张扬，难怪你有这个看法。"

杨豌珍又说："还有两件事也没处理好。一件是上中学时，你为了能多和我一起说说话，便由住宿生改为通校生，结果让我给避开了，你一个人风里来雨里去，走了很多冤枉路，还不好与别人说。"

刘正伟再次把椅子向杨豌珍这边移了移，说："这事被你看出来了？"

　　杨豌珍笑了笑，没回答他的问话，只接着说："第二件事是你在部队时，把我给松林的信截走了……"刘正伟接过话头说："这事不怨你，是我有错在先。"

　　"话虽这么说，但我当时对你也过于冷淡，伤害了你的自尊心，我知道你当时一定很失落的。"

　　刘正伟打断了她的话："当时确实很受伤，但这事都过去了。今天我俩能坐到一起，这比什么都有意义。"

　　"那么你原谅我了？"杨豌珍问道。

　　"有什么原谅不原谅的，"刘正伟说，"其实，你也为我做了一件好事，把丽花介绍给我。虽然没成功，但你的心意我知道。事虽未成情谊在嘛，我一样要谢谢你。"

　　说到这，刘正伟又往前移了下椅子："不过我也要谢谢丽花，幸亏她跟我无缘，拒绝了我，要不今天我和你……"

　　杨豌珍故意正色道："今天你和我怎么啦？"

　　"我和你，我俩……"说着，刘正伟把头转过来，趁杨豌珍没提防，在她脸上吻了一下。

　　杨豌珍轻轻地推开他，摸了摸刚被吻过的地方，红着脸说："男人呀，没一个好的。"

第十三章　种瓜种豆

一

斗转星移，光阴如箭，一晃二十年过去了。

杨豌珍、丽花、吕豆豆都做了妈妈，她们的孩子也到了上中学的年龄。

刘正伟当上了公社党委书记，而杨豌珍是中学校长，两人肩上的担子都很重。因为夫妻俩都是吃皇粮的，要带头实行计划生育，他们只生了一个男孩子，取名刘杨和，小名和和。

和和周岁那天，外婆拿了条银项链给他套在脖颈上，说项链已经在菩萨面前许过愿的，和和是独生苗苗，一定要保护好，戴上这项链就给圈住了，能保证平平安安。这是老习俗，刘正伟和杨豌珍并不会当真，但为了不扫老人家的兴，也就让儿子戴上了。还别说，小孩子脖子上戴条项链，亮晶晶的确实显得很神气。

也许这项链真起作用了，和和从呱呱坠地到上小学、中学，确实很少生病，长得也浓眉大眼，身板很结实。左邻右舍都说长得和刘正伟年少时一个模样，还说孩子的嘴很甜，个性像豌珍，见到长辈总是彬彬有礼的，不像正伟小时候那么淘气。

刘正伟和杨豌珍、杨伟伟与吕豆豆两对夫妻是同年结婚的，只是年初岁末之分。丽花比她们早一年。她们的几个孩子中，还数和和的岁数最大，因为他是花烛胎①，今年一十九岁，正在上大一，从文化程度上讲都能做爸妈的老师了。

丽花与李二林之间常有些磕磕碰碰，但总还算合得来。丽花的肚子也很争气，为李二林生下一男一女。大的是个儿子，小的是位千金。人们都说，有儿有囡组成的家庭才是最理想的，做人像神仙，这使许多青年夫妇们很羡慕。

只是后来他们的儿子却很不成器。儿子名叫李丽谐，平时叫他谐谐，取这名字的目的很明确，就是希望一家子和谐生活，和睦相处。但愿望不等于现实。谐谐染上了恶习，与几个恶少结成了个小团伙，到处惹是生非，这成了李二林和丽花的一块心病。

为了这个不听话的儿子，夫妻两人相互埋怨，真没少费口舌。丽花怨李二林管教不得法；李二林认为是丽花对儿子太溺爱。其实，他俩都有责任。

看着儿子一天天变坏，李二林是哑巴吃饺子，心里有数——这孩子再不管不行了！但他既不擅长循循诱导，也不会娓娓启迪。他重"法治"而轻"仁政"，开口"婊子的儿子"，闭口"乌龟的孙子"，最后的"杀手锏"便是拳头。结果这些招数均不见效，他干脆采取"甩手疗法"：谐谐爱怎么干，就随便他怎么干，懒得再去理他，反正也不指望他怎样了，就当没这个儿子。

因为有李松林的那笔抚恤金作底码，家里的经济状况有了较大改善。加上李二林人也勤快，农田的活样样拿得出手，收入比一般家庭要宽裕许多。正因如此，丽花很少去农田参加体力劳动。她虽然人到中年，仍很在意自己的容貌，衣着时髦讲究，变着法儿翻新。农忙时她也会帮李二林干点农活，但多数日子总是围着麻将桌转。她又很斤斤计较，常为几角钱的玩资，不惜当着孩子的面，跟牌友争个面红耳赤。若遇上火爆子脾气的牌友，双方还会发生推推搡搡的事。

---

①花烛胎：人们把婚后第一个月就怀上孕的胎儿称为花烛胎。

只是丽花在儿子面前却是另一副面孔，既不坚持谆谆教诲，又不注重以身作则，但对儿子方方面面的要求会显得很有耐心。儿子要什么，她也很大方，从不吝啬，几乎有求必应。除了天上的月亮她没法给外，别的都会想法满足儿子的要求。谐谐放学回来，她也会催儿子抓紧时间做作业，但她自己麻将牌不离手，有时还因此耽误了做饭。谐谐看在眼里，嘴上却不吭声，知道妈妈并没真把心思放在自己的作业上，也就不按妈妈的要求去做，你说你的，他玩他的。

谐谐上小学时，一次放学回家，带回来一书包的新鲜李子。丽花问是哪来的，谐谐告诉她，是从村口孙婆婆家一棵李树上摘的。

"那棵大李树长得很高的，你怎么摘到手的？"

"找根竹竿撑着树枝枝杈晃几下，李子就哗哗掉下来了。"

"谐谐真有办法，脑瓜子倒很灵巧！"她拿起一个李子咬了一口说："甜，真甜！"

渐渐地，儿子越来越不听话，连读书的心思也没有了。早上明明看到他背着书包上学去的，一会老师却捎信来说他压根没去学校。原来他把书包塞进路边的石板洞里，和村里的几个小混混玩去了。

他们欺负小孩，无端踏坏青苗，还把一个孤老婆婆唯一的经济来源——一只生蛋鸡抓过来，去掉头，糊上泥巴扔进火堆里烤成"叫花鸡"吃了。今天明目张胆地去桃园摘人家桃子，明天大摇大摆地到瓜地里摘别人的瓜吃。瓜主人要说他几句，他还理直气壮地说："当年闰土说过，'当瓜成熟的时候，你经过这里，感到口确实渴了，就去摘个瓜吃，这在我们这儿不算偷'！"这下可好，鲁迅倒成了教唆犯了。幸亏先生是干大事的，不会与他一般见识，他在天之灵听到这个歪理不会横眉冷对的。

别看这几个人中数他年龄最小，大伙却都听他的，为他有钱上小饭店。因而谐谐有点飘飘然，认为自己很了不起。渐渐地，学校的大门对他来说越来越陌生，而对派出所的大门却越来越熟悉，去那儿比到外婆家还勤。

一次，谐谐又和邻居的孩子打架，把对方头角打起了半个鸡蛋大的包，那孩子的妈妈见了心痛，流着泪到派出所告状去了。

李二林听说了这事，便急匆匆地来到派出所，说是找所长有点事。所长估计他是为儿子来求情的。

李二林确实被所长猜着了，因为所长和李二林是小学同学，虽没常来常往，但上学时很合得来，现在至少能说得上话。于是李二林胸有成竹地说："老同学呀，我是平时不烧香，急时抱佛脚，今天找你是走后门来的，你帮帮我的忙吧。"

所长招呼李二林坐下，说："阿林，有些事我也不一定都能帮上忙，只有像门槛顶的酒坛——可进可出的这类事，我才可拉一把、推一把的。离杠杠太远的事，我也没有办法的，你要有个思想准备。这次具体什么事你先说说看，我听听再说吧。

李二林说："阿涛，你想想办法，把我这个顽石儿子送到监狱里去吧，我实在是管不了他了。"

所长没想到李二林会提出这么个要求，心想阿林呀阿林，你也太滑稽了，别人走后门不是要求找工作就是想要点紧俏物资，或者在处理纠纷时替自己说说话，你倒好，竟然要求让儿子去坐监牢。越想越有点哭笑不得，他给李二林倒了杯水说："阿林，这个忙我还真不好帮，谐谐虽然很淘气，但做的尽是些欺负小孩、偷桃摘瓜的小事，还不够蹲监狱的条件。再说他还不是成年人，更不能用大人犯法的标准来衡量。"

李二林说："阿涛，我的同班同学中，数你的官最大，你要不帮忙我找谁去？既然他不够年龄，那不是还有少年管教所吗，送到那儿总可以吧。你是不知道，他三天两头不是打架就是糟蹋人家作物，我不但要赔偿人家经济损失，还得低着头赔笑脸讲好话。我现在做人头都抬不起来了，你无论如何要帮我这个忙。"

阿涛所长说："这也不行，去少管所也有条件的，首先必须是吃国家供应粮的居民户口。可你儿子是农业户口，我就是把材料报上去，人家少管所也不会收的。我真的没办法帮你，不是不想尽力。"

李二林听后，叹了口气说："那就让丽花再培养培养吧。"说完，水也没喝便垂头丧气地回去了。

好在女儿蕊蕊倒听话，又长得人见人爱的。她长得七分像丽花，三分像二林，不但天资聪颖，学习也很努力，这让李二林和丽花感到些许宽慰，觉得老天爷还是开恩的，给自己留了条生路，留了点希望。

二

　　吕豆豆当年参加"四清"工作队时，因工作出现了偏差，曾受到过领导的批评。她对自己的错误也有一定的认识，作了认真的自我批评，并向杨豌珍诚恳地表示了歉意，在以后的工作中也表现积极，做到了不怕吃苦。

　　对吕豆豆的错误，当时工作队领导的认识不是很统一，有的曾主张提前把她退回去；也有的认为应该继续加以培养，以观后效。双方人数一半对一半。刘正伟是文书，担任会议记录工作，故虽不是班子成员也参加会议。他见双方有分歧，本想谈些自己的看法，但不是班子成员不便讲话，只好欲言又止。

　　他的举动刚好被宋队长看到了。宋队长很看重刘正伟，觉得这个退伍军人很有主见，便让他谈谈看法。

　　刘正伟觉得吕豆豆的缺点和优点都很突出。他想起在部队时指导员曾对自己讲过，对班里的战士不必苛求十全十美，但要了解每个战士的特点，还要善于扬其长、避其短，长处发挥了，短处就会得到抑制。因此，他谈了自己的意见，认为吕豆豆工作积极性高，当然缺点也很明显，但她年轻有文化，可塑性很大，是个有培养价值的女青年。建议领导充分发扬吕豆豆同志的长处，帮助她克服缺点。如果她能成长为一个好青年，说明工作队培养接班人这项工作是有成果的。与会人员觉得他讲得很有道理，综合评议后，吕豆豆便被留了下来。

　　吕豆豆果然没有辜负大家的期望，进步不小，而且她人也聪明，在工作中提出了不少好点子。"四清"结束后她被调到三联小学当了教师。这是由李家舍、刘家舍、海沿村三个村联合办的学校。吕豆豆工作认真负责，三年后当上了该校校长。

　　不过，她和杨伟伟的婚事却出现了波折。杨豌珍第二次牵线后，他们一直谈得很投缘，于是决定去登记结婚。但就在定好登记日子的前两天，杨豌珍的父母却突然提出不要她做杨家的儿媳妇了。

　　这突然之间的变故使吕豆豆一家很是惊讶，豆豆爸要伟伟爸说说改变的原因。伟伟爸回答说："你们去问问自己的女儿吧。"豆豆妈说："这事不是小孩子过家家闹着玩的，你们不要我的女儿没关系，但总得讲个理由。"伟伟妈并不解释，只叫他们自己去问吕豆豆。

豆豆妈一听气呼呼地说："侬拉不要，阿拉还不想去呢，阿拉女儿不是狗尾巴花，要个头有个头，要形象有形象，要才华有才华，要人缘有人缘，口碑好着呢。多少人来提过亲，吾就不信离开杨家后，豆豆会找不到婆家！"

伟伟妈说："既然这样阿拉也好聚好散，不过经济账该算的还是要算。"她指的是五百四十八元钱的聘礼，这可是个大数目。

"算什么账，是侬主动提出解约的，再说那几个钱早就变成三转一响了，怎么返还？侬把阿拉当瘟人啦。"

"侬格胃口也太大了吧，阿拉适当让点步可以，侬想全都吞下，连骨头都不吐一根，有这么黑心的？"伟伟妈说。

豆豆妈的理由似乎很充分，她说："什么黑心白心的，吃亏便宜都勿用讲，按老规矩①办！"

"老规矩不是'红头文件'，如今讲实事求是，阿拉又不是不法奸商，侬想来个全部没收，哪有这样的道理！"

"吾女儿长得如花似玉，说媒的人踏断门槛。树要皮人要脸，你们这样一闹，阿拉女儿的面子被侬倒掉了，这个损失谁补，用侬格那几个钱能补上吗？"豆豆妈说着伸出双手一摊："阿拉没有要侬赔偿就对得起侬了。"

伟伟妈用手指刮了刮自己的脸说："啊唷唷，还讲什么皮呀脸呀，有些人的脸呀，石板刨都刨不进了！"

豆豆妈一听两只手掌拍拍自己的屁股说："有些人呀，脸皮比吾格屁股还厚呢。"

---

①老规矩：指农村青年男女婚约中处置单方违约时的俗规。若男方提出终止婚约，一般女方可不退还聘礼；若女方要求终止婚约，需返还聘礼及相关损失。故双方有矛盾时一般单方面不会轻易地提出解除婚约，以避免经济损失，往往会无限期地拖延在那里。随着时空变化，老规矩的弊端频现，越来越不适应时代发展。

伟伟妈用手拍着大腿说："吾说侬阿囡格心怎么这么黑，原来是向娘学的嘛。真是龙生龙凤生凤，老鼠生来打地洞，这话一点也勿会错。"

"侬给吾讲讲清爽，吾阿囡心黑在哪？"豆豆妈指着伟伟妈的鼻子，要她拿出证据来。

伟伟妈两手举到头前拍着响掌，边拍边喊："侬个黑心烂肚肠格，赖了彩礼还想打人呀，来吧，吾怕侬就勿是阿爹阿娘生格。"

"侬个雌老虎，阿拉死到侬个手里愿格，老娘也勿会怕侬格。"

"侬个白虎星，侬是啥人格老娘，神气清爽一点，给吾——"众人见两个老太婆快要扭在一起了，赶快上前给拉了开来。

就这样，两亲家公说公有理，婆说婆有理，话越说越多，气越说越盛，谁都认为自己吃了亏。

其实吕豆豆也不明白这件事突然变化的具体原因，就躲在家里哭。后来想想不出面婚事真的要黄，她坐不住了，晚饭后瞒着家人偷偷去找杨伟伟，想问问究竟是怎么回事。

杨伟伟告诉她："只因当年'四清'时，你逼我姐交代贪污粮食的事，当时阿爹阿妈很生气，但不知道具体谁在幕后捣鬼。前几天给你写过情书的那个小混蛋阿法把这事给捅了出来，阿爹阿妈知道后气得不得了，坚决不同意我俩的事了。"

吕豆豆问杨伟伟："那你自己怎么想的，还爱我吗？"

"豆豆，我们认识多长时间了，我的心你还不明白？地上鲜花千万朵，我只爱最美的一朵，你是我心中永不凋谢的牡丹花，我非你不娶。"

吕豆豆原以为是杨伟伟变心了，现在亲耳听到他仍深爱着自己，不禁喜极而泣。她掏出手帕擦了一下泪道："天上星星数不清，我只爱最亮的一颗，你是我心中永远闪烁的启明星，我也非你不嫁！"

杨伟伟一把把吕豆豆拉了过来，两人紧紧地抱在一起，四只眼睛同时流着泪，她的泪落在他的肩上，他的泪落在她的肩上。说不准是激动、喜悦，还是伤感、哭泣，或许是兼而有之。

一会儿，吕豆豆说："伟伟，梁祝的时代早已经过去，只要我俩一条心，任何困难都挡不住的。"说完，她心怀顾虑地转身就往回走。

杨伟伟追上去说："豆豆你慢点，天这么黑了，你一个人走夜路我不放心，我送你回家。"

吕豆豆告诉他，自己是想到三叔婆家去一下，让这个吉祥婆婆给想想办法。

杨伟伟说："那样的话我更不放心了，干脆我和你一块去找她，也表明我的态度和决心，这样她就更有把握做双方家长的工作了。"

两人赶了十多里路才到刘家舍村，也不管时间很晚了，砰砰地敲门把三叔婆从睡梦中叫醒。

按当地习俗，男女恋爱需要有两个介绍人。吕豆豆和杨伟伟的介绍人，其实就是杨婉珍。三叔婆是事情基本定局后两人特地"邀请"的。因她口碑好，落了个"吉祥媒婆"的称号，大家都很尊敬她，有点磕磕绊绊的事，只要她一出面，事情往往就能了结。虽然三叔婆已经过了花甲之年，仍有人不时邀请她管事，但一般也不必她亲自动手操办，顺利的话，只管事成喝喜酒就是了。

今天两个年轻人半夜来敲门，是带着期望来的。杨婉珍是杨伟伟的亲姐姐，因而这事由"吉祥媒婆"出面调解更合适。

杨婉珍参加了地区教育部门组织的为期半个月的培训班，今天刚刚期满。中午刚到家，见三叔婆在和阿妈说些什么。便说："阿姨，您真有福气，身体还是这么硬朗！"

三叔婆说："婉珍，你可回来了，我正等着呢。你快坐下，我有事要给你说。"

杨婉珍听得出金娥阿姨有要紧事，就坐下来问："阿姨有什么事需要我去办？"三叔婆于是就一五一十地把杨伟伟与吕豆豆的婚约变故说了一遍。

三叔婆还告诉杨婉珍："那天豆豆半夜三更敲门来找我，事先也没跟她阿妈说一声。豆豆妈见女儿半夜三更还没回家便慌了神，怕她一时想不开出事，就喊了二十多个亲友邻居到处找。叔伯、姑舅、姨妈家，像抓壮丁似的查了一回又一回；麦田、豆地、小树林，像搜特务似的搜了一遍又一遍，闹得大家一夜没睡觉。现在两个青年人已经铁了心，非对方不娶不嫁，说死也死在一块呢。而双方的父母已经闹僵了，都铆足劲不松手。一个说宁可女儿做尼姑，也不让她做杨家的媳妇；一个说宁可儿子做和尚，也不准他做吕家的女婿。这事两个村都已传遍了，我的话已经不值铜钱了，说得口腔起了泡，舌头都麻了，还不是鸭背顶浇水呀。就等你的芭蕉扇来灭火呢。"

杨豌珍没想到自己参加学习才十多天时间，家里却发生了这么大的事。她告诉三叔婆："这事是我不好，我早就应该对阿爸阿妈说清楚这件事，早说了爸妈就不会误解的。"

三叔婆给豌珍妈已讲半天道理，但豌珍妈的气并没全消。她听出了女儿的口气，感觉不大合自己的胃口，就要豌珍不要代替爹妈表态，说这样没良心的姑娘做了儿媳妇，爹妈下半辈子不用吃饭了，光吸吸气肚子就饱了！

杨豌珍劝阿妈："古人说，'过能改，归于无'，谁都会有缺点的，能改正就好。我上小学三年级时，把同学的小人书偷偷拿回家，被你打了一顿，还不给饭吃，但现在不是改好了吗？关于诬陷我贪污粮食的事，豆豆开始是做得不对，但她已经向我道了歉，也说了一定会吸取教训。她能说到做到，这样的人不是很好吗？其实豆豆是个很优秀的姑娘，要不我和金娥阿姨怎么会帮伟伟牵线呢。"

豌珍妈没回话，脸上仍乌云密布。

三叔婆接上劝豌珍妈："老姐姐，侬可养了个好女儿，有学问的人说话就在理。可不是嘛，年轻人有些缺点并不要紧，改了就是好孩子，要不这世上就找不到好人了，你说呢？"

豌珍妈虽仍没说话，脸上却开始阴转多云。

杨豌珍接着对阿妈说："当时您要我帮伟伟找个女朋友，我像组织部长物色干部苗子似的，先把全班二十一个女同学的'档案'都翻了出来，又像生产队长选豆种似的，用筛子筛过来筛过去，就觉得豆豆最好，又聪慧又漂亮。"

三叔婆说："老姐姐，阿拉都老了，没有用了。豌珍本来就比阿拉聪明能干，现在正处在最精明的时刻，她的眼光尖着呢，侬听她的准不会错，豆豆确实是个很贤惠的姑娘，保你下半辈子有清福享，喝不了西北风的，你放心吧。"

豌珍妈听三叔婆一个劲在夸豌珍，脸上的阴云逐渐退了下去，露出了久违的笑容。

杨豌珍趁机说："阿姨，等阿爹回来，我会把事情跟他说清楚的，阿爹是个通达人，他一定会接受豆豆的。您老就辛苦点，给豆豆的爹妈带个信，叫老人家也消消气，告诉两位老人家，牙齿与舌头这么亲近也有打架的时候，过去的事就像一阵风让它吹过去吧。"

三叔婆说："是嘛是嘛。"

杨豌珍又补充道："阿姨，伟伟也是个好青年，追他的姑娘真的不少，光我知道的就有半打，可伟伟心里只有豆豆一个。"

三叔婆说："豌珍，我会把你的意见传达给豆豆妈的，豆豆妈的心思吾最清楚，她口上说不要伟伟，可心里对毛脚女婿很中意的，她听后胸中的气一定会烟消云散的，这事包在我身上。"

杨豌珍要阿姨也给吕豆豆捎个信："我一个多月没见豆豆了，怪想念的。但这两天很忙，下周二要上公开课，我一点准备还没做，她若有时间先来看看我吧。"

杨伟伟和吕豆豆就这样终成眷属。但婚后几年，吕豆豆的肚子一直没动静，这使得杨伟伟爸妈很担忧，怕抱不上孙子。直到第五年，吕豆豆的肚子终于鼓了起来，最后竟生了对龙凤胎，儿子取名金龙，女儿取名银凤。

这可是件大喜事，贺喜的亲友都说，吕豆豆要么不生，一生就是两个，真是"不鸣则已，一鸣惊人"。

笼罩在伟伟爸妈心头的阴云一扫而光，但外婆的脸却愁云密布。

豆豆妈头脑中的旧观念真不少。去年婆婆八十一岁时去世了，这是很高寿的了，可豆豆妈却担忧起来，说死的年份很不好，早一年死也好，晚一年死也好，为什么偏偏要在今年死，真是好死不死呀。当年轻人对她的话感到不理解时，她摆出了自己的理由："因为有'九九八十一，子孙没有出头日'的说法，据说接下去子孙就要吃苦头哉！"说着便擦起了泪水。

后来隔壁阿婆告诉她，虽然老太太死得不是时候，但并不要紧，还有两个破解的办法：一是让豆豆爸在阿娘出丧前先做一回乞丐，就是象征性地讨一次饭。虽是象征性的，却要假戏真做，要和真的一样，做到天衣无缝才行。必须头戴旧草帽，身披脏衣服，肩背破篮子，手持打狗棒，再端个毛糙碗，找几户邻居讨饭。上门乞讨时还要装出愁眉苦脸的样子，先代子孙做了这件不体面的事，就会保得子孙的前途不受影响。第二个办法是找个手指灵巧的人捏些泥土做的算盘珠，做一面泥土算盘，在棺木起杠时把泥算盘摔碎，这样阎王爷便算不清阿姐的年龄了，自然不会影响子孙的前途了。

豆豆妈就叫丈夫去邻居家讨个饭，这回豆豆爸可没有"服从领导"。自上次小马家的永久牌自行车没起一点"永久"的作用后，他就对老太婆把一些无稽之谈当圣旨的做法很反感，再也不愿听她瞎指挥了。豆豆妈虽不高兴，但婆婆的尸体还在门板上摊着呢，也不好多说什么，便找侄子帮忙，做了面泥算盘摔碎了事。

这次吕豆豆生了个双胞胎，她又说这可不是好兆头，因为她曾听说"若要穷，生雌雄"，竟然杞人忧天般地闷闷不乐起来。

吕豆豆说："妈呀，您的这些老皇历早就该引火做饭了，怎么还要把它当真经来念呀？"可豆豆妈心里的疙瘩总是解不开。

自从吕豆豆生下一对儿女，杨豌珍的辈分也提升了，当上了姑妈。她高兴地对豆豆妈说："外婆，这个说法只是编得顺口，大家说笑而已，并不预示着什么，您老不必当真的。再说我们也可以给它改一改嘛。"

豆豆妈想，黄泥块都烧成红砖头了，还怎么改呀？

杨豌珍见状，对她说："我们把顺口溜的说法改一下，我看改成'若要发，雌雄搭'，外婆您看好不好？"

在豆豆妈的心中，杨豌珍有着极好的形象，她知道要不是这位贤惠的姑妈，就不会有豆豆与伟伟的今天。听杨豌珍这么一说，便眯着眼笑道："好好，还是姑妈说得好。你看我的脑筋真的是榆木疙瘩——不会开窍。有龙又有凤真是最好没有了，阿拉伟伟家一定会发起来的。"

豆豆妈对外孙充满期待，她想知道外孙长大后能做什么，就迫不及待地找算命瞎子为外孙算了个命。瞎子先生告诉她，这孩子长大后必是栋梁之材，至少能担任地委一级的干部。回来后她特地来告诉女儿女婿："瞎子先生说了，金龙长大后可以当地委书记呢！"

杨伟伟劝岳母："别信这些无稽之谈，那些都是骗人的，就为了让您听了高兴高兴，您掏钱就爽快了。"

其实这事真被杨伟伟说中了，平常算个命要十元钱，豆豆妈一高兴就给了二十元。"伟伟呀，吾真如侬说的那样，一高兴多给了一倍的钱，不过讨个吉利也好。"

吕豆豆对阿妈说："算命先生会因人而异，尽讲些人们爱听的话，什么小孩有官运，青年有花运，中年有财运，老年有寿运，怎么好听他就怎么说呗。"

豆豆妈乐了，她说："也不能说一点道理都没有，有许多事情说得很准的，不由得侬不信。"

吕豆豆继续说："其实孩子长大后能做什么，并不是一生下来便命里注定好的，主要看自己以后怎么去努力，向什么方向努力。金龙以后如果去医学院读书，毕业后就当医生，如果读的是师范学校，就去当老师，关键都在于自己。"

豆豆妈接着话说："吾看做医生好，今后叫金龙读医学院，最好叫银凤去读护士学校，女孩子心细当个护士蛮好的。"

"阿妈，这两年您的身体不太好，不是吃药就是打针的，您是在念自己的佛吧？"豆豆说。

"死丫头，吾这是在为侬念佛，吾要是动弹不了了，怕侬不来照料？"

"阿妈，您放心，我一定会来照料您的。我早想好了，等到您吃饭需要别人喂的时候，我就买瓶安眠药一下子全给您灌下去，送您安安定定地去见如来佛。"

"这个遭雷劈的死丫头，多狠呀，不知她的心有多黑。怨不得人们说，'亲生儿子不及半床夫，亲生囡不如野老公'呢，吾把侬拉扯大悔也悔煞哉。"

"阿妈，您现在才后悔呀，已经来不及了。"

"是呀，当初要是先把侬格胸口打开来，看看心黑不黑就好了。不过心黑归心黑，侬讲格给吾吃安眠药，这主意倒是不错，真格到了汤水不进的时候，数这个办法最好。"

满屋子的人笑成一片。

金龙这孩子聪明，高中毕业后果然考上了大学。只是他并没去读医学院，也没读师范学校，因为喜欢工程设计专业，于是上了浙江工业大学。这让外婆很不满意，老是念叨着一句话："外孙狗，吃完朝外走！"

倒是银凤总算遂了外婆的心愿，真的考入了护士学校。外婆可顺心了，逢人便夸外孙女："阿拉小凤凤又聪明又听话。"

可是等银凤从护士学校毕了业，还在人民医院实习呢，外婆没有吃安眠药就闭上了双眼，再也不需要打针吃药了。

三

和和十二岁那年，杨豌珍带儿子去县城，打算给儿子买身新衣服，再买些学习用品。

母子俩坐车到了县城，从车站出来，见一位满头白发的老婆婆在向过往的行人乞讨，和和见状拿了两个二分钱的小硬币扔了过去，其中一个硬币蹦到了碗外面。杨豌珍见了，对他说："和和，你把硬币拾起来，放进阿婆的碗里。"和和听话地照着做了。

路上和和问阿妈："那硬币老婆婆自己也会拾的，何必要我去拾？"

杨豌珍反问她："你为什么要给她钱？"

和和说："我看她怪可怜的。"

"就是说，这老婆婆需要别人帮助，是不是？"

"是呀！她的子女做得不对，这么大年纪了还让她一个人在外面乞讨。"

杨豌珍说："你会去帮助有困难的人，这是对的，但帮助人先要尊重人。她有没有子女我们不知道，但她是生活有困难的一位老人，你把钱随便一丢，是看不起人的行为。你虽然给了她钱，但老婆婆心里会很难过。她会想，连小朋友也看不起我。"和和会意地点了点头。

母子俩来到解放街，这是县城里最热闹的一条街。两人这儿看看那里瞧瞧，先买了只书包，又到服装店挑衣服。杨豌珍问儿子喜欢什么颜色，和和回答说喜欢天蓝色的。杨豌珍说："要我看黄色的也不错，但今天就依你吧。"

杨豌珍给和和找了件合身的，叫他拿着，自己去付款。可到收银台一摸口袋，她傻眼了：衣袋里一分钱也没有了！

这是怎么回事呀，早上明明带了六十多元钱来的，这可是自己两个月的工资呢。刚才买书包时钱还在，现在怎么一点也没有了？

服务员见状，关切地说："这几天不知从哪来了些小偷，技术很高，经常趁人没察觉偷人钱包，你们一定碰上这伙人了。"

233

　　杨豌珍气得直喘气，和和说："妈，您别生气了，我不穿新衣服也没关系，只要学习努力，老师照样会夸奖的。"

　　杨豌珍说："和和，不但你穿不上新衣服，就连我们今天坐车回家、中午吃饭的钱也没有了。"

　　"妈，那我们走回家去吧！"和和说。

　　杨豌珍看儿子很坚定的样子，心中感到些许安慰。本来有个表姐在县城，她本想找表姐去借点路费，现在也不打算去了，心想借此机会锻炼一下孩子也好。县城到家有四十多里路，虽然还是第一次走这么长路，但自己对儿子有信心，相信和和能经得起考验。

　　杨豌珍和刘正伟从来不溺爱和和，和和从小就很有独立性，动手能力也强，不怕吃苦，从八岁开始，每年"双抢"时，豌珍都要让他去自己的姑妈家帮忙。因为姑妈待自己好，尤其中学三年里，姑妈待自己如待亲闺女，杨豌珍忘不了，总想着有机会能去帮点忙报报恩。"双抢"是最需要劳动力的日子，七八岁的孩子也能做不少事，担茶水、背稻草、翻谷、割稻都用得着，每到这个季节，和和的小脸总是晒得黑里透红。

　　杨豌珍送儿子去姑妈家帮忙还有另外一层意思，就是想让儿子从小吃点苦。她认为孟夫子关于"苦其心智，劳其筋骨，饿其体肤"的教诲是有道理的。孩子从小不能太娇惯，一旦养成饭来张口、衣来伸手的坏习惯就很难再有出息，会害了孩子的下半生。

　　和和已经连续参加了四年的"双抢"劳动，他说最难受的是割稻。手持镰刀站在稻田里，在炎炎夏日的照射下，还没挥镰汗水就已经湿透了衣衫。不仅仅热浪袭人，田间的小动物也来欺侮人。低头弯腰刚抓起一把稻竿，躲藏在稻丛中的小飞虱就向你扑面而来，不仅爬满人的脸面，还钻进鼻孔里，挤向脖颈上，爬入耳朵里。这小东西还很机灵，这边刚赶走那边又飞过来了，被它们咬过的地方发出红色的小疙瘩，痒兮兮的，人被搅得没法集中精力割稻。

　　但最让和和感到厌恶的，还是生活在稻田里的蚂蟥，它们最喜欢喝人的血。这蚂蟥身上似乎安装了传感器，人站在水田里一移动，它就能收到讯息，会顺着水波方向不声不响地游过来，悄悄地爬到人的腿肚子吸吮鲜血。等人感觉腿肚子痒时，低头一看，蚂蟥的肚子圆鼓鼓的，已经喝饱了。

蚂蟥的嗅觉也特别灵敏。若一条蚂蟥打开血口喝起了血，周围的蚂蟥闻到血腥味后会赶过来会餐，因此，常有四五条蚂蟥聚集在人腿上同一个洞口吸血，组成的图案像一朵花。蚂蟥全身的皮肉富有韧性，嘴的顶端是个吸盘，即使被人发现，但想把它拽下来，也要颇费番功夫。后来姑姥爷告诉他一个对付蚂蟥的好方法，就是不要使劲拽，只要轻轻拍打几下自己的腿肚子，蚂蟥会自己掉下来。和和一试，果然，只拍了三五下，蚂蟥真的自动掉下来了。

四

母子俩上午十点从县城往回赶。

路上，和和说："妈，这小偷也太坏了，害得我们白来一趟县城不说，还得让我们走着回家。"

杨豌珍说："幸亏县城离家还不算太远，如果在省城也遇到这样的事可就麻烦了。这也是个教训，以后出门时千万小心，一定要把钱分开放，以防万一。"

走了三个多小时后，和和的脚步渐渐放慢了，杨豌珍知道儿子累了，正好自己也想休息一会，就对儿子说："和和，我们在路边坐一会，妈给你讲个故事好不好？"

和和高兴地说："好好，我最爱听故事了。"

杨豌珍说："这是我小叔，也就是你的小外公亲身经历过的一件事。1947年阴历五月，我们这里发大水，农田、道路都被淹没了。当时社会很乱，物资奇缺，最缺的还是粮食，附近粮店根本就没有大米卖。我小叔约了另外两个邻居去稻区买米，一路找过去都没有，直到邻县县城才算见到了米店。可米店老板不愿多卖，只准每人买二十斤。三人再三请求，反复说明自己是另一个县的客人，走了七十多里路才到这里，每个人又都受三四户人家所托，还有好几户人家都三天没有米下锅了，大家都像鹅似的伸长脖子等米下锅呢，无论如何每人都要买一百斤回去。可老板还是不同意。后来叔叔碰巧遇到一个当地的熟人，那人也帮着叔叔求情。老板终于同意了，三人各挑了一担米回去。"

　　"因为买到了大米，大家觉得没白跑这一趟，都很高兴，一路小跑往回赶。过了本县县城，麻烦来了。天逐渐暗了下来，加上这儿地势低，路上的石板全没在水里，根本看不清路。大家只好凭经验深一脚浅一脚地往前走。我小叔走在最前面，走着走着，忽然一脚踩到石板外侧，摔倒了。小腿擦破了皮，米袋也掉到水里。他顾不得腿痛，爬起来找到米袋挑起再走。走了一段路，大家都累了，想放下米担子休息一会。可路前后左右都淹没在水中，四面一片汪洋，没地方放米袋子。邻居对小叔说，你的米反正都湿了，就放最底下，我俩的米袋压到上面，我们一块休息一会好不好？小叔同意了。可等休息好再挑起米袋要走时，米袋子比刚才重了许多。米浸在水里吸收了不少水分，比刚才增加了不少重量。"

　　"但再重还得挑着回去。仨人摸黑前进，真是长路无轻担，慢慢地，肩上的担子越来越重，步子越来越小。人也困极了，上下眼皮直打架，快睁不开了。凌晨三点钟左右，终于到了家，叔叔整个身子骨都僵直了，脖子也不会转了。他把米袋往墙边一放，便往床上一躺，倒头呼呼大睡。"

　　"不知睡了多长时间，外面的狗'汪汪汪'地直叫唤，把叔叔从睡梦中吵醒了。他艰难地坐起来，想做点饭吃。就拿了只淘箩去打米，却发现米袋子不见了！他记得很清楚，睡觉前米袋子就放在灶间的墙边，怎么会没有了？他里里外外又找了一遍，两袋米连扁担都不见了。他知道米被贼偷走了，刚才狗叫就是贼在偷米，拔腿跑到外面捉贼，哪还有贼的踪影？就这样，小叔来回走了一百四十多里路，好不容易挑来的整整一百斤粮食全被贼偷去了。"

　　和和听妈妈讲完，气愤地说："妈，这贼太可恶了，我长大后要当个警察，把贼都抓起来！"

　　母子俩边走边说，一直到下午两点多，才走到李家舍村西侧的农田，离刘家舍村还有近三里路。此时，两个人口干舌燥，肚子咕咕作响，步子也迈不出去了。和和说："妈，您饿不饿，我真想吃点东西。"

　　杨豌珍当然也一样，肚子都唱过几回空城计了。她下意识地看了下路两侧的农田，见右边是块番薯地，番薯垅的土已经裂开，能插进去一根筷子了，说明番薯长得至少比鸡蛋大了。

她说："和和，这番薯能挖出来吃了，这儿反正没别人，你去挖一个吃吧。"

和和睁大眼睛，看了看妈妈，疑惑地说："妈，这是人家的番薯，主人不在我们怎么能去挖？"

杨豌珍听后很欣慰，她低下头亲吻了一下儿子的小脸蛋，说："和和真是个懂事的孩子，有出息。妈太高兴了！"

豌珍想起三年前的一件事，一天她正在家里做午饭，听到墙外有人在拍小皮球，往窗口一看，原来是儿子。她问和和皮球是哪来的？和和答不上来。再三追问后，他才红着脸说是从金龙那里拿来的。

原来头天去舅舅家，表弟金龙有个小皮球，和和跟他一起玩得很开心。和和很喜欢这个小皮球，回来时悄悄放进衣袋里带回来了。杨豌珍听了很生气，骂儿子好的没学会，却学会了偷东西，这么没出息。她要和和马上还回去，否则不准吃饭。和和没办法，只好还给了表弟，为此来回走了十多里路。回来后，杨豌珍给他讲了"偷线板咬奶头"的故事，告诉他从小要养成诚实的品格，不能贪小便宜，别人的东西不能要，否则长大了一定没有出息。

今天，杨豌珍有意测验一下和和，才叫他去挖人家的番薯。看儿子通过了考验，她很开心。古希腊的普卢塔克讲过："美德是世间最美好、最有价值的财富。"儿子表现那么好，杨豌珍放心了，很有成就感，她觉得自己是世界上最富有的母亲。

第十四章　以德报怨

一

杨豌珍忽然想起，二林家的自留地就在附近桥边。他们每年总会在这儿种些蔬菜瓜果什么的，于是向桥边望去。

李二林恰巧正在田间拔杂草，听见有人说话，起身一瞧，见是杨豌珍母子，便兴奋地喊道："豌珍姐，你俩怎么到这来了？"杨豌珍便把去县城为和和买衣服遇见小偷的事跟他说了一遍。说完，她让和和喊李二林二叔。和和听话地叫了声"二叔，您好"。

李二林见和和很懂礼貌，人也长得乖巧，高兴地说："姐，和和很像正伟哥呢！"

这时，女儿蕊蕊奔奔跳跳地跑过来，李二林让她问大妈妈好。蕊蕊有点害羞，没吭声，只望着杨豌珍甜甜地笑了笑。

杨豌珍说："蕊蕊长得多可爱呀，像你，不过更像丽花，看这两个酒窝多喜人，长大后准比她妈妈还俊俏。"

丽花也在一边干农活，听见有人在说话，就向这边望了望，见是豌珍母子俩，又低下头自顾自拔野草了，好像没看见一样。

　　杨豌珍看见了，就说："蕊蕊，你妈也在拔草呀，和和，那是丽花婶婶。"

　　和和向前跨了两步，说："婶婶您好！"

　　可丽花像没听见一样，照样低着头干自己的活。李二林见状，感到很过意不去，就说："和和，你过来，叔叔种的萝卜可甜了，你尝尝，爱吃多少就去拔多少。"

　　和和肚子里的馋虫正在大闹天宫呢，他便向萝卜地走去。可丽花这时却说话了："明天是集市，那些萝卜我要拿去卖的！"

　　和和听了，便停下来对李二林说："二叔，谢谢你，我不饿。"

　　杨豌珍看在眼里，就对李二林说："二林，孩子肚子不饿了，谢谢啦，我们走了，你们忙自己的吧。"说完又转向蕊蕊："蕊蕊，星期天到大妈妈家来玩啊。"

　　李二林很尴尬，他没想到丽花这么不懂人情世故，不讲情理，按他的脾气，真想好好训丽花一顿，可当着杨豌珍母子的面也不好发作，就去拔了几个红萝卜递给和和吃。和和看了看萝卜，又看了看杨豌珍，不知道该不该接。

　　杨豌珍看萝卜都拔出来了，不拿也有违李二林的一番心意，正想让和和接着，哪知丽花又说话了："蕊蕊，以后碰到什么事都要想好，就是讨饭也只能在本村讨，不要到外面去丢人现眼，树要皮人要脸，再穷也不能不要脸。"

　　杨豌珍一听真生气了，觉得丽花真是太绝情，即使你对我有天大的意见，也不该拿小孩子说事呀。她气得说不出话，拉起和和的手就转身上了桥，李二林手里提着几个红萝卜在后面喊："姐，和和，你们等等！"可杨豌珍头也没回，径直回刘家舍村了。

　　眼看着杨豌珍母子俩走远了，李二林感到很没面子，怒气直往脑门上窜，他上去一把把丽花拉到一边，质问她道："你怎么一点涵养都没有，为什么那么小家子气，就是抠门也没这么抠法的。人家小孩子这么长时间没吃东西了，你连两个萝卜也舍不得，亏你做得出来！"

　　丽花不屑地回敬道："她的孩子肚子饿不饿跟我有什么相干，又不是我偷了她的钱。"

　　李二林说："人活在世上，满满的饭好吃，满满的话不好讲的，做什么事都不能太绝，你今后万世不靠天了？"

丽花不依不饶："我就是冻死饿死，也不会去向她要吃要穿的！"

"可你即使不求人也不能一点情面也不讲啊。"

"讲什么情面？我俩是同学，自然见过不少次的面，但没有情，讲什么情面不情面的。"

"亏你还知道自己是她同学，别说是同学的孩子了，就是对流浪儿发点慈悲给个萝卜也可以吧。"

"我有食物可以给乞丐吃，可以喂流浪狗，也可以扔垃圾堆去，就是不能给她的孩子吃！"

"你自己不讲情面也算了，连我都不好意思再见豌珍姐，人家的心眼可不是你想象的那样。"

"不见面不是更好，你们不过是曾经的叔嫂关系，现在哥哥都不在了，什么瓜葛都没有了，还见什么面，难道还有什么隐情值得留恋的吗？"

李二林听丽花讲到这里，不禁火冒三丈。心想，当年就是你这张臭嘴无中生有地诬陷豌珍姐，害得她无缘无故下不了楼，还把我给搭了进去。我没跟你算账，本以为你会改。今天你竟然又讲这种混账话！我再不教训教训你，你这张乌鸦嘴还不得成天吱吱呀呀地乱叫唤？他上前要抽丽花两个耳光，刚举起手，看到蕊蕊两眼泪汪汪地正望着自己，只好强忍着一肚子火，把抬起的手又放了下来。他不想再看到丽花，农活也不干了，低着头噔噔噔地回家去了。

二

日落月升，冬去春来，新的一年又开始了。李蕊蕊已经是小学四年级学生了，每天都背着书包去三联小学读书。学校离家才三里多路，平时上学很轻松，可是今天，她却走得特别累，伸手摸摸自己的脑袋，感觉有点烫。

待她一步一挪地走到学校，感到全身上下都不舒服，就向班主任老师请了个假，由老师安排的一个高年级同学陪着去了公社卫生院。

医生见蕊蕊脸色发白，一脸的汗，以为是发烧，可量了下体温，才37.6度，并不很高。他伸手去摸了摸蕊蕊的脖子，感觉淋巴结似乎有点肿大，怀疑蕊蕊可能得了什么大病，他不敢轻易开退烧药，就告诉蕊蕊，体温不算高，不用吃退烧药，回去多喝点白开水会好些的。末了，悄悄对陪同的同学说："如果到中午还这样，你就跟校长说，最好去人民医院检查一下，千万别大意。"

吃过中饭，医生有点不放心，想找个熟人给蕊蕊的爸妈带个信。刚到门口就碰见了三联小学的校长吕豆豆，便跟他说了自己对蕊蕊病情的看法。吕豆豆说："我也是为这事来的，想问问你，蕊蕊现在没精打采的，半天没说一句话，我有点担心，不知道什么情况。"医生告诉她："我也没把握，只是怀疑，以前有过这样的病例的……症状很像……是，白血病。"

吕豆豆听到这个消息后，心里七上八下的。她慌里慌张地往学校赶，心里念叨着：这可是大病呀，千万别让医生说准了，要不丽花这辈子就完了！越这么想着心里越不安，半途又折回医院，让医生一定到学校再给仔细查查。

医生跟着她到了学校，用手指按了一下蕊蕊的手背，手背上很快就出现了一道青紫色印子。他脸色一变，建议立刻通知家长，马上送县医院检查。

县人民医院诊断后，给出了大家最不愿听到的结果：白血病，并建议转院去地区医院治疗。

地区第一医院，1133号病房门口。丽花套上塑料鞋，戴上口罩，轻手轻脚地来到15号病床前，缓缓地坐下。蕊蕊安静地躺在床上，脸像一张白纸，眼微微闭着，只剩下细细的一条缝，还时不时地咳嗽几下。已经第四天了，一点好转的迹象也没有。丽花低下头，贴近女儿的耳朵轻轻叫了声"蕊蕊"，可蕊蕊一点反应也没有。也许睡着了，丽花忍着伤心自我安慰道。

这些天丽花的心情说不清有多沉重，天天抹眼泪。这也难怪，儿子不争气，整天惹是生非，不是欺负人家孩子，就是踢死人家鸡鸭，去学校读书也是三天打鱼两天晒网的，即使坐在教室里也心不在焉。总之是越来越坏，真不知将来会长成什么样，反正自己对他已经不抱多少希望了。反倒是女儿蕊蕊既听话又乖巧，成了她和李二林后半辈子的唯一希望和寄托，可如今蕊蕊却得了这种病，老天爷对自己为什么就这么不公平，为什么要这样捉弄自己呢？唉，我是不是前世造了什么孽，犯了什么罪，今世才遭受这个报应呢？

时间悄无声息的，一个多星期过去了，蕊蕊的病丝毫不见起色。

今天，李二林来替换丽花陪蕊蕊。像以往那样，他先到王医生那儿了解蕊蕊病情发展的情况，医生的回答让他肝肠寸断："病情不但没控制住，还在继续恶化，前天已经开始牙龈出血，昨天又发现便血，看样子……你们得有个思想准备。"

李二林听不清医生下面讲了些什么，他含着泪来到病房门口，却没勇气进去。他怕女儿看到自己的泪水，索性站在门口缓口气，免得自己的红眼眶影响到蕊蕊的情绪。

丽花听出了李二林的脚步声，却不见他推门进来，便起身出去找。见李二林站在走廊里不停地擦眼泪，她知道女儿的病情不乐观，一时没了主意，两个人就这么你看看我，我看看你，谁也没说话。这真是含泪眼看着含泪眼，断肠人望着断肠人。

自从上次丽花气走杨豌珍母子俩后，李二林一直没给过她好脸色。有一段日子两人关系特别糟糕，真到了大吵三六九，小吵天天有的地步。即使有外人在，也常常面和心不和，好在丽花对李二林感情深，吵架归吵架，却从来没萌生其他念头。她有个优点，就是每当夫妻闹矛盾，她该退就退，该让就让。就是这份退让才让这个家庭维系下来。如今，对蕊蕊共同的爱使夫妻俩的心又紧紧连在了一起。

"你回去休息吧，一定要多睡一会，别干农活了，当心自己也被拖倒。"李二林关切地说。丽花还是没说话，只点了点头，转身离开了病房。

李二林来到病房，见蕊蕊闭着眼似乎睡着了，就悄悄在床边坐下，不忍心叫醒她，只默默看着熟睡中的女儿发愣。想着蕊蕊这么个聪明靓丽又活泼可爱的小姑娘，整天笑呵呵的，如今却被折磨得这个样子，不禁鼻子一酸，眼泪又充满了眼眶。

这病来势汹汹，短短几天时间蕊蕊就像换了个人。病魔像一群催命的无常，逼着她一步步走向奈何桥。李二林担心有一天女儿真的过了奈何桥，那自己这辈子活着还有啥指望。

三

丽花离开女儿病房后并没直接回家去，她径直去问王医生，蕊蕊的病到底有没有救，还有几分希望？

王医生告诉她："除非出现奇迹，否则希望很渺茫。"丽花听了，心凉了大半截。王医生又说："但也不是一点希望都没有，最好的治疗办法是进行干细胞移植，也就是骨髓移植，但相同的骨髓是很难找到的……"

丽花一听，赶紧打断医生的话说："王医生，我和她爸的骨髓先检验一下，看行不行。"

王医生说："我们也有这个设想，你们做个准备，明天就取样本。但即使父母的骨髓相合的几率也很小，我们已经跟省中华骨髓库联系过了，希望能找到和李蕊蕊对上型的骨髓。"

丽花连连点头："好，好，谢谢王医生，谢谢医院。"

王医生说："蕊蕊妈，你先别说谢，要找到能配上型的骨髓，希望还是很小很小的，大概十万分之一吧。即使找到了能配上型的人，对方也未必会同意，所以，你们要做好两方面准备。"

丽花说："王医生，如果找到对上型号的人，你给他透个信，只要他同意捐骨髓，我们会给他营养补助费的。只要能治好蕊蕊的病，我就是倾家荡产也心甘情愿，这辈子不够还，下辈子做牛做马也要感谢的！"

王医生劝她："先不要说这些话，现在能对上型的人还没找到，就算运气好找到了，能否实现成功配对也还是个未知数。有的即使本人同意了，家属亲友却不答应，总之啊，只要其中一个环节脱了钩，事情就很难办。"丽花听医生说到这，知道骨髓配对这条路也不好走，刚刚燃起的希望之火又慢慢熄灭了。

王医生看她一脸沮丧，就宽慰她说："蕊蕊妈，我们现在正从两个方面入手，一是尽力控制病情，争取不让它继续恶化；二是保持与省骨髓库的密切联系，希望能早点找到配得上型的人。总之，我们会尽力向好的方面去争取的。但也要看蕊蕊的运气如何，愿她额角头高，能遇上救星，来个逢凶化吉。"

四

这些天，刘正伟在忙着下村了解旱情，和村干部研究抗旱工作。转过几个村后，太阳已经下山了。想到豌珍可能还在家等自己吃饭，他使劲踩着自行车往家赶。

这是条沿河的泥路。路左边就是条十来米宽的河，右边是大片的棉花地，此时四野很寂静空旷，天上的月亮散发着清辉的光，碎银般照亮眼前的一切。

骑着骑着，刘正伟发现河边的芦苇丛中似乎有个黑影。他以为看花眼了，就停下车极目张望，确实是有个黑影，好像是个人躺在那里。风吹动芦苇，芦苇叶左右摇晃着，那黑影就忽隐忽现，看不真切。

他把自行车停好，趴下身子再仔细观察，发现黑影似乎动了一下。他轻轻凑上前去，问："朋友，你在干什么呀？"对方没有回应。

刘正伟忽然想起当兵后第一次站岗就把老母猪当作敌特的事，今天的情况跟当年还真有些相似，就连天气和时间也一样，同样晴朗的月夜。心里不禁念叨了句，难不成又是老母猪在捉弄我，不会这么倒霉吧，怎么老是遇到这样的事？

不过，当年是因为高度警惕导致太紧张才把猪看成人，现在可是和平环境，不应再这么紧张的。可那黑影究竟是猪，还是人，或者别的什么东西呢？他决定查个水落石出。

如果是人，这大晚上的，还真猜不准这黑影是大人还是孩子，是男人还是女人，于是刘正伟问道："同志，你躺在那里干什么？"黑影仍没回应。刘正伟不再像当新兵那回傻乎乎地站着了，他猫着腰，悄悄地往前挪。一步，两步，转眼不足十米了，他终于看清了，这黑影确实不是什么老母猪，是一个人。

记得上中学时，特别害怕看见"鬼烧窑"、"鬼跳舞"，还担心大鬼小鬼们报仇，不想去拆学校面前那片坟墓。他想现在这场景要是在那时，自己早已吓得魂不附体逃跑了。如今的刘正伟已不相信世间有什么神或鬼的，此时的他已经不很害怕了。但在这万籁俱寂的野外，在这朦朦胧胧的光线下，在死人活人分不清的特殊场合，他感觉还是多少有点慌兮兮的。

他也说不清自己为什么会这样？他怀着忐忑不安的心，一步步向前挪。

正当刘正伟聚精会神一步步向那人靠近时，听到不远处悉悉索索的声音由远而近，知道是条蛇向这边爬过来了。他分不清这蛇有没有毒，本能地后退了一步。蛇爬过去了，是条无毒的菜花蛇，他不禁长出了口气。正想迈步，突然一只黄鼠狼窜了过来，朝蛇的方向追过去了。看样子这是一场动物间的阶级斗争，可以想象，那条蛇凶多吉少。刘正伟想，蛇的命运如何我已顾不了那么多，人命总比蛇命要紧。他慢慢向那人走近，到了近前仔细看了看，清楚了，这是个十六七岁的男孩子，还应该是个学生。他用手摸摸孩子的前额，感觉体温还是正常的，知道还活着，可能病得不轻晕过去了。

"同学，同学，"他喊了几声，那人还是没回音。他便去推自行车，想把孩子用自行车带到医院去。可当他抱起孩子时，那孩子忽然大喊："啊，好疼啊，好疼啊！"原来他的腿断了。

刘正伟放下他说："同学，你在这等着，别动，我去叫几个人来，把你送医院去。"

刘正伟到附近村庄找了两个壮年农民和一只农船，连夜把孩子送到二十里外的区医院。他自己摇橹，由两个农友拉纤，不到两个小时就赶到了区医院。

医生检查后说："胳臂、大腿的皮肤轻度损伤，小腿骨断了，但还好不是粉碎性的，且断裂后移位不大，稍作矫正后给打上石膏就行了。"

手术前依例要进行登记、填写病历、询问病人的名字及家长姓名、家庭地址、造成小腿骨折的原因等，可病人什么也不说，不管大家怎么问，他就是低着头不吭一声。

刘正伟把医生叫到外面说："医生，还是先治伤要紧。这样吧，我叫刘正伟，是海沿公社的党委书记，家长写我的名字，病人的名字……"他略作思索后说："暂时就叫他刘杨平吧，家住刘家舍大队，病历暂时不写也行，过几天搞清楚后再补上，费用我会负责支付的。"

医生连夜给"刘杨平"打上石膏，并告诉刘正伟，至少需在医院住一个月，若一切顺利，一个月后配点药，回家疗养也可以，到时至少要卧床休息三个月。

刘正伟付好医药费后，又给了点生活费。他去摸粮票，但一摸口袋却没带粮票，这怎么办，没粮票怎么买饭吃，就向两个拉纤的农友借，两人翻翻口袋找，合起来总共才八两的粮票。刘正伟借来给了病人后，说："你不用担心，明天上午我会给你送来的。"

那孩子听后，瞪大眼睛看了看刘正伟，仍没说话。他觉得奇怪，这人是干什么的，心眼怎么这么好？

五

丽花来替李二林调换照顾蕊蕊，一进病房的门，李二林就把她叫到外边告诉她两个好消息："蕊蕊的病已得到控制，有所缓解。王医生说，我俩的骨髓检验过了，但都不能用，不过昨晚省中华骨髓库打来电话，说他们已找到了一个与蕊蕊型号相吻合的志愿者。"

丽花一听，激动地说："谢天谢地，真是谢天谢地！这些日子我妈天天在菩萨面前求，沐浴焚香吃素拜佛的，也许菩萨真的显灵了！"

李二林说："丽花呀丽花，你曾加入过共青团呢，怎么也信这些过了时的信条，我既不是党员，又没做过团员，是个落后分子，但我是什么神灵也不会信的。你想想呀，当年日本鬼子杀了这么多中国人，那时世界上的各路神灵都已在中国大地上安营建寨，可哪路神灵也没出面保护过中国人，连他们自己的信徒也一样受欺凌遭枪杀，哪会有什么真的神灵？后退一万步说吧，就算真的有神灵存在，大灾大难面前不出面保佑，求他们还有什么意义吗？活生生的肉体都保护不了，虚无缥缈的灵魂即使真有，即使真能保佑还有意义吗？要我说呀，求神还不如求人。"

丽花说自己其实也不是很虔诚，在彷徨迷茫中，在无奈无助时，就急病乱投医罢了。

李二林又告诉丽花："关于骨髓配型问题，我们还不能太乐观。配型的人是找到了，但还只是初步的，王医生说了，还要进行什么高分辨检验，若高分辨检验的结果也相合才能进行移植呢。"

丽花听后又有点忧心忡忡，但李二林说的"求神不如求人"的话倒是听进去了。她说："如果高分辨结果也相合，王医生说过了，还有家长这一关，家长要不同意，还不是瞎子点灯——白费蜡？不知道捐献骨髓的人在哪，我们最好去他家一趟，送点礼物表表心意。"

李二林告诉她："这事我已问过王医生，医生叫我先别忙，等第二步检验相融后再说吧。"

中午，和和特地请假回家，跑到海沿中学对杨豌珍说："妈妈，我跟您说件正事。刚入大学时，我报名做了一名中华骨髓库捐献志愿者，现在有个白血病人的骨髓型号正好跟我的相融合，两次检验都通过了。校长叫我来问问家长的意见，如果同意，说还需要家长亲自签字的。"

对这突如其来的事，杨豌珍一点思想准备也没有。她考虑，捐骨髓是件大事，救白血病人是件急事，要是用我自己的骨髓去救人，我会毫不犹豫地去医院，问题是和和虽已属于成年人，但年纪毕竟太轻了，还是在长身体的年龄段，能行吗？这一抽骨髓，对孩子本身健康有没有影响？究竟有多少影响？能否采取什么补救措施？这一连串的问号，在豌珍的脑海里打起了转转。

和和见阿妈不吭声，就说："妈，医生说了，没有我的骨髓，那病人的生命一定没法挽回了。"

豌珍对儿子说："这我知道，但这件事我得跟你爸商量商量后再定。"

和和问妈妈："我报名参加了捐献骨髓志愿者队伍，事先没问问您，您没生气吧？"

"傻孩子，你去做好事妈怎么会生气。不过你应该告诉爸爸妈妈的，至少事后就应该告诉一下的，也好让爸妈有个思想准备是不是？"豌珍告诉儿子："这事等你爸下班回来决定。你爸也是个忙人，现在是找不到的，晚上回来也没个准点，等他回来再说，一切顺利的话，你明天上午才可以把确切的消息带回去。"

和和对妈说："我知道爸爸妈妈平时对自己是很苛刻的，总舍不得花钱买点吃的，所以我特地从杭州买了一盒金华产的藕粉，一包南京制的千层糕，你们无论如何要尝尝，虽然我是凉亭茶请客，并不是自己挣的钱买的，但也代表了儿子的一片心。"

豌珍说："你有这份孝心妈妈就很满足了，妈也代表你爸谢谢你。不过我跟你爸都健健康康的，来日方长，你有孝心慢慢来也没关系的。你有两个多月没见外婆了吧？趁今天有点空，下午去一趟外婆家，把千层糕带去给外婆尝尝，回来后再把金华藕粉给阿婆送去，老人家这几天牙床有点红肿，牙齿都浮起来了，不能吃硬食，这藕粉正好派上了用场。"

和和点点头。

刘正伟还好农船回到家，天亮晓①已经露出地平线有一丈多高了，他也没脱衣服便躺下睡了。杨豌珍知道他一定遇到了什么具体问题要处理，才这么晚回来，轻声问道："还没吃饭吧，我给你去热一下？"

"夜饭、早饭明天一块吃吧，现在我上下眼皮直打架，先睡觉吧。"刘正伟说。

杨豌珍见他累得很，心想把和和要捐骨髓的事暂时搁一搁吧，等明天早晨再告知，让他先睡一觉。

次日早上，杨豌珍做好饭，刘正伟还睡得很深沉，眼看上班要迟到了，杨豌珍不得不把他推醒。刘正伟刚睁开眼，杨豌珍就把和和捐骨髓的事告诉了他，说："我自己不好下决定，你给拿拿主意。昨天儿子请假回来了，学校、医生都等着我们的回话呢。"

刘正伟听后，从床上一骨碌坐了起来，揉了揉惺忪的双眼后要杨豌珍再说清楚点。

杨豌珍说："其实事情也很简单，如果不让和和捐献骨髓，那病人非去见阎罗大王不可。因为骨髓配型很困难，连父母的骨髓也不一定对得上号，只有同一个卵子的双胞胎才可以进行配型移植，其他的人几率更是很小很小的，要再找一个能配上型的人，跟大海捞针一样难。这种病来势汹汹，可耽误不起。据说病人发病已有些日子了，再也拖不起。"

"那你怎么考虑？"

杨豌珍说："按理是应该让和和捐的，但我也担心多少总会有副作用的吧，不知道对儿子健康有多少影响，他自己还处在发育阶段，五脏六腑还嫩着，捐骨髓后该采取什么补救措施，或者吃点什么补品好，我的脑子里一片空白。"

刘正伟告诉杨豌珍："这个问题我也说不清楚，但郑勇知道，他在

——————————————

①天亮晓：指启明星。

浙医大是学习这方面专业的。这些天他母亲有病，正好前两天回家看娘来了。我昨天下午见过他，你上午要能抽出时间，最好先去问问他再决定。你要没时间，我要到中午才能去，就怕那时他回杭州了。如果没大碍，我主张救人要紧。时间很重要，同样救人总是越快越好，这种病确实拖延不起的，具体你决断吧。"

刘正伟话音刚落，杨豌珍说："我明白了，你自己吃点饭，我走了。"

"你不是还没吃吗？"

"来不及了，我要先跟罗老师商量一下，上午第二节数学课改到下午，让他的政治课提上来。"

杨豌珍急匆匆地到了罗老师的家，把调课程的事与他说了一下，罗老师同意后，她又风风火火地赶去找郑勇。

六

终于瞅见郑勇的家了，远远望去门半开半掩着，杨豌珍实在有点累，便放慢了脚步。离郑勇家不足三十米时，只见门推了开来，正是郑勇走了出来，手里提了个小旅行袋，看样子要回单位去。

杨豌珍想，幸亏我来得及时。她放大嗓门高喊："郑勇！"

郑勇抬头见是杨豌珍，感到有点意外。他说："啊呀！豌珍是你呀，我说大清早喜鹊为什么喳喳叫，没想到原来是你这个贵客要来！"

豌珍说："你别提喜鹊、麻雀的了，我跟叫花子只差一步之遥。"

郑勇笑着说："怎么啦，夜饭米还没着落呀。"

杨豌珍说："那倒还没到这一步。我是高级讨饭的，学校没老师会教物理课，我向局里要人；教室漏雨要修一下，我向公社要钱；食堂要扩建，我向队长要土地。我这样的人，人家见了逃都来不及，还能把我当什么贵客呀。"

郑勇哈哈一笑："这是体制上存在的问题，校长、院长、厂长都得兼任后勤部长，这就没法集中精力做本职工作，确实需要改一改。不过豌珍，你对工作极端负责的精神有目共睹，我也佩服你的人品，欣赏你的敬业精神，我看过报纸对你的报道，很为你骄傲。"

"我哪有报上说的那么高大完美，是记者同志粗心，把芝麻秸写成了高粱秆，你可别上当。"杨豌珍说："你是忙人，今天不说这些了。看样子你要回单位去？噢，我差点忘了问，大妈的身体没大碍吧？"

郑勇点点头说："我阿妈是老年病，彻底治愈也难，只能缓解一下。我也没办法待长，吃公家的饭嘛，身不由己呀。你要再晚来五分钟，我就走了。"

杨豌珍说道："我是无事不登三宝殿，有个问题特来向你请教的。"于是她把和和捐献骨髓，并与一个白血病人配对成功的事说了一下，问他捐献骨髓对捐献人有什么损害和风险，怎么恢复等问题。

郑勇告诉杨豌珍："我是个一瓶子不满，半瓶子晃荡的人，一向很不谦虚的。但这个问题你问我，倒真是问着了，因为已经有一些人向我问过这类问题。其实，捐献骨髓是件很平常的事，对捐献人的身体健康影响是有限的，并不像人们想象中那么玄乎。所谓对身体有影响，实际上心理上的影响远远大于生理影响。除去了心理负担，真正的损害是不大的。不能说损害一点也没有，但这种损害是在安全系数控制范围内的。"

杨豌珍仍有点担心地说："问题是和和本身也很年轻，他还不满二十五岁，仍处在发育阶段呢。"

"我记得和和与我女儿同年出生的，今年二十岁，应该不会有问题。如果不可以的话，省骨髓库也不会让他去进行配对检验的。"

"你这么一说，我心理负担是小了很多。还有个问题，你上面讲到，影响总还是有一些的，那怎样从营养方面作些补充，使人快点恢复呢？"

"你还是有心理负担，现在骨髓移植和过去不一样，叫造血干细胞移植，不像过去那样，动不动又打孔又穿刺的，听了都有点紧张，有些人见了甚至会头晕。现在只从血液中提取，损伤面没有了。总共只提取约十克左右的造血干细胞，数量不多，意义却很大，它能挽回一个白血病人的生命，而对捐献者不会造成本质上的健康危害。"

杨豌珍点了点头，郑勇继续侃侃而谈："造血干细胞的再生能力很强，捐献者一至两周即可自行恢复。至于补点什么，吃点鸡蛋、西红柿、胡萝卜之类的食物，保证营养够了就行，当然适量吃点甲鱼、泥鳅等高蛋白食品也好，但不需大补特补的，补多了吸收不了等于没吃。"

杨豌珍说："这倒是，吸收不了吃再多也是浪费。"

郑勇告诉杨豌珍："有一点我们要明白，医生的职责是帮助病人恢复健康。如果帮一个病人恢复了健康，同时却让另一个健康人变成了病人，你说这是念的哪本经呀？"

杨豌珍说："老同学，你把我给降服了，你在大学这几年的墨水真没白喝，我佩服得五体投地！"

"我对你才佩服呢，真的，你把和和教育得这么有爱心，又这么聪明，说明你这些年的粉笔灰也没白吸啊。"郑勇说。

杨豌珍哈哈大笑道："有意思，真有意思，没有人表扬我们，我俩就这样自己互相吹吹捧捧。"

杨豌珍跟郑勇告别后就赶回家，告诉儿子："爸爸妈妈都同意你捐骨髓。"

和和说："妈妈，我见您和爸都很忙，一直没来得及告诉你们，那个白血病人是个女孩，而且我小时候见过的，就是丽花婶婶的女儿李蕊蕊。"

杨豌珍一听不禁愣了一下，心想怎么这么巧，偏偏是她的女儿？

见阿妈这么一分神，和和担心她会接受不了改变主意，就想赶紧给妈妈说几句什么话进行劝慰，却找不出恰当的词汇。因为在和和的心中，阿妈不仅仅是自己的妈妈，也是自己心中的楷模呀。

杨豌珍很快镇定下来，对儿子说："和和，我们是在救人，就不用管病人是谁的孩子了，能救的一定要救，能帮的当然要帮。做好事是老祖宗传下来的美德，救人性命意义更重大，犹豫不得。你年纪轻轻就想着救人性命，这很难得。妈认为你做得很对。"

"妈妈，您的心胸真的很宽广！您虽是我的妈，却更像是我的导师，我会像您一样去做人的。"和和说。

杨豌珍满意地点点头，告诉儿子："你回校后告诉老师，什么时候需要家长签字，来个电话就行。还是找你爸容易些，电话打到公社办公室吧，他要不在文书也会转达的。接到电话后，我或你爸马上会过来的。"

七

刘正伟吃完早饭先去公社，把有关工作向同事们做了简要交代。然后去供销社买了热水瓶、毛巾、牙刷等生活用品，就去区医院，给"刘杨平"送去。尽管他使劲踩自行车，但赶到区医院时已经接近中午了。

"刘杨平"等呀等，不见刘正伟到来，以为他不会再管自己了。他想，也难怪人家，他花那么大精力把我送到医院，又付了医药费，已经很难得了，还能再指望人家做什么？可是中午的饭还没着落呢，饿一顿还可以忍着，那晚上、明天、明天的明天怎么办？他不断向门外张望，希望看到那位好人，或者看到自己熟识的人，给妈妈送个信。

此时他想，听说外国人的电话只有扑克牌大小，而且不用电话线，可以放在衣袋里带身上，要打电话时随时拿起来就打，那多方便，我就可以叫妈妈送粮票和饭钱来。可我们国家太落后了，打电话非要到邮电局不可，我的腿裹着石膏，怎么去邮局呀？阿妈还不知道我腿骨折住院呢，现在我举目无亲，这该怎么办？

正当"刘杨平"暗暗着急、六神无主之际，刘正伟满头大汗地来了，一进门他就说："孩子，你等急了吧？"说着，拿了包饼干递给"刘杨平"："你先吃两块饼干，我给你买饭去。一会食堂要关门的。"说完就向食堂走去。

"刘杨平"觉得奇怪，心想世界上怎么还有这么好的人呀，还偏偏让我碰上了，他跟我无亲无故，为什么要这样待我？

一会儿，刘正伟打了饭回来，孩子说："伯伯，谢谢您，您比我爸爸还好！"

这"谢谢"两字是"刘杨平"自上中学以来第一次从他的口中说出来。

刘正伟平静地说："来，我们先吃饭。"他递过去一份饭菜说："这份是你的，时间一长要冷的，你赶快趁热吃。"他自己把一盒饭端着放在孩子够不着的地方，说："我先去洗个脸。"

孩子打开饭盒盖，见盒内有三种菜：一块红烧肉，一个荷包蛋，还有个酸菜炒小河虾。他馋虫一下就爬上来了，赶紧狼吞虎咽地吃了起来，等刘正伟洗脸回来，他早把"战场"打扫得干干净净了。

刘正伟拿起饭盒也吃了起来，孩子见他饭盒里全是青菜，忍不住问："伯伯，您的盒子里怎么全是青菜？"

刘正伟风趣地说："孩子，我是属兔子的，最喜欢吃青菜，却不爱吃肉呀虾呀的。"

"伯伯，您别说了……""刘杨平"说到这儿，泪水流了出来，又觉得有点难为情，便转过脸去擦了一下："您的心眼太好了！"

"孩子别这么说，你腿骨折了，应当吃好一点，再说你还没成年，正在长身体的阶段，也需要多补点营养嘛。"

刘正伟的回答让孩子既感动又意外，自从自己走上邪路，村里的人都把自己当作瘟神，从没给过一个笑容，这位伯伯是第一个把自己当人看的人。他感到心里热乎乎的，心想这伯伯是我见到的天下最慈祥的人了，可他为什么平白无故对自己那么好呢？他想弄个明白，于是问："伯伯，我不是您的孩子，您为什么对我这么好？"

"噢，你虽不是我的孩子，可你是我们祖国的孩子，是祖国的花朵，关心下一代是我们做长辈的责任，也是义务呀。"

孩子一听，双手捂住脸，呜呜地哭了起来。

"孩子，你这……"

"伯伯，我不是祖国的花朵，爸爸说我还不如狗尾巴花。我是个出了名的坏孩子，凡看见我的人都不会理我，大人们不允许他们的孩子靠近我。我像一个带着鼠疫病菌的人，谁都离我远远的，生怕传染上。您是第一个把我比成花朵的人。"

刘正伟一听感到很意外，心想这孩子小小年纪怎么还有这么多心结呀？但他又认为这孩子既然能分清是非，知道自己的行为不好，应该是可以改正过来的。

他仔细看看这个孩子，似乎有点面熟，可细细想来又觉着不可能，但还是带着疑惑问："孩子，你能不能告诉我，你是哪个村的，你的爸爸妈妈是谁？"

孩子说："伯伯，我是哪个村，爸妈叫什么名字，本打算谁也不告诉的，怕丢了他们的脸。我知道我碰到了一个天下最好的人，我没法对您不说实话。我家住李家舍村，爸爸叫李二林，妈妈叫——"

"你妈叫丽花是不是？"刘正伟把右手一扬，打断了他的话。

"伯伯，你认识我妈妈？"

"果然是'三代不出舅家门'，我就说你看着像我战友李松林，心里一直在嘀咕，原来还真是他家人。"

谐谐曾听妈妈讲过，现在的公社书记是大伯的战友、妈妈同班且同桌的同学，叫刘正伟。于是就问："那，您是刘正伟伯伯吗？"

刘正伟用手抚摸着他的头，深情地说："丽花的孩子很聪明嘛！现在该告诉我，你叫什么名字了吧？"

"刘伯伯，我叫李丽谐，父母本来都叫我谐谐。但自从我学坏后，他们见到我就摇头，不再叫我谐谐。爸爸改叫我'邪邪'，说我中了魔，入了歪门邪道，已无药可救了。妈妈叫我'斜斜'，说我走的路不太正，方向斜了，但她还抱有一线希望，认为还存在改正的可能。"

刘正伟听了谐谐的回答，想笑却发不出声来。他心里说，丽花呀丽花，你们夫妻俩实在太幽默了，孩子的名字怎么可以像说相声似的改过来又改过去的。刘正伟又问谐谐："你的腿怎么骨折的？"谐谐告诉他自己的腿是被几个朋友打折的。

"朋友？既然是你的朋友，为什么还要打折你的腿？"刘正伟不解地问。

"因为我妹妹蕊蕊得了白血病……"

刘正伟听到这，似有一道电流突然传到身上，他立刻打断谐谐的话："什么，你妹妹得了白血病？你没说错吧？"

"真的，刘伯伯，我没瞎说，她现在正在地区医院住院。"谐谐说着，眼泪就出来了。

刘正伟没说话，心情很沉重，停了好一会才问谐谐："蕊蕊现在的病情怎么样？"

谐谐告诉他："妹妹的病情很重，她连说话的力气也没有，爸爸每次回家都不大高兴，脸总是阴沉沉的。妈妈的眼圈老是红红的，眼角总挂着泪痕。"

"谐谐，那你的腿跟你妹妹生病又有什么关系？"

谐谐说："我过去每次向阿妈要钱，她都会很爽快地给我，但自从妹妹住了院，她就舍不得给我钱了，说治妹妹的病要花很多很多的钱，家里这点钱根本不够，叫我再不要像以前那样随便乱花钱了。我听后很不高兴，也没想到妹妹的病真的会像阿妈说的那么严重。一天，阿妈带我去医院看妹妹，我发现妹妹真的好可怜，脸上一点光泽也没有，嘴唇干得裂开了几道口子，眼睛闭着，还时不时地咳嗽。她讲话也很吃力，声音很轻，轻得我差点听不见，我才知道她病得实在太重了。"

"我流着泪对妈说，一定要把妹妹的病治好，说着我从自己的衣袋里掏出一叠钱交给了阿妈，大概有两百来元，阿妈觉得奇怪，就问我这么多钱是哪来的。我实话相告，因为她这些日子不给我钱，我就在家里翻箱倒柜到处找。钱没找到，却找到了一个小镜箱，我把她放在镜箱里面的金戒指、金耳环、银项链、玉镯什么的都拿出去卖了三百多元钱。几个朋友要我请客，我就带他们去饭店吃了几餐饭，还剩下这么多。"

"阿妈听后气得脸色发紫。她不好在妹妹面前发作，便跑出了病房，急匆匆跑到河边大哭道：我的小祖宗呀，这些东西可是大哥的命钱换来的呀，我要再换成现钱救蕊蕊命的，就这样被你糟蹋掉了！叫我怎么办呀？天呀，我家怎么会出这样的败家子？我前世到底作了什么孽！"

"我见阿妈一个人坐在河边呼号，怕她一着急出事，便一边哭着一边喊道：妈呀，我以后再也不敢了！一边又使劲拉着她离开河边。谁知她一把把我推开，向一棵树上撞了过去，幸亏我使劲拽住了她的衣角，才没出大事，只是头角擦破了一点皮。后来还是在旁人的劝说下阿妈才回到妹妹的病床前。"

"后来我才知道，家里原来积攒的钱真的剩下不多了。为了筹集妹妹的医疗费，阿妈把金戒指等较值钱的细软物资整理后打算卖掉，估计至少能卖三千多元钱，却被我……这回我也后悔了，觉得对不起妹妹。我对别人做过许多坏事，却从没后悔过，但我不能对不起妹妹。"

"我在回来的路上想了许多。过去爸爸打我，妈妈骂我，全村的人见了我都摇头，只有妹妹对我最好，从来没说过我一句坏话。每当爸爸要打我时，她总会为我求情。有一次，爸爸又要打我，妹妹哭着跑过去使劲抱住爸爸的腿不放，我才趁机跑掉了，她自己却被爸爸打了一顿。"

"我曾想过，在这个世界上，只有妹妹对我最好，我可以对不起别的任何人，就是不能对不起妹妹。可是我把阿妈用来给她治病的钱财给挥霍了，想到这，我很内疚，心想自己再不可像以前那样乱花钱了。"

"我往回走，刚进村口，原先的几个朋友围着我，要我掏钱上饭店改善改善生活，我说一分钱也没有了，他们不相信，硬逼我非去饭店不可。我本来心情就不痛快，忍不住对他们发了火。他们人多势众，我一个人骂不过他们，就随手拔了根篱笆桩去打。他们夺过去反打过来，我就跑了，但刚过村后面的石桥就被赶上了。这些人心狠手辣，一棍子打在我腿上，我便晕了过去，要不是被您发现，我现在还不知道会怎样呢。"

刘正伟听后，觉得谐谐确实也够淘气的，怪不得李二林和丽花会这么责怪他。但谐谐已经认识到自己这样做错了，有悔改的念头，这倒是改过的一个极好机会，不应轻易放过。于是，他问谐谐治好腿后打算怎么办，谐谐似乎还没想过这个问题，他看了看刘正伟，把头低下去没作回答。

刘正伟看看时间已经过了十二点，说自己下午还要开大会，得赶回去，便拿出两本书，要他在住院期间自己复习复习。

谐谐一看，是初三的语文和数学课本，课本上写着刘杨和的名字，心想这一定是刘伯伯的儿子。他觉得奇怪，刘伯伯怎么知道我正在读初三？

刘正伟告诉谐谐："我只是瞎估计，假如还没读初三，数学可以暂时放一放，先预习一下初三语文吧，有不懂的先标出来，到时给我看看，我若不知道，还可以去问老师。"他还告诉谐谐："安心疗伤，同时趁现在没人打扰，抓紧学习，别把功课落下。"

八

刘正伟下午开完会，又处理了几件具体事，回到家天快黑了。他把谐谐因故与人吵架，被人打断腿骨住院的事告诉了杨豌珍。

杨豌珍听着听着，心中开始迷茫起来，她想，我和丽花结的是什么缘呀，怎么她两个孩子的不幸事都会跟我们牵扯到一起，想撕都撕不开？

刘正伟见杨豌珍沉默不语，便说："你还在为两个红萝卜的事生气呀？过去的事就让他过去吧，为这点小事耿耿于怀也不犯着，其实是在跟自己过不去，还是学学弥勒佛'大肚能容，容天下难容之事'吧。"

杨豌珍对刘正伟说："我并不是为那个生气，'恩欲报，怨欲忘'，我好歹也是个老教师了，就这么个小肚鸡肠那哪行？我是在想，发生在丽花两个孩子身上的事，为什么和我们都脱不了干系。"

刘正伟不明白杨豌珍的话，问她："什么两个孩子的事和我们都脱不了干系，这话是什么意思？"

杨豌珍就把跟和和配对的病人就是蕊蕊的事告诉了他。

刘正伟听后，睁大眼睛看了看杨豌珍，有点不敢相信自己的耳朵，这事也太戏剧性了，确实不可思议，便说："真是无巧不成书啊！"

讲到这，刘正伟忽然想到一件事，谐谐住院的事，李二林和丽花都还不知道呢，应该设法通知他们一下才对，否则找不见孩子他们会着急的。

杨豌珍说："反正谐谐不回家过夜也是常有的事，今天这么晚了也来不及通知了，明天早上你上班后给小梅打个电话吧。"

刘正伟说："也只好这样了。"可电话里怎么说呢，实事求是地说恐怕不妥，这会把李二林和丽花急出病来的，蕊蕊的病已经够他们愁的了，再告诉谐谐的腿也骨折住院了，这事挨到谁都会承受不了的。就说："我在考虑，这事最好先别跟丽花讲，只跟小梅说清楚，叫她暂时保保密，你看呢？"

杨豌珍数落道："大会上作报告时开口相信群众，闭口依靠群众，落实到行动上就不相信群众了，好像这世界上算你最聪明。你尽管把事实告诉小梅，小梅自有办法应付丽花的，要你交代得这么具体干什么，她完全有这个能力。"

果然，小梅没有马上向丽花透露实情，只说谐谐住在她家，自己会管住他的，丽花听后自然就放心了。不过这是后话。

刘正伟赞同地点点头，他佩服妻子的应变能力。于是说："我们的杨校长可真了不起，真是个'守经达变'①的高手呢。"

杨豌珍瞪大眼睛说："好呀刘正伟，你敢这样损我，这回把我比作蒋介石了！"

刘正伟说："我没有贬你的意思，只是说你的应变能力比我强，这也

----

①守经达变：孙中山曾经对黄埔军校校长蒋介石的评语。

得罪你了吗？"

"谁知你心里怎么想的，也许把我真的打成战犯关进监狱，你才高兴呢。"

"干吗要把你打成战犯关进监狱，这对我有什么好处吗？"

"当然有呀，你现在是堂堂公社书记了，身边却跟着个没出息的黄脸婆，多没——"

刘正伟打断杨豌珍的话："你别提什么公社书记了好不好？自从戴上这顶帽子，千百双眼睛从四面八方瞪着呢。你当然不知道，我是有苦难言，就像林黛玉进了宁国府，不敢多说一句话，不敢多走一步路呀。"

"不是说'有权不用，过期作废'吗？你现在可是万人之上，大权在手呢，要找个女人就像去菜市场买青菜萝卜那样，可以随心挑任意选！"

"我可没敢这么潇洒，我这帽子上的顶戴花翎，远看像根雉鸡毛①，近看却是根茭白草，一有点风吹草动，什么时候说折就折了。再说了，就算我在外面是'万人之上'，回到家里也还是'一人之下'。你杨豌珍叫我立正，我什么时候敢稍息呀。"

杨豌珍得意地笑道："我看你也不敢！"

她本来还想跟刘正伟再逗上几句寻寻开心，怎奈一股倦意袭来，便打了个呵欠说："啊唷，今天有点累，不跟你磨嘴皮打内战了，我想早点歇息。过几天等到和和捐髓的事一开始，有的忙了。"

刘正伟凑近她的耳朵，轻声问道："'内战'停止了，该考虑'统战'了吧？"

杨豌珍自然明白他所说的"统战"二字的特定含义，便说："去去去，别来烦我！都这岁数了，还老是想这种不上台面的事，没出息！"

"上岁数又怎么啦，你没听人说过'三十如虎，四十似狼，五十赛过金钱豹'吗？你不知道吧，我外婆生小舅时，比你现在还大两岁呢！"刘正伟的理由倒是很充足。

①雉鸡毛，古装戏中武将头上戴的装饰物，如齐天大圣、穆桂英、周瑜等人的头饰。

"刘正伟呀刘正伟，外婆健在时也没见你拿多少礼物去孝敬她，现在老人家都归天了，你倒没忘记把这些陈芝麻烂谷子的事翻出来抖搂抖搂，你以为这是很荣耀的事呀，有你这么做外孙的吗？"

"这事虽不能说光彩，但说到底也不是什么见不得人的事，每个人都是父母所生，每个人又都要做爸妈，大家都在这条道上走，这是心照不宣的事，否则这天道循环就要停止，到时候还得劳驾上帝再造一回人。只是我们中国人对这件事的表达方式过于含蓄，可以做，却不能说。"

"你这方面的理论水平不低嘛，说起来还一套一套的，看来几年兵没白当。你平时没事时总是念叨指导员长、指导员短的，这些也是你们指导员教的？"

"嗨，这些事还要人教吗，你别糟蹋我们指导员好不好？要我看呀，这事好比是块臭豆腐，人人都说臭，个个都爱吃！"

杨豌珍听后，不禁笑道："那么你下次上党课时，把这块臭豆腐的例子讲讲吧。大家听后一定会夸你：刘书记上党课呀，既生动又活泼，既风趣又幽默！"

"大庭广众之下，外孙讲外婆的私生活？"

"是呀，这该有多新鲜！"

"那样的话，我在全县非成为名人不可——我就白痴到这个地步了吗？"

"看来你还知道羞耻这个词呀？"杨豌珍说。

"内外有别嘛，我不过是对你说说而已，正式场合哪能真的去瞎咧咧。"刘正伟说到这里，伸手轻轻地碰了一下杨豌珍的胸部，嬉皮笑脸地说："我不是想启发启发你的'阶级觉悟'嘛。"

杨豌珍斜瞥了他一眼，故作嗔怪地说："没羞没臊！"

第十五章　家　宴

一

第二天早上，刘正伟刚进办公室，电话铃响了，是省中华骨髓库打来的，说是想征询他对刘杨和捐献骨髓的意见。

在得到刘正伟的正面答复后，省库的同志激动地说："刘同志，谢谢你的大力支持！因为办这件事要求越快越好，所以你最好今天上午就来签字，但不用到杭州，可以直接去地区医院血库签字。同时，刘杨和同学也将于中午赶到那里，你们父子俩就在医院血库办等候，王医生会跟你们联系的。"

放下电话，刘正伟径直去找杨豌珍，商议谁去签字。

杨豌珍告诉他："我今天的课已经排好了，能不改就不改动了。如果你能行，就先去签个字，明天我会去照顾和和的。"

刘正伟说："我自己也是这么考虑的。还有个具体问题，关于和和捐骨髓的事，我想还是不要告诉二林和丽花他们，你的意见如何？"

"这事你要不说我差点给忘了，你想到了就好，我本来也想跟你说一声的。他们遭了这么大的难，我们帮一下也是应该的，但不要给他们增加压力。"

"好的好的，那我就走了。"

刘正伟说着拔腿就要往外走，杨豌珍突然想起了什么，又补充道："这事也别对外声张，没这种必要。人怕出名猪怕壮，不是说宁静致远嘛，能安静还是安静点的好。你签字前跟医生说清楚，让院方一定替我们保好密，就说捐髓人及家长与受捐者一方不打算见面，不要让他们知道谁捐的骨髓。如果有记者要来采访，我们也不想配合。"

按操作规程，在采集干细胞前五天开始，每天要打一支"动员剂"。打"动员剂"是为了让骨髓活跃起来，分布在血液中，为细胞分离机从血液中提取干细胞打好基础。

由于手术时间早晚对病情恢复关系极大，因此，必须尽可能提前进行，所以在刘正伟父子签好字的当天下午，医生便给和和进行了第一次"动员剂"的静脉注射。

吕豆豆和丽花之间常有往来，她俩的友谊从未间断过。当吕豆豆听刘正伟说到谐谐骨折住院的事后，心想，李二林家怎么这么不幸呀，两个孩子竟然都住了医院，而且还不是三五天就能出院的，都需住上几个月呢，真是"屋漏偏遭连夜雨，船破又遇顶头风"了。

虽然刘正伟已经告诉她，谐谐的伤不会有大碍，只要静养即可自行恢复，但她还是不放心。第二天，她特地请假来看谐谐。到了医院病房前，见谐谐一个人正低着头在看书，她觉得很奇怪，甚至有点怀疑这个看书的小孩是不是谐谐。站在门口看了一会，她发现确实是丽花的儿子在看书，而且看得很认真，手里的铅笔不时地在书上打杠杠、画圈圈，心想，太阳真的从西边出来了！

谐谐读小学时是她的学生，她自然知道谐谐的底细，自己还真是第一次见谐谐这样认真地学习。

吕豆豆清楚地知道，谐谐三年前小学毕业时各科成绩平平，数学还不及格，别说考去二中了，就连公社中学也差了一大截。附近另外一个公社民办中学的校长是丽花的堂兄，丽花再三请求他收下谐谐，无论如何让他读完初中。堂兄早就知道这堂外甥是个"混世魔王"，怎么也不愿答应。丽花于是一把鼻涕一把泪地哀求，就差一点没跪下了。女人的眼泪也是一种有力的武器，堂兄终于招架不住了，他说道："啊呀，你别哭了，九月一日叫他来报到吧。不过你得告诉谐谐，要遵守学校的纪律，别再捣蛋才行。"就这样，谐谐总算走进了中学的大门。

上中学以后，谐谐的劣性一点没改，不但自己不好好学习，还带着几个同学经常逃学。于是老师们有意见了，时不时地在背后议论校长开后门是不正之风。很快，校长听到了风声，他倒也率直，主动在教师会上作了自我批评，说："我没有以身作则，带头开了后门，俗话说上梁不正下梁歪，你们可以向我学习，也适当开开后门。"

话音一落，教师们听了不禁你看看我、我看看你，一时摸不着头脑了，心想哪有公开号召走后门的，他这葫芦里究竟在卖什么药？

正当大家交头接耳时，校长却幽默地说："但是有个条件，来开后门的人必须带两条湿毛巾：一条是用眼泪浸透的，另一条是用鼻涕渗湿的。"

"谐谐，"吕豆豆嘴里喊着进了病房，抬眼看见谐谐左腿打着石膏，心里很难过，问道，"痛不痛？"

谐谐见吕校长来了，很是高兴。因为吕校长是妈妈的同学，谐谐在校内称她吕校长，在校外却叫她吕阿姨。他说："吕阿姨，我的腿已经不疼了，您不用担心，医生说了，慢慢会恢复的。吕阿姨，您知不知道我妹妹的病好些没有？"

吕豆豆说："好当然没这么容易，但现在找到了一个可以跟蕊蕊骨髓配型的人，那个人也愿意捐献骨髓救蕊蕊。医生说了，只要有了能配对的骨髓，治疗蕊蕊的病就有希望了。"

谐谐高兴地说："太好了，吕阿姨，那个捐骨髓的人叫什么名字，家是哪里的，离我们家远吗？"

吕豆豆告诉他："不但我不知道，你爸妈也不知道那人叫什么名字呢。据你妈说，那个捐骨髓的人和他的父母都不愿透露自己的姓名，他们不想让别人知道。"

谐谐听后说道："吕阿姨，我和妹妹虽说都遭到不幸，但总会有好心人帮助。昨天下午，有个阿姨过来送了些苹果给我，还给我拿来两套换洗衣服。可她没告诉我她叫什么，只对我说我现在这个年龄记忆力强，接受速度快，正是学习知识的黄金期，可别错过这个好季节，错过了以后想补上就困难了。她还告诉我，学文化好比爸爸他们种蚕豆，季节性很强。蚕豆种子一定要在霜降前后三天内下地，种子下地晚了，发芽率就降低，枝桠瘦弱会造成减产；如果种子提前下了地，枝桠生发过旺也不行，经不起冰天雪地的考验，嫩枝芽一冻伤，同样要减产，这叫人误地一时，地误人一年。做学生该学习时不学习，损失要比种庄稼更大，农民种庄稼种不好只误人一年，学生学文化不认真，误人可就是一辈子的了。阿姨还说，星期天会来帮我一块学习，帮我把落下的课全补上。我看那位阿姨像是个老师，工作一定很忙的，就叫她不用常来，我自己会抓紧的。"

　　吕豆豆听谐谐讲完，猜想这人十有八九是杨豌珍，她让谐谐把那两套换洗衣服拿出来，仔细一看，果然是和和的，其中一件上衣还是自己买给他的呢。吕豆豆心想，这夫妻俩也真是难得，一个帮着治伤，一个忙着治心，哪怕是自己的孩子也只能做到这样了。哎，都怪当年自己和丽花不懂事，害杨豌珍受了那么多不白之冤。再想想丽花对杨豌珍的态度，确实有点过分。丽花呀丽花，你就这点不好，钻进牛角尖后就不知道拔出来，我都要替你脸红了。

　　想到这儿，她问谐谐："你说这位阿姨好不好？"

　　"当然好，吕阿姨，这还是我第一次听到大人表扬我呢。真是因祸得福，我的腿骨折后一下遇到两个好人，要不是刘伯伯救我，我都不知道现在会怎么样呢，也许死了都不一定呢。"

　　"死倒不一定，但骨折后早治疗与晚治疗效果是大不一样的。你治疗及时，不但恢复得快，还不容易留下后遗症，治好后跟正常人一样的。"

　　"吕阿姨，我伤好后，一定要好好谢谢他们！"

　　"那你打算怎么感谢？向妈妈要点钱，买些果品、糕点送给他们，是吗？"吕豆豆问。

　　谐谐并没考虑过这一点，不知道该怎么回答了。

　　豆豆接着说："谐谐你想想，刘伯伯摸黑撑船跑了二十多里路把你送到医院，回去又是二十多里，到家天都快亮了，第二天还得照常去上班，你打算送多少礼才能报答他？"

　　谐谐茫茫然没作回答。

　　"那位阿姨给你送来苹果和换洗衣服，还鼓励你好好学习。你想呀，你学好了对她有直接好处吗，你不学好对她有直接损害吗？她为什么要这样做？"

谐谐更是不知道该怎么接了。

吕豆豆继续说道："刘伯伯他们帮你的目的，不是要你以后送多少礼物给他。因为你有困难，他们就帮你一把，共同克服遇到的灾难，在他们看来，这是应该做的事。至于你怎么感谢，他们根本没去想过。当别人有难处时，自己伸手帮一把，这是一种精神境界，是做人的品德。比如给蕊蕊捐骨髓的那位好人，你认为这种精神好，就该向他学习，像他们那样做人做事，这才是送给他们的最好的礼物！"

谐谐似有所悟地点点头。

吕豆豆见状，又趁热打铁："当然送点礼物也是人之常情，古人说'滴水之恩，当涌泉相报'，不过你现在是个学生，先要抓紧学习文化知识，将来用自己的知识技能去创造财富，只有用自己的财物去报恩才是真报恩。"

谐谐又点了点头表示："吕阿姨，你说的道理我明白了，我会向他们学习，做一个好人。"

吕豆豆说："阿姨还有件事要提醒你，过些日子出院回家后，再不要跟那帮人混到一块了。"

谐谐听吕阿姨提到他那些朋友时，显得有点激动："他们害得我这么惨，我都恨死他们了，绝不会再跟他们玩儿了！"

吕豆豆说："这就好，跟好人出好人，跟了和尚出道人，说的就是选择朋友很重要。古人曾经告诉我们，朋友分四种不同的类型：'道义相砥，过失相规，畏友也；缓急可共，死生可托，密友也；甘言如饴，游戏征逐，昵友也；和则相攘，患则相倾，贼友也'[1]。"

"阿姨，你是说，前面两种朋友是良友，后面的两类人是损友吧？"

吕豆豆点点头："谐谐呀，你现在交的那些朋友是第四类，也就是最差劲的一类——贼友。你有零钱时，他们会百般讨好你，你没钱了，他们马上什

---

[1]朋友分四种类型，源自《鸡鸣偶记》。

么也不是，翻脸不认人。把你打折了腿连个信也不送，还推到河里企图淹死了事，这些人的心有多狠毒，跟这类人交朋友能有什么好结果吗？"

谐谐说："吕阿姨，您和那位阿姨就是道义相砥、过失相规的好人，是真心实意地为我好。还有刘伯伯，你们都是我最敬畏的长辈，我再也不和那些贼友整天厮混在一起了。"

吕豆豆激动地说："这就对了！谐谐呀，我会把你的决心告诉刘伯伯他们的，他们知道后，一定会比你送多少苹果还高兴呢。"

二

今天是和和捐献骨髓的日子。上午八时整，和和住进了4133号病房。因为杨婉珍事先要求不暴露身份，为了避免与受捐者家属碰面，医院特意把和和安排在四楼，跟患者隔了两层楼。

和和躺下后，王医生给他接好了血细胞分离机，徐护士长把针头利索地插入和和的静脉血管。和和静静地躺着，看着自己殷红的血液从采血针管流出来，流入细胞分离机，随后又回到自己体内。

因为时间较长，王医生叫和和闭上眼养养神，说快结束时会提前告诉他的。

经过三个半小时，医生告诉和和，采集快结束了。和和睁开眼睛问医生："够了吗？"

"够了，你的全身血液在分离机来回流了两遍，已采集了60毫升的造血干细胞悬液。"王医生说。

徐护士长轻轻地拔出针头，拆除了采集设施。医生拿着血液袋叫杨婉珍跟和和母子俩亲吻一下，说："这是你母子俩生命的一部分，现在它要救别人生命去了，告个别吧。杨婉珍拿着血液袋让和和先亲了亲，接着自己用脸也亲了亲，又用鼻子闻了闻，说："你先去吧，过些日子我会来看你的。"

医生临走时对杨婉珍说："和和妈，你有一个好儿子，你一定是位好妈妈。我代表患者向你们母子俩表示感谢！你们救了一个孩子的命，我代表医务人员向你们表示敬意。"

杨豌珍说："王医生，您别这么说，我们只不过是做了一件该做的事。你们天天在救死扶伤，才是最了不起的，要不人们为什么称你们为白衣天使呢。王医生，徐护士长，你们给蕊蕊治病要紧，照顾和和的事有我呢。"

医生与护士长走后，杨豌珍问和和："有什么不舒服的地方？"和和告诉阿妈自己感觉没有明显不适的地方。

杨豌珍说："医生说捐髓后少数人会有轻微的疼痛感，你真的没有吗？有的话可不要瞒着妈。"

和和说："妈，真的没有。"说着，他做出要起床的样子，想证明给妈妈看看。

杨豌珍急忙阻止道："这不行，就是没疼痛也不能随便走动。妈不放心，你至少要安安定定地躺上几个小时，最好能睡上一觉，你要听话。"

"妈，我已经二十岁了，你还把我当七八岁的小孩呀！"

"不管你有多大，在妈眼里，你就是个孩子。噢，你没明显的不舒适就好，我得去打个电话，你爸爸说好的，他会守在电话机旁等你的消息呢。"

杨豌珍说着，取出一副太阳镜戴上，和和对妈妈的举动感到迷惑不解，因为他还是第一次见阿妈戴墨镜，以为到了城里，阿妈也学着城里人的样子赶起时髦来了。可见杨豌珍又拿出一个口罩，准备戴上后再去邮电所打电话，他就更不理解了，连忙问阿妈大热天戴个口罩干什么？

杨豌珍告诉儿子："今天也是蕊蕊进行干细胞移植的日子，你二林叔、丽花婶婶都会来的，说不定你小梅阿姨和其他亲戚朋友也会来呢。他们家的亲友妈多数也认识，这么多熟人，我怕碰上了不便说清楚，就不想被他们认出来，不得已只好先把自己伪装一下。"

和和恍然大悟道："妈妈，您想得真周到。"

徐护士手拿着和和的干细胞悬液，李蕊蕊安宁地躺在活动病床上，医务人员把她缓缓推进手术室。李二林夫妇和众亲友们终于松了口气：这回蕊蕊有救了！

干细胞移植后的第二天，丽花再三要求看看女儿。医生让她换上医院的消毒外衣和鞋子、帽子，告诉她只有五分钟时间。

尽管医生说移植过程很顺利，但蕊蕊的脸色并没有多大起色。丽花看了依然忧心忡忡。

王医生告诉丽花，蕊蕊的情况很正常，不用担心，恢复总得有个过程，不会像电影中描绘的那样，药到病除、立竿见影。那是文艺作品，现实生活中可没有那么神。

一个月后，李蕊蕊才离开了无菌仓，移到了普通病房，这说明她去鬼门关转了一圈后终于回来了。

她的脸色比上次好多了，但还是跟上学时不一样，脸上缺少了少女该有的光泽。医生说，她的恢复还属于好的，但还需在医院待上三五个月。

谐谐早已出了院，经X光透视，骨折愈合得不错，不需要再打针吃药了，只是腿上的石膏暂时还得裹着，不能自由行走。

谐谐虽不能帮阿婆干点什么，但与阿婆说说话也好，因此小梅特地让他跟阿婆睡一个房间。两人的衣食反正都由小梅照应，也减少了来回跑的时间，丽花就放心了许多。

令她夫妇安慰的是，儿子像换了个人似的，不再淘气不说，还会自己抓时间学习功课，进步很明显。夫妻俩做梦也没想到，曾经那么顽劣的儿子竟然也有改过自新的一天。

小梅向杨豌珍要了份他们学校的期中考试卷让谐谐做，做好后又请她学校的老师批改，结果数学得了67分，语文得了71分，这出乎大家的意料，因为以前每次考试，谐谐这两门课常常是"红灯高照"。

丽花得知后对小梅说："小妹，你在谐谐身上花了多大精力呀，你真行！竟然把这块顽石给点化开了，你确实比我有能耐，我真不知该怎么谢谢你。"

小梅告诉丽花："照应侄子也是我做姑姑的责任。我想说明的是，我可没做多少事，使谐谐改邪归正的人不是我，是另有人在！"

丽花不解地问："他是谁，心眼为什么这么好？"

"二嫂，说出来你会不相信自己的耳朵的。但今天我还不准备告诉你，你不是急着要去医院替二哥照顾蕊蕊吗，你先去医院，别误了班车。这事三两句话也说不透，再说这件事的具体细节我也没完全搞清楚，等弄清了再跟你说也不迟。"

丽花本要问个清楚，她看了看表，发现时间差不多了，怕真耽误了班车，就匆匆向车站走去。

三

李蕊蕊出院了，终于回到了自己盼望已久的家。谐谐的腿也早已拆除了石膏，扔掉了双拐，恢复如初，又弹跳如飞了。

两个孩子都恢复了健康，李二林和丽花都长长地吐了口气。家里虽然欠了一些债，但能有这么个结果，真是连做梦也不敢想的。

李二林跟丽花商量："两个孩子住院期间，多亏亲友们帮忙，我们得备些小菜，把他们请来，吃顿便饭聊表一下心意，也庆贺一下两个孩子都获得新生。"

丽花说："这段时间我一直在想，要不是有热心人的帮助，我们无论如何也过不了这个座火焰山的，是应该谢谢他们。"

通过半年多来与病魔的共同抗争，李二林和丽花的共同语言多了不少，对遇到的人间温暖都深有感触，丽花的心胸也宽广了许多。

李二林说："真遗憾，直到现在我们也不知道给蕊蕊捐干细胞的人是谁。眼看我们快冻成冰了，人家不声不响地给我们送来了炭火，救了命还不愿留名，真是打着灯笼都找不到的好人。"

丽花说："可不是嘛，我心里也总是惦着这件事。"

谈到家宴的具体问题时，丽花说："根据我们家现在的经济状况，酒菜的档次高低大家是不会计较的，所以我考虑还是实事求是为好，不要打肿脸充胖子。"

李二林也认为丽花的意见是对的，于是说："有鱼有肉，不算淡薄。简单点不要紧，只要在心里不冷落众亲友就行。该邀请的人，亲戚自不必说了，凡是来探望慰问过的都要叫来。朋友中，正伟哥应排在第一个，谐谐的伤要不是他相救，说不准会是个什么结果呢。吕豆豆也没少帮忙，这两人是一定要请到的，最好叫这两家夫妇都一块来。"

丽花知道李二林的心思，没有直接点名邀请杨豌珍，而是想借邀请豆豆夫妻的名义把她也叫来。

对邀请杨豌珍，丽花还是接受不了。不过她的脾气已有所改进，不像过去动不动就跟李二林争吵开了，便委婉地说："一家来一个代表吧，叫的人多了我们确实也负担不了，以后找个机会再补上也一样。"

李二林知道丽花对杨豌珍仍有成见，但还是不想放弃这个改善关系的机会，就说："要不是正伟哥鼎力相助，谐谐就不是今天的谐谐。俗话说，一张寐床不睡两样人，这中间一定少不了豌珍姐的全力支持。想到儿子的巨大变化，我们真该好好谢谢他们。"

听李二林说到这里，丽花忽然想起小梅曾说过帮助儿子改过的另有其人。不知他是谁，应该把这个人也请了来。她便去问小梅。小梅却告诉她："这件事谐谐最清楚。他看我影集的时候发现了那个人的相片，我告诉他那人是大妈妈，算了，等一会你还是自己问谐谐吧。"

姑嫂俩正说着话，谐谐放学回来了，一见到小梅与阿妈，便喊道："我告诉你们一个好消息，昨天数学模拟考试我得了88分！"

"88分，真的？"丽花简直不相信自己的耳朵。

小梅却平静地说："二嫂不用惊讶的，这叫名师出高徒。谐谐是个聪明的孩子，加上名师一指点，自然进步飞快啦。我看再过些日子，他的数学成绩非在全班冒尖不可。"

丽花听到"数学冒尖"这几个字，突然就想到了杨豌珍，不过她很快又否定了。但她隐约觉得小梅说的名师和帮儿子改邪归正的人应该是同一个人，便问儿子："帮助你学习数学的人是谁？"

"大妈妈！"

"大妈妈？"

谐谐说："妈，在我住院这一个多月里，大妈妈每个星期天都来帮我补课学习，我本来最讨厌上数学课，感到枯燥无味，全靠死记硬背。但大妈妈给我辅导数学时，却讲得生动活泼，常常把我逗得哈哈大笑，可有趣啦，现在我最爱学数学了。"

丽花听儿子这么一讲，心里直敲边鼓："谁有这个能耐，能把死板的数学定律讲得妙趣横生？这大妈妈会是谁，谁能做我儿子的大妈妈？"

她又想到了杨豌珍，心想，难道这大妈妈真的是杨豌珍不成？杨豌珍的数学教得好是不错，但这不可能，她不恨死我就谢天谢地了。她要是听说我两个孩子都住进了医院，只会在背后暗暗高兴，笑我遭到了报应，还能指望她来帮谐谐补课？但除了她又会是谁呢？于是试探着问："谐谐，你说的大妈妈，是不是你刘伯伯的爱人呀？"

谐谐用力点了点头。

丽花一下惊呆了……